Ira Potter

Melyn – Leg dich nie mit einem Meeresgott an

Ira Potter kam in einer stürmischen Winternacht an der walisischen Küste zur Welt. Nach einer Kindheit im äthiopischen Hochland studierte sie Architektur in Hannover. Heute lebt sie mit Kind und Katzen in einem Mehrgenerationenhaus im württembergischen Allgäu und schreibt Fantasy und Liebesromane.

Ira Potter

Melyn – Leg dich nie mit einem Meeresgott an

Roman

PIPER

Mehr über unsere Autoren und Bücher:
www.piper.de

Wenn Ihnen dieser Roman gefallen hat, schreiben Sie uns unter Nennung des Titels »Melyn – Leg dich nie mit einem Meeresgott an« an empfehlungen@piper.de, und wir empfehlen Ihnen gerne vergleichbare Bücher.

Wir produzieren nachhaltig
www.piper.de

ISBN 978-3-492-50473-7

Redaktion: Isabell Schmitt-Egner
Satz auf Grundlage eines CSS-Layouts von digital publishing competence (München) mit abavo vlow (Buchloe)
Covergestaltung: Giessel Design
Covermotiv: Bilder unter Lizenzierung von Shutterstock.com genutzt
Printed in Germany

Für Nadi.
Never mess up with a marine god!

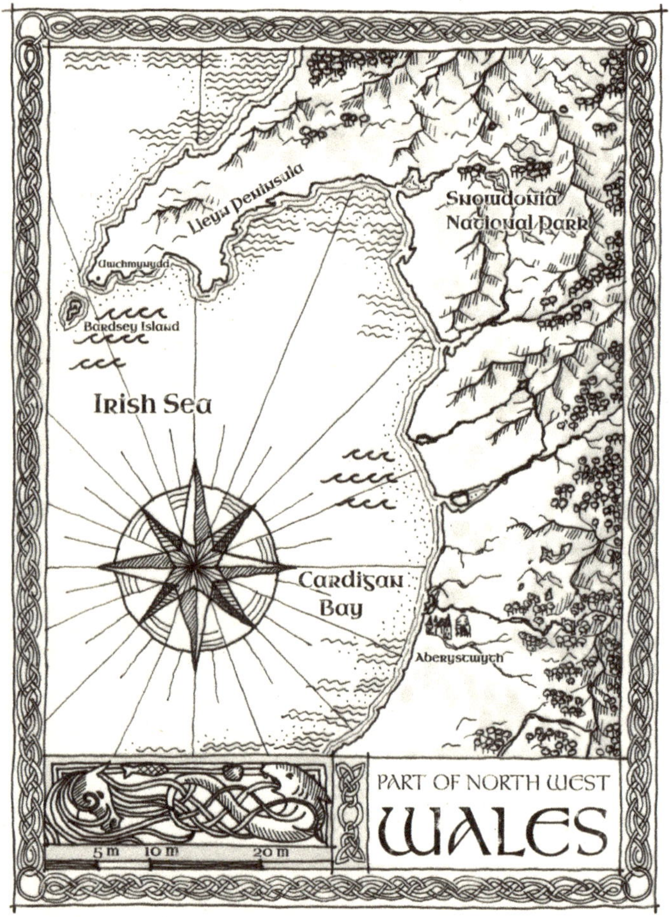
Lleyn Peninsula
Snowdonia National Park
Uwchmynydd
Bardsey Island
Irish Sea
Cardigan Bay
Aberystwyth
5 m
10 m
20 m
PART OF NORTH WEST
WALES

Aussprachehilfen (weitere am Ende)

Aberystwyth = *»Aberestwiθ«, w wie in Englisch »water«, θ wie in Englisch »thing«*

(Seebad und Universitätsstadt in Mittelwales)

Caer Wyddno = *»Ka'er Weðno«, w wie in Englisch »water«, ð wie in Englisch »the«*

(Festung/Hauptstadt des versunkenen Landes)

Cantre'r Gwaelod = *»Kantre Gwailod«, kurzes o wie in »doch«*

(»Die unteren Hundert«, mystisches versunkenes Land westlich von Wales)

Ceffyl Dŵr = *»Käffel Dur«*

(»Wasserpferd«, ein Wassergeist)

Daliwr = *»Dalliur«*

(Walisisch für »der Fänger«)

Gwahardd = *»Gwaharð«, w wie in Englisch »water«, ð wie th in Englisch »the«*

(»Die Geächteten«, Melyns Volk)

1

Die letzte Prüfung des Trimesters stand in wenigen Tagen bevor, und ich lernte bereits seit dem Morgen, als mein Körper mir unmissverständlich zu verstehen gab, dass ich eine Pause brauchte. Die Konzentration fiel mir immer schwerer, und Schmerz pulsierte in meinem Kopf, als ich mich aufrichtete.

»Nia? Ich gehe eine Runde laufen!«, rief ich meiner Großmutter zu und zog mir meinen Windstopper und Laufschuhe an.

»Viel Spaß!«, hörte ich sie aus dem Wohnzimmer antworten, dann schloss ich die Haustür hinter mir und lief die Cliff Terrace zum Strand hinab. Auf der Promenade hielt sich niemand auf. Der Wind, der die Touristen fernhielt, tat mir gut, als würde er direkt durch meinen von Geschichtsdaten verstopften Schädel blasen. Das schmerzhafte Pochen in meinem Kopf ließ bereits nach.

Auf den Stufen zum kiesigen Strand hinab merkte ich, wie steif mein Körper vom langen Sitzen noch war. Ich hielt inne, streckte mich, dehnte meine Waden. Das Laufen würde meine Muskeln wie meinen Geist lockern, ich freute mich darauf, auch wenn das Joggen im losen Kies anstrengte.

Das Wasser schäumte weiß, und mein Blick fiel auf etwas, das unterhalb der Schieferfelsen zwischen den Steinen lag, dort, wo der Constitution Hill jäh abfiel. Wahrscheinlich hatte da jemand gedankenlos seinen Müll abgeladen oder es waren die Hinterlassenschaften einer der Studentenpartys, die nicht gerade selten stattfanden. Ich wunderte mich immer wieder, weil ja junge Leute oft die Ersten waren, wenn es darum ging, Umweltsünden anzuprangern. Statt in Richtung Süden meine Joggingstrecke anzutreten, lief ich auf die Felsen zu. Wenn es etwas war, das ich einsammeln und wegschaffen konnte, dann würde ich das eben tun und die Joggingrunde musste warten. Im Näherkommen sah ich nur etwas Helles, vielleicht eine größere Menge Folie. Die Wellen rauschten neben mir weiter in ihrem eigenen Rhythmus, unbestechlich und gleichmäßig. Sie bewerteten nicht, was sie an Land trugen. Ein Stück Holz oder einen Berg Plastik oder …

»Mist!«

Leichter Schwindel stieg in mir auf, dieses Gefühl von Unglauben, wenn man etwas erblickte, was man für undenkbar hielt. Was man nicht sehen wollte.

»Scheiße, scheiße, scheiße!«

Die junge Frau lag da, als hätten die Wellen sie an Land gespült. Die nasse Kleidung klebte an ihrem Körper, die langen, hellblonden Haare verteilten sich wirr über die runden Steine. Seetangreste und Sand hafteten an ihrer blassen Haut.

Mit wenigen Schritten war ich bei ihr und kniete mich in den Kies.

»Hallo?«, schrie ich viel zu laut mit rauer Stimme. Automatisch griff ich an meine Hosentasche, aber mein Handy lag zu Hause bei Granny. »Hallo? Was ist passiert?« Vorsichtig rüttelte ich an ihrer Schulter.

Die junge Frau rührte sich nicht. Mein eigenes Keuchen klang fremd und falsch. Mit Zeige- und Mittelfinger prüfte ich an ihrem Hals, ob ich einen Puls spüren konnte. Meine Finger waren viel zu klamm. Alles fühlte sich kalt an, kalt und unbeweglich, bei mir und bei ihr.

Atemwege freimachen, Kopf nach hinten neigen, Kinn anheben. Meine Handgriffe erschienen mir wie von einem Roboter, ungelenk und mechanisch, ich hatte Angst, mehr zu schaden, als zu helfen. Ich musste das Mädchen ein wenig drehen, ihr Arm gab nach und rollte auf den nassen Kies. Falls sie tot war, konnte sie es noch nicht lange sein.

Hektisch sah ich mich um. Obwohl niemand zu sehen war, brüllte ich um Hilfe – vollkommen vergeblich, weil schon der Wind und das Rauschen der Wellen meine Rufe verschluckten.

Die schwarzen Schieferfelsen, die sich schräg aus dem Sand hoben, schienen wie stumme Wächter über das Mädchen gebeugt, als wollten sie es schützen und hätten doch versagt. Der Wind peitschte das Meer in hohen Wellen auf, und in der Bucht gab es Stellen mit gefährlicher Strömung. Ich hielt Ausschau nach einem Boot, von dem die junge Frau womöglich gefallen war, ein Wassergefährt, das sich in Seenot befand, oder mit dem man verzweifelt nach ihr suchte. Nichts.

Ich schluckte trocken, beugte mich über sie und legte meine Wange nah an ihren Mund.

Ein schwaches Räuspern.

Mein Herz setzte einen Schlag aus.

»Help …!«

Jäh zuckte ich zurück und starrte sie an.

Die junge Frau blinzelte. »Helpa fi os gwelwch yn dda …« Ihre Stimme kam kaum gegen die Brandung an, die Worte klangen fremd, hörten sich selbst an wie ein Rauschen. Suchend flackerte ihr Blick, bis er mich traf, und ich löste mich aus meiner Starre. Rasch zog ich den Windstopper aus und legte ihn über ihren Oberkörper.

»Bleib ruhig«, sagte ich unnötigerweise, denn sie rührte sich kaum. »Ich helfe dir. Keine Angst, ich – ich rufe einen Arzt, ich bringe dich ins Krankenhaus! Bist du von einem

Boot gefallen?« Rasch suchte ich nach Verletzungen, erkennen konnte ich keine.

»Wie heißt du?« Ich nahm ihre Hand. Meine Finger bebten, ich strich über ihren Handrücken und hoffte, dass es beruhigend wirkte. »Sprichst du Englisch?«

»Dw i ddim yn deall ti.« Ihr Blick hatte etwas Verzweifeltes. Die Worte klangen walisisch, nur beschränkte sich mein Wortschatz auf wenig mehr denn *bore da* für Guten Morgen und *hwyl* für Tschüss. Hilflos hob ich die Schultern und sah sie bedauernd an.

»Helpa fi ...« Ihre Stimme war so heiser, dass sich ihr Raunen im Wind verlor.

Ich nickte. »Ja! Ja, ich will dir ja helfen, ich bringe dich erst mal zu meiner Großmutter – Nain!« *Nain* war das walisische Wort für Großmutter, eine der wenigen Vokabeln, die mir einfielen. Wenn die junge Frau Walisisch sprach, würde Nia sich mit ihr verständigen können, und wir konnten einen Arzt rufen.

Mit dem Kinn deutete ich in Richtung Cliff Terrace. Entkräftet schloss das Mädchen die Augen. So klein und zierlich, wie sie war, würde ich sie leicht tragen können. Ich schob meine Arme unter ihre Schultern und Oberschenkel, hob an und keuchte erstaunt, denn sie kam mir schwerer vor, als vermutet. Vielleicht war sie wieder ohnmächtig geworden, ihre Gliedmaßen hingen schlaff hinab.

Auf von der Aufregung noch wackeligen Knien trug ich sie über die rundgewaschenen Steine. Vor der Steintreppe, die zur Pier emporführte, verschnaufte ich einen Moment und änderte die Armhaltung, dann stapfte ich Stufe für Stufe hinauf. War sie nun doch gestorben? Sie fühlte sich kalt an, so eisig kalt! Ein Blinzeln, Erleichterung durchfloss mich. Noch lebte sie.

Ich hielt Ausschau nach anderen Menschen, schrie abermals um Hilfe. Auf der Promenade trafen wir niemanden an. Um diese Tageszeit saßen die Leute entweder zu Hause beim

Tee oder vergnügten sich bereits im Pub, und hier, am nördlichen Ende der Pier war ohnehin wenig los. Für einen Sommertag wehte der Wind eiskalt.

Keuchend kämpfte ich mich die kleine Anhöhe hinauf, bis wir endlich vor dem Haus meiner Großmutter standen. In meinem Kopf schwirrten die Gedanken durcheinander und zugleich fühlte er sich so leer an, dass ich mir wie betäubt vorkam.

Mit dem Fuß klopfte ich gegen die Tür, das Bollern musste bis in den hintersten Winkel des Gebäudes zu hören sein.

»Was ist denn los, um Himmels willen! Wer ist denn da?« Grannys Stimme drang dumpf durch das Holz des Türblatts, sie klang verärgert.

Die Tür öffnete sich. »Cooper ...!« Entsetzt starrte sie auf das Mädchen in meinen Armen. »Du lieber Himmel, was ...? Wer ist das?«

»Ich habe sie am Strand gefunden, sie ist völlig durchnässt.« Ächzend wand ich mich an Granny vorbei bis ins Wohnzimmer. »Ich habe keine Idee, was passiert ist, aber ich denke, sie braucht einen Arzt.« Ich legte die junge Frau auf dem Sofa ab und prüfte, ob sie noch atmete.

Nia eilte ins Schlafzimmer und kehrte mit mehreren Wolldecken zurück, die sie über dem Mädchen ausbreitete.

Mein T-Shirt war verschwitzt, meine Hose vom Strand dreckig. »Ich ziehe mich schnell um.«

Kurz sah Nia auf und brummte zustimmend. »Ich kümmere mich um die Kleine hier.« Sie kniete sich neben sie, nahm die Hand, die vom Sofa baumelte, und sprach sie an.

Auf dem Weg zur Tür drehte ich mich noch einmal um. »Sie spricht kein Englisch. Ich denke, es ist Walisisch.«

Nia nickte und wickelte die Decken enger um das zitternde Mädchen.

Als ich zurückkehrte, saß die Fremde aufrecht auf der Couch, Nia bedrängte sie, eine dampfende Tasse entgegenzunehmen. Meine Großmutter wandte sich zu mir um.

»Sie möchte den Tee nicht! Sie redet immer wieder von einer Mutter, von ihrer Mutter vielleicht. Ich verstehe gerade kein Wort.« Ihr Blick hatte etwas Verzweifeltes. »Sie spricht einen seltsamen Dialekt, den habe ich noch nie gehört!«

Nia wirkte furchtbar aufgeregt, was ich nur zu gut nachvollziehen konnte. Ich schleppte nicht gerade jeden Tag ein fremdes Mädchen mit nach Hause.

»Hast du sie gefragt, wie sie heißt?«

Nias Brauen schoben sich in die Stirn. »Oh. Nein, habe ich nicht.« Sie stellte die Teetasse ab und drehte sich zu der jungen Frau. »Beth yw eich enw?«

»Melyn dw i.« Das Mädchen antwortete in unverständlichen Sätzen, und Nia wedelte abwehrend mit den Händen.

»Siarada yn araf os gwelwch yn dda! Sie muss langsamer sprechen, sonst verstehe ich nichts!«

Hektisch stieß die Frau einige Sätze hervor. Fragend blickte ich Nia an.

»Sie heißt Melyn. Ich verstehe nur einzelne Brocken, sie redet vom Meer, von ihrer Mutter, mehr habe ich noch nicht begriffen.«

Ich runzelte die Stirn. »Wir sollten einen Arzt rufen!«

Nia musterte die Fremde. »Holst du mir bitte das Fieberthermometer?« Meine Großmutter blickte mich auffordernd an.

Ich nickte und lief ins Bad. In den Schubladen herrschte mehr Unordnung, als ich es von Nia kannte, und es dauerte ein Weilchen, ehe ich es fand. Zurück im Wohnzimmer, übergab ich es Nia. Leise sagte sie dem Mädchen ein paar Worte und hielt ihm das Thermometer in die Ohrmuschel, die Fremde zuckte zurück. Wieder erzählte sie sichtlich aufgewühlt etwas.

»Was sagt sie?«

»Das geht zu schnell, ich verstehe es nicht.«

Während Nia noch einmal probierte, die Temperatur zu messen, lief ich hoch ins Zimmer, um mein Handy zu holen. Als ich wieder unten ankam, las Nia gerade die Anzeige ab.

»Dreiunddreißig Grad.« Nachdenklich brummte sie. »Ich werde das alle paar Minuten überprüfen.«

»Granny! Sie ist stark unterkühlt! Sie muss ins Krankenhaus! Ich rufe den Notarzt.« Entschlossen löste ich den Sperrbildschirm, stellte mich ans Fenster, weil der Empfang dort besser war, und rief die Telefonfunktion auf. Plötzlich spürte ich eine Hand auf meiner Schulter, und als ich mich umdrehte, waren Nias Augen rund und trugen einen flehentlichen Ausdruck in sich.

»Bitte nicht, Cooper.«

Überrascht sah ich sie an. Ich kannte Nia als eine fürsorgliche Großmutter, die mir selbstlos ein Heim geboten hatte, als ich aus London hergekommen war und alle Studentenwohnungen belegt gewesen waren. Normalerweise war sie diejenige, die mich nötigte, zum Arzt zu gehen, wenn es mir nicht gut ging.

Ein wenig ungeduldig deutete ich in Richtung Sofa. »Sie ist fast ertrunken! Ihr Körper ist unterkühlt, sie braucht ärztliche Hilfe!«

»Bist du dir sicher?«

Nias Lächeln irritierte mich, und ich zog die Augenbrauen zusammen. »Was meinst du damit?«

»Hast du sie dir genau angesehen? Ich glaube nicht, dass sie ›fast ertrunken‹ ist.« Meine Großmutter sprach leise und so langsam, als wäre ich derjenige, der die Situation nicht umriss.

Ich beschloss, ruhig zu bleiben. Nia war keine versponnene Alte auf der Kippe zur Demenz, sie musste einen Grund haben, weshalb sie zögerte, den Notdienst zu rufen. Ich blies den Atem aus. »Okay, gut. Bitte erklär mir das!«

»Komm mit, ich zeige es dir.«

Nia nahm mich beim Handgelenk und zog mich sanft mit sich bis vors Sofa, wo die junge Frau – Melyn – aufsah.

»Siehst du ihre Augen? Sie sind ungewöhnlich, nicht?«, raunte Nia mir zu.

Die Iriden schimmerten tatsächlich so hell, ein klares, fast durchsichtiges Aquamarin, wie ich es noch nie gesehen hatte. Dass wir uns über sie unterhielten, schien Melyn zu verunsichern. Sichtlich erregt fragte sie etwas. Beschwichtigend hob Nia eine Hand und schenkte ihr ein warmes Lächeln.

»Was hat das damit zu tun, dass ich keinen Arzt rufen soll?«, raunte ich zurück.

Nia trat zu Melyn und murmelte etwas auf Walisisch, was freundlich klang. Melyn wiegte den Kopf und rümpfte die Nase, es sah nach einer ablehnenden Geste aus. Vorsichtig nahm Nia die Decke und öffnete sie um die Schultern herum. Melyn sagte etwas, und Granny nickte.

»Ihr ist zu warm«, wandte sie sich wieder an mich und lächelte. Erkannte ich darin einen kleinen Triumph?

»Ich denke wirklich, dass so etwas täuschen kann. Leiden unterkühlte Menschen nicht möglicherweise an Bewusstseinsstörungen? Vielleicht meint sie nur, ihr wäre warm, willst du nicht lieber noch mal ihre Körpertemperatur prüfen?« Es konnten nicht mehr als zwei Minuten vergangen sein, seit Nia die Temperatur gemessen hatte, ich glaubte eher an meine Theorie mit den gestörten Empfindungen. Wenn Melyns Körper lediglich dreiunddreißig Grad warm war, gehörte sie verdammt noch mal zu einem Arzt!

»Hast du ihre Finger gesehen?«, fragte Nia, ohne auf meinen Vorschlag einzugehen. »Sie hat Schwimmhäute! Ist dir das aufgefallen?«

Nein, war es nicht, aber vermutlich achtete man nicht mehr auf jedes Detail, wenn man sich im Ausnahmezustand befand und für einen Moment glaubte, eine Leiche gefunden zu haben!

Melyn hielt die Hände zu Fäusten geballt, unmöglich zu erkennen, ob sie Schwimmhäute besaß oder nicht.

»Viele Menschen haben Schwimmhäute«, wandte ich ein. Zugegeben ein wenig lahm, da ich noch nie eine solche Person gesehen hatte, aber ich war mir sicher, dass so etwas in den Bereich nicht außergewöhnlicher medizinischer Mutationen fiel und wie übermäßige Körperbehaarung oder zusätzliche Brustwarzen durchaus vorkommen konnte.

Wieder stieß sie etwas hervor, es klang hektisch und verzweifelt, und Nia blinzelte verwirrt, während sie ihr zuhörte.

Erneut entsperrte ich das Smartphone und öffnete die Übersetzer-App. »Spricht sie denn überhaupt Walisisch?«

»Sie redet von ihrer Mutter, und ich verstehe dauernd ›Erbe‹. Ich kapiere das nicht.« Bedauernd lächelte sie Melyn an. »Ist es vielleicht eine Sprache, die ähnlich klingt? Cornisch? Bretonisch? Kumbrisch?«

Ratlos scrollte ich durch die App. »So ein Mist. Hier gibt es nur die üblichen Sprachen. Spanisch, Russisch, Japanisch, so was.« Ich probierte es über den Translator im Browser. »Hier, da gibt es Walisisch. Sag ihr, sie soll es noch mal sagen!« Ich drückte auf den Mikrofon-Button.

Nia runzelte die Stirn und sagte etwas zu Melyn, woraufhin diese wieder einige Sätze herunterratterte.

Enttäuscht verzog ich den Mund. »Das funktioniert nicht. Das Programm erkennt nichts.« Nachdenklich musterte ich Melyn.

»Ich sage ja, der Dialekt hört sich fremdartig an.« Nia wandte sich ab, warf mir aber über die Schulter noch einen Blick zu. »Bitte hör auf, sie anzustarren, und komm mit in die Küche. Du kannst mir beim Zubereiten des Abendessens helfen.«

Ich starrte Melyn an? Granny hatte mich selbst aufgefordert, sie anzustarren! Ich verkniff mir die Widerrede und folgte ihr. Aus dem Geschirrschrank holte ich Teller und Besteck.

»Wird sie mit uns essen?«, fragte ich etwas ungläubig.

Missbilligend schnalzte Nia mit der Zunge. »Du wirst sie kaum verhungern lassen wollen!« Mit einer gekonnten Bewegung schlug sie Eier am Pfannenrand auf und ließ den Inhalt in das heiße Fett gleiten.

Ich rieb mir die Schläfen. Die besonderen Umstände der Anwesenheit des Mädchens trieben nicht nur mich in den Ausnahmezustand, wie es schien. So kurz angebunden erlebte ich Nia sonst nicht.

Granny holte die Tüte mit dem geschnittenen Weißbrot, doch ich nahm sie ihr aus der Hand.

»Warte, lass mich das machen.« Vier Scheiben landeten im Toaster und ich stellte die Röstzeit ein. »Was spricht dagegen, Melyn ins Krankenhaus zu bringen? Auch wenn es ihr augenscheinlich gut geht, wäre mir wohler, wenn ein Arzt sie untersucht.« Nia hob zu einer Erklärung an, doch ich ließ sie nicht zu Wort kommen. »Wir dürfen die Unterkühlung nicht auf die leichte Schulter nehmen. Wenn jemand fast ertrunken ist, besteht die Gefahr, dass noch immer Wasser in der Lunge ist, oder nicht?« Mein Großvater Selwyn hatte mir schon als Kind die Risiken des Wassers eingebläut.

Nia blickte einen Moment lang vor sich ins Leere. »Ich glaube, dass ein Arztbesuch ihr eher schaden als nutzen würde.« Leise seufzend stellte sie das Gas ab und nahm die Pfanne vom Herd. »Ich werde sie die nächsten Stunden nicht aus den Augen lassen. Sollte sie sich plötzlich seltsam benehmen, nicht mehr ansprechbar sein oder etwas in der Richtung, rufen wir sofort den Notarzt, versprochen!« Sie deutete auf eine Schublade. »Bitte nimm einen Untersetzer raus. Ich hole Melyn.« Mit einem Lächeln drückte sie mir den Pfannenstiel in die Hand und ging nach nebenan.

Melyn wehrte alles ab, was mit dem Essen zusammenhing, sie redete und gestikulierte und ihre Augen schimmerten feucht. Nia sprach beruhigend mit ihr. Ich vernahm das Wort *araf*, was in Wales vor jeder engen Kurve auf der Straße geschrieben stand, und schloss daraus, dass sie Melyn bat, langsamer zu sprechen. Im Ergebnis wurden die Eier auf den Tellern kalt, Melyn liefen Tränen über die Wangen und Nia seufzte resigniert.

»Ich habe die Worte ›Mutter‹, ›Meer‹ und ›König‹ gehört, und irgendwas wieder mit einem ›Erben‹. Sie sagt dauernd ›der Richtige‹.« Nias Schultern sanken ein Stück tiefer. »Ich kapiere nichts!«

Ich verstand erst recht kein Wort, und darüber hinaus begriff ich nicht, wieso Melyn kein Englisch beherrschte. Welcher Mensch in Großbritannien sprach heutzutage nur Walisisch? Unauffällig beobachtete ich sie. Ihre Finger waren sehr lang und schmal, und tatsächlich befanden sich zwischen den einzelnen Gliedern deutlich geformte Schwimmhäute. Auch meine Hände besaßen mit etwas Fantasie Schwimmhäute, viel kleiner zwar, aber für mich war klar, dass jene von Melyn, welche bis zum mittleren Gelenk der Finger reichten, einfach eine Anomalie darstellten.

Nia hatte sie die nassen Sachen ausziehen lassen und ihr etwas zum Anziehen von sich geborgt. Ein seltsamer Anblick, ein junges, schönes Mädchen in Großmutters geblümter Bluse zu sehen. Melyn kratzte sich immer wieder an verschiedenen Stellen, was in mir die Frage aufwarf, ob Nias Kleidung unbequem war. Der Stoff sah nicht rau aus, aber vielleicht war Melyns Haut nach dem ungewollten Bad im Meer gereizt und besonders empfindlich.

Melyn sah niedergeschlagen aus. Bestimmt frustrierte es sie genau wie uns, dass wir uns nicht richtig miteinander verständigen konnten. Nach dem Essen verabschiedete ich mich rasch und redete mich heraus, ich wolle noch lernen. Zurück in meinem Arbeitszimmer klappte ich den Laptop auf. Nia sollte vorläufig ihren Willen haben, Melyn hatte während des Abendessens nicht mehr den Eindruck gemacht, sie bräuchte unbedingt einen Arzt. Eher einen Psychiater, was mich aber nicht wirklich wunderte. Beinahe ertrunken zu sein, konnte sicher einen nachhaltigen Schock auslösen. Wer wusste schon, was passiert war? Vielleicht hatte jemand sie sogar absichtlich über Bord gestoßen, und sie war eher ein Fall für die Kripo.

Ich öffnete den Browser und gab *Schwimmhäute beim Menschen* in die Suchzeile ein. Der erste Treffer, *Wasseraffen-Theorie*, entlockte mir ein verächtliches Schnauben. Kurz überflog ich den Artikel und fühlte mich bestätigt, dass der Homo Sapiens nicht vom Seepferdchen abstammte. Ich klickte mich durch mehrere Seiten und fand Artikel über eine anatomische Fehlbildung von Händen und Füßen, bei denen die Finger oder Zehen in verschiedenen Ausformungen miteinander verwachsen waren. Melyn litt schlicht an kutaner Syndaktylie, wenn auch in einer besonders gleichmäßigen und wohlgeformten Ausprägung.

Blieb die Frage, woher sie kam und weshalb niemand sie am Strand von Aberystwyth gesucht hatte. Wie weit war sie abgetrieben worden? Wo war sie von Bord gefallen? Warum erwähnte sie ständig ihre Mutter? War diese auch auf dem Boot gewesen?

Nachdenklich klappte ich den Rechner zu und begab mich ins Bad. Als ich wieder herauskam, fing Nia mich ab, den Arm voller Bettzeug.

»Ich habe Melyn dein Schlafzimmer gegeben.« Schuldbewusst sah sie mich an.

Ich lächelte. »Klar, ist okay. Ich kann auf der Klappliege im Arbeitszimmer schlafen. Für eine Nacht ist das kein Problem. Hast du sie gefragt, wen wir verständigen müssen? Sie wird doch sicher vermisst.«

Wich Nia meinem Blick aus?

»Die haben kein Telefon.« Sie schien meine fragend gerunzelte Stirn zu bemerken und schob hastig nach: »Oder sie weiß die Nummer nicht. Ich hatte den Eindruck, sie weiß nicht mal genau, was ein Telefon ist.« Sie drückte mir mein Kopfkissen und die Bettdecke in den Arm und seufzte leise. »Es war schwierig genug, sie zu überzeugen, dass wir heute nichts mehr unternehmen können, es ist einfach zu spät. Wir klären das morgen!«

2

Am nächsten Morgen begrüßte mich in der Küche nicht nur der Duft von frisch geröstetem Brot und Kaffee, sondern auch ein überraschend fischiges Aroma. Melyn saß am Küchentisch vor einem Teller mit Thunfisch, den ich an und für sich mochte, aber der Geruch in der Frühe konnte einem den Appetit verderben. Scheu lächelte sie mich an, sie trug ihre nun wieder trockene Kleidung, ein enganliegendes, einteiliges Stück, das in einem Goldton schimmerte.

»Guten Morgen.« Ich deutete mit einem Nicken auf Melyn. »Hat sie gut geschlafen?«

Nia strahlte mich an. »Ja. Wir üben ein bisschen Englisch, sie lernt erstaunlich schnell.«

»Guten Morgen«, sagte Melyn schüchtern.

Sie lernt erstaunlich schnell? Ich hegte einen anderen Verdacht, dass nämlich durch den Unfall im Wasser ihr Gedächtnis für kurze Zeit ausgesetzt hatte, und nun langsam alles wieder zutage trat.

»Was ist dir gestern passiert?«, fragte ich sie. »Bist du von einem Boot gefallen? Kannst du dich an etwas erinnern?«

Hilfesuchend sah sie zu meiner Großmutter, und Nia runzelte die Stirn.

»So weit ist sie noch nicht! Wir üben Begrüßungen und Dinge zum Essen.« Sie schenkte Melyn ein warmes Lächeln und legte ihr die Hand auf die Schulter, dann deutete sie auf Flecken am Hals, die mir zuvor nicht aufgefallen waren. »Siehst du den Ausschlag? Sie verträgt den Baumwollstoff meiner Blusen nicht.« Mit den Fingerspitzen tippte sie auf den Stoff des goldenen Einteilers. »Das ist Muschelseide. So etwas gab es bei uns früher auch, ein ganz feines Garn, das tatsächlich aus Muscheln gewonnen wurde. War wahnsinnig teuer. Würdest du bitte in die Stadt gehen und ihr ein, zwei Oberteile aus Seide oder Viskose kaufen? Nimm die kleinste Damengröße.«

Ungläubig starrte ich sie an. »Ist das dein Ernst? Ich soll ihr Kleidung kaufen? Wie lange möchtest du sie dabehalten? Will sie nicht nach Hause?« Mein Blick fiel auf den Thunfisch. »Und wieso isst sie Fisch zum Frühstück?«

»Außer Nahrung aus dem Meer kennt sie nichts. Fisch, Meeresfrüchte, Algen. An alles andere muss sie sich erst gewöhnen.«

Mein Mund klappte ungewollt auf. »Granny! Was hast du mit ihr vor? Sie muss doch wieder heim!«

Nia sah mich weiter an, aber ihr Blick verlor sich irgendwo in der Ferne. »Ja, sie möchte wieder heim. Sie spricht immer noch von dem Erben und ihrer Mutter.«

Verständnislos starrte ich meine Großmutter an. »Na ... dann lass uns sie nach Hause bringen!«

»So einfach ist das nicht.« Nia stand auf und holte ihr Portemonnaie. Stirnrunzelnd zählte sie die Scheine ab. »Ich habe achtzig Pfund. Kauf noch etwas frischen Fisch, ja?«

Ich räumte die Teller weg und spülte sie rasch, dann nahm ich fünfzig Pfund von Nias Geld. Dass meine Großmutter ein Dickkopf sein konnte, kannte ich bereits, und ich hatte sie bislang nie unvernünftig erlebt, deshalb entschied ich mich, fürs Erste nachzugeben. Außerdem hatte ich meine eigene Theorie zu Melyn, und die konnte ich in der Stadt überprüfen.

Der Weg betrug zu Fuß nur wenige Minuten, ein weiterer Vorteil des kleinen Städtchens – in Aberystwyth erreichte man alles innerhalb von kurzer Zeit, vom nächsten Flughafen einmal abgesehen. Die Park Avenue war nicht unbedingt der schönste Spazierweg in der Umgebung, aber ich mochte die bunten, zweistöckigen Häuser, die die breite Ausfallstraße säumten.

Vor mir tauchte das graue Gebäude auf, das ich suchte. Zuvor war ich noch nie hier gewesen. Glücklicherweise war der Haupteingang gut gekennzeichnet, und als ich die Polizeiwache betrat, sah der Mann am Empfang auf und nickte mir freundlich zu.

»Guten Tag, ich wollte mich nach einem Unfall erkundigen.«

Der Beamte lächelte. »So einfach geht das nicht. Haben Sie in der Zeitung davon gelesen oder wie kommen Sie darauf?« So höflich er antwortete, so deutlich machte seine Mimik, dass das Dienstgebäude keine Auskunftsstelle für neugierige Bürger war.

»Verzeihung, Sir, nein, es geht um eine konkrete Frage, es ... ist Folgendes: Ich habe gestern eine junge Frau am Strand gefunden, völlig durchnässt, leicht verwirrt, aber unverletzt. Ihr Gedächtnis kehrt nur allmählich zurück, daher haben wir keine Informationen über Angehörige. Ich vermute, dass sie ins Wasser gefallen ist, doch ich konnte kein Boot entdecken. Gab es gestern einen Bootsunfall in der Cardigan Bay, womöglich in der Nähe von Aberystwyth?«

Der Polizist runzelte die Stirn. »Sollte sie dann nicht in ein Krankenhaus übergeben werden, wenn sie verwirrt erscheint?«

Ich konnte ihm schlecht sagen, dass ich dies meiner Großmutter zuliebe noch nicht getan hatte. »Wie gesagt, sie leidet offenbar unter leichtem Gedächtnisverlust, ansonsten ist sie Gott sei Dank wohlauf. Nur versuche ich nun, ihre Familie ausfindig zu machen.«

Der Beamte rief etwas in seinem Computer auf. »Uns ist kein Bootsunfall gemeldet worden. Haben Sie die Seenotrettung schon kontaktiert? Es könnte einen Zwischenfall gegeben haben, der nicht gemeldet wurde. Allerdings wäre das ungewöhnlich, da mindestens eine Person involviert ist.« Nachdenklich spitzte er den Mund. »Waren möglicherweise mehr Personen beteiligt und sind ertrunken? Ich werde das untersuchen lassen.«

Natürlich, schoss es mir durch den Kopf, das war die Erklärung! Niemand suchte nach Melyn, weil die anderen Leute auf ihrem Boot verunglückt waren! Ihre Mutter war womöglich im Wasser umgekommen, das Boot gesunken. Ich schluckte schwer.

Der Polizist telefonierte mit einem Kollegen und bat ihn, der Angelegenheit nachzugehen. Anschließend nickte er mir auffordernd zu.

»Bezüglich der Frau, die nun bei uns ist – können Sie mir bei der Suche nach der Familie helfen?«, fragte ich.

»Haben Sie die Vermisstensuche der Polizei im Internet benutzt?«

»Nein, noch nicht.«

»Haben Sie einen Namen?« Er wandte sich seinem Computer zu und legte die Finger auf die Tastatur.

»Sie heißt Melyn.«

Der Beamte blickte mich durchdringend an. »Melyn und wie weiter?«

»Das weiß ich leider nicht.«

»Und von wo, sagten Sie, kommt die Dame?«

»Auch das weiß ich nicht. Sie war triefend nass, als ich sie gefunden habe. Sie sah aus wie eine Schiffbrüchige.«

Das Telefon klingelte, er nahm das Gespräch an und antwortete ein paar Mal einsilbig, bevor er sich bedankte und auflegte. Nachdenklich brummte er. »Die Seenotrettung hat kein Bootsunglück in der gesamten Cardigan Bay zu vermelden. Weiter draußen, auf der Irischen See, hatte ein Fischerboot einen Maschinenschaden. Doch dort wird keine Person vermisst. Ist sie möglicherweise ein Flüchtling? Können Sie die Dame beschreiben?«

»Sie ist sehr zierlich und klein. Lange, auffällig hellblonde Haare, sehr ungewöhnlich helle blaue Augen. Sie spricht wohl Walisisch. Englisch hat sie nur ein paar Brocken parat. Ich vermute, dass das mit dem Gedächtnisverlust zusammenhängt.«

Der Polizist telefonierte erneut, und kurz darauf erschien ein junger Beamter, der sich als Nelson vorstellte und mich in ein Dienstzimmer bat. Vor dem Schreibtisch stand ein Besucherstuhl für mich bereit. Nelson startete den Computer und tippte auf der Tastatur herum. Er war erstaunlich schweigsam, und ich begann mich unwohl zu fühlen. Ein Bild von Melyns Fingern tauchte vor meinem Geist auf, von den zarten Schwimmhäuten, die bis zu den Mittelgelenken der Finger reichten. Eine Missbildung? Mir kam ein entsetzlicher Gedanke, der nichts mit einem Unfall zu tun hatte.

»Ich habe hier ein paar Bilder für Sie.« Der Polizist drehte mir den Monitor zu, auf dem vier Fotos von jungen, hübschen Blondinen abgebildet waren.

»Nein. Da ist sie nicht dabei.«

Er klickte mit der Maus, neue Bilder tauchten auf, doch ich verneinte erneut. Wir versuchten es weiter. Nach einigen Minuten drehte er den Bildschirm weg.

»Haben Sie mal drüber nachgedacht, einen Arzt aufzusuchen?«

Fragend blickte ich Mr Nelson an, und er korrigierte sich rasch: »Ich meinte, zusammen mit der jungen Dame. Wegen des Gedächtnisverlusts. Sie ist volljährig, sagten Sie?«

Ich nickte, obwohl ich mir dessen nicht sicher war. Siebzehn, achtzehn, etwas in der Richtung nahm ich an, nicht viel jünger als ich.

»Dann hat sie das Recht, sich frei im Land zu bewegen.« Nachdenklich hielt er inne. »Sofern sie eine Aufenthaltsberechtigung besitzt.« Leise seufzend sah er mich an. »Es tut mir leid, ich hätte Ihnen gerne geholfen. Kennen Sie den Google Person Finder? Vielleicht probieren Sie es dort mal. Erwachsene werden nicht immer als vermisst gemeldet, wenn sie verschwinden. Sie glauben gar nicht, wie viele Menschen heutzutage keinerlei soziales Umfeld mehr haben. Denken Sie an die armen Teufel, die unbemerkt in ihren Wohnungen versterben!« Ein trauriges Lächeln legte sich über sein Gesicht. »Hier bei uns ist es zum Glück noch anders, da kennt man sich.«

Als ich mich erhob, fühlte ich mich, als ob ein tonnenschweres Gewicht auf mir lastete. »Vielen Dank, Sir.«

Der Polizist winkte ab. »Ach, wofür denn? Ich nehme das mal als Notiz auf, wenn ein Kollege auf etwas in dem Zusammenhang stößt, melden wir uns. Beim Roten Kreuz könnten Sie es auch noch versuchen, die sind gut vernetzt. Viel Glück bei Ihrer Suche.«

»Danke.« Ich nickte zum Gruß und verließ die Polizeiwache.

Verwirrt lief ich in Richtung Stadtmitte. Melyn galt anscheinend nicht als vermisst. War es möglich, dass jemand sie hatte loswerden wollen? Oder dass sie geflohen war? Ich war gespannt, was Nia inzwischen über sie herausgefunden hatte.

Die Hauptstraße entlang reihten sich bunt gemischt kleine Einkaufsläden, ich hielt Ausschau nach einer Boutique. Mein Blick fiel auf einen Second-Hand-Laden, und ich steuerte darauf zu.

»Hey!« Ein sonnengebräunter Lockenkopf begrüßte mich. Die gekräuselten Haare der jungen Frau waren zu einem Orangegold blondiert. »Kann ich dir helfen?«

»Ich suche etwas für ... meine Cousine. Sie kann zurzeit nicht aus dem Haus und hat zu wenig zum Anziehen bei uns. Sie ... hat empfindliche Haut und braucht etwas aus Seide oder Viskose.« Ratlos sah ich mich um. Im Verkaufsraum drängten sich die Kleiderständer und Regale, vieles lag wild durcheinander.

Der Lockenkopf wies quer durch den Laden. »Schau mal da drüben!« Die Frau lief vor und zog einige Blusen aus einem Regal. »Welche Größe trägt denn deine Cousine?«

»Sie ist zierlich und klein. Kleinste Damengröße, sagte man mir.«

Die Verkäuferin lächelte. »Also Größe XS. Da käme die hier infrage.« Sie zeigte mir eine Bluse.

»Ist das jetzt Seide?« Skeptisch zog ich die Brauen zusammen.

»Na klar, fühl mal.«

Sie hielt mir den Stoff hin, und ich betastete die glatte, seidige Oberfläche. Bestätigend nickte ich, obwohl ich keine Ahnung von Textilien hatte. Ihr Lächeln breitete sich über das ganze sommersprossige Gesicht aus.

»Kenne ich dich vielleicht? Studierst du an der Aber?«

Während ich gedankenversunken nickte, nahm ich die Bluse in die Hand und las das Preisschild. Achtzehn Pfund, das war akzeptabel. »Ich nehme sie. Hast du noch so was in der Art?«

Die Verkäuferin stützte sich auf einem halbhohen Regal auf, und im tiefen Ausschnitt ihres Tops zeichneten sich die Ansätze ihrer Brüste ab. »Bist du Cooper? Du bist bei den Meeresbiologen, stimmt's?«

Überrascht sah ich sie an. »Geschichte.« Ich versuchte mich zu erinnern, ob ich ihr Gesicht schon mal gesehen hatte, doch mir kam nichts in den Sinn. Stalkte sie mich etwa? Verlegen wandte ich den Blick ab und brummte. »Also, hast du was Passendes? Sonst zahle ich die Bluse hier.«

»Ich bin Rina. Ich studiere Englisch. Die Klamotten sind für deine Cousine, ja?« Rina holte eine Tunika von einem der Kleiderständer, ein besticktes, luftiges Oberteil, das ein wenig an Flower-Power und die Siebzigerjahre erinnerte, jedoch in zarten Farben. Es gefiel mir auf Anhieb.

»Das ist aus Viskose.«

»Das nehme ich auch. Wie viel schulde ich dir?«

Rina stützte das Kinn in die Hände. »Du bist süß, weißt du das? Hast du eine Freundin?«

Ich spürte, wie mir das Blut ins Gesicht schoss. »Also, wie viel?«

Grinsend tippte sie ein paar Zahlen in ihre Kasse. »Das macht zusammen dreißig Pfund.«

Noch einmal schaute ich auf die Preisschilder. Die Bluse kostete achtzehn und fünfzehn die Tunika. Verwirrt sah ich auf. »Das sind Dreiunddreißig?«

»Studentenrabatt.« Sie zwinkerte mir zu und packte die Sachen in eine Tüte.

Verblüfft zahlte ich, nahm meine Einkäufe und wandte mich um zur Tür. Direkt vor dem Ausgang blieb ich stehen und schaute noch einmal zurück. »Woher kennst du mich eigentlich?«

Rina grinste breit. »Derek ist mein Bruder.«

»Derek ...? Derek da Silva?« Mir klappte der Mund auf. Derek assistierte als studentische Hilfskraft in der Vorlesung für Geschichte der Seefahrt. Richtig, er studierte Meeresbiologie. Wenn ich ihr Aussehen mit seinem verglich, war er der letzte Mensch auf der Welt, den ich für einen leiblichen Verwandten dieser jungen Frau gehalten hätte.

Rinas Brauen zuckten tanzend in die Höhe. »Wir sind Halbgeschwister. Dereks Mum ist gestorben, als er noch ein Baby war, und meine Mum wurde sein Kindermädchen.« Verlegen grinste sie. »Alles Weitere hat sich dann ... irgendwie ergeben.« Nun lachte sie, und ich ließ mich anstecken und schmunzelte.

»Also dann – bye!«

»Wenn deiner Cousine die Klamotten nicht passen, komm einfach wieder vorbei«, bot Rina an.

Als ich den Laden verließ, stellte sie sich in den Türrahmen. »Komm auch vorbei, wenn sie mit den Sachen glücklich ist«, rief sie mir hinterher. »Komm einfach, wann immer du willst!«

Kopfschüttelnd grinste ich, marschierte weiter zum Fischladen und anschließend zurück zu Grannys Häuschen.

Nia kochte eine Fischsuppe und bat mich, das Gemüse zu schneiden.

»Wird Melyn das essen, wenn es in der Suppe ist?« Fragend zeigte ich auf die kleingeschnittenen Karotten und Fenchelstücke.

»Ich esse nicht«, sagte Melyn plötzlich. Sie stand hinter uns, die Hände zu Fäusten geballt. »Nid oes gennyf amser i fwyta!«

Überrascht blickte ich zwischen Nia und Melyn hin und her.

»Du hast keine Zeit? Warum nicht? Pam ddim?«, fragte Nia und suchte sichtlich nach Worten.

Melyn ratterte in schneller Folge Sätze. Es war interessant, wenn jemand etwas sagte, von dem man kein Wort verstand: Man begann, die Mimik und Gestik der Person zu lesen. Mir wurde klar, dass sie unter Druck stand, und dass bei Nia nicht alles ankam, worauf Melyn hinauswollte, schien sie zur Verzweiflung zu bringen. Ihr Ton wurde immer dringlicher, bis sie schließlich abrupt innehielt und einen hilflosen Laut ausstieß.

Nia berührte sanft ihren Arm und lächelte, leise sagte sie ein paar Worte, die nach Beschwichtigung oder einer Entschuldigung klangen. Wie es aussah, konnte sie Melyn so weit beruhigen, dass wir uns setzen und essen konnten, auch wenn das Mädchen die Speisen ablehnte.

Während ich meinen Löffel in die Suppe eintauchte, musterte ich sie. Sie saß angespannt da, ihre schmalen Finger malten nervös kleine Muster auf die Tischdecke. Ihre Schönheit konnte man wirklich als außergewöhnlich bezeichnen. Ich konnte mich nicht erinnern, je ein ebenmäßigeres Gesicht gesehen zu haben. Mit ihrer schimmernden Kleidung und den weißblonden Haaren erschien sie mir, als wäre ein Artefakt aus Gold zu Leben erwacht. Ich stutzte über meine Gedanken. Wieso dachte ich an einen altertümlichen Gegenstand? Vermutlich, weil Melyn wie aus der Zeit gefallen wirkte.

»Frag bitte, wo sie herkommt!«, bat ich Nia.

Hilflos hob Granny die Hände. »Das habe ich sie doch schon gefragt. Von der See, meint sie.«

»Nein, ich möchte gern wissen, aus welchem Ort sie kommt. Kannst du sie bitte noch mal genau fragen?«

Nia nickte und wandte sich an Melyn, die gestenreich antwortete und immer wieder in Richtung Meer deutete.

»Sie sagt, sie komme aus Caer Wyddno in Cantre'r Gwaelod«, übersetzte Nia.

Fragend hob ich die Augenbrauen. »Nie gehört. Weißt du, wo das liegt?«

Nia lachte, und es klang verzweifelt. »Es ist eine Stadt aus einer Sage.«

»Eine Sage?«

»Es handelt sich um eine Stadt im versunkenen Land Cantre'r Gwaelod.«

»Ein versunkenes Land?« Ich schnaubte belustigt.

»Sie behauptet steif und fest, dass sie unter dem Meeresspiegel lebt.« Als Nia merkte, dass ich es so lachhaft fand, dass es mir nicht einmal eine Diskussion wert war, kräuselte sich ihre Stirn. »Sieh dir ihre Finger an!«

»Dein Ernst?«

Ungewollt zogen sich meine Brauen zusammen, und ich musterte Melyn, die meinen Blick nervös erwiderte. Vielleicht konnte sie gar nichts dafür, dass sie solche Märchen erzählte. Vermutlich war sie wirr oder krank. Hatten ihre Eltern ihr eingeredet, sie wäre eine Meerjungfrau, weil sie diese Schwimmhäute besaß? Ich zwang mich zu einem Lächeln.

»Und wie ist sie dann hierhergelangt?«

Nia übersetzte, und Melyn wiegte unsicher den Kopf. Ihre Augen rollten zur Seite, ehe sie mich wieder ansah. Log sie?

»Ich – meine Mutter ...« Melyn wandte sich an Nia, ließ sich ein Wort übersetzen, dann machte sie mit den Händen rupfende Bewegungen. »... holen Queller.«

Meine Brauen flogen hoch. »Ihr habt Queller geerntet?« Kam sie von einer abgelegenen Insel oder irgendeinem gottverlassenen Seenest, wo man ausschließlich Walisisch sprach und von der Küstenwirtschaft lebte? Oder noch schlimmer: Hatte jemand – ihre Mutter? – sie eingesperrt und der Zivilisation ferngehalten? Weil sie missgebildet war?

Sie sprach auf Walisisch weiter und gestikulierte, wobei sie sich eine Hand vor den Mund hielt und ihren Kopf zurückzog, als würden ihr gewaltsam Mund und Nase zugehalten.

Nia übersetzte: »Ein Mann kam, wenn ich richtig verstanden habe, ein Wächter des Königs, und brachte sie hierher.«

Entsetzt starrte ich sie an. Dann hatte doch jemand versucht, sie zu beseitigen? Umzubringen? »Hat er dir wehgetan? Dich verletzt?«

Nia fragte sie, und Melyn wiegte den Kopf. »Nicht wehgetan. Ich ...« Sie legte die Hände zusammen und neigte ihre Wange darauf.

»Du hast geschlafen?« Hatte der Kerl sie betäubt? Was mochte er mit ihr noch angestellt haben? Allerdings hatte Granny gesagt, sie sei unverletzt.

Wieder erläuterte Melyn etwas und deutete auf mich. Nia erklärte mir mit gerunzelter Stirn: »Ihre Mutter ist in Gefahr. Ich verstehe den Zusammenhang noch nicht richtig. Irgendetwas mit vier. Vier Tage? Der König und der Erbe. Sie spricht von einer anderen Welt und vom König. Ich glaube, sie meint die Anderwelt.«

Die Anderwelt? Mühsam beherrscht blies ich den Atem aus.

Wen bezeichnete Melyn als König? Wenn man aus einem abgelegenen Gehöft stammte, vielleicht auf einer Insel, mochte einem selbst ein so kleines Kaff wie Aberystwyth wie eine andere Welt vorkommen. Der »Wächter« war womöglich ein Mann in Uniform gewesen. Ein Polizist? Nein, schwer vorstellbar. Eventuell verkleidet als Polizist, weshalb sie glaubte, es handelte sich um einen Staatsbediensteten.

»Wer ist der ›Erbe‹?«, fragte ich sie direkt. Nia dolmetschte, doch auf Melyns Antwort hin schüttelte sie ratlos den Kopf.

»Sie muss nach Hause und spricht vom Erben. Muss sie einen Erben finden? Hat ein Erbe sie hergebracht? Oder konkurriert ein Erbe mit ihr – weil sie immer wieder ihre Mutter erwähnt? Liegt diese im Sterben? Das wäre ja furchtbar! Sie sagt ein Wort dazu, ›Einion‹, was ich nicht verstehe. Ob das ein Name ist?« Granny zögerte kurz. »Irgendwie bringt sie dich damit in Zusammenhang.«

Ich verkniff mir ein humorloses Lachen. »Nun, ich habe sie mehr oder weniger gerettet, vielleicht meint sie deswegen, dass ich bei ihrem Problem helfen kann.« Das Problem, bei dem ihre Mutter, ein König und ein Erbe eine Rolle spielten. Was hatte das zu bedeuten?

Ich legte den Löffel im leeren Teller ab. »Wir kommen nicht weiter, wenn wir sie nicht verstehen. Wir sollten mit ihr Englisch üben. Ich denke, dass sie es eigentlich kann und wir es durch ein bisschen Übung schnell ausgraben können.«

Nia brauchte einen Moment für die Antwort. »Ich werde es ihr vorschlagen, auch wenn ich nicht sicher bin, ob wir die Zeit dazu haben.«

Wenn ich mir Melyn so ansah, konnte ich Nias Zweifel verstehen. Melyn redete wieder auf Walisisch, Tränen rollten über ihre Wangen und sie deutete auf mich. Ihre Ungeduld und Verzweiflung waren so deutlich zu spüren, dass es mir einen Stich ins Herz gab.

»Hör zu, wir helfen dir, ja? Wir finden dein Zuhause und bringen dich heim, vielleicht können wir dir ja auch bei deinem Problem helfen. Wir versuchen es, okay?«, sagte ich.

Nia reichte ihr ein Taschentuch, welches Melyn nur rätselnd anstarrte. Vorsichtig tupfte Nia ihr die Tränen von den Wangen und übersetzte meine Worte, und Melyn deutete ein erleichtertes Nicken an.

3

In meinem Studierzimmer, das wegen unseres Gastes momentan auch mein Schlafzimmer war, wiederholte ich zwei Kapitel vom Stoff für die bevorstehende Prüfung und visierte noch ein drittes an, doch meine Gedanken schwammen immer wieder davon. Schließlich klappte ich das Buch zu. Melyns mysteriöses Auftauchen ließ mir keine Ruhe.

Ein versunkenes Land, lächerlich! Ich löste den Laptop aus der Ruhestellung und startete die Suchmaschine. Sie musste aus irgendeinem Nest kommen, das quasi keinen Kontakt zur Außenwelt pflegte.

Meine Suche nach Artikeln über Leben fernab der Zivilisation in Wales verlief unbefriedigend. Nicht anders zu erwarten, wer würde schon im Internet kundtun, ein Mädchen an einem versteckten Ort großzuziehen?

Welche Legenden hatte man ihr aufgetischt, dass sie glaubte, sie käme aus dem Meer? Ich starrte auf den Bildschirm. *Versunkenes Land*, tippten meine Finger wie von allein.

0,59 Sekunden, 21.900.000 Ergebnisse. Ich versuchte es beim ersten Treffer, einer Liste auf Wikipedia, und stieß dort tatsächlich auf den Namen Cantre'r Gwaelod. Einem Klick auf den Link folgte ein Artikel über ein walisisches Atlantis, Lage in der Cardigan Bay, keltische Mythologie, Bezüge zu

Avalon. Der Legende nach durch eine Flut versunken. Faszinierend, aber eben nur Sagen und Märchen.

Seufzend legte ich mich auf das provisorische Bett, verschränkte die Hände im Nacken und starrte die Decke an. Mein Großvater Selwyn kam mir in den Sinn. Er hatte vom Land Annwn erzählt, das in der Anderwelt lag. Stellte sich Nia deshalb so schützend vor Melyn? Abrupt setzte ich mich auf. Glaubte sie etwa wirklich, dass Melyn aus dem Meer kam? Weil sie manch abwegige Theorie meines Großvaters plötzlich bestätigt sah? *Arme Granny.* Wenn ich herausgefunden hatte, woher Melyn tatsächlich stammte, musste ich es ihr schonend beibringen.

Mein Handy piepste, ich warf einen Blick aufs Display. Es zeigte eine Nachricht aus meiner studentischen Arbeitsgruppe an, ein Treffen am Strand war anvisiert. Ich schob das Phone von mir weg. Sie sollten denken, ich hätte die Mitteilung nicht gesehen. Eine Ausrede um abzusagen wollte mir nicht einfallen.

Rinas Gesicht tauchte in meinen Gedanken auf. Die hellbraune Haut voller Sommersprossen, die orange-goldenen Korkenzieherlocken, ihr Grinsen, das mindestens zweihundert makellos weiße Zähne zu zeigen schien. Nicht zu fassen, dass sie Dereks Schwester war. Mit etwas Fantasie kam mir die Augenpartie der beiden ähnlich vor. Doch Derek war ein nordischer Typ, blond und eher ein ruhiger Charakter, während Rina vor Energie und Temperament übersprudelte. Manchmal hatte ich den Eindruck, als verhielte sich Derek mir gegenüber sogar ein wenig befangen. Behandelte er mich anders als die übrigen Studenten?

Ich war mir bewusst, dass ich gelegentlich wie ein Außenseiter wirkte, ich gehörte zur introvertierten Sorte Mensch. Stundenlang konnte ich alleine dasitzen und aufs Meer starren, konnte mich im beständigen und doch nie gleichen Bild der Wellen verlieren. Dennoch fand ich mich wie von selbst immer wieder in Gesellschaft, Leute schlossen sich mir an, schon von klein auf, und mir war nicht bewusst, was ich dazu beitrug. Ich schätzte durchaus die Vorzüge von gemeinschaftlichen Projekten, ich unterhielt mich auch gern mit Menschen. Doch mit meinen Kommilitonen am Strand abzuhängen, um ein, zwei Flaschen Bier zu trinken und über blöde Sprüche zu lachen, machte mich nur selten an.

Stattdessen wollte ich mehr über Melyns Herkunft erfahren. Um ihren wirklichen Wohnort aufzuspüren, fehlte mir momentan die entscheidende Idee. Vielleicht konnte ich herausfinden, weshalb sie glaubte, aus einer mythischen Unterwasserwelt zu stammen. Bestimmt hatte Selwyn über das versunkene Land geforscht, alte Legenden hatten ihn fasziniert. Der Dachboden quoll über vor alten Büchern, Magazinen und Zeitungen, ein Blick hinein lohnte sich ohne Frage. Ich kletterte die ausziehbare Leiter hinauf.

Nur der Weg zum Fenster war frei, alles andere war vollgestopft mit seinen Sachen: Bücher, Journale, Kisten und Koffer, an einem Haken hingen Großvaters alter Mantel und Hut. Im Vorbeigehen streifte ich einen Stapel Zeitungen, von denen einige durch die Deckenöffnung hinab in den Flur fielen. Kopfschüttelnd sah ich nach unten. Ein Blatt hatte seine Seiten entfaltet und segelte wie eine bedruckte Silbermöwe zu Boden.

Vom Giebelfenster der kleinen Dachkammer aus konnte man aufs Meer blicken. Die Scheibe des winzigen Fensters hing voller Spinnweben, ich nahm eine alte Zeitung, rollte sie zusammen und fuhr damit durch den seidenfeinen Vorhang.

Unten am Strand trieb sich eine Gruppe junger Leute herum, unter ihnen Rick und die anderen aus meiner Arbeitsgemeinschaft. Wie ein Rudel Halbstarker schlenderten sie über den Kies, lachten, gestikulierten in großen Bewegungen. Rempelten sich an, legten einander die Hände auf die Schultern. Bierflaschen hingen an den Händen wie Verlängerungen ihrer Arme. Unwillkürlich musste ich grinsen.

Nahe der Schieferfelsen ließen sie sich nieder, nur wenige Yards von dem Ort entfernt, wo ich Melyn gefunden hatte. Ich schaute auf meine Armbanduhr. Gestern um diese Zeit, vor fast genau vierundzwanzig Stunden.

Die Sonne versank im Dunst. Irgendwo da hinten über dem Meer lag Irland – im Nebel verborgen. Das Wasser schimmerte wie flüssiges Silber, der Himmel darüber eine Mischung aus Grau und Rosa. Weit draußen schob eine Gruppe Wellen weiße Kämme vor sich her. Urplötzlich verschwand die Gischt wieder. Delfine?

Ich wandte mich um und durchsuchte die Buchreihen. Atlanten und Enzyklopädien, ein Werk mit walisischen Sagen. Ich blätterte hinein und fand tatsächlich eine Erwähnung von Cantre'r Gwaelod. Ein anderes Buch behandelte alle möglichen Arten von Knüpfwerk und Knoten. Es weckte eine Erinnerung in mir, wie Selwyn mir die ersten Seemannsknoten beigebrachte hatte, und ich bekam Lust, ein paar der Anleitungen auszuprobieren.

In den Magazinen und Zeitungen entdeckte ich interessante Artikel über die Seefahrt, zwei davon nahm ich mit den Büchern mit. Ich stieg die Leiter hinab. Unten klaubte ich die herabgefallenen Zeitungsseiten zusammen. Beim Sortieren überflog ich die Überschriften. Bei den Blättern handelte es sich um Ausgaben des *Aberystwyth Observers*, alle stammten aus den Fünfzigerjahren. *Churchill ist zurück!* las ich, *Kontrollverlust am Sueskanal* und *Arbeitslosigkeit auf historischem Tief.*

Den Packen Zeitungen und Bücher unter dem Arm, verzog ich mich auf mein Zimmer. Ich stöberte durch die Artikel und widmete mich danach dem Buch mit den Sagen. Zu Melyns angeblicher Heimat stand nicht mehr drin, als ich zuvor im Internet gefunden hatte. Weitere Legenden über Heldentaten von Göttern und Zauberern waren aufgeführt, und der Anhang brachte mich zum Schmunzeln: Eine Reihe an Fabeltieren war beschrieben, als gäbe es sie wirklich.

Drachen, die selbstredend zu Wales gehörten wie Beine zu einem Tisch, die Riesenvögel Adar Llwch Gwin, diverse Meeresungeheuer. Das Ceffyl Dŵr, ein Wassergeist in Pferdeform, der Menschen in die See lockte. Mein Blick blieb daran hängen, weil Selwyn handschriftlich etwas dazu notiert und durch Skizzen ergänzt hatte. Neugierig entzifferte ich die Schrift und stellte fest, dass es sich um eine Anleitung zum Knoten eines einfachen Halfters handelte, womit man das Ceffyl Dŵr fangen können sollte.

Nia rief mich nach unten, und ich setzte mich zu Melyn an den Tisch.

»Wie geht es dir?«

Unsicher sah sie kurz zu Nia, wandte sich dann aber mir zu. »Gut.« Das angedeutete Lächeln verschwand, und sie senkte die Lider. »Nicht gut.«

Verwirrt suchte ich Nias Blick, doch sie stand mit dem Rücken zu uns und goss den Tee auf.

»Was heißt nicht gut? Hast du Schmerzen?«

Melyn wirkte, als verstünde sie nicht. Nia kam zu uns an den Tisch und half aus: »Ydych chi mewn poen?«

Melyn hielt sich eine Hand ans Herz. »Nicht gut hier. Dim poen ond tristwch.« Melyns Blick begegnete dem meinen und fühlte sich seltsam vertraut an. Wie schnell gewöhnte man sich an einen Menschen?

Nia reichte ihr eine Schale mit Krabben. »Ja, Liebes, im Herzen tut es weh, das verstehen wir.«

Einen Moment lang betrachtete ich Melyn. Ihre Traurigkeit versetzte mir einen Stich. Noch immer wirkte sie nervös, rastlos, sie lehnte die Krabben ab, doch Nia schaufelte ihr nichtsdestotrotz einen Löffel voll auf den Teller. »Bitte iss was, Kind!«

Ich nahm mir einen Toast und ein Stück Käse. »Granny, was weißt du über Cantre'r Gwaelod?«

Melyn richtete sich so ruckartig auf, dass die noch leere Teetasse vor ihr umkippte. »Cantre'r Gwaelod – mein Haus!«

Ich unterdrückte ein irritiertes Blinzeln. »Ah, ja, genau.« An Granny gewandt fragte ich: »Kennst du die Legende?«

Ein feines Lächeln umspielte Nias Lippen. »Ob ich sie kenne? Selwyn hat an manchen Tagen von nichts anderem gesprochen.« Leise seufzte sie. »Andere Menschen hätten bestimmt behauptet, dass er von diesem versunkenen Land besessen war, doch er hütete sich, vor Fremden darüber zu sprechen. Wenn er auf See war und nach den Delfinen suchte, hielt er immer auch nach Anzeichen von Cantre'r Gwaelod Ausschau.« Mit gerunzelter Stirn musterte sie mich. »Hat er dir nie von der Legende erzählt?«

Für einen Moment dachte ich nach. Obwohl er Etliches über die alten Mythen gesammelt hatte, hatte er mir nie viel darüber erzählt. Unsere Welt war mehr das Bootfahren gewesen, oder er hatte mich zu seinem Freund Dewi mitgenommen, der einen Ponyhof betrieb. »Ich kann mich nicht erinnern.«

Verstehend nickte Nia. »Cantre'r Gwaelod soll in der Cardigan Bay liegen, direkt vor der Küste von Aberystwyth. Es ranken sich viele Geschichten um ›die unteren Hundert‹, was es übersetzt bedeutet, und es existieren diverse Erklärungen über das Verschwinden des Königreichs. Ich erzähle dir die Version, die ich von meiner Großmutter kenne:

Es war einst ein Reich, in dem die Menschen sehr glücklich und zufrieden waren. Doch ihr Land befand sich nah an den Wassern des Meeresgottes Llŷr, der als unberechenbar und missgünstig galt. Um sich den Meeresgott vom Leib zu halten, war für die Bewohner nur eines wichtig: Sie mussten auf die Schleusen achtgeben, dass diese nicht überlaufen.« Mit dem Finger schob sie Krümel ihres Toasts zusammen. »Eine junge Maid war mit der Aufgabe betraut, diese Wasseranlagen zu bewachen. Doch sie war unachtsam, die

Schleusen liefen über, und das ganze Land versank in den Fluten. Der Sage nach leben noch immer Menschen in Cantre'r Gwaelod, und bei Gefahr soll man die Glocken aus der Tiefe läuten hören.« Ihr Blick wanderte zu Melyn und nahm einen seltsam nachdenklichen Ausdruck an.

Einen Moment lang herrschte Stille, und plötzlich bemerkte ich, dass Melyn mich ansah. Ihre Augen riefen ein wechselndes Gefühl in mir hervor, irgendetwas zwischen Faszination und einer vagen Unruhe. Die Iriden wirkten so klar, so gläsern, als könnte sie damit bis in Tiefen schauen, die mir an mir selbst verborgen blieben. Die Haare an meinen Armen stellten sich auf.

»Ich komme aus Cantre'r Gwaelod.« Melyn wies in einer zögerlichen Geste hinaus in Richtung Irische See. »Aus Caer Wyddno. Schleusen laufen über!«

»Was meinst du damit?«, hakte ich nach. »Willst du damit sagen – du lebst unter dem Wasser?« Ich bemühte mich, nicht zu offensichtlich danach zu klingen, als glaubte ich ihr nicht. Wie es schien, gelang es mir nicht besonders gut. Beschwichtigend legte Nia ihre Hand auf meinen Arm.

Melyn nickte und deutete nach unten. »Unter Wasser.«

Ich runzelte die Stirn. »Aber wie kannst du da atmen? Was soll das bedeuten? Wieso weiß man nichts von euch?«

Hilflos sah sie zu Nia.

»Wie bist du hergekommen? Warum bist du hier?«, bohrte ich weiter.

Aus riesigen Augen sah sie mich an, sie wirkte sehr verletzlich.

»Ich bitte dich, so viel Englisch beherrscht sie noch nicht.« Nia musterte Melyn. »Du siehst erschöpft aus, Liebes.«

Ich bedauerte, sie mit meinen Fragen unter Druck gesetzt zu haben. Egal, woher sie kam – hier bei uns war sie in einer für sie fremden Welt gelandet, es war schwer genug für sie auch ohne meine Zweifel.

»Melyn, magst du ein bisschen Englisch üben? Wir könnten uns ins Wohnzimmer setzen, und ich helfe dir.« Erwartungsvoll lächelte ich sie an.

Schüchtern nickte sie und folgte mir in die Stube.

»Setz dich doch, bitte.« Als Melyn auf dem Sofa Platz genommen hatte, spazierte ich durch den Raum und zeigte auf verschiedene Gegenstände. »Schrank ... Tisch ... Kommode. Buch ... Lampe ...« Ich betätigte den Schalter. »Licht!«

Melyn wiederholte brav die Worte. Ich freute mich, sie einen Moment von ihrer ausweglos erscheinenden Situation ablenken zu können. Bei »Kasten« lachte sie sogar, und unter Zuhilfenahme vieler Gesten erklärte sie mir, dass der Begriff sie an das walisische Wort für den Allerwertesten (»casgen«) erinnerte, und ich musste schmunzeln.

Wir begannen eine leichte Unterhaltung, um die Vokabeln zu üben.

»Du übst mit mir. Das ist nett«, sagte Melyn plötzlich. »Ich habe nicht viel Zeit. Ich muss nach Hause. Ich muss den Richtigen mitbringen. Meine Mutter!«

Ich stutzte. Nia hatte sicher auch mit ihr geübt, dennoch wunderte ich mich, wie flüssig sie bereits Englisch sprach. *Sie lernt erstaunlich schnell,* hatte Nia über sie gesagt. Erstaunlich war es in der Tat. Ich sammelte mich. »Wieso kannst du plötzlich Englisch sprechen? Hast du es vorher schon mal gelernt?«

Verwundert sah Melyn mich an, ein forschender Blick mit einem seltsamen Ausdruck, der mir das Gefühl gab, als wäre ich derjenige, der nicht ganz alle beisammenhatte. »Magie.«

»Magie?« Ich bemühte mich um eine neutrale Miene.

»Es ist Magie. Wir sprechen auch ...« Sie sah sich um, als fände sie die fehlenden Begriffe an unsere Wohnzimmertapete gepinnt. »Fisch ...«

Meine Augenbrauen schoben sich hoch bis knapp unter den Haaransatz. »Ihr sprecht ... Fisch?« Ungewollt stieß ich ein Lachen aus. »Mit Fischen?«

Ihr Lächeln wurde sehr unsicher, und sie lehnte sich im Sessel zurück, als wollte sie Abstand zu mir gewinnen.

Nia trat herein. »Alles in Ordnung bei euch?«

»Klar. Wir sprechen Fisch.« Ich stand auf und wandte mich zur Tür. Im Türstock blieb ich stehen und blickte noch einmal zu Melyn. In ihren Augen schimmerten Tränen, und plötzlich tat sie mir entsetzlich leid.

»Verzeih bitte, Melyn! Ich habe es nicht so gemeint. Es ist einfach so ... ungewöhnlich. Ich spreche kein Fisch, weißt du?« Freundlich sah ich sie an und war froh, als sie ein zaghaftes Lächeln erwiderte.

»Ich gehe nach oben. Gute Nacht!«, sagte ich.

»Wir müssen gehen!«, rief sie und lief mir hinterher. Nia fing sie ab und redete beschwichtigend auf sie ein.

Während ich die Treppe hinaufging, grübelte ich darüber, was *Fisch* für sie bedeuten könnte. Möglicherweise ein Wort für einen besonderen Dialekt oder eine unbekannte Sprache, für die sie über keine andere Bezeichnung verfügte. Eine ganz seltene, vielleicht sogar unentdeckte Mundart, so etwas gab es doch, richtig? Möglicherweise stammte nur ihre Mutter aus Wales, und ihr Vater war ein samisch sprechender Robbenfänger aus Nord-Norwegen oder ein Fischer von der Isle of Man, der noch Manx beherrschte.

Im Zimmer ließ ich mich auf die Liege fallen. Das Lehrbuch und meine Kladde starrten mich vom Schreibtisch aus an, doch zum Lernen hatte ich keinen Kopf mehr. Meine Gedanken kreisten um Melyn. Wenn sie mehrsprachig aufgewachsen war, grenzte es vielleicht nicht mehr an ein Wunder, dass sie so schnell eine andere Sprache erlernte. Zudem hielt ich es noch immer für möglich, dass sie eigentlich Englisch konnte und es nach ihrem Gedächtnisschwund nun zurückkehrte.

Inzwischen war es dunkel geworden. Ich vernahm die Frauen, wie sie nach oben kamen, Melyns dringliche

Stimme. Weinte sie? Es hörte sich fast danach an. Die Badtür klappte, einige Minuten später herrschte Stille.

Für Melyn musste es furchtbar sein, sich nicht richtig verständigen zu können, alles war so fremd für sie. Ich war froh, in Aberystwyth zu studieren, obwohl es mir auf der Fahrt hierher vor knapp einem Jahr selbst so vorgekommen war, als würde ich in eine andere Welt reisen. Damals hingen die Berge im Nebel, eine unwirkliche Atmosphäre, das graue Licht schien in den weißen Schwaden Geister zu wecken. Als wäre ich in der Ödnis gelandet. Es war so lange her gewesen, seit ich als Kind meine Großeltern besucht hatte.

Dann: der erste Blick auf die Küste. Die steil abfallenden Hänge, der schmale Streifen Sand und Kies vor dem blaugrünen Meer. Überwältigend! Jeden Tag sah die See anders aus, stundenlang konnte ich hinausstarren und den Wellengang betrachten. Manchmal lag der Atlantik vor mir wie ein flüssig gewordenes Juwel. Zwischen Saphirblau und Smaragdgrün glitzerte er in der Sonne, die Kronen der Wellen funkelnd, als wären sie mit weißen Opalen besetzt. Ein versunkenes Königreich – wenn man den Ozean so vor sich sah, konnte ich nachvollziehen, dass manche Leute daran glaubten. Und über dem Meer thronte die kleine, bunte Stadt mit ihrer alten Festung und dem schlossgleichen Uni-Gebäude.

4

Sonntags frühstückten Granny und ich meist gemeinsam und ausgiebig, doch an diesem Tag war es nicht möglich. Melyn war völlig aufgelöst. So wie sie aussah, hatte sie kaum geschlafen.

»Ich muss nach Hause! Ich muss den Erben Einions mitbringen! Oder meine Mutter stirbt!«, stieß sie hervor. Ihr Gesicht zeigte deutliche Zeichen von Stress, auf den Wangen hatten sich rötliche Flecken gebildet, zwischen den Brauen war eine steile Falte aufgetaucht.

Alarmiert sah ich auf. »Deine Mutter stirbt? Das ist ja furchtbar! Ist sie krank? Können wir helfen?«

Ihr Blick saß so gezielt und drang so tief, dass ich mich seltsam aufgespießt fühlte. »Deine Hilfe brauche ich!« Plötzlich flackerte es in ihren Augen, ein Funke der Unsicherheit. »Bist du der Richtige?«

Irritiert zuckte ich zurück. »Wie bitte?«

»Ich muss den Richtigen mitbringen! Den Erben Einions, schnell, oder meine Mutter ist in Gefahr! Sie weiß nichts!«

»Was? Wieso?«

Nia legte Melyn eine Hand auf die Schulter. »Natürlich hilft Cooper dir, Liebes.«

Meine Brauen schnellten in die Höhe. »Bitte erklär mir, wieso deine Mutter stirbt.«

»Ich muss den Erben mitbringen, der König droht!«

Entsetzt klappte mein Mund auf. »Was? Aber wieso?« Melyn wurde offenbar erpresst! Dann hatten wir es doch mit einem Verbrechen zu tun! Wer war dieser ›König‹, und um wen handelte es sich bei diesem Erben?

Tränen schimmerten in ihren Augen. »Der Wächter sagt es.«

»Verstehe ich das korrekt? Wenn du den richtigen Erben mitbringst, bleibt deine Mutter am Leben?«

Ihre Finger zitterten, als sie ihre Hände an ihre Brust legte. »Ich hoffe!«

Wenn ich Melyn helfen wollte, zurück nach Hause zu gelangen, um ihre Mutter zu retten, war es wichtig, so viel wie möglich von ihrer Version ihrer Herkunft zu erfahren. Wenn ich sie nochmals fragte, woher sie stammte, bekäme ich nur dieselbe wunderliche Antwort. Eine andere Taktik war vonnöten.

»Woran erinnerst du dich von deinem Zuhause?«

Melyns Blick wanderte in die Ferne. »Ich bin eine Gwahardd, unser König heißt Helig ap Glanawg. Das Land liegt unter Wasser, doch es ist hell. Es ist ganz nah am Sonnenlicht. Die Sonnenstrahlen, die uns Llew schenkt.«

Ihr Wortschatz erstaunte mich. Quasi über Nacht war er weiter angewachsen, als steckte wirklich Magie dahinter.

Ungewollt runzelte ich die Stirn. »Euer Land liegt nur knapp unter der Meeresoberfläche? Wieso hat es nie ein Mensch gesehen?«

Sie sah mich verblüfft an, als wäre ich ein Kind, das sich nach dem Weihnachtsmann erkundigt hatte. »Wie soll ein Mensch ohne Magie in die Anderwelt gelangen? Nur ein Wesen aus unserer Welt kann dich hinführen.«

Ich warf einen irritierten Blick zu Nia, doch sie war aufgestanden und verließ den Raum.

»Was bedeutet Gwahardd? Seid ihr keine Menschen?«

Einen Moment lang verlor Melyn sich in Gedanken, als müsste sie erst nach den richtigen Worten suchen. »Wir sind die Verdammten«, entgegnete sie leise. »Wir sind Menschen, aber anders. Wir haben Llŷr geweckt. Wir leben und sterben wie ihr, aber er hat uns alles genommen.«

Plötzlich stieg wieder das Mitleid auf, Mitgefühl für das bedauernswerte Geschöpf, das ich so hilflos und verlassen am Strand gefunden hatte. Wer hatte ihr solch verdrehte Geschichten eingeimpft?

»Ich möchte zurück«, wisperte sie und sah unendlich traurig aus. »Ich will heim nach Caer Wyddno, in meine Stadt unter dem Meer. Ich muss meine Mutter warnen! Aber ich kann nicht. Ich muss den Richtigen mitbringen.« Erwartungsvoll schaute sie mich an. »Du bist der Richtige, nicht wahr, Cooper?«

Es war das erste Mal, dass sie meinen Namen aussprach. Ich fühlte mich ohnmächtig. Erwartete sie, dass ich sie zurück ins Wasser stieß und hoffte, dass ihre Geschichte stimmte und sie ein versunkenes Land aus einer Legende fand? Nein, die einzige Art, wie ich ihr dienlich sein konnte, war, ihre wahre Herkunft aufzudecken.

»Ich helfe immer gern, aber wie kann ich dich denn unterstützen?«

Schweigen lag wie dichter Nebel in der Luft, undurchdringlich. Melyn sah zu Boden, einen Moment lang schien mir, als weinte sie, doch es traten keine Tränen aus ihren Augen.

Etwas in mir wollte sie provozieren, wollte herauskitzeln, dass sie endlich die Wahrheit sagte, dass sie uns auslachte und erklärte, dass sie in Wirklichkeit eine Künstlerin, Schauspielerin oder Journalistin sei, die austesten wollte, wie sehr Leute bereit waren, alles zu glauben, was man ihnen auf die Nase band.

Nia kehrte zu uns zurück und legte mir eine Hand auf die Schulter. »Sie hat Angst, siehst du das nicht?«

Überrascht sah ich zu ihr auf, und Granny lächelte mir aufmunternd zu. Mein Blick wanderte zu Melyn, und wieder versetzte ihr Anblick mir einen Stich.

Nun weinte sie doch. Leise drangen ihre Schluchzer hinter den Fingern hervor, die sie vor den Mund gelegt hatte. Ihre Tränen waren dicke, silberne Tropfen, die alles Licht zu fangen schienen. In mir materialisierte sich eine unsichtbare Faust, die mein Herz nahm und es zusammenquetschte, bis der Schmerz in meiner Brust fast nicht mehr auszuhalten war.

Ich stand auf und kniete mich neben Melyn, legte meine Finger vorsichtig auf ihren Arm. Die blasse Haut, von bläulichen Adern durchzogen, wirkte viel zu kalt.

»Ich helfe dir, Melyn, okay? Ich werde dir helfen!«

Meine Prüfung stand bevor, ich wollte ein letztes Mal in die Unterlagen schauen. Diesmal klappte es erstaunlich gut: Konzentriert war ich bei der Sache, und bis zum frühen Nachmittag hatte ich alles Wesentliche gelesen und das Gefühl, tatsächlich eine vage Kenntnis vom Stoff zu besitzen.

Es klopfte an der Tür. Granny brachte ein großes Glas Wasser und Sandwiches herein. »Ich dachte, du könntest eine Stärkung gebrauchen.«

Lächelnd nahm ich ihr das Tablett ab. »Lieb von dir, ja, in der Tat. Danke. Wie geht es Melyn?«

Nachdenklich nickte sie, ehe sie antwortete. »Ganz gut, sie hat sich wieder gefasst.«

»Ist sie ... böse auf mich?«

Verwundert betrachtete sie mich. »Wie kommst du darauf? Wieso sollte sie böse auf dich sein?«

Zerknirscht sah ich auf meine Finger. »Weil ich nicht glauben kann, dass sie unter dem Meer lebt.«

Meine Großmutter schwieg einen Moment, ehe sie antwortete. »Was würdest du von jemandem halten, der dich völlig durchnässt und verwirrt am Strand aufgegabelt hat?

Wenn du weißt, dass du anders bist als alle um dich herum, du es aber nicht richtig erklären kannst? Sie ist verwirrt, vielleicht kann sie noch nicht richtig verstehen, was mit ihr geschehen ist und weshalb sie diese mächtige Aufgabe bekommen hat.«

»Mächtige Aufgabe?«

»Ihre Mutter zu retten.«

Meine Brauen schossen hoch. »Du glaubst ihr?«

Nia lächelte, und ihr Gesicht nahm einen nachsichtigen Ausdruck an. »Ich bin überzeugt, dass sie ein Mädchen aus der Anderwelt ist, eine Bewohnerin von Cantre'r Gwaelod. Aber ich kann auch verstehen, wenn du das noch nicht glauben kannst.«

»›Noch nicht‹? Tut mir leid, aber mir fehlen einfach Beweise. Granny, das sind Mythen. Eine Legende, nichts weiter.«

»Ihre Finger ...«

»Eine Mutation!«

»Sie kannte nur Fisch und Meeresfrüchte als Nahrung ...«

»Nichts Besonderes!«

»Cooper, überleg doch! Wie schnell hat sie Englisch gelernt?«

Ich schnaubte leise. »Sie leidet an Gedächtnisschwund. Sie muss Englisch vorher gekonnt haben, und nun treten die Wissensbrocken alle wieder an die Oberfläche.«

Nia sah enttäuscht aus.

»Tut mir leid, Gran'«, murmelte ich. »Es gibt keine Anderwelt. Irgendjemand hat Melyn diese Geschichte eingetrichtert.« Meine Stimme war sanft, ich wollte weder Melyn noch Nia verletzen, doch einer musste einen klaren Kopf behalten, wenn wir Melyn helfen wollten. Ich nahm das Tablett in die Hände und stand auf. »Weißt du was? Ich esse bei euch unten. Mit dem Lernen bin ich erst mal fertig, irgendwie muss ich mal an die frische Luft. Vielleicht hat Melyn Lust, sich ein bisschen die Gegend anzuschauen.«

Meine Großmutter lächelte. »Das ist eine schöne Idee.«

Melyn saß auf einem Küchenstuhl und sah merkwürdig verloren aus. Waren ihre Augen rot umrändert, oder täuschte das?

Ich schenkte ihr ein Lächeln. »Wenn du magst, zeige ich dir ein bisschen was von Aberystwyth. Es ist schön hier.«

Ihr Blick war schwer zu deuten, etwas Trauriges lag darin, was ich gut nachempfinden konnte. Egal wo sie herkam, hier bei uns befand sie sich fernab von allem, was ihr lieb und vertraut war.

»Ich bin einverstanden. Wann gehen wir?«

Ich deutete auf das Sandwich. »Ich esse noch schnell eine Kleinigkeit. Warte mal ...« Auf meinem Handy rief ich die Wetter-App auf. »Heute ist es ziemlich durchwachsen. Scheint ein mieser Sommer zu werden, jeden Tag ist hier Regen angezeigt.«

»Hier an der Küste ändert sich das Wetter schneller, als dein schlaues Telefon zu sagen vermag«, warf Nia ein.

Ich grinste. »Dann ist es auch egal, dann können wir gleich losgehen.« Ich biss von meinem Sandwich ab und musterte mit einem Seitenblick Melyn. In die Stadt zu gehen, unter viele Menschen, war vermutlich nicht ratsam.

»Wie wäre es, wenn wir auf den Constitution Hill rauffahren? Da führt eine historische Standseilbahn hoch, die wirklich witzig ist, weil die Wagen so schräg wie der Hügel gebaut sind. Von oben her hat man einen tollen Blick über die Stadt und das Meer.« Dort konnte ich mich in Ruhe mit ihr unterhalten, ohne dass Nia einhakte. Vielleicht fand ich dann endlich heraus, was hinter der Geschichte steckte.

Melyns Augen leuchteten, als hätten sie die Helligkeit der Sonne gespeichert. »Das möchte ich machen!«

Die Talstation der *Cliff Railway* lag direkt am Ende unserer Straße. Obwohl kaum jemand unterwegs war, sah Melyn sich ständig nervös um. Ich bot ihr meinen Arm.

»Hier, komm, hak dich ein.« Vielleicht vermittelte der Halt ihr ein Gefühl von Sicherheit. Wortlos nahm sie mein Angebot an.

Vor dem Gebäude der Standseilbahn stießen wir mit jemandem zusammen, der gerade heraustrat.

»Hoppla! ... Oh, hallo!«

Meine Augen weiteten sich. »Oh! Hi, Derek.« Derek half bei der Vorlesung zu Geschichte der Seefahrt, das Fach, in dem ich am nächsten Tag die Prüfung schreiben musste. Verlegen grinste ich. »Entschuldige, ich habe nicht aufgepasst.«

Lächelnd hob er die Hände. »Ach was, ist doch nichts passiert. Geht ihr spazieren?«

Unsicher verzog ich den Mund. Ich überlegte kurz, mich von Melyn zu lösen, allerdings wirkte sie so verkrampft. Mein Arm blieb in ihren eingehakt. »Wir wollen auf den Constitution Hill.«

Dereks Blick fiel auf Melyn, und für einen Moment schien etwas in seinen Augen zu flackern. Nervös zog ich sie enger an mich. Bemerkte er, dass sie anders war? War es so offensichtlich? *Nein*, beruhigte ich mich selbst, Melyn war einfach eine Augenweide. Vermutlich wunderte Derek sich nur, wie jemand wie ich an solch eine Sahneschnitte geraten war. Innerlich lachte ich auf.

Mein Gesicht entsprach, um es mal höflich auszudrücken, eher dem Durchschnitt. Meine Mutter pflegte zu sagen: »Du siehst nett aus.« Das sagte wohl alles.

»Da komme ich gerade her«, erklärte Derek.

»Warst du ganz alleine da oben?«, platzte ich hervor und hätte mir am liebsten auf die Zunge gebissen. So etwas fragte man doch nicht!

Er lächelte liebenswürdig. »Ja. Ist genial, da oben ist gerade kein Mensch. Ich mache das öfter. Manchmal gehe ich zu Fuß hoch. Bist du auch gelegentlich oben?«

»Nein, obwohl es sich anbieten würde. Ich wohne gleich da vorne.« Ich zeigte auf Nias Haus, von dem man ein Stück des Giebels sehen konnte. »Vielleicht sollte ich häufiger mal raufgehen, ich laufe sonst immer am Strand.«

»Da ist es mir meistens zu voll. Wenn du mal einen Laufpartner suchst und rauf willst …« Derek wies nach oben, brach aber plötzlich ab und lächelte. »Na ja, ich möchte euch nicht aufhalten. Bis morgen, oder?«

Verwirrt blinzelte ich. »Ja, bis morgen.« Einen Moment lang sah ich ihm hinterher, dann zog ich Melyn sanft mit mir. »Komm, lass uns hineingehen.«

In der Eingangshalle war nichts los. Ich löste zwei Karten, und kurz darauf stiegen wir in die Bahn, die wir für uns allein hatten.

»Magst du dich vorne hinsetzen? Da sieht man am besten!«

Alles roch nach Stahl und Maschinenöl, der offene Wagen quietschte leise, als wir uns niederließen. Melyn lachte auf, als der altmodische Waggon sich sachte ruckelnd in Bewegung setzte und steil hinauffuhr.

»Es kitzelt im Bauch!«

Ihre Augen wurden groß, als sie merkte, wie schnell wir an Höhe gewannen und wie weit der Blick reichte. »Die Häuser sind wie Spielzeug!«

Irgendwie beruhigte es mich, dass sie Spielsachen kannte. Mochte man die Arme auch weggesperrt, möglicherweise in einem Becken voll Wasser gehalten haben, wenigstens hatte sie Dinge zum Spielen kennengelernt. Aufmerksam beobachtete ich ihre Miene, die sich mit bald jedem Yard änderte, das die Bahn hinaufkletterte. Wenige Minuten später stiegen wir oben aus und traten ins Freie.

Auf der Kuppe des runden Hügels wehte ein frischer Wind, der Regen hatte aufgehört und die Wolken machten der Sonne Platz. Unter uns glitzerte das Meer. Das Wasser spiegelte das Kobaltblau des Himmels, kleine Schaumkronen drängten sich zur Küste hin. Zu unseren Füßen wogten die langen Grashalme, als wollten sie den Wellen Konkurrenz machen.

Links von uns breitete sich die Stadt aus, das Universitäts-Schloss am Ende der Promenade, die Burgruine oberhalb. Winzig klein waren Autos zu erkennen, die sich wie bunte Käfer durch die schmalen Straßen schoben. Weiter vorne die Seebrücke, die farbigen Häuser folgten der Pier in einem konkaven Bogen.

Auf der rechten Seite dehnte sich der wilde Küstenstreifen mit seinen Steilhängen und Sandstränden aus bis hoch zur Lleyn-Halbinsel ganz in der Ferne.

»Siehst du? Man überblickt die komplette Cardigan Bay! Ist es nicht fantastisch?«

Gedankenversunken blickte Melyn hinaus aufs Meer. »Dort liegt meine Heimat.«

»Komm, wir setzen uns dorthin!« Ich wies auf eine kleine Einbuchtung im Hang, knapp unterhalb des Trampelpfades, der zum Küstenwanderweg gehörte. Wir kletterten ein Stück hinab, ich hatte ein Handtuch in den Rucksack gepackt, das ich nun auf dem Boden ausbreitete. Melyn setzte sich zu mir, und ich legte meine Hand auf ihre Schulter.

»Geht es so oder ist dir kalt?«

»Nicht zu kalt«, entgegnete sie leise. »Der Wind ist so trocken.«

Besorgt runzelte ich die Stirn. »Sollen wir gehen?«

Sie lehnte sich sachte gegen mich. »Wir gehen nicht. So ist es gut.«

Eine Weile starrten wir hinaus auf die See. Ich versuchte mir vorzustellen, wie es wäre, wenn es wirklich ein versunkenes Land gäbe. Würden die Menschen dort leben wie wir?

Wohl kaum, unwahrscheinlich, dass sie Elektrogeräte und Kommunikationstechnik nutzen konnten.

»Erzähl mir von dir, Melyn. Wie bist du aufgewachsen? Wer sind deine Eltern?«

»Meine Mutter heißt Malvina. Mein Vater ist tot. Schon lang, ich kenne ihn nicht. Wir sind in Ungnade gefallen. Meine Mutter ist Sklavin am Königshof.«

Sklavin? »Ihr seid in Ungnade gefallen? Ist deine Mutter deshalb ›Sklavin‹?«

»Unsere Familie ist schon immer in Ungnade, viele Jahre und Jahrzehnte. Deshalb ist sie Sklavin, und deshalb werde ich Sklavin.«

Was meinte sie damit? »Welche Arbeit muss sie als ›Sklavin‹ genau tun?«

»Wir ernten Queller, Lappentang, auch Muscheln. Muscheln tun weh, unsere Hände sind oft voller Blut.« Sie zeigte mir ihre Handflächen, und ich entdeckte feine Linien, die Narben von Schnitten sein mochten.

»Das ... tut mir leid.«

Sie war die Tochter einer Sklavin, aber trug ein Kleid aus Muschelseide, das, wie Nia gemeint hatte, äußerst wertvoll war. Das golden schimmernde Gewebe sah in der Tat edel aus, wenn ich es richtig einordnete. Es war sehr kunstvoll gestrickt und an den Rändern mit Mustern bestickt. Wie passte das zusammen?

Ich starrte ins Leere. Von unten her drang das Geschrei von Möwen herauf, der Wind zauste durch mein Haar. Wie konnten Menschen in Großbritannien wie Sklaven leben? War ihre Mutter Gefangene eines Tyrannen, jemand, der sie durch Erpressung, Manipulation oder sonst etwas an sich band und sie wie eine Sklavin ausnutzte? Bedrohte *er* sie mit dem Tod? Die Vorstellung empörte mich zutiefst. Weshalb sprach Melyn von einem König? Welcher Mensch verhielt sich derart, dass sie sich als Sklavin eines Königs empfand?

Ein degenerierter Adeliger? Aber so etwas käme doch ans Licht!

»Du sagtest, du brauchst meine Hilfe. Ich möchte dir helfen, deshalb interessiert mich, warum du nicht heimkannst.« Nachdenklich blinzelte ich, den Blick auf die See gerichtet. »Kannst du nicht einfach nach Hause gehen?«

»Ohne den Erben Einions darf ich nicht zurück.« Sie senkte den Blick. »Der Wächter sagt, ich muss den Richtigen mitbringen.«

»Den Richtigen? Einen ... Mann?« Welchen Sinn machte das alles?

Unsicher verzog sie den Mund. »Er sagt, dass Llŷr geweckt wurde und wütend ist. Dass wir uns in Acht nehmen müssen, wir verlieren den Sonnenstrahl, und meine Mutter stirbt, wenn ich nicht folge. Ich muss sie warnen! Es ist ein Auftrag ... doch ich habe keine Ahnung, welcher Auftrag das sein soll!«

Verwirrt kniff ich mir in die Nasenwurzel. »Mal langsam. Wer ist Llŷr?«

Aus großen Augen sah sie mich an. »Der Gott des Meeres!«

»Ach, richtig, von dem hatten wir es schon. Und dieser Llŷr ...« Mir war unverständlich, wie die Waliser das Doppel-L aussprechen konnten. Eine Mischung aus einem fauchenden Zischlaut mit einem L, was auch noch weich klingen musste. Wenn ich das versuchte, machte ich nur ein Gesicht wie ein Frosch auf der Toilette, aber ein walisisches Doppel-L kam nicht heraus. »Wieso ist er wütend?«

»Weil er sein Land zurückhaben will.« Melyns Stimme war im Rauschen des Winds kaum zu hören.

»Sein Land?« Was war das für ein Schwachsinn? »Wohnt ihr da heimlich, oder wie?«

Ihr Kopf sank ein wenig tiefer zwischen die Schultern. »Es ist sein Land. Alles ist sein Land, wenn er wach ist, will er sich alles wiederholen, Stück für Stück.«

Ich starrte sie einen Augenblick lang an, dann seufzte ich. »Gut. Okay. Er ist wütend. Und da war doch noch was mit diesem Sonnenstrahl, richtig?«

»Llew hat ihn uns geschenkt.«

Schon wieder ein Name mit diesem unaussprechlichen Doppel-L! Ein leises Stöhnen entfuhr mir. »Okay, und das ist wer?«

»Wer?«

»Äh, dieser Ll... Llew.«

Melyn sah mich an, als hätte ich sie gefragt, wie das helle Ding am Himmel hieß. »Er ist der Sonnengott!«

Ich öffnete den Mund, wusste nichts darauf zu entgegnen und schloss ihn wieder.

Ihre Brauen rückten zueinander. »Er gibt uns den Sonnenstrahl, nur dadurch können wir leben. Mit dem Sonnenstrahl bekommen wir Luft und Wärme.«

Egal, was ich sie fragte, nicht einmal zögerte sie bei einer Antwort. Nichts davon klang einstudiert, nichts wies darauf hin, dass sie in einer Wahnwelt lebte.

Dass sie nicht von hier kam – geschenkt. Dass sie irgendwie aus dem Wasser kam und Schwimmhäute besaß – meinetwegen. Dass sie dort, von wo auch immer sie kam, irgendwelche Naturgötter verehrten – schon klar. Aber – sorry, hörte sich das jetzt magisch an? *Ich meine, so richtig Magie? Mit Zaubern und Hokuspokus?*

So kam ich nicht weiter.

»Weshalb muss deine Mutter sterben, wenn du den Erben nicht mitbringst?«

Melyn Unterlippe zitterte. »Der Wächter sagt es. Meine Mutter muss büßen, wenn ich den Auftrag nicht erfülle.«

»Der Auftrag ist, den ›Richtigen‹ zu finden? Den Erben?«

Sie nickte schwach.

»Und wofür das Ganze?«

»Das weiß ich nicht.«

»Was wollen die mit dem Erben machen?«

»Das weiß ich nicht.«

»Warum du? Wieso musst *du* den Auftrag erfüllen?«

»Das weiß ich nicht.«

»Weshalb muss deine Mutter büßen, wenn du nicht folgst?«

»Damit ich folge.«

Klang logisch. *Brutal, aber logisch.* »Und den Auftrag hast du vom ›König‹ persönlich erhalten?«

»Vom Wächter.«

»Zu wem gehört dieser Wächter? Zu Llew?« Ich wagte schon gar nicht mehr, ihr ins Gesicht zu schauen – ich vermutete, sie hätte mich ausgelacht, wenn sie nicht so niedergeschlagen gewesen wäre.

»Er gehört nicht zu Llew. Er kommt vom König. Helig ap Glanawg. Unser König.« Sie schluckte schwer. »Wenn ich zurückkehre, wird der König meine Mutter büßen lassen und mich bestrafen, weil ich den Auftrag nicht erfüllt habe. Wir verlieren den Sonnenstrahl!« Sie schluckte nochmals und schloss die Augen.

Es war deutlich zu spüren, wie sehr sie das ganze Thema belastete und wie sehr sie um Worte rang, um sich mir verständlich zu machen. Ich musste zugeben, mich hätte es angepisst und geängstigt, wenn ich in eine für mich fremde Welt geschleudert worden wäre mit der Aufgabe, den »Richtigen« zu finden, ohne eine Idee zu haben, wie und was.

»Was heißt, ihr verliert den Sonnenstrahl? Was meinst du damit?« Ich stellte mir vor, wie Melyn zu einer Gruppe ›versklavter‹ Menschen gehörte, die für etwas bestraft wurden, indem man sie in ein lichtloses Loch sperrte.

»Wir verlieren ihn wegen Llŷr!«

»Wegen des ›Meeresgottes‹? Wie das?«

»Wenn die Flut kommt, ist das Wasser ...« Hilflos sah sie mich an und hob eine Hand, als würde sie mir ein Maß anzeigen. »... zu hoch. Der Sonnenstrahl geht nicht so tief hinab.«

Ich starrte stumm aufs Meer. Der Wind verlieh den Wellen Kronen aus Schaum. In meiner Vorstellung tanzten eine Art Meerjungfrauen durch das wirbelnde Wasser, aber im nächsten Moment kam ich mir dumm vor. Melyn unterschied sich von gewöhnlichen Mädchen, allerdings besaß sie definitiv keine Fischflosse, und die Anderwelt existierte nicht. Nicht wirklich. Es musste eine andere Erklärung geben.

»Er wird mich so oder so in den Kerker stecken«, krächzte sie plötzlich. In ihren Augen schimmerten Tränen.

»Wie bitte?«

»Der König wird es herausfinden.«

»*Es?* Was soll er herausfinden?«

Melyn vergrub das Gesicht in ihren Armen. »Ich bin nicht gut.«

»Was? Quatsch, doch, das bist du! Du bist hier bei uns und du versuchst ja alles und, und ... Ich werde dir helfen, hörst du? Ich bringe dich nach Hause, und dann finden wir heraus, wie wir diesen Erben finden können, und ...«

Ein lauter Schluchzer unterbrach mich. Ihre Schultern bebten. Vorsichtig zog ich sie an mich heran.

»Ich helfe dir, okay? Hey, schh, hey! Ich werde dir helfen!«

Wir nahmen die Bahn zurück. Ich bedauerte, dass Melyn in ihrer Traurigkeit die Fahrt nicht mehr genießen konnte. Die Strecke abwärts war besonders schön, weil man einen Blick über die gesamte Stadt hatte. Schweigend liefen wir heim.

5

Nia kümmerte sich um Melyn, ich musste die verbleibenden Stunden nutzen, um vor der Prüfung zur Ruhe zu kommen. Der nächste Morgen startete trüb, erste Tropfen klopften gegen meine Scheibe, als der Wecker klingelte. Gähnend ging ich ins Bad und nahm eine Dusche. Granny hatte vor einigen Monaten das Badezimmer modernisiert und eine Glastrennwand eingebaut, die nun vom Dampf des heißen Wassers beschlug. Die Wärme tat gut und ich genoss das prickelnde Gefühl im Nacken.

Schließlich stellte ich das Wasser ab, stieg aus der Kabine – und schrie überrascht auf. Direkt vor mir stand Melyn und starrte mich an. Hastig riss ich das Handtuch vom Halter, ließ es vor lauter Hektik fallen und angelte mit der linken Hand danach, während ich mit der Rechten versuchte, wenigstens einen Teil meiner Blöße zu verdecken. Endlich konnte ich mir das Tuch um die Hüfte schlingen, ich wich zurück bis gegen die Duschtrennwand.

»Was tust du hier? Kannst du nicht anklopfen?«, fauchte ich – fassungslos, weil sie den Raum noch immer nicht verlassen hatte.

Melyn verharrte am selben Fleck und starrte mich an, jedoch keineswegs erschrocken. Sie trug die Bluse, die ich gekauft hatte, und sah wahnsinnig gut darin aus.

»Du bist der Richtige.« Sie lächelte schüchtern.

Das Glas klebte kalt an meinem Rücken. »Wie? Melyn, ich bin nackt, bitte geh raus, damit ich mich anziehen kann.«

Sie schien mir überhaupt nicht zuzuhören, sie störte sich auch nicht an meiner Irritation. Stattdessen trat sie näher, streckte die Hand aus und fuhr mit den Fingern über meine Schulter bis über die Brust, was mich entsetzt aufkeuchen ließ.

»Du hast Bilder auf der Haut. Wellen. Du bist der Meeresfreund, Sohn der Wellen. Du bist der Erbe.« Sie wirkte abwesend, komplett verträumt, und mir wurde klar, dass sie keine Spannerin war, die mich hatte nackt sehen wollen.

Ich wich ihrer Berührung aus und wickelte mich enger in das Handtuch. »Das nennt man Tätowierung. Ja, ich mag das Meer.«

Unvermittelt stand Melyn wieder bei mir und strich mit den Fingern über meinen Oberarm. »Du musst der Richtige sein. Du gehst mit mir nach Hause, nicht wahr?«

Ich – der Richtige? Sanft, aber entschieden, schob ich sie von mir und wand mich an ihr vorbei. »Wir sehen uns unten.« Ich hastete ins Zimmer, schloss hinter mir die Tür und zog mich an.

Als ich in die Küche kam, sah Melyn mich aus großen Augen an. Ich nickte ihr lächelnd zu. Ich wollte nicht, dass sie sich schlecht vorkam. Der Regen klatschte an die Scheiben, der Wind trieb das Wasser so heftig gegen die Fenster, dass sich unter dem Rahmen eine kleine Pfütze bildete. Nia kam mit einem Lumpen, wischte die Lache auf und legte einen weiteren Lappen davor.

Mit gerunzelter Stirn sah Melyn nach draußen, wo die Wolken bleiern schwer über der Cardigan Bay hingen und vom Sturm zerzaust wurden. »Llŷr ist böse.«

Der Typ, auf dessen Land Melyns Leute, Familie, wer auch immer wohnte. Wer war dieser ›Meeresgott‹? Ein Sektenguru? Der Chef eines Clans? Die benannten sich doch gerne nach irgendwelchen bösen Göttern.

»Möchtest du kein Frühstück? Wann kommst du heute heim? Bist du zum Mittagessen zurück?«, fragte Granny.

Ich verneinte. »Ich nehme mir nur einen Kaffee mit, mittags wollte ich mit ein paar Kommilitonen das Studienjahresende feiern.« Besonders scharf war ich nicht darauf, mich von Rick und den anderen aus der Arbeitsgruppe mit einem gemeinsamen Essen zu verabschieden, doch es gehörte sich so, immerhin hatten wir das ganze Jahr zusammengearbeitet.

Melyns Kopf ruckte in meine Richtung. »Aber ich brauche dich! Wir haben nicht viel Zeit! Sieh nur, Llŷr ist schon erwacht und sammelt Kräfte, ein schlechtes Omen! Wir müssen sofort nach Caer Wyddno!«

Nach Caer Wyddno? Was hatte Melyn sich da in den Kopf gesetzt? »Es tut mir leid, aber ich muss zur Uni, ich muss diese letzte Prüfung schreiben. Ich bleibe nicht lang beim Essen, okay? Ich verspreche dir, dass wir uns danach um … dein Problem mit diesem ›König‹ kümmern.«

Ein letztes Mal überzeugte ich mich, dass ich alles für meine Prüfung dabeihatte. Ich war nervöser, als ich es mir eingestehen wollte. Ich verabschiedete mich, nahm mir einen Regenschirm und verließ das Haus.

Rick, Allie und Kiran warteten vor dem Prüfungssaal auf mich. Gemeinsam betraten wir den Raum. Etliche andere Studenten hatten bereits Platz genommen, Nervosität lag wie ein unsichtbarer Schleier über allem. Wir suchten uns Plätze. Ich setzte mich, räumte meine Stifte heraus, sortierte sie, packte die Hälfte wieder ein. Die angespannte Atmosphäre steckte an.

Der Prüfer begrüßte uns. Derek begleitete ihn und begann, die Bögen auszuteilen. Kiran neben mir strich sich mehrmals eine Strähne ihrer langen schwarzen Haare hinters Ohr.

»Gehen wir nachher was essen?«, wisperte sie mir zu.

Ich warf einen Blick zu Rick und Allie, die zwei Reihen vor uns saßen. »War ja ausgemacht, oder?«

Derek legte die Prüfungsbögen verdeckt auf unsere Tische. Seine wasserblauen Augen trafen meine, und für einen Moment erinnerte mich sein Blick an Melyn. Obwohl er so anders aussah als seine Schwester Rina, glichen sie sich in der Attraktivität. Er hätte Model oder Hollywoodstar sein können.

Er lächelte. »Viel Glück!«

Bevor ich antworten konnte, lehnte sich Kiran gegen mich und blinzelte Derek an. »Danke, Süßer!«

Für den Bruchteil einer Sekunde glaubte ich, Irritation in seiner Miene zu erkennen, doch er schmunzelte und nickte uns zu, dann trat er an die nächsten Tische.

»Sie haben neunzig Minuten Zeit«, verkündete der Professor und stellte einen Timer auf.

Ich drehte meine Aufgabenzettel um und überflog die Fragen. Sie waren lösbar. Unmerklich atmete ich auf.

Anderthalb Stunden später mussten wir die Arbeiten auf den Dozententisch legen. Unter reichlich Geschnatter verließen die Studenten den Saal. Am Eingang fing Derek mich ab.

»Hallo Cooper. Ich hoffe, du bist zurechtgekommen.«

Schüchtern grinste ich. »Ja, ich glaube, ich war gut genug vorbereitet.«

»Ich soll dich von Rina grüßen.« Er lächelte.

»Deine Schwester. Okay, danke. Gruß zurück.«

»Ich soll dich fragen ...« Er lachte auf und kratzte sich verlegen am Kopf. »... ob du mal mit ihr ausgehst.«

Ohne es zu wollen, zogen sich meine Brauen zusammen. Kiran rettete unwissentlich die Situation. Sie hängte sich mit dem Arm um meine Schultern, lehnte sich ein Stück vor und grinste Derek an. »Wir gehen was essen. Hast du Lust mitzukommen?«

Unsicher blickte er zu mir. »Ich …«

Ich nickte bekräftigend. »Ja, komm doch mit!«

Ein Lächeln überflog seine Lippen. »Also gut, ich muss nur meine Tasche holen. Wo treffen wir uns?«

»Vor dem Haupteingang?«, schlug ich vor.

»In Ordnung. Bis gleich!« Derek hob die Hand und eilte den Flur hinab.

Kiran hakte sich bei mir unter und zog mich mit sich in Richtung Eingangshalle. »Derek ist süß.« Sie warf mir einen Seitenblick zu und lachte auf. »Aber nicht so süß wie du!«

Als wir den Haupteingang erreichten, holte Derek uns ein. »Hey, da seid ihr ja. Und – wo gehen wir hin?«

»Hast du eine bestimmte Vorstellung?«, wandte ich mich an Rick, der sich zusammen mit Allie zu uns gesellte. Er war der Initiator unseres Abschlussessens.

»Ins Glengower?«, schlug er vor, und Kiran verzog den Mund.

Ich mochte den Pub am nördlichen Teil der Pier. Die Atmosphäre war lässig, man konnte gemütlich beisammensitzen und aufs Meer hinausstarren.

»Die haben dort auch fleischlose Gerichte«, wisperte ich ihr zu. Kiran war keine streng gläubige Hinduistin, hatte sie mir verraten, aber sie lehnte trotzdem jegliche tierische Nahrung ab.

»Ich weiß. Aber da könnte ich auf Warren treffen«, zischte sie leise.

Ich runzelte die Stirn. »Warren?«

Kiran grinste mich an. »Mein One-Night-Stand von letzter Woche. Ich sollte ihm eine Weile aus dem Weg gehen, denke ich.«

Schmunzelnd rollte ich die Augen. »Wie wäre es mit dem White Horse?«

Rick merkte auf. »Gute Idee! Da können wir fröhlich versumpfen, außerdem kann ich nebenbei Golf schauen.« Als Allie ihn fragend ansah, hob er entschuldigend die Hände. »Es laufen gerade die British Open!«

Einige Minuten später erreichten wir den Pub in der Stadtmitte. Derek steuerte auf den Platz neben mir zu, doch Kiran kam ihm zuvor und zwängte sich zwischen uns. Für einen Moment sahen wir uns an, dann setzte Derek sich auf die andere Tischseite. Rick erbot sich, unsere Bestellungen aufzunehmen, und lief damit vor zur Theke.

Einige Minuten später aßen wir, und Rick starrte in den Großbildfernseher, auf dem die meiste Zeit über nichts zu sehen war als eine riesige Rasenfläche und ein winziger weißer Ball.

»Habt ihr dieses Jahr wieder eine Exkursion?«, fragte Kiran Derek. Neugierig merkte ich auf.

»Leider keine, die für alle Studenten offen ist.« Sein Gesicht leuchtete förmlich, während er sprach. »Wir haben einen Forschungsauftrag des Umweltministeriums bekommen, es geht um Delfine.«

»Delfine!«, quietschte Kiran, als wäre sie ein kleines Mädchen, dem jemand ein echtes Baby-Einhorn versprochen hatte.

»Der Bestand muss aufgenommen werden, für unser Team heißt das, Delfine beobachten, markieren, zählen.«

»Und wie wird man Mitglied in eurem Team?« Kiran grinste herausfordernd.

Derek lächelte nachsichtig. »Alle Positionen in unserem Team sind schon besetzt, tut mir leid.«

Sie zog einen Schmollmund. »Ich wollte unbedingt mal mit einem Delfin schwimmen!«

Die Sportsendung ließ Werbespots laufen, und Rick drehte sich zu uns. »Allie hat neulich mit einem Delfin gebadet.«

Ihm war überdeutlich anzumerken, dass die Geschichte einen Haken hatte. Mir war schleierhaft, was Allie an Rick fand. Er musste irgendwelche Qualitäten besitzen, die mir verborgen blieben. Ich empfand ihn manchmal als schwer erträglich.

Allie guckte beleidigt. »Da war etwas, Rick, und es war *kein* Delfin! Das war widerlich, so was ganz Langes, das hat mich an den Beinen gestreift.«

»Also mich dürfte gerne mal was Langes zwischen den Beinen streifen«, rief Kiran. Alle lachten, nur Derek und ich sahen uns stumm an. Zeitgleich rollten wir mit den Augen, was uns beide zum Grinsen brachte.

»Jedenfalls behauptet meine Süße, dass es ein Selkie war ...«

Allie stieß Rick in die Seite. »Stimmt doch gar nicht!«

»Selkies gibt es nur in Schottland«, mischte Kiran sich wieder ein.

»Ich bin mir trotzdem sicher, dass es kein Fisch und auch kein Delfin war!« Empört funkelte Allie Rick an. Ihr war anzusehen, dass die Angelegenheit sie peinlich berührte, und mich überkam ein Gefühl des Fremdschämens. Ihr Gesicht war gerötet, und ich hatte den Eindruck, als unterdrückte sie die Tränen mit Mühe.

»Wieso sollte es nicht etwas Unbekanntes im Wasser geben?«, wandte ich ein. »Die Meere wurden doch noch gar nicht komplett erforscht.«

»War dein Großvater nicht Meeresforscher?« Rick fixierte mich. »Ach halt, er hat ja die meiste Zeit nach Elfenvolk gesucht, nicht wahr? Selwyn Dylan auf der Suche nach dem Ungeheuer von Loch Ness!« Wiehernd lachte er los.

In mir stieg Wut auf. »Du hast absolut keinen Plan, Rick. Selwyn war Wissenschaftler, und genau deshalb wusste er von vielem, von dem du niemals auch nur den Hauch einer

Ahnung haben wirst.« Ich warf einen Blick auf meine Uhr. »Tut mir leid, ich muss los.«

Kiran klemmte sich an meinen Arm und setzte einen Hundeblick auf. »Du darfst noch nicht gehen, Cooper, ohne dich will ich nicht hierbleiben!«

Kopfschüttelnd befreite ich mich. »Sorry, aber dann musst du halt auch nach Hause. Ich gehe jetzt heim.«

Sie murmelte etwas von Spielverderber.

Derek stand auf und zog seine Jacke an. »Dann schließe ich mich dir an.«

Ich trat an den Tresen, um zu zahlen, anschließend umarmte ich Allie zum Abschied. Kiran warf sich mir an den Hals, und ich hatte Mühe, mich von ihr zu lösen. Bevor ich mich zum Ausgang wenden konnte, hielt Rick mich am Ärmel fest und raunte mir ins Ohr: »Pass auf den auf!« Beinahe unmerklich nickte er in Dereks Richtung. »Der hat ein Auge auf dich geworfen. Das ist ein Warmer!« Er grinste, und sein Lächeln hatte etwas Diabolisches. »Oder stehst du auf Jungs?«

Ruppig stieß ich mich von ihm weg und hielt sofort auf den Ausgang zu. Rick war nie mein bester Freund gewesen. Warum er sich von Anfang an – wie auch Kiran – an mich gehängt hatte, blieb mir ein Rätsel. Weder besaß ich ein besonders einnehmendes Wesen, noch war ich eine Leuchte an der Uni, von der andere profitieren konnten. Rick, dieser Prolet, schien gezielt jedes Fettnäpfchen aufzusuchen. Oder jede Gelegenheit zum Bashing, da war ich mir nicht so sicher. Er gehörte in unsere Arbeitsgruppe, aber das reichte mir dann auch. Laut vernahm ich sein Lachen hinter mir, offenbar dachte er, ich suchte vor Derek das Weite.

Draußen bog ich rasch um das nächste Eck und brachte mich so außer Sichtweite; das *White Horse* besaß eine großzügig verglaste Fassade.

»Cooper?« Eilige Schritte kündigten Dereks Kommen an. »Hast du noch einen Moment für mich?«

Ich hielt inne und drehte mich langsam um. »Was ist?«

Derek zuckte zurück. Ich bedauerte, dass ich auf ihn einen solch grimmigen Eindruck machen musste, doch ich konnte es in diesem Moment nicht verhindern.

»Lass dich von Rick nicht ärgern!«

Leise schnaubte ich. »Tu ich nicht.«

»Dein Großvater war ein großartiger Wissenschaftler, das weißt du, oder?«

Ich ließ meine Schultern ein Stück sinken. »Ja.« Verwundert betrachtete ich ihn. »Woher willst du das wissen?«

»Ich arbeite für Professor Wright.«

Meine Brauen schoben sich zusammen, ich grübelte, was ich mit dieser Aussage anfangen sollte. Professor Wright musste meinen Großvater gekannt haben; ich bildete mir ein, er hätte unter Selwyn gearbeitet, war aber nicht sicher. Vielleicht hatte er Selwyn Derek gegenüber erwähnt.

»Wenn es da draußen etwas gibt, das wir nicht kennen, dann sollten wir Wissenschaftler es sein, die es erforschen, meinst du nicht?« Dereks Lächeln blitzte bis in seine Augen. Nun war die Verbindung zu Rina da: das gleiche Lächeln.

Ich schluckte. »Denkst du, dass es da draußen ... etwas geben könnte?«

Derek ließ sich einige Sekunden Zeit mit der Antwort. »Ich glaube an alle Möglichkeiten. Ich glaube, dass eines Tages jemand etwas im Meer entdecken könnte, woran wir alle niemals gedacht hätten.«

Sein Blick begegnete meinem, und für einen Moment verharrten wir so. Sein letzter Satz löste etwas in mir aus, und mit einem Mal verstand ich, was Selwyn all die Jahre an den Mythen und Legenden fasziniert hatte, und ich bekam eine Ahnung, weshalb Nia sich die Möglichkeit, dass Melyn aus der Anderwelt kam, zumindest offenlassen wollte.

»Danke.«

Sein Lächeln verbreiterte sich. »Gerne. Hör mal, ich wollte dich etwas fragen.«

Wieder wirkte er verlegen, und diesmal war ich mir sicher, dass seine Befangenheit nicht in Vorbehalten gegen mich begründet war. Ein warmes Gefühl stieg in meinem Bauch auf. Unwillkürlich grinste ich.

»Ich habe ja vorhin das Team für unseren Forschungsauftrag mit den Delfinen erwähnt«, fuhr er fort. »Wir fahren Ende August zwei Wochen lang täglich raus und beobachten die Tiere. Wir brauchen ein paar Leute, die Lust haben, mitzukommen und Meeressäuger zu zählen.« Verlegen lachte er. »Ich weiß, du studierst Geschichte, aber dein Großvater ist immer noch ein großer Name bei uns am Institut. Ich hätte dich gerne dabei. Ich habe dich Professor Wright vorgeschlagen, und er war begeistert. Wenn du einverstanden bist, stehst du fest auf unserer Liste. Was meinst du?«

Wie oft war ich mit Selwyn aufs Meer gefahren! Der Wind, der einem ins Gesicht blies, das Schaukeln der Wellen, die unermessliche Weite. All die Jahre, die mein Großvater nicht mehr lebte, hatte ich es vermisst.

»Es wird anständig bezahlt, es gibt Mittagsverpflegung und wir sind ungefähr vier, fünf Stunden täglich draußen«, schob Derek rasch hinterher. »Wir werden viel Zeit haben, die Tiere zu beobachten. Hast du schon mal eine Delfinschule aus der Nähe gesehen? Das ist irre spannend.«

»Doch, ich würde gerne mitkommen, auf jeden Fall!«, brachte ich endlich heraus und grinste breit.

Dereks Freude war unübersehbar. »Super, das ist klasse.« Aus seiner Umhängetasche zog er einen Umschlag. »Hier stehen alle Informationen drin, den Vertrag müsstest du mir bitte baldmöglichst unterschrieben zurückbringen. Spätestens bis Mittwoch, das wäre großartig!« Er kritzelte eine Adresse auf das Kuvert. »Das ist meine Hausanschrift, du kannst es persönlich abgeben oder in den Gemeinschaftsbriefkasten einwerfen.«

»Ja, alles klar. Vielen Dank, das ist toll ... wirklich toll! Ich fühle mich geehrt.« Einen Moment lang starrte ich ihn an, unsere Blicke trafen sich, und eine irre Vorfreude stieg in mir auf. Dann aber wanderten meine Gedanken zu Melyn und dass ich mir vorgenommen hatte, ihr zu helfen. Unwillkürlich rutschten meine Mundwinkel nach unten und meine Stirn legte sich in Falten. Fragend sah Derek mich an, und ich deutete ein Kopfschütteln an und grinste wieder. »Super, ehrlich!«

Derek ließ sich nicht anmerken, wie er meine Reaktion einschätzte. Freundlich verabschiedete er sich und schlug den Weg in Richtung Uni ein. Einige Sekunden lang sah ich ihm nach. Die Art, wie er ging, leichtfüßig, beinahe beschwingt, erinnerte mich an seine Schwester.

Nicht nur, weil es wieder angefangen hatte zu regnen, beeilte ich mich, nach Hause zu kommen. Dort empfing Nia mich mit einer Umarmung.

»Endlich Ferien, ist das nicht fein?«

Lachend drückte ich sie. »Ist das eine Frage?«

Oben im Zimmer legte ich meine Sachen ab und den Umschlag von Derek auf den Tisch, dann lief ich hinunter in die Küche, wo Melyn mich mit einem scheuen Lächeln begrüßte.

»Hey, Melyn, wie geht es dir?«

Ihr Blick wurde traurig. »Nicht so gut. Ich habe Angst.«

»Das verstehe ich«, sagte ich. »Kannst du dich inzwischen an mehr erinnern? Wie bist du ins Wasser gekommen?«

Beide Frauen ließen zeitgleich die Schultern sinken.

»Sie *kommt* aus dem Meer«, sagte Nia mit einem vorwurfsvollen Unterton.

Für einen Moment blinzelte ich irritiert. Melyn war überzeugt, aus einem unterseeischen Reich der Anderwelt zu stammen, Nia glaubte ihr. Mein Großvater hatte zeit seines Lebens nach Anzeichen von Sagenwesen gesucht, und Derek hielt es für möglich, dass das Unmögliche existierte. War am Ende ich derjenige, der falsch lag? Etwas in mir sperrte sich dagegen, für bare Münze zu nehmen, was Melyn behauptete.

Überzeugender klang für mich die Annahme, sie wäre von ihren Eltern aufgrund der Fehlbildungen an den Händen versteckt vor der Welt und im Glauben, sie wäre eine Meerjungfrau, aufgezogen worden. Allerdings wollte ich weder Melyn noch Nia vor den Kopf stoßen, und um mehr über Melyn herauszufinden, war es wohl ratsam, ihre Geschichte für eine Weile mitzuspielen.

Ich lächelte. »Natürlich.«

»Was hast du in den Ferien vor?«, fragte Nia mich. »Wirst du deine Eltern besuchen fahren?«

Ich zögerte. Seit ich von der Affäre meines Vaters wusste, herrschte eine unterkühlte Atmosphäre zwischen uns.

»Sie könnten mich ja auch hier besuchen, oder? Ich weiß noch nicht. Ich dachte, dass ich gegen Ende der Ferien hinfahre, aber jetzt sieht es so aus, als hätte ich andere Pläne.«

Nia merkte auf. »Andere Pläne? Möchtest du in den Urlaub reisen?«

Lachend schüttelte ich den Kopf. »Nein, das spare ich mir auf, dazu ist mein Budget gerade zu mager.«

»Ich habe dir gesagt, dass du mir keine Miete zahlen sollst!«

»Doch, Granny, für jedes andere Zimmer müsste ich auch zahlen, und du kannst das Geld gut für eine Renovierung gebrauchen. Du hast meinen Stromschlag neulich mitbekommen, die Elektrik hier ist vollkommen überaltert!«

Zur Antwort seufzte sie nur. Damit keine weitere Diskussion darüber entstand, fuhr ich rasch fort: »Derek, der Hiwi im Institut, hat mir ein Angebot für einen Ferienjob gemacht. Eine Forschungsexpedition. Wir fahren jeden Tag raus in die Bucht und zählen Delfine.«

Nias Augen strahlten auf. »So wie dein Großvater, ja?«

Grinsend nickte ich. »Irgendwie lustig, nicht wahr? Ich hätte gemeint, dass die eher die Meeresbiologie-Studenten fragen.«

Meine Großmutter schmunzelte. »Vielleicht sind Geschichtsstudenten zuverlässiger. Genauer.«

Ich lachte. »Richtig, wir lieben Papier und Zahlen.« Demonstrativ ließ ich die Augen rollen.

»Wann geht es los? Wo werdet ihr unterwegs sein?«

»Ich muss mir erst mal die Unterlagen dazu anschauen, dann kann ich dir Genaueres ...«

»Zuerst musst du mit mir kommen!«, unterbrach mich Melyn.

Irritiert sah ich sie an. »Ich habe dir versprochen, dass ich helfe. Das eine hat mit dem anderen nichts zu tun.«

Ihre hellen Augen reflektierten das Licht, was sie zum Leuchten brachte, zugleich sah ich die Angst darin. Ein wenig versöhnlicher nickte ich ihr zu.

»Hör zu, wir müssen reden. Du musst mir alles erzählen, was du weißt. Wir setzen uns gleich ins Wohnzimmer und schmieden einen Plan, einverstanden? Lass mir nur eine Viertelstunde, damit ich den Vertrag anschauen kann, dann sprechen wir, okay?«

Unsicher betrachtete sie mich.

»Ich helfe dir. Ich bringe dich heim, das hatte ich doch schon versprochen.« Ich lächelte, und sie erwiderte es. Ich kam nicht umhin, ihr Lächeln bezaubernd zu finden. Ich war mir sicher, dass es Steine zum Schmelzen bringen konnte.

Im Studierzimmer setzte ich mich an den Schreibtisch und öffnete Dereks Umschlag.

Lieber Cooper, begann der Brief, und die altmodische Wendung berührte mich. Mir war aufgefallen, dass viele der Studenten hier sehr höfliche Umgangsformen pflegten – sah man von Rick einmal ab.

Das Jahr über hast du dich durch dein Engagement und deine Verlässlichkeit ausgezeichnet. Wir suchen Mitarbei-

ter für ein Forschungsteam in der zweiten Hälfte der Sommerferien.

Ich stutzte über Dereks Einschätzung. Im Kurs gehörte ich zu den eher stillen Menschen. Pflichtbewusst war ich und auch kooperativ, aber unter einem engagierten Studenten stellte ich mir jemanden vor, der die Dozenten ständig mit Fragen löcherte und bei jeder Zusatzaufgabe begeistert »Hier!« schrie.

Sofern du einigermaßen seefest bist, würden wir uns freuen, wenn du unser Team auf den Touren in die Cardigan Bay zur Delfin-Zählung begleiten würdest. Einen Vertrag mit Details zu Arbeitszeiten und Bezahlung findest du anbei. Falls du Fragen hast, ruf mich an (Telefonnummer siehe unten), und bitte gib mir den unterzeichneten Vertrag spätestens am 07. Juni zurück, wenn du dabei sein möchtest. Professor Wright und ich würden uns sehr freuen, dich im Team zu haben.
Beste Grüße
Derek

Die Arbeitszeiten im Vertrag sahen gut aus, waren mir aber im Grunde genommen egal. Ich wäre auch nachts um zwei zu den Delfinen gerudert, wenn es erforderlich gewesen wäre. Die Bezahlung übertraf meine Erwartungen. Ich zögerte keine Sekunde und unterschrieb sofort.

Es klopfte an meine Tür. »Cooper? Bist du so weit? Melyn wartet, und ich möchte noch ein paar Besorgungen machen.«

»Ja!« Ich stand auf und öffnete Granny. »Ich komme.«

6

Nachdenklich betrachtete ich Melyn. Wir saßen im Wohnzimmer, Melyn hibbelig und ich grübelnd, wie ich im Rätsel um ihre Geschichte weiterkommen konnte.

Seit ich sie gefunden hatte, waren meine Theorien, was mit ihr passiert war und woher sie stammte, alle haltlos gewesen. Der Schlüssel lag wohl in dem, was sie erzählte. Nur wenn ich auf jedes Detail achtete, wenn ich nachhakte und herausfand, auf wen sie sich bei *Erbe, König* und *Meeresgott* bezog, würde ich eine Spur finden, Hinweise darauf, was ihre wahre Geschichte war. Ich musste ihr weitere Informationen entlocken und lernen, zwischen ihren Zeilen zu lesen.

»Je mehr du mir erzählst«, wandte ich mich an sie, »desto besser kann ich mir ein Bild von deinem Zuhause machen. Dann entwerfen wir einen Plan, wie wir dich nach Hause bringen und deine Mutter retten, einverstanden?«

Dankbar sah sie mich an, und es erleichterte mich, sie wieder lächeln zu sehen.

»Ich sage dir alles, was ich weiß. Ich möchte so schnell wie möglich nach Hause«, sagte sie leise. »Ich vermisse meine Familie, meine Freunde, meinen ... mein Zuhause.«

Meinen was? Irgendetwas – jemand? – Besonderes wartete auf sie, nahm ich an. Weshalb sprach sie es nicht aus? Verheimlichte sie etwas? Sie wollte mir alles sagen, was sie wusste – aber vielleicht nicht alles, was ich wissen musste?

Möglicherweise gestaltete sich diese Mission schwieriger, als sie ohnehin schon war.

»Ja, das kann ich nachvollziehen. Hast du eine Idee, warum du einen ›Erben‹ mitbringen musst? Was soll dieser Erbe tun?«, fragte ich.

»Der Wächter sagt, wir verlieren den Sonnenstrahl, wenn ich den Erben nicht mit nach Hause bringe, und meine Mutter wird es büßen.«

»Was passiert, wenn du ohne den Erben zurückkehrst? Kommst du ohne ihn gar nicht zurück?«

»Ich *muss* ihn mitbringen.« Eine Träne stahl sich aus dem Augenwinkel, und sie schniefte. »Der König verlangt es.«

»Okay, gut. Oder nicht gut. Alles klar, entschuldige.« Ich kniff mir in die Nasenwurzel. »Deine Aufgabe ist es, den Erben mit in deine Heimat zu bringen, damit der ... ›König‹ irgendwas mit ihm machen kann. Wir wissen nicht, wer der Erbe ist, aber wenn du nicht mit ihm – bis wann? – zurückkehrst, dann stirbt deine Mutter, richtig?«

»Ich habe nur noch bis morgen! Bitte, Cooper, komm mit mir mit! Du bist der Richtige!«

Bin ich nicht! Wie kam sie darauf? Sie wirkte so aufgewühlt, dass ich darauf verzichtete, über diesen Punkt jetzt zu streiten. Stattdessen wollte ich für einen Moment so tun, als wäre alles, was sie sagte, die Realität. »Erzähl bitte noch mal genau, was passiert ist, als du verschleppt wurdest. Du warst mit deiner Mutter bei der Feldarbeit beschäftigt, als der Wächter kam. Was geschah genau? Hat er dich niedergeschlagen?«

Melyn wiegte den Kopf, ich kannte die Geste bereits als ihre Variante des Kopfschüttelns. »Ich bringe ein Bündel Queller zum großen Netz, meine Mutter ist am anderen Ende der Plantage, sie kann mich nicht sehen. Der Wächter kommt plötzlich, packt mich und presst mir die Hand auf den Mund. Dann sagt er mir, ich soll den Richtigen finden. Ohne den Erben Einions darf ich nicht zurück. Er drückte mir ein Kraut auf den Mund, dann erinnere ich mich an nichts mehr. Nur, dass du mich gefunden hast.«

»Was genau hat er zu dir gesagt? Kannst du dich daran entsinnen?«

Nachdenklich verzog sie den Mund. Selbst wenn sie eine Grimasse zog, war ihr Gesicht so ebenmäßig schön, dass sie an perfekte Darstellungen von Feenwesen in Gemälden erinnerte.

»Den genauen Wortlaut? Ich versuche, zu übersetzen. Er sagt: ›Du kennst deine Herkunft, Verfluchte. Geh und suche den Richtigen, der die Schleuse zerstört hat. Er ist der Erbe Einions, ein Sohn der Wellen, Sohnessohn des Meeresfreunds. Du wirst ihn finden, er ist dir nah. Kehrst du ohne ihn zurück, wird deine Mutter es büßen, und der Sonnenstrahl vergeht.‹«

Ich zögerte einen Moment, legte mir Worte zurecht. »Es klingt furchtbar. Wieso glaubst du, dass ich der Erbe bin? Nur wegen meiner Tätowierung?«

»Du musst es sein! Du bist der Erste, der mir begegnet ist, ist das nicht gemeint mit: ›Du wirst ihn finden, er ist dir nah‹? Bist du ein Sohnessohn des Meeresfreunds?«

»Nun, mein Großvater liebte die See, das schon, aber ich wüsste doch, wenn ich jemandes Erbe wäre, glaubst du nicht?«

Melyn sah mich aus großen Augen an. »Der Erbe hat die Schleuse zerstört, deshalb ist Llŷr erwacht. Hast du eine Schleuse zerstört?«

Hilflos lächelte ich. »Wieso sollte ich eine Schleuse kaputt machen? Hier in der Nähe gibt es nicht mal eine, so weit ich weiß.«

Melyn sah mich so verzweifelt an, als hätte sie alles dafür gegeben, aus mir herauszupressen, dass ich ›der Richtige‹ war. »Irgendeine? Etwas Ähnliches wie eine Schleuse?«

»Was könnte mit Schleuse sonst gemeint sein?« Nichts in mir glaubte, dass ich irgendein mysteriöser Erbe sein sollte, aber ich wollte Melyn zu gern helfen, sie tat mir unendlich leid.

Sie senkte den Kopf. »Ich weiß nicht mal, weshalb er mich ›Verfluchte‹ genannt hat. Welche Herkunft meint er? Weil meine Mutter eine Sklavin ist?« In ihre Augen traten Tränen, und sie blickte mich direkt an. »Ich habe nichts Unrechtes getan, Cooper! Nichts, weshalb ich so eine schwere Aufgabe erledigen muss!«

Mitfühlend legte ich ihr den Arm um die Schultern und drückte sie vorsichtig an mich. »Das finden wir schon noch heraus. Nehmen wir an, ich wäre der Erbe, oder ich würde so tun, als wäre ich es. Was hat dieser ›König‹ dann mit mir vor?« In meinem Kopf entwickelte sich die Vorstellung einer Gruppe religiöser Fanatiker, die den »Erben« einem Naturgott als Menschenopfer darbrachte. Ich, an einen langen Stock gefesselt, über einem riesigen Feuer. Ich zwang mich, das Bild beiseitezuschieben.

»Bitte! Komm einfach mit! Dir wird nichts geschehen, aber meiner Mutter!«

Ich hob die Hände. »Aber wir wüssten doch gar nicht, wohin wir gehen müssen, um in dein Zuhause zu gelangen, oder nicht?«

An ihrer Miene erkannte ich sofort, dass ich etwas Falsches gesagt hatte.

»Ich wohne in Caer Wyddno, in Cantre'r Gwaelod! Ich weiß, wie wir dahin…« Für den Bruchteil einer Sekunde taxierte sie mich. »Du glaubst mir nicht! Du glaubst mir kein Wort!« Tränen traten in ihre Augen, und mir war klar, dass es Tränen des Zorns waren. »Du glaubst, ich bin eine Verrückte, die sich alles nur ausdenkt! Ich komme aus der Anderwelt, ich kann dir zeigen, wo ich wohne!«

Mein inneres Ich hätte die Arme verschränkt und sich zurückgelehnt, doch ich wollte sie keinesfalls weiter provozieren. »Hör mal, es tut mir leid. Ja, es fällt mir schwer, alles für bare Münze zu nehmen. Ich möchte dir gern glauben, aber ich …« Hilflos wedelte ich mit den Händen. »Ich wünschte, ich hätte einen Beweis. Kannst du das verstehen?«

Für einige Sekunden spiegelten sich widersprüchliche Emotionen in ihrer Miene. »Ich kann es nicht beweisen. Der einzige Beweis bin ich selbst. Aber ich kann dir zeigen, wo Cantre'r Gwaelod liegt.«

Ungewollt stieß ich einen tiefen Seufzer aus. »In Ordnung. Dann zeig es mir bitte.«

Melyn deutete in Richtung Meer. »Wir müssen runter zum Strand.«

Schwerfällig erhob ich mich aus dem Sessel. »Ich schreibe nur kurz einen Zettel für Nia, damit sie weiß, wo wir sind.«

Der Sturm blies kräftig draußen, und ich fragte mich, wann eigentlich sommerliches Wetter in Wales Einzug halten würde. Böse Zungen behaupteten, hierzulande gäbe es gar keinen Sommer, doch aus meiner Kindheit erinnerte ich mich auch an sonnige Wochen bei meinen Großeltern.

Melyn und ich liefen direkt am Nordende die Steinstufen hinab bis auf den Strand.

»Wo also liegt Cantre'r Gwaelod?«, fragte ich.

»Dort.« Melyn wies auf die offene See hinaus.

Nachdenklich blickte ich hinaus. Der Regen hatte ausgesetzt, Wolken ballten sich am Himmel, und der Ozean lag wie gekräuselter Stahl vor uns, besetzt mit unzähligen Kronen aus Schaum. Der Strand war menschenleer, nur ein paar Silbermöwen kreisten über uns, wohl in der vergeblichen Hoffnung, wir wären Touristen, die jeden Moment eine halb gegessene Tüte Fish and Chips wegwürfen.

»Okay. Seit wann seid ihr … da unten?« Ich grübelte, ob es irgendwo da draußen eine winzige Insel gab, etwas, was auf den Karten nicht verzeichnet war, weil es zu unbedeutend erschien. Aber wenn jemand dort wohnte, wäre es doch auf jeden Fall kartiert worden?

»In der Schule lernen wir, dass wir seit zweitausend Jahren in Cantre'r Gwaelod wohnen. Llew wollte uns das schönste Land der Welt geben und gewann es dem Meeresgott ab. Doch vor tausend Jahren wurde Llŷr geweckt und überflutete unser Land. Llew rettete uns mit dem magischen Sonnenstrahl, und seither leben wir unter Wasser.«

Sie war auf eine Schule gegangen. Erklärte zumindest, dass sie ihr Englisch nach dem Gedächtnisverlust hatte ausgraben können. Vermutlich stammte sie aus einer muttersprachlich walisischen Familie und ... Meine Gedanken stockten. Wäre sie auf einer ordentlichen Schule unterrichtet worden, dann hätte sie doch viel mehr gekannt! Unsere Speisen wären ihr nicht so fremd gewesen, an unsere Kleidung wäre sie gewöhnt gewesen. Kam sie aus einer Familie religiöser Fanatiker, die darauf bestanden hatten, dass sie nur eigene Gewänder trug und eigenes Essen zu sich nahm? Oder lebte sie in einer Sekte, die abgeschottet von der Außenwelt ihre Kinder aufzog und unterrichtete? War so etwas überhaupt zulässig in Großbritannien? Meine Gedanken kamen mir bald genauso weit hergeholt vor wie Melyns Version der Geschichte.

Langsam spazierten wir in nördliche Richtung, auf den Constitution Hill zu, dessen karstige Ausläufer als steile Klippen ins Meer abfielen.

»Wieso hat er euer Land überflutet?«

»Er ist ein böser Gott. Wenn eine Schleuse zerstört wird, läuft das Wasser zu ihm und weckt ihn, dann kommt er und holt sich sein Land zurück.«

Vielleicht war der Meeresgott gar kein Clanchef, sondern nur eine fiktive Figur, mit der ihr Angst gemacht wurde. Eine funktionsuntüchtige Schleuse konnte zweifellos zu Überschwemmungen führen. Wo war immer wieder Land unter, wo gab es Schleusen? Das konnte ein Hinweis auf Melyns wahre Herkunft sein.

Wir befanden uns nahe der Stelle, wo ich sie gefunden hatte. Leichter Nebel umwogte den dunklen Schiefer der Felsen, ein ungewöhnliches Phänomen um diese Jahreszeit. Allerdings war am Wetter dieses Sommers bislang auch nichts richtig normal. Abrupt hielt Melyn inne und schauderte.

»Was ist?«, fragte ich.

»Hier ist etwas!«

Ich sah mich um, konnte jedoch nichts entdecken. »Was soll hier sein?«

Sie machte eine Geste zu den Felsen hinüber.

»Dort.« Ihre Stimme zitterte, genau wie ihre Finger. »Können wir gehen?«

Ich nickte verwundert. »Klar.«

Sie griff nach meiner Hand, und wir drehten uns in Richtung Pier. Ihre Angst war so deutlich zu spüren, dass auch bei mir eine gewisse Unruhe aufstieg. Eilig strebten wir auf die Uferpromenade zu, doch schlagartig umhüllte uns der Nebel so dicht, dass wir stehen bleiben mussten. Der Wind setzte aus, alle Geräusche schienen wie verschluckt, nur das Wasser war noch zu hören.

Die Stadt verschwand komplett im Dunst. Hektisch drehte ich mich. Wir befanden uns im Whiteout, wie in einem unendlichen leeren Raum. Melyn tastete erneut nach meiner Hand, und als ich ihre Finger erfasste, packte sie zu, als würde sie ohne den Halt jeden Moment ertrinken.

Das Rauschen des Meeres klang so dicht in meinen Ohren, als spielte es sich direkt in meinem Kopf ab. Zur See hin waberte der Nebel, dann lichtete er sich so weit, dass wir den Horizont vage wahrnehmen konnten. Über meine Schulter blickte ich zurück. Die Stadt blieb verschwunden, als hätte es sie nie gegeben. Melyn drängte sich eng an mich.

»Was ist das?«, wisperte ich, bekam jedoch keine Antwort.

Alles erschien mir unheimlich und unwirklich. Über meinen Körper legte sich ein dumpfes, leicht betäubtes Gefühl, als träumte ich nur. Ein schwaches Schwindelgefühl stieg auf, das der schlechten Orientierung im weißen Nichts geschuldet sein mochte. Ich drückte die Knie durch und stemmte die Füße fest in den feuchten Kies.

Aus den Nebelschwaden heraus trat ein graues Pferd. Ungläubig riss ich die Augen auf. Es war weder besonders groß noch besonders klein, ein Pony, das wohl eben noch einen Erwachsenen tragen konnte, und es war das schönste Geschöpf, das ich in meinem Leben je gesehen hatte. Pferde gehörten nicht in vorderster Front zu meinen Lieblingstieren, aber dieses Wesen strahlte eine Anmut aus, dass mich ein ehrfürchtiger Schauer überlief.

Tänzelnd trabte es auf uns zu, blieb kurz stehen, warf den Kopf hoch, sodass die wallende Mähne durch die Luft wirbelte. Das Fell hatte die Farbe vom Schaum auf den Kronen der Wellen, durchsetzt von grauen Schattierungen. Den Hals elegant gebogen, schüttelte es den schmalen Schädel, zuckte verspielt mit den Ohren, ehe es wieder ein paar Schritte auf uns zutrat. Wo kam dieses Tier her? War es entlaufen? Es musste höllisch wertvoll sein, nicht einmal die Vollblutaraber, die Mutter züchtete, reichten an seine Schönheit heran.

»Ein Ceffyl Dŵr«, wisperte Melyn.

Innerlich zuckte ich zusammen. Dieses bezaubernde Wesen sollte ein bösartiger Wassergeist sein? Es handelte sich doch nur um ein Pferd!

In leichten Schritten trat es auf uns zu und hob anmutig den Kopf. Es blickte mich direkt an.

»Pwy yw hwnna?«

Wie sinnentleert rauschte mir das Blut durch den Körper, ich fühlte mich schwindlig und klammerte mich reflexartig an Melyn fest. Das Tier hatte gesprochen! Es konnte reden! Was geschah hier? Verwirrt schüttelte ich den Kopf, als könnte ich so meine Sinne ordnen.

»Ei enw yw Cooper«, antwortete Melyn, und mir wurde klar, dass das Vieh nach meinem Namen gefragt hatte.

Hektisch kniff ich mir in den Arm, mehrmals. Mein Verstand schrie, ich solle weglaufen, so schnell ich konnte, doch ich stand nur da und glotzte das sprechende Pony an.

»Siarada ei iaith os gwelwch yn dda«, fuhr Melyn fort.

»Spricht der Gentleman Englisch?«, fragte das Tier, und sein Ton klang – spöttisch? Verächtlich? Es weitete die Nüstern.

Ein sprechendes Tier? *Ein Ceffyl Dŵr*? Gedanken rasten wie irrgeworden durch meinen Kopf, wie außer Kontrolle geratene Feuerwerkskörper knatterten sie durch meinen Schädel. Ich war wach, ich war bei vollem Bewusstsein, und wenn dieses Tier hier sprach, dann konnte ich auch mit wissenschaftlichster Logik nicht mehr behaupten, dass Melyn die ganze Zeit etwas zusammenfantasiert hatte! Dieses Wesen vor mir war Realität, und das bedeutete, dass alles, was Melyn erzählt hatte, stimmen konnte. Stimmen musste! Die Anderwelt – es gab sie! Sie existierte!

»Das tut er. Was willst du hier?« Melyns Brauen wölbten sich tief über ihre Augen. Sie zitterte noch immer, ob aus Furcht oder vor Anspannung, vermochte ich nicht zu sagen.

Das Pony zuckte mit den Ohren und blickte nach oben, als müsste es sich erst eine Ausrede überlegen. »Gar ... nichts«, antwortete es so gedehnt, dass ich aufgelacht hätte, wäre ich nicht wie in einer Schockstarre gewesen.

»Bin bloß mal eben spazieren. Ist doch erlaubt, meinst du nicht – Melyn?« Der Schimmel betonte ihren Namen merkwürdig, als spielte er auf etwas an. Er trabte los und beschrieb einen Kreis um uns, dabei warf er mir – oder uns – immer wieder Blicke zu und schüttelte seine Mähne. Der Schweif wehte wie eine lange Fahne im Wind hinterher.

Melyns Augen verfinsterten sich weiter. »Spazieren? Du bist auf neue Opfer aus, ist es nicht so? Vergiss es, Wassergeist, Cooper bekommst du nicht!«

»Hast wohl einen neuen Freund?« Das Pony blieb stehen, und sein Blick nahm etwas Schelmisches an. »Was wird nur

Brychan dazu sagen, wenn ich ihm davon erzähle?« Für einen Moment wirkte seine Miene teilnahmsvoll, doch aus den Pupillen glitzerte es böse.

Melyns Gesicht veränderte sich schlagartig, ihre Augen weiteten sich, sie trat einen Schritt vor. »Brychan? Sut wyt ti'n gwybod amdano fe? Ble mae e?« Ihre Finger verkrampften sich zu einer Faust.

Das Tier stieß einen Laut aus, der wie ein tadelndes Zungenschnalzen klang.

»Wie unhöflich von dir, der junge Gentleman versteht doch gar nichts!« Wieder zuckten die Ohren, als zeigten sie einen niederträchtigen Gedanken an. »Wo wird er schon sein? Brychan weint sich die Augen aus nach dir. Doch leider, leider wurdest du verbannt, nicht wahr, Melyn?«

Entsetzt keuchte sie auf und taumelte zurück, bis sie gegen meine Schulter prallte. »Du widerwärtige Kreatur! Sag mir sofort, wo er ist!«

Wiehernd schlenkerte das Pony mit dem Kopf und zog sich in den hellen Dunst zurück, bis der Nebel es komplett verschluckt hatte. Stumm starrten wir auf die Stelle, sahen nichts als die weiße Wand vor uns. Ich spürte Melyns Zittern an meiner Brust.

Hatte ich irgendetwas zu mir genommen, was eine halluzinogene Wirkung nach sich zog? Ich fühlte den Wind auf meiner Haut, der aufgefrischt hatte. Ich roch die See. Ich träumte nicht!

»Wer ... war das? Kennst du ihn?«

Melyns Blick wirkte noch klarer als sonst. Ihre Brauen zogen sich tief über den Augen zusammen. »Daliwr. Er kommt an Land und sucht nach Opfern, um sie zu versklaven oder zu töten.«

Ich schluckte. »Töten?«

Melyn verzog den Mund. »Er braucht einen Menschen aus deiner Welt, um seine Magie aufzufüllen. Er steckt seine Nase in alles, was ihn nichts angeht. Er ist eine Plage.«

Nachdenklich blickte ich aufs Meer hinaus, dann sah ich Melyn wieder an. »Denkst du, er hat gezielt nach dir gesucht?«

Ein leiser Seufzer entfuhr ihr. »Ich weiß nicht. Ich weiß einfach gar nichts.«

Allmählich dünnte der Nebel aus, und die Konturen von Häusern der Uferpromenade traten hervor. Es mussten Minuten vergehen, die ich auf die Silhouette von Aberystwyth starrte. Wenn das alles ein Traum war, dann wurde es Zeit, jetzt aufzuwachen.

7

Ungläubig schüttelte ich den Kopf. »Das ist nicht passiert. Das ist doch nicht echt!« Ich starrte Melyn an. »Hat dieses Pferd da gerade wirklich mit uns gesprochen?«

Ich erwartete gar keine Antwort, jedoch schien Melyn den rhetorischen Teil meiner Frage nicht erfasst zu haben, denn plötzlich spürte ich ihre Faust auf meinem Oberarm.

»Glaubst du mir noch immer nicht?«

Ich fing ihren nächsten Schlag ab. »Hey, hey, bitte entschuldige!« Ich rieb mir den Arm. »Es ist einfach so verrückt! Ich … Es tut mir leid, Melyn! Ehrlich, alles! Ich konnte einfach nicht glauben, dass diese … andere Welt existiert.« Wieder schüttelte ich den Kopf und starrte hinaus auf die See. »Es gibt sie«, murmelte ich. »Es gibt sie wirklich!«

»Kommst du jetzt mit mir mit?« Ihre Stimme klang flehentlich. »Wir haben nur noch bis morgen Zeit!«

Ich fuhr mir durch die Haare. »Wie soll das funktionieren? Ich kann doch nicht mit ins Wasser!«

»Du hast es versprochen! Du *musst* mitkommen, du bist der Erbe! Bitte – meine Mutter stirbt sonst!«

Mit den Fingern fuhr ich mir durch die Haare. »Ich verstehe das alles nicht. Ich hatte mit der Anderwelt nie etwas zu tun! Ich weiß nichts von einem Einion! Wenn sie mich so dringend brauchen, warum holen sie mich nicht mit Gewalt? Warum schicken sie dich?«

»Llew hat es befohlen, denke ich. Bitte ...«

»Aber das hatten wir doch schon, Melyn. Ich bin nicht der Erbe! Der Erbe hat irgendeine Schleuse zerstört, das war mal definitiv nicht ich.«

»Vielleicht eine ganz kleine? Irgendetwas, ein winziges Rinnsal reicht, um Llŷr zu wecken.«

»Nein, keine Ahnung, vielleicht mal ein kleiner Damm, den ich als Kind gebaut habe ...«

Traurig wiegte sie den Kopf. »Es ist gerade erst passiert, nicht lange her. Vor fünf Tagen oder sechs? Etwas mit Wasser?«

»Ich habe Wasserhähne auf- und zugedreht, Toilettenspülungen bedient ...«

»Etwas, was du sonst nicht tust, sonst wäre es doch eher passiert!«

»Ein Glas Wasser verschüttet? Nein, das kommt doch auch öfter vor. Tut mir leid, da war nichts. Schau, ich würde ja mitgehen, bloß – wie soll das funktionieren?« Ich wollte sie nicht anfahren, aber meine Geduld mit ihr erschöpfte sich gerade. »Selbst wenn ich der Erbe wäre – ich besitze weder Flossenfinger noch Kiemen, ich habe auch keinen ›magischen Sonnenstrahl‹, mit dem ich unter Wasser atmen kann! Wenn ich ins Meer steige, ertrinke ich früher oder später!«

Melyn schlug sich die Hände vors Gesicht und schluchzte leise. Ich konnte verstehen, dass sie sich an die Vorstellung klammerte, ich wäre tatsächlich der gesuchte Erbe. Ich hatte versprochen, ihr zu helfen, ich wollte zu meinem Wort stehen, und es ergab kaum Sinn, länger darüber zu streiten, ob ich der Richtige war oder nicht.

Ich legte ihr meinen Arm um die Schultern und zog sie sanft mit mir. »Hey, wir finden eine Lösung. Lass uns zu Nia gehen!« *Sie wird begeistert sein zu hören, dass das Elfen-Atlantis existiert!* »Wir überlegen uns, wie ich dich begleiten kann.« *Ohne dabei draufzugehen.* »Vielleicht können wir einfach so tun, als wäre ich der Erbe«, sagte ich mehr, um sie zu beruhigen, als dass ich mir sicher war, ob ich es wirklich tun wollte. Es gab keine Möglichkeit für mich, unter Wasser zu überleben, richtig? Wenn dieser König existierte, wollte ich ihn eigentlich gar nicht kennenlernen, und auf eine Begegnung mit einem jähzornigen Meeresgott war ich erst recht nicht scharf. Unwillkürlich lachte ich auf. *Ein Meeresgott!*

Melyn schniefte. »Du lachst?«

Aus purer Verzweiflung. »Ich versuche, mir Mut zu machen.« Bilder blitzten durch meinen Kopf, Bilder des eben Erlebten, und ich hatte noch immer Mühe, zu begreifen, dass ich von einer Begegnung mit einem waschechten Wassergeist zurückkehrte und nicht etwa aus dem Kino.

Wir stiegen die Steinstufen hoch.

»Wer ist dieser Brychan?«, fragte ich.

Es war offensichtlich, dass Melyn emotional auf diesen Namen reagiert hatte, so auch jetzt. Aus erschrockenen Augen starrte sie mich an. »Du darfst es niemandem sagen!«

»Was? Was darf ich nicht sagen?«

Melyn schüttelte sich, und die Verzweiflung trieb ihr Tränen in die Augen. »Ich darf ihn nicht treffen, es ist verboten!«

»Verboten?« So wie Melyn sich verhielt, lag ich mit meinen Theorien über einen despotischen Herrscher nicht komplett daneben, auch wenn sie offenbar tatsächlich aus Cantre'r Gwaelod stammte. So richtig schön stellte ich mir das Leben da unten nicht vor.

Da sie stumm blieb, grübelte ich weiter. »Dieser Daliwr – du sagtest, er bekomme alles mit, was ihn nichts angeht.«

Sie lachte auf, doch es klang nicht amüsiert. »Ich kenne kein Wesen, das neugieriger ist.«

Nachdenklich brummte ich. Mit dem Auftauchen des Ceffyl Dŵr stand also fest, dass es die Anderwelt gab, dass dann wohl auch Cantre'r Gwaelod existierte mit der Stadt Caer

Wyddno, dass der König dort ebenfalls Realität war, und dass sein Gefolgsmann Melyn fortgebracht hatte, damit sie den Erben fand, wer auch immer das sein mochte, um das Leben ihrer Mutter zu retten. Wenn da ein Wassergeist war, der ungefragt seine Nase in alles steckte, wusste er vielleicht etwas über Melyns Geschichte.

»Könnten wir das nicht für uns nutzen?«

Überrascht schaute sie mich an. »Für uns?«

»Wir müssen herausfinden, warum sie ausgerechnet dich fortgeschickt haben, wer genau dahintersteckt und was mit ›dem Richtigen‹ gemeint ist. Was ich, wenn ich schon der ›Erbe‹ sein soll, dann tun muss, oder was sie mit mir vorhaben.« *Kann ja kaum darum gehen, dass der König mich einfach mal kennenlernen will.* »Vielleicht weiß Daliwr etwas darüber.«

Melyn stieß ein leises Schnauben aus. »Wenn es so wäre, würde er uns nichts verraten. Er ist böse.«

»Na ja. Für die ...« Ich wies unbestimmt in Richtung Meer. »... die für deine Verschleppung verantwortlich sind, gehören wir momentan ja wohl auch zu den Bösen. Immerhin wurdest du ›Verfluchte‹ genannt.« Ich deutete ein vorsichtiges Grinsen an. »Vielleicht können wir Daliwr irgendwie überreden?«

Melyn starrte hinaus aufs Wasser. »Einen Pakt mit einem Ceffyl Dŵr einzugehen, ist mit einem hohen Risiko verbunden.«

»Ein hohes Risiko? Kannst du das genauer erklären?«

Ihr Blick wanderte zu mir. »Wie ich schon sagte: Daliwr ist böse. Er ist unberechenbar, und er ist auf der Suche nach einem neuen Opfer. Wer sich mit einem Wassergeist einlässt, kommt da nicht mehr raus.«

Wir standen vor der Tür, ich schloss auf. Nia war noch nicht zu Hause. Nach einem etwas unschlüssigen Moment traten wir in die Küche, wo wir uns vor das Fenster stellten und hinaussahen.

»Du warst mutig vorhin«, sagte ich. »Das Ceffyl Dŵr ist böse, hast du gemeint. Besitzt es Zauberkräfte?«

»Nicht viele. König Helig ap Glanawg hat es mit einem Bann belegt.«

»Was ist das für ein Bann? Hat es seine Zauberkräfte dadurch verloren?«

Ihre Stirn legte sich in Falten. »Das weiß ich nicht genau. Ich denke schon. Jedenfalls kommt Daliwr ungetarnt nicht mehr in unsere Stadt.«

Ein Ceffyl Dŵr war ein Gestaltwandler, hatte ich gelernt. In was konnte es sich alles verwandeln? »Kann er sich nicht einfach als – was weiß ich? – ein Fisch oder so in die Stadt schleichen?«

Melyn lächelte grimmig. »Du weißt auch gar nichts über ein Ceffyl Dŵr, nicht wahr? Es kann doch nur seine Gestalt ändern, wenn es einen Menschen gefangen hat! Und Fische kommen nicht in unsere Stadt, weil sie von Luft umschlossen ist.«

»Tatsächlich?« Natürlich hatte sie recht, ich hatte keine Ahnung von all den Wesen der Anderwelt, aber genau über das Ceffyl Dŵr wusste ich dank Selwyn eben doch eine Kleinigkeit. Ich dachte an seine Skizzen zum Knüpfen eines Halfters und beschloss, mich später darum zu kümmern. »Es gibt da unten Luft?« Ein flaues Gefühl legte sich in meinen Magen.

»Nur um die Stadt, das ist die Magie des Sonnenstrahls. Ringsum ist Wasser.«

»Okay, das heißt, wir müssen durchs Wasser, bevor wir in deine Stadt gelangen, richtig?«

Melyn bestätigte es. Noch immer fühlte ich mich, als steckte ich inmitten eines Traums. Eine Stadt unter dem Meer. Geister. Menschen, die in einem versunkenen Land lebten. *Völlig verrückt.*

Ein Gedanke durchzuckte mich. »Moment mal! Das mit dem Sonnenstrahl: Wenn ihr ihn verliert – ihr braucht ihn doch zum Leben, oder nicht?«

»Er schenkt uns Licht, Luft und Wärme.«

Entsetzen stieg ihn mir auf. »Aber das bedeutet doch, nicht nur deine Mutter ist in Gefahr! Ihr alle seid es!«

Düster nickte sie.

Also musste ein ganzes Volk gerettet werden? Lieber Himmel, meine Welt stellte sich gewaltig auf den Kopf! »Könnte ich da hinabtauchen?«

Sie wirkte unschlüssig. »Ich denke schon. Ich tauche ja auch hinunter.« Drängend sah sie mich an. »Können wir jetzt gehen?«

Ich schluckte unangenehm. »Weißt du, Nia ist noch nicht zurück, und ... Bitte versteh, dass ich erst mal sicher sein muss, dass ich auf dem Weg in dein Zuhause nicht einfach ertrinke oder so. Das ... das würde dir doch auch nicht helfen, wenn ich sterbe, nicht wahr? Kannst du im Wasser atmen?«

»Kann ich nicht. Wir halten die Luft an, wenn wir im Wasser sind. In den Plantagen haben wir Luftsäcke.«

Luftsäcke? Ich nahm an, es handelte sich um eine einfache Alternative zu Pressluftflaschen. »Wie lang kannst du die Luft anhalten?«

»Ich bin im Halbstundentakt. Manchmal auch länger.«

Mein Blick schwenkte zum Fenster. Die Sonne war unter den Wolken hervorgekommen, nur noch knapp hing sie über dem Meer. Es sah aus, als erreichte bloß ein einziger Sonnenstrahl die Wasserfläche, und ich stellte mir vor, es wäre derjenige, der Melyns Volk am Leben hielt. »Ich bin leider kein Apnoe-Taucher. Ich brauche viel Luft, auch unter Wasser.«

Vom Flur her hörte ich Nia. »Cooper? Kannst du mir was abnehmen?«

Ich eilte zu ihr und griff nach den vollbeladenen Einkaufstaschen. »Du sollst doch nicht so schleppen, Granny!«

»Mr Ryder war so freundlich und hat mich hergefahren.« Mit einem leisen Ächzen knöpfte sie ihren Mantel auf. Ihr Blick fiel auf meine feuchte Jacke an der Garderobe. »Ihr wart draußen?«

Ich schluckte. »Ich muss dir etwas erzählen. Komm erst mal rein!«

Nia hörte sich in Ruhe an, was ich ihr in hektischen, unsortierten Sätzen erzählte. Sie ließ mich sprechen, sie hakte nicht nach, sie fragte nicht wie und weshalb. Auch als meine Schilderung endete, sagte sie nichts, sondern nickte nachdenklich.

»Es ist nicht viel Zeit. Bis morgen nur, meint Melyn, und ich muss mit ihr gehen.« Melyn und ich tauschten einen Blick, und ich rätselte, ob sie sich wohl Gedanken darüber machte, wie ich mich fühlte. Ich wusste es selbst nicht so recht. Da waren zum einen meine Zweifel, wie ich unter Wasser bestehen konnte. Wie kamen die drauf, *ich* wäre der Erbe? Aber ich hatte ihr versprochen, zu helfen. Zum anderen war da die plötzliche Erkenntnis, dass es die Anderwelt gab. Ich hatte nie danach geforscht, es war nicht das Gefühl, das Christoph Kolumbus oder James Cook gehabt haben mochten, als sie fremde Welten entdeckt hatten. Eher das merkwürdige Empfinden, als hätte mich jemand ein Leben lang belogen. Das war Unsinn, immerhin existierte die Anderwelt für den britischen Durchschnittswissenschaftler nicht, wer hätte davon wissen und sie mir vorenthalten können?

Selwyn?

Die wenigen Legenden, die er mir erzählt hatte, waren doch nur das gewesen: Geschichten. Märchen, nichts Reales.

Hatte er Beweise gefunden, die er für sich behalten hatte?

Es fühlte sich noch immer seltsam an, über Melyns Welt nachzudenken, obwohl dieses Mädchen doch neben mir saß, obwohl ich den Wassergeist gesehen und sprechen gehört hatte. Zweifelte ein Teil in mir weiterhin die Existenz des Anderen an? Mein Großvater hätte sich anders verhalten. Er wäre in die Fluten getaucht, wahrscheinlich bevor er sich überlegt hätte, wie er unter Wasser überleben soll.

»Auch wenn ich nicht der Erbe bin, sollte ich mitgehen. Wir können zumindest erst mal tun, als wäre ich es, und wenn es auffliegt, könnten wir immer noch versuchen, ihre Mutter zu retten.« Ich warf Melyn einen Blick zu. »Sie weiß noch nichts von der Gefahr, richtig?«

»Ich glaube nicht. Alles ging so schnell, aber vielleicht haben sie sie inzwischen in den Kerker geworfen.«

»Verstehe.« Nia sagte es, als wäre es eine unumstößliche Tatsache, dass ich gehen musste.

»Wie soll ich unter Wasser Luft bekommen?« *Und wie soll ich verhindern, dass ich nicht auf tausenddreihundertsiebzig Arten verrecke und ums Leben komme?*

Nia bedachte mich mit einem langen Blick. Tiefe Furchen gruben sich in ihre Stirn, und ich ahnte, dass sich in ihr Gefühle stritten.

»Melyn kann die Luft für eine halbe Stunde und länger anhalten, wenn sie taucht«, erklärte ich, als würde uns das beim Nachdenken helfen.

Gedankenverloren verzog meine Großmutter den Mund. »Mit einer Tauchausrüstung? Selwyn besaß alles, aber ob das noch funktioniert? Vielleicht könnten wir eine leihen …«

Erschrocken hob ich die Hände. »Ich bin noch nie getaucht. Ich habe keine Ahnung, und wenn man keine Ahnung hat, kann das gefährlich werden, oder nicht?«

Sie nickte ernst. »Ja, allerdings. Wenn du noch nie getaucht bist, ist das vermutlich keine gute Idee.«

»Wie tief muss ich denn ins Wasser?«, wandte ich mich an Melyn. »Du sagtest, euer Reich liegt ganz knapp unter der Oberfläche. Vielleicht kann ich einfach nur ein paar

Schritte mit ins Wasser rein, ohne richtig untertauchen zu müssen?«

Ihre Stirn legte sich in Falten. »Es gibt da ein Tor. Es schützt die Anderwelt. Es liegt tief unten.«

»Also müssen wir durch dieses Tor?« Mit beiden Händen rieb ich mein Gesicht. »Wenn wir keine Lösung finden, wie ich unter Wasser bestehen kann, werde ich draufgehen, verstehst du? Ich werde ertrinken, ersticken oder erfrieren, oder der Wasserdruck bringt mein Hirn zum Platzen, was weiß ich.« Das Kinn in die Hände gestützt starrte ich vor mich hin, doch mein Kopf war wie ein leerer Dachboden – ich kam auf nichts.

»Daliwr könnte dich hinbringen«, wisperte Melyn plötzlich, und ihre Stimme drang wie aus weiter Ferne in mein Gehör.

»Daliwr?«, fragte Nia. »Welcher Fänger?«

Verwundert sah ich Granny an, dann ging mir auf, dass ›Daliwr‹ ein walisisches Wort mit entsprechender Bedeutung sein musste. Ein Fänger. *Ein Menschenfänger.*

»Ein Ceffyl Dŵr«, antwortete Melyn.

Nias Augen weiteten sich. »Und wie soll ein Ceffyl Dŵr meinen Enkel in deine Welt bringen können?«

»Du sagtest, er ist darauf aus, mich zu töten«, warf ich ein. Sie selbst hatte doch dringend abgeraten, sich mit Daliwr einzulassen!

»Wassergeister sind Spieler. Wenn du ihm einen Handel anbietest, wird er nicht widerstehen können. Allerdings ist er gerissen und hinterlistig. Er wird versuchen, dich zu betrügen. Du musst ihm immer einen Schritt voraus sein.«

»Aber er könnte mich bis in dein Zuhause bringen? Wie soll das gehen?«

»Alles, was sich auf den Rücken eines Ceffyl Dŵr setzt, wird augenblicklich mit ihm verbunden. Du brauchst nicht mehr zu atmen, wenn du auf ihm sitzt, denn du wirst ein Teil seines Körpers. Doch genau das ist das Problem.«

Überrascht schauten Nia und ich Melyn an. »*Was* ist das Problem?« Wir warfen uns einen Blick zu, im selben Moment hatten wir unsere Gedanken ausgesprochen.

»Die Verbindung zu einem Ceffyl Dŵr ...« Melyn wurde immer leiser und ihre Augen immer größer. »... lässt sich nicht wieder lösen.«

»Nicht?«, echote ich.

Tief seufzte sie. »Du musst ihm eine Gegenleistung anbieten. Ein Pfand. Etwas Wertvolles. Dann kannst du dich raushandeln.« Hilflos zuckte sie mit den Schultern, und als sie mich ansah, quoll ihr eine Träne aus dem Auge. »Bitte hilf mir!« Ihr Flüstern war nicht mehr als ein Hauch. »Hilf mir, meine Mutter zu retten!«

Ich schaute aus dem Fenster. Der Himmel draußen leuchtete purpurrot vom Sonnenuntergang. Aus dem einzelnen Sonnenstrahl waren viele geworden, doch das Himmelsgestirn war schon halb hinter dem Horizont versunken. *Eine Gegenleistung.* Ohne einen Gefangenen konnte er nicht nach Caer Wyddno gelangen. Ob ihm das genügte? Gab es da etwas, was ihn reizte? Oder weshalb hatte er sich sonst dort so oft herumgetrieben, bis der König ihn mit einem Bann belegt hatte?

In mir reiften ein Entschluss und ein Plan, und Selwyns Buch mit der Anleitung spielte dabei eine Rolle. Ich hatte Melyn versprochen, ihr zu helfen, dann tat ich es auch. Sie glaubte, ich wäre der besagte Erbe? Dann würde ich der Erbe sein!

»Cooper, ich mache mir Sorgen, wenn du gehst.«

Überrascht sah ich zu meiner Großmutter. Reichte es nicht, dass ich mir selbst schon Gedanken machte? »Hast du das zu Selwyn auch immer gesagt?«

Verletzt senkte Nia den Blick, und ich griff nach ihrem Arm. »Tut mir leid! Ich habe es nicht so gemeint.«

»Mir tut es auch leid. Nein, zu Selwyn habe ich das nie gesagt, er hätte kein Verständnis dafür aufgebracht. Aber du bist mein Enkelsohn.«

Ich nickte. »Ich verstehe es schon. Ich gebe ja zu, dass das alles ziemlich abenteuerlich erscheint. Aber wenn nicht einmal du mir zutraust, es zu schaffen ...«

»So habe ich das doch nicht gemeint!«

»Dann hilf mir, daran zu glauben, dass ich schlau genug bin, diesen Daliwr zu überlisten.«

Es mochte sein, dass ich bislang nicht bekannt dafür war, gerissen zu sein. Aber eine Sache zeichnete mich aus: Wenn ich mir etwas in den Kopf gesetzt hatte, dann zog ich es durch. Wenn ich etwas wollte, gab ich so schnell nicht auf.

»Ich will Melyn helfen, Granny. Ich werde mit ihr gehen und ich werde dieses Wasserpony überreden.« Zu intensiv durfte ich nicht darüber nachdenken, was ich da plante, zu tun. Es hörte sich so verrückt an, dass Zweifel wie lauernde Wölfe herankrochen, darauf wartend, zuschnappen zu können.

Ich wandte mich an Melyn. »Gibt es eine Möglichkeit, Daliwr herbeizurufen?«

»Bei uns gibt es ein Kinderlied. Es ist nur ein Spiel, aber meine Mutter hat mich immer gewarnt, es zu singen, weil es die Wassergeister anlockt.« Verlegen senkte sie den Blick. »Ich könnte es probieren.«

»Und wie willst du diesen Daliwr überlisten?«, hakte Nia nach.

»Hast du eine reißfeste Schnur?«

Verwundert sah sie mich an. »Paketgarn ist ziemlich stabil. Wofür brauchst du es?«

»Ich habe in Selwyns Buch etwas über das Ceffyl Dŵr gefunden, eine Anleitung für eine Art Halfter. Ich möchte es knüpfen, vielleicht hilft es uns.«

Nia deutete in Richtung Flur. »Draußen in der Kommode, bei den Briefmarken in der Schublade.«

»Daliwr schlich früher jeden Tag um unsere Stadt herum. Was er dort gesucht hat, weiß ich nicht.« Melyn sah mich unsicher an.

Genau mein Gedanke. »Wir könnten ihn fragen.« Ich nickte kaum merklich. »Ich werde ihn einfach fragen.«

»Dein Großvater wäre stolz auf dich gewesen!« Granny lächelte, auch wenn ihre Augen ihre Sorge verrieten. »Ich bin es ebenfalls. Ich weiß, dass du gut auf dich aufpassen wirst.«

»Ich muss einiges vorbereiten.« Ich musste vor allem noch einmal in mich gehen, ob ich wirklich so wahnsinnig war, mich ins Wasser zu begeben und mit einem bösartigen Geist einzulassen, der mich, falls es schieflief, für immer unter die Meeresoberfläche ziehen könnte. »Wir starten heute Nacht.« Auffordernd nickte ich Melyn zu. »Halte dich bereit, ich rufe dich, wenn es losgeht.«

Sichtlich nervös lächelte sie. »Diolch! Das heißt Danke.«

Mit der Rolle Paketschnur setzte ich mich an den Schreibtisch und schlug das alte Buch meines Großvaters auf. Die Stelle mit dem Ceffyl Dŵr hatte ich markiert, und ich folgte der Anleitung. Ich war froh, mich auf die Schlingen und Knoten konzentrieren zu können, sonst hätte sich womöglich das Nervenflattern breitgemacht. Kurz vor Mitternacht betrachtete ich das fertige Werk. Für den ersten Versuch fand ich es gelungen, und auf meinen Zug hin schnürte sich das Halfter an den richtigen Stellen zusammen. Tief in mir blieb eine gewisse Skepsis, ob der Zaum im Ernstfall auch wirklich etwas bewirkte, oder ob nicht doch Magie dazugehörte, über die ich nicht verfügte.

Mit einem Piepsen verkündete mein Handy den Eingang einer E-Mail. Ich öffnete die Nachricht.

Hi Cooper,
wollte nur noch mal sagen, dass ich es toll finde, dass du

bei unserem Forschungsprojekt im August dabei bist. Professor Wright hat sich auch sehr gefreut, du bist uns stets angenehm aufgefallen. Falls du Fragen hast, kannst du mich gerne per Messaging kontaktieren, die Nummer hast du ja, sonst findest du sie unten in der Signatur. Freue mich, viele Grüße, Derek

Ein leichtes Kribbeln machte sich in meinem Bauch bemerkbar. Er freute sich!

Ich atmete durch. *Ich Dummkopf.* Er freute sich auf die Zusammenarbeit, mehr nicht!

Ich öffnete meine Kontaktliste. Dereks Nummer hatte ich bereits abgespeichert, ich rief seinen Kontakt in der Messaging App auf.

Hi Derek, hier ist Cooper, freue mich auch. Muss überraschend kurz verreisen, werde aber rechtzeitig zurück sein. Vertrag bringe ich dir dann vorbei!

Würde ich das? Wie lange wäre ich fort? War die Frage nicht eher, ob ich überhaupt heil zurückkehrte? Nun setzte doch das Nervenflattern ein. Ich konzentrierte mich auf meinen Atem.

Blaue Häkchen zeigten an, dass er meine Nachricht gesehen hatte. Einen Moment später antwortete er.

Okay, ich hoffe, es ist nichts Schlimmes. Wenn du Hilfe brauchst, melde dich. Ansonsten bis August.

Wenn ich Hilfe benötigte? Ich hatte Derek als hilfsbereit erlebt, seit ich ihn kannte, und dieses doch sehr persönliche Angebot rührte mich. Nervös dachte ich an die bevorstehende Nacht. Ja, ich brauchte Hilfe, doch wie hätte ich jemandem erklären sollen, was ich im Begriff war zu tun?

8

Über dem Meer hing der Mond, vom Wasser her stiegen dünne Schwaden auf. Darauf zu warten, dass ich mich bereit fühlte, erschien mir aussichtslos. Ich straffte die Schultern, nahm das geknotete Halfter zur Hand und ging hinüber zum Gästezimmer, wo ich an die Tür klopfte.

»Sollen wir?«

Melyn öffnete mir. Im Schummerlicht des Flurs wirkte sie noch blasser als sonst. Stumm nickte sie, und wir stiegen die Treppe hinunter.

In der Küche saß Nia und knibbelte nervös an ihren Fingern. Nur die kleine Lampe unter den Hängeschränken leuchtete. Im schwachen, kalten Licht sah meine Großmutter aus wie ein Gespenst, das die Geisterstunde versäumt hatte.

Gönn dir noch ein paar Stunden Schlaf! Reicht es nicht, wenn ihr erst im Morgengrauen geht? Ich konnte mir denken, was sie mir alles sagen wollte und es nur deswegen nicht tat, um mich nicht zu verunsichern oder gar von meinem Vorhaben abzubringen. Ich hatte Melyn versprochen zu helfen. Im Gegensatz zu anderen aus meiner Familie hielt ich, was ich versprach.

Wortlos umarmten wir einander. Auch mir fiel nicht recht ein, was ich zum Abschied sagen sollte. *Bis später* wäre vermutlich gelogen, und alles andere ergab ebenfalls keinen Sinn.

Ich zog meinen Windstopper und bequeme Sneaker an, die beide rasch trocknen würden, wenn ich nach meinem Tauchgang irgendwo wieder ins Trockene gelangen sollte. Das Paketschnur-Halfter verstaute ich in der Innentasche meiner Jacke, dann nickte ich Melyn zu.

»Wir können.«

Ich umarmte noch einmal Nia, sie wünschte mir Glück, küsste mich und Melyn auf die Wange, daraufhin verließen wir das Haus.

Schweigend folgten wir der Cliff Terrace bergab. Gedanken schoben sich in meinen Kopf, Gedanken darüber, ob ich den Wassergeist überlisten können würde, wie es wohl da unten aussah, was mit mir geschah, wenn sie herausfanden, dass ich nicht der richtige Erbe war. Dann konzentrierte ich mich und verbot mir, weiter nachzudenken. Es gab jetzt kein Zurück mehr.

Ich warf einen Blick zu Melyn, den sie mit einem zaghaften Lächeln erwiderte. Die Zeit war günstig, draußen kein Mensch unterwegs, und auf dem Wasser lag nebliger Dunst, sodass ich die nervöse Hoffnung hegte, Daliwr recht bald zu begegnen.

Nur kleine Wellen schwappten auf den Kies, statt Meeresrauschen begleitete uns ein leises Gluckern, das sich seltsam fremd anhörte. Die Steine knirschten unter meinen Sohlen. Etwas abseits von der Promenade blieben wir stehen. Fragend sah Melyn mich an, ich nickte ihr zu.

»Daliwr, Daliwr, dewch yma,
Daliwr, dewch â diwrnod da.«

Ihr leiser Lockgesang floss durch die Luft. Schauder liefen mir über den Nacken. Angestrengt hielt ich Ausschau nach dem Wassergeist. Eine Weile passierte nichts, und sie wiederholte den Lockruf.

Ich verspürte keinerlei Müdigkeit, nur die Anspannung, die wie ein glitschiger Eisbeutel in meinem Magen lag. Meine Sinne erschienen mir alle geschärft, ich nahm die leichteste Änderung im Wind wahr. Salz und Feuchtigkeit lagen in der Luft, selbst die Algen, die auf die Steine gespült worden waren, konnte ich riechen.

»Dort!«, wisperte Melyn und wies in Richtung der Schieferfelsen.

Der Nebel hatte sich verdichtet und kroch auf uns zu, als wäre er selbst ein riesiges Tier. Unwillkürlich trat ich einen halben Schritt rückwärts. Der Mond warf sein kaltes Licht auf den Dunst und brachte ihn zum Leuchten. Wie von einer Wolke umhüllt, atmete ich die kühle Feuchtigkeit ein. Um wie viel eisiger würde es erst unter Wasser sein? Ich spürte die Tröpfchen in meiner Lunge, das Luftholen fiel mir für einen Moment schwer.

Unvermittelt stand er da. Der Wind frischte auf, die langen Strähnen der Mähne tänzelten. Den schlanken Kopf mit der zart nach innen gebogenen Nase hielt er hoch erhoben, den Blick aus den dunklen Augen auf uns gerichtet, die Nüstern weit gebläht.

»Die Gwahardd und der Gentleman. Was erdreistet ihr euch, den Daliwr zu rufen?« Seine Stimme schnitt durch den Nebel, und nach der unheimlichen Stille dröhnte sie in meinem Kopf.

»Daliwr.« Ich räusperte mich; die Verwegenheit, die ich vorgeben wollte, lag hinter einem heiseren Krächzen verborgen. So funktionierte das nicht, ich musste mich zusammenreißen und mehr Selbstbewusstsein ausstrahlen! Ich straffte die Schultern und trat vor. »Wir haben dich gerufen, weil wir deine Dienste brauchen.«

Lauthals wieherte das Pony los. »Sehe ich aus wie eine Dienstmagd?« Er deutete einen Knicks an, als wäre er eine Zofe, dann schüttelte er den Kopf.

Als er Anstalten machte, sich von uns abzuwenden, trat ich noch einen Schritt vor. »Einen Dienst gibt es nicht ohne Gegenleistung. Wenn Daliwr mir eine Gefälligkeit gewährt, so erweise ich ihm auch eine.«

Der Wassergeist hielt inne und drehte sich langsam wieder zu mir. »Welche Gefälligkeit könnte der Gentleman meinen?«

»Cooper ist mein Name, und ich nenne dir meinen Wunsch, wenn du deinen zuerst angibst.«

Ich hatte Daliwr richtig eingeschätzt, denn seine Augen leuchteten gierig auf.

»Alles, alles darf ich mir wünschen?« In seinem Blick flackerte es, und ich hätte schwören können, dass sein Gesicht einen listigen Ausdruck annahm. »Was dem Geiste nie gegeben, wünschet er sich sehnlichst eben: Das, was Tod und Leben kennt und sich ewige Seele nennt.« Auffordernd fixierte er mich.

Ich lachte auf, auch wenn ich es alles andere als amüsant fand.

»Meine Seele willst du?« Kurz grübelte ich nach, legte mir Worte zurecht. »Dein Wunsch, Daliwr, sei mir befohlen, nur musst du sie vom Meister holen.« Ich kramte meinen finstersten Blick heraus und grinste so teuflisch, wie es nur möglich war.

Erschrocken ruckte der Kopf des Ponys hoch, seine Ohren zuckten. »Vom Meister? Nun, das war nur ein Scherz, du verstehst, nicht wahr? Daliwr wäre nie so vermessen und würde nach einer Seele verlangen.« Ein gekünsteltes Lachen erklang, und er blickte sich um, als erwartete er den Leibhaftigen persönlich.

Ich trat noch einen Schritt vor, möglichst unauffällig schob ich meine Hand unter die Jacke, wo das Halfter verborgen war.

»Was tust du da, Coopermensch?« Daliwrs Ohren klappten zurück, seine Augen waren so groß, als würden sie jeden Moment aus ihren Höhlen treten.

Ich zog meine Hand heraus und verzog gelangweilt den Mund. »Nichts. Hat gejuckt, verstehst du? Bin ein bisschen allergisch gegen Ponyhaare.« Innerlich fluchte ich. Um das Halfter hervorzuziehen, musste ich geschickter vorgehen.

Daliwrs Kopf fuhr jäh hoch, seine Nüstern verzerrten sich, die Ohren legten sich so eng nach hinten, dass sie nahezu mit dem Hals verschmolzen. »Ich bin alles, aber kein Pony!« Ein fauchendes Schnauben erklang.

So, wie er dastand, hatte ich keine Chance, ihm das Halfter aufzuziehen. Eine andere Taktik war vonnöten, und ich hatte bereits eine Idee.

Meine Schultern musste ich nicht mehr straff halten, mein Kreuz schien von ganz alleine so breit wie nie. »Für deine Spielchen haben wir keine Zeit, Daliwr Kindergeist. Melyn und ich werden uns einen anderen Verbündeten suchen. Komm, Melyn!« Entschlossen drehte ich mich zu ihr. Ich ignorierte ihren verwunderten Blick, hakte sie unter und zog sie ein Stück mit mir.

Es war ein Risiko, einfach wegzugehen, denn immerhin handelte es sich um ein Wesen, das vermutlich mehrere Hundert Jahre auf dem Buckel hatte. Melyn hatte gemeint, Daliwr besitze nicht viel oder nicht mehr viel Zauberkraft, dennoch wartete ich insgeheim darauf, dass mich von hinten ein Blitz traf oder etwas ähnlich Unangenehmes.

Die Tritte des Ponys knirschten im Kies, als es zu uns aufschloss, und in diesem Moment wusste ich, dass ich schon halb gewonnen hatte. Er lief mir nach!

»Kindergeist? Mitnichten! Ein mächtiger, kluger Wassergeist bin ich, ich …« Unwillig schüttelte er den Kopf und trabte, bis er uns überholt hatte. »Jetzt bleibe doch stehen! Wir haben noch gar nicht richtig miteinander disputiert, ich … ich habe nur Possen getrieben!«

»Possen reiße ich mit Kindern«, entgegnete ich kühl und zog Melyn mit mir an Daliwr vorbei. »Verhandeln tue ich mit Erwachsenen.«

Verärgert schnaubte der Wassergeist und setzte uns nach. »Ich bin erwachsen! Es waren mitnichten Possen, ich habe mich nur versprochen. Nur verhaspelt, hörst du? Warte, so warte gefälligst!«

Abrupt blieb ich stehen. Ich spürte Daliwrs erschrecktes Keuchen. Meine Nackenhärchen stellten sich auf; er musste beinahe in mich hineingerannt sein. Als ich mich rasch zu ihm herumdrehte, blickte ich ihm direkt in die Augen, kaum ein Fingerbreit lag zwischen unseren Nasen, seine Ohren klappten vor und zurück.

»Ich höre …?«

Langsam führte ich meine Hand in Richtung Jacke, aber Daliwr sah es, legte die Ohren an und schob sich einen Schritt rückwärts.

»Nun, verehrter Coopermensch, weiß ich, was ich will. Es gibt etwas in Caer Wyddno, das mein Herz begehrt. Uraltes Wissen findest du hier, in ganz Cymru sind es derer nur vier, ein fünftes birgt die versunkene Stadt, glücklich wär Daliwr, wenn er es hat!«

Melyn kreischte auf. »Das Llyfr Euraidd? Vergiss es! Niemals!« Sie wandte sich an mich. »Er will das goldene Buch von Caer Wyddno. Es ist unser heiliges Buch, niemand darf es lesen, niemand darf es haben! Darin finden sich mächtige Zaubersprüche. Wenn Daliwr es in seine Fänge bekommt, sind wir ihm auf ewig ausgeliefert.«

Unauffällig legte ich meine Hand an ihren Arm und hoffte, sie würde verstehen, dass ich eigene Gedanken dazu hatte, sie aber momentan nicht mit ihr teilen konnte. Selbstredend bedeutete es ein Risiko, doch Daliwr musste erst beweisen, dass er gerissener war als ich. Der Wassergeist war leicht zu provozieren und zeigte sich gierig, und das war sein wunder Punkt, glaubte ich.

»Dein Wunsch sei dir gewährt. Wenn du dich auf den Handel einlässt, so werden wir uns voreinander verbeugen.«

Die Habsucht glitzerte in Daliwrs Augen, und er verbeugte sich so ruckartig, dass ich beinahe aufgelacht hätte. Ich verneigte mich ebenfalls. Ich spürte eine plötzliche Wärme, unangenehm kribbelte sie mir bis unter die Haarspitzen. Melyn schnappte leise nach Luft. Der Bund war besiegelt.

»Nun höre, was ich im Gegenzug verlange!« Ich richtete mich auf und wartete, bis Daliwr seine Aufmerksamkeit auf mich lenkte. »Du wirst mich nach Cantre'r Gwaelod bringen, wir begleiten Melyn bis nach Caer Wyddno. Du wirst mich beschützen und mich zu einem Teil deines Wesens machen, damit ich unter Wasser bestehen kann. Und ganz am Ende, wenn alles erledigt ist, wirst du mich wieder zurück an Land bringen, unversehrt an Körper und Seele, hierher, an diesen Strand von Aberystwyth. Alsdann ist deine Aufgabe erfüllt und du bist entlassen.«

Daliwr verzog das Maul und legte die Ohren eng an den Kopf. »Das alles soll ich tun? Das ist viel zu viel! Das ist ein schändlich hoher Preis!«

Erneut kribbelte die Wärme über meinen ganzen Körper. Ich verschränkte die Arme. »Wir haben den Pakt bereits geschlossen. Du wirst tun, was ich sage.«

Wütend schüttelte er die Mähne, dann bäumte er sich auf, vollführte einen Luftsprung und schlug nach hinten aus. »Das ist nicht rechtens! Frevel! Betrug! Du hast mich in eine Falle gelockt! Du bist ein Schandkerl, ein Drecksack, der Teufel selbst, jawohl, das musst du sein, der Satan in menschlicher Gewandung!« Mit erhobenem Kopf trabte er einen kleinen Kreis, schlenkerte den Schädel hin und her und jammerte. »Meinen guten Willen nutzt er aus, jawohl, aber Anstand gegenüber dem armen Daliwr, oh weh, den besitzt er nicht!«

Ich ließ ihn ein paar Runden laufen und leiden, bevor ich mich ihm in den Weg stellte. »Daliwr! Wovon redest du? Wer soll dich, den großen Wassergeist, bitte schön, überlisten können?« Mit weicher Stimme schmeichelte ich ihm. »Nichts läge mir ferner! Denk nur – das goldene Buch von Caer Wyddno! Welch Geheimnisse du ihm wohl zu entlocken vermagst? Welch Wunder du damit vollbringen wirst? Wie mächtig es dich machen wird!«

Daliwrs Augen begannen zu glänzen, und sein Ponymaul verzerrte sich zu etwas, was ich als Grinsen interpretierte.

»Oh, das wäre …«, hauchte er, und sein Blick verlor sich in der Ferne. Plötzlich ging ein Ruck durch ihn, prustend schüttelte er die Mähne und ließ sich auf ein Vorderbein sinken. »Na, wohl an! Nur herbei, Coopermensch, steige auf! Unser Handel gilt, oder wolltest du warten, bis dass das Meer gefriert?«

Eine Adrenalinwelle überschwemmte meinen Körper, und ich spannte meine Muskeln an, damit mir vor Aufregung nicht die Knie nachgaben. Verdammt, ich war das letzte Mal mit acht Jahren auf einem Pony gesessen, und Granny hatte es am Halfter geführt. Darauf bedacht, mir nichts anmerken zu lassen, stakste ich auf Daliwr zu. Ich griff unter meine Jacke, was der Wassergeist bemerkte.

»Was hast du dort? Wo sind deine Hände? Zeige mir deine Hände!«

Somit schlug auch der dritte Versuch, ihm das Halfter aufzuluchsen, fehl. Ich zeigte ihm meine leeren Handflächen.

»Ruhig Blut, Kleiner. Alles in Ordnung.« Unser Pakt war besiegelt, es musste auch so gehen. Ich brauchte keine zusätzlichen Hilfsmittel, um den Wassergeist dazu zu bringen, mich nach Caer Wyddno zu begleiten. Hoffte ich.

Ich lehnte mich zu Melyn herüber. »Was passiert mit dir, wenn wir in deiner Heimat sind? Wir gehen zum König, und dann?«, murmelte ich so leise, dass Daliwr im besten Fall nichts mitbekam.

Ihre Miene zeigte die Ratlosigkeit mehr als deutlich. Sanft legte ich meine Finger auf ihren Arm. Melyn wusste nicht, warum ausgerechnet sie in meine Welt geschickt worden war. Vielleicht war sie willkürlich ausgewählt worden? Wenn sie zurückkehrte und sich eine Weile unauffällig verhielt, hätte sich die Sache möglicherweise erledigt.

Genau. Der König hat sie nur an Land geworfen, weil ihm gerade langweilig war, zischte eine Stimme in meinem Hinterkopf. *Mädchen in eine andere Welt zu bringen und zu verlangen, dort den Richtigen zu finden, ist deren Art von Parship, nichts weiter.* Ich rätselte, seit wann mein – was eigentlich? Bewusstsein? Unterbewusstsein? Gewissen? – derart zynisch war, und ich beschloss, es zu ignorieren.

»Wir werden sehen, okay? Erst mal bringe ich dich nach Hause und wir tun, als wäre ich dieser Erbe«, raunte ich.

Ich wandte mich wieder Daliwr zu. Er kniete vor mir, den Blick argwöhnisch auf meine Hände gerichtet. Ich trat an ihn heran und griff in die Mähne, die Strähnen fühlten sich seidig weich an. Mit etwas Schwung hob ich mein rechtes Bein über den Rücken und nahm Platz. Das Fell war warm, ein Prickeln durchlief meinen Körper, und ich haftete sofort auf dem breiten Leib fest. *Ein magischer Pakt.*

Das Pony erhob sich und schnaubte. »Wohl an, auf nach Cantre'r Gwaelod.«

Ein seltsames Empfinden ergriff mich. Ich fühlte mich leicht wie Luft, und zugleich spürte ich den Kies unter Daliwrs Hufen, die runden Erhebungen der kleinen Steine, wie sie unter seinen Tritten nachgaben. Sie drückten gegen die harte Sohle und in den weicheren Hufstrahl, sie rutschten an den Hufwänden zur Seite. Sein Rücken schaukelte sanft, doch es fühlte sich selbstverständlich an, als wäre es mein eigener Körper, der sich ganz natürlich bewegte.

Daliwr steuerte aufs Wasser zu. Leichter Nebel umgab uns. Die Wellen benetzten seine Beine, ich bemerkte die Nässe, die langsam emporkroch, obwohl noch kein Tropfen meinen Körper berührte, und als das Wasser meine Füße erreichte, nahm ich keinen Unterschied wahr. Es fühlte sich nass an, aber weder unangenehm noch kalt. Melyn hatte recht behalten: Ich war ein Teil von Daliwrs Körper geworden.

Das Wasser ging mir bereits bis zur Hüfte. Melyn stakste neben uns her, bis zur Brust sank sie ein. Unsere Blicke begegneten sich, sie lächelte mir zu, ein wenig scheu, fast unsicher. Dann tauchte sie mit einem Satz unter. Daliwr bäumte sich auf und sprang los. Die Gischt spritzte hoch, mit einem Klatschen teilten sich die Wellen, und wir versanken in der Tiefe.

Überrascht hielt ich die Luft an, blinzelte, sah mich verwirrt um. Das Wasser drückte mir in die Ohren. Als ich nach oben blickte, sah ich mich selbst, mein verzerrtes Ebenbild auf dem Rücken des grauen Pferdes, von den Wellen gekräuselt, tiefer und tiefer sinken. Über uns leuchtete der Mond, in tausende kleine Scherben zerteilt. Ich spürte den Druck in meinen Lungen, mein Atem reichte nicht mehr, Panik stieg in mir auf. Ich musste mich befreien, musste loskommen und auftauchen! Zappelnd schlug ich um mich, versuchte, mich vom Rücken zu lösen, doch ich hing wie festgeklebt am Leib des Ceffyl Dŵr. In meiner Angst schrie ich auf, das Wasser drang in meine Lunge ein und füllte sie aus, bis die letzte Luftblase wie eine silberne Perle nach oben trieb.

9

Mein Kopf drohte zu platzen. Statt weiter um mich zu schlagen, zuckten meine Glieder unkontrolliert. Die Hände krampften, mein Körper fühlte sich an wie ein Sack voller Knochen, den eine unsichtbare Kraft schüttelte. In meinen Ohren rauschte und brummte es, als wäre ich in eine riesige, unheilvolle Maschine geraten.

Mein Magen revoltierte und würgte rhythmisch, doch nichts stieg auf, und ich presste die Lippen fest zusammen. Mein Zwerchfell flatterte, als hätte es ein Eigenleben entwickelt. Das Licht über mir flackerte, auf einmal sah ich Nia neben mir schwimmen. Grinsend winkte sie mir zu. Das Bild verschwand, tanzende Lichter ersetzten es. Alles in mir erzitterte. Meine Sicht trübte sich, nur noch ein einzelner Lichtpunkt vor mir war sichtbar. Wie von einem Magneten wurde ich von ihm angezogen, und ein letzter Gedanke schoss durch meinen Kopf: *Ich sterbe.*

Hör auf, dich wie eine Prinzessin zu gebärden!, hörte ich plötzlich Daliwr sagen. *Hier stirbt niemand, du Tor! Als Teil meiner Art brauchst du nicht zu atmen. Wenn du das freundlichst deinem Leibe mitteilen würdest?*

Seine Stimme schnalzte wie eine Ohrfeige um meine Wangen. Ich spürte in mich hinein. Er hatte recht: Ich war nicht tot! Das Krampfen ließ nach, ich gewann die Kontrolle über meinen Körper zurück.

Wir schwebten durch eine geheimnisvolle Welt in tiefstem Blau. Ich fühlte die Nässe nicht mehr, ich spürte auch keine Kälte. Vor uns schwamm Melyn knapp über dem Meeresboden, ihre Bewegungen leicht und mühelos. Ihre Haare glitten wie ein seidiger Teppich durchs Wasser.

Ich sah nach oben und erkannte in einem schwachen Schimmer den Mond, doch er schien noch unerreichbarer als sonst. Die Strömung strich mir wie eine Brise übers Gesicht. Ich ließ den Blick schweifen, mehr als einige Yards weit konnte ich nicht schauen, alles dahinter verschwamm im trüben Dämmerlicht. Schwarze Schatten neben mir mochten neugierige Fische sein oder sich im Wasser wiegende Pflanzen, unmöglich zu sagen. Das Licht ließ nach, wir glitten durch undurchdringliche Finsternis.

Die Bewegung des Wassers änderte sich, ein leichter Sog von vorne her entstand. Vor uns lag eine seltsame Erscheinung, wie ein Zerrbild im offenen Meer, kreisrund und riesengroß. Die Ränder flimmerten, ein irritierendes Leuchten ging von ihnen aus, flackernd und schwer zu fassen, nicht richtiges Licht und so dunkelviolett, dass es nur so eben von der schwarzen Düsternis ringsum zu unterscheiden war. Je näher wir kamen, desto kräftiger wurde die Strömung.

Was ist das?, dachte ich fasziniert und riss überrascht die Augen auf, als Daliwr mir antwortete.

Die Pforte in die Anderwelt. Hier müssen wir hindurch.

Ich öffnete den Mund und versuchte, etwas zu sagen, doch heraus kamen nur gutturale Laute, dumpf und unverständlich, als wollte ein Pottwal rappen.

Im Wasser können wir mittels Gedankenkraft sprechen. Ich spüre jeden deiner Gedanken, solange du Teil meines Leibes bist.

Mist, dachte ich.

Eben!, entgegnete Daliwr und klang, als grinste er breit.

Ich glaubte, in einem helleren Schimmer Melyns Haare zu erkennen, sie musste uns um drei, vier Längen voraus sein und steuerte auf das Portal zu. Es war riesig wie ein Mehrfamilienhaus, und in dem Moment, da sie hineintauchte, konnte ich sie nicht mehr sehen.

Daliwr glitt hinterher und wurde regelrecht durch das Tor gesaugt. Für einige Sekunden drehte sich alles, die Welt löste sich auf in einem Farbwirbel aus Blauviolett und hellen Blitzen, meine Sinne spielten verrückt, denn ich spürte zugleich Hitze, eisige Kälte, immensen Druck und ein unangenehm fluffiges Gefühl, als wäre ich in einer tiefgekühlten Wattewolke gelandet, die mich zerquetschte.

Die unschöne Empfindung ließ rasch nach, und eine ganz andere Welt breitete sich vor mir aus. Nur wenige Yards über uns lag der Wasserspiegel, hell und roségold strahlend, als ginge über uns die Sonne auf. Geblendet von der Helligkeit irrte mein Blick einige Sekunden lang blind umher, bis sich langsam Konturen herausschälten.

Die Landschaft hob und senkte sich in Wellen wie die Hügel von Brecon Beacons, in Südwales. Algen, groß wie Bäume, wiegten sich sachte im Wasser. Der Sonnenaufgang tauchte alles in sanftes Licht, die rötlichen Strahlen malten schimmernde Muster auf den hellen Boden. Melyn befand sich ein Stück vor uns, sie blickte sich um, und als sie uns entdeckte, schwamm sie zielstrebig weiter.

Daliwr schlängelte sich zwischen den Algenbäumen hindurch, die Farn-ähnlichen Blätter sahen weich aus und schmiegten sich in die Strömung, doch als sich eines davon im Vorbeischwimmen um meinen Arm legte, nahm ich den Widerstand wahr, bis es riss.

Wieso spüre ich meinen Körper? Ich dachte, ich bin jetzt auch ein Geist?, überlegte ich an Daliwr gewandt.

Mein Leib ist von stofflicher Art. Ich mag ein Geist sein, bin aber nicht tot. Er hörte sich genervt an.

Felsen schoben sich aus dem Meeresgrund wie ein kleines Gebirge. In einem Hang war eine Art Feld angelegt, Algen wuchsen dort, die an Gras erinnerten. Menschen mit weißblonden Haaren schwammen auf und ab und arbeiteten. Sie zogen Netze mit sich, in die sie abgeschnittene Algenteile stopften. An ihren Hüften trugen sie weißliche Ballons, und ich beobachtete einen der Arbeiter, wie er das Gebilde zum Mund führte. Handelte es sich um die Luftsäcke, von denen Melyn gesprochen hatte?

Der Mann brachte sein Netz zu einem großen Gewebe, ein anderer half ihm, seine Ernte einzufüllen, das riesige Geflecht zu schließen und fortzubringen.

Waren das alles Sklaven? Sie trugen weit weniger schillernde Kleidung als Melyn, von der körperbetonten Form her ähnlich, doch in bräunlichen und grauen Farben, die durch das Licht der Morgensonne einen pfirsichfarbenen Ton erhielten.

Sind wir in Cantre'r Gwaelod?, fragte ich Daliwr in Gedanken.

In der Tat.

Und auch in Caer Wyddno?

Erblickst du Häuser und eine magische Luftglocke?

Klang Daliwr noch genervter? Oder nervös?

Wie weit konnte die Siedlung entfernt sein, wenn die Menschen hier arbeiteten? Melyn war in der Lage, eine halbe Stunde lang die Luft anzuhalten, wir waren geschätzt fünfzehn oder zwanzig Minuten unterwegs. Bestimmt lag die Stadt nicht weit weg, sonst verbrauchten die Arbeiter den meisten Sauerstoff schon auf dem Weg und nicht beim Ernten.

Wir umrundeten den Hügel mit der Plantage, und mein Blick fiel auf etwas, was hinter der nächsten Kuppe sichtbar wurde, riesig, rund und in gleißendem Silber schimmerte es, als wäre unter Wasser eine zweite Sonne verborgen. Melyn hatte es sichtlich eilig, inzwischen trennten uns geschätzt zwölf oder fünfzehn Längen, und ich spürte, dass Daliwr zögerlicher vorankam.

Was ist los? Kannst du nicht schneller schwimmen?

Meine Sicht trübte sich, alles erschien mit einem Mal leicht milchig. Daliwr unter mir war verschwunden. Überrascht öffnete ich den Mund und stieß einen Schrei aus, der wie ein dumpfes Knattern klang.

Zum Teufel, wo bist du?, dachte ich so laut wie möglich.

Denkst du, die lassen uns ohne Disput hindurch? Ich habe uns unsichtbar gemacht.

Ich starrte auf meine Hände. Sie waren weg. Meine Knie, meine Füße, alles. Mein Körper hatte sich aufgelöst. Nervös befühlte ich meinen Arm, dann Daliwrs Hals. Alles befand sich noch am Platz, wir waren lediglich unsichtbar geworden.

Wie ein schlieriger Schwaden trieben wir auf die Hügel zu, und die silbrig glänzende Sonne dahinter schob sich immer höher, bis ich erkannte, dass es sich um eine riesige Luftblase handelte. Die magische Luftglocke – und darin lag eine komplette Stadt!

Mist!, dachte ich. Melyn war verschwunden. *Wo ist sie?*

Derweil wohl in Caer Wyddno, raunte Daliwr. *Dort vorne ist der Einlass. Siehst du die Raubfische?*

Zwei gewaltige Haie umkreisten eine Stelle am Fuße der Luftblase, ihre Bewegungen strahlten Anspannung und Aggressivität aus.

Mist!, dachte ich erneut.

Das sind die Wartmannen. Derart getarnt erblicken und wittern sie uns nicht. Verhalte dich ganz still, so können sie uns weder hören und noch erspüren.

Sachte trieben wir auf das unsichtbare Tor zu, um das die Haie ihre Bahnen zogen. Arbeiter gingen ein und aus, brachten gefüllte Netze und nahmen sie leer wieder hinaus. Die Luftblase glänzte im Wasser, als wäre sie von einer silbrigen Haut aus Glas umgeben. Die Sicht auf die Stadt war durch die Reflexionen gestört, nur vage waren Umrisse von Gebäuden zu erahnen.

Daliwr wartete ab, bis sich zwischen den Meeresmenschen eine Lücke auftat, und brachte sich mit einem kräftigen Schwimmstoß bis vor das Tor.

Nun verhalte dich ganz still, rühre dich keinen Mucks!

Seine Flanken zuckten, als er den Kurs minimal korrigierte. Sofort fuhr einer der Raubfische in unsere Richtung herum, sein beeindruckendes Gebiss klappte auf und schnappte durchs leere Wasser. Immer langsamer näherten wir uns dem Einlass, ich versuchte durch die gläsern erscheinende Wand zu erspähen, wo Melyn auf uns wartete. Hinter den Lichtreflexionen bewegten sich unzählige Menschen. Ob Melyn unter ihnen war, konnte ich nicht erkennen.

Daliwrs Kopf berührte die Wand der Luftglocke. Ein Prickeln lief durch meinen Körper, als hätte ihn jemand unter Strom gesetzt. Ich spürte eine unbestimmte Furcht, doch ich war mir bewusst, dass es nicht meine Angst war. Gehörte das Empfinden zu Daliwr? Erneut schnappte ein Hai nach uns, sein furchteinflößendes Gebiss klappte nur haarscharf an meinem Arm vorbei.

Die Hufe setzten im Sand auf. Rasch trat Daliwr beiseite, um den nächsten Arbeitern Platz zu machen. Lauwarmer Wind empfing uns, der Meeresboden unter uns war trocken, nur direkt am magischen Eingang befanden sich ein paar Pfützen. Ich spuckte Wasser aus, ich spürte sogar das Wasser in meiner Lunge, doch da ich auf Daliwrs Rücken nicht atmete, musste ich mich zum Husten zwingen, um wenigstens einen Teil davon hinauszubefördern.

Das nächste Husten blieb mir im Hals stecken. Ein ganzes Stück vor uns entdeckte ich zwischen den Menschen Melyn, die von zwei Männern in Uniform abgeführt wurde.

»Lasst mich, ich habe ihn!«, schrie sie, wand und wehrte sich, während die Kerle sie fest im Griff hielten. »Cooper? Cooper! ... Lasst mich, ich habe den Erben gefunden! Er ist hier!«

»Wo soll er denn sein?«, höhnte einer der Uniformierten. »Ich sehe niemanden!«

»Hier!«, schrie ich, doch im Gedränge achteten sie nicht auf mich. »Mach uns wieder sichtbar!«, fuhr ich Daliwr an.

Der Wassergeist tat nichts dergleichen, sondern brachte sich noch ein Stück tiefer in Deckung.

»Er ist mit Daliwr gekommen, er muss hier irgendwo …«, hörte ich Melyn, dann erstarb ihre Stimme.

»Melyn!«, brüllte ich, ein paar Arbeiter sahen auf und blickten sich verwirrt um. Die Uniformträger jedoch schienen mich nicht zu hören oder nicht hören zu wollen. Sie entfernten sich immer weiter mit ihr und verschwanden hinter einem kleinen Waldstück.

»Verdammt, wir müssen hinterher!«, fauchte ich Daliwr an. »Wir müssen dem König klarmachen, dass ich der Erbe bin, sonst stirbt ihre Mutter!«

»So, bist du das?«, knurrte er kaum hörbar.

»Was?«

»Ich glaube nicht, dass du der Erbe Einions bist, sonst hättest du keinen Daliwr benötigt, um hierher zu gelangen.« Ich konnte das hämische Grinsen in seiner Stimme hören.

»Wie bitte?«

Die Luft um uns trübte sich, für einen Moment waberte eine kleine Nebelwolke, dann sah ich wieder seinen grauweißen Leib unter mir, und ich hatte Arme und Beine zurück.

Ich zog an seiner Mähne. »Was spielt das für eine Rolle? Lauf Melyn hinterher, schnell!«, zischte ich. Wo brachten diese Kerle sie nur hin?

Er schüttelte sich, Wassertropfen fielen in den Sand. »Ihr Weg führt sie ins Schloss«, entgegnete er trocken.

Vor uns, hinter dem Wäldchen, erhob sich ein Hügel, auf dem eine unverkennbar königliche Burg thronte, umgeben von zahllosen Häusern. Die Türme und Zinnen der mittelalterlich anmutenden Festung ragten in die Höhe. Über uns glänzte die Kuppel, darüber nahm ich Bewegungen wahr, Fische oder anderes Meeresgetier, die über die magische Luftglocke hinwegschwammen.

Sträucher und knorrige Bäume versperrten mir die Sicht, vermutlich standen die Wächter mit Melyn bereits vor der Stadtmauer.

»Nun geh schon! Wir müssen ihr helfen!«

Daliwr stieß ein gelangweiltes Schnauben aus. »Deine Aufgabe war allein, sie nach Caer Wyddno zu geleiten, genau dies ist geschehen. Nun hole mir das Buch, und ich bringe dich in deine Heimat. So lautet die Abmachung.«

Das durfte nicht wahr sein! Ich stützte mich mit den Händen am Widerrist ab und wollte mein rechtes Bein über seinen Rücken schwingen, um abzusteigen. Es hing fest wie angeklebt.

Vom Wassergeist vernahm ich ein boshaftes Kichern.

»Ich kann Melyn nicht ihrem Schicksal ausgeliefert lassen! Wenn ich nicht mitgehe, stirbt ihre Mutter!« Wütend hieb ich mit den Unterschenkeln gegen Daliwrs Leib. »Los jetzt!«

»Je nun! Ich bin kein Bauerngaul!«

»Das ist mir egal, du sollst einfach diesen Wachmännern nachsetzen!« Ungehalten schlug ich mit der flachen Hand gegen seinen Hals.

Daliwr bäumte sich auf und schnaubte zornig. »Halte ein mit deinen Schlägen, oder du wirst es bitter bereuen! Melyn geht dich nichts mehr an, deine Aufgabe ist allein, das Buch zu holen!«

»Da kannst du lang drauf warten! Solange du Melyn nicht folgst, werde ich dir auch nicht dein Buch bringen!«

Der Wassergeist schüttelte den Schädel und schnaubte fauchend. »Ich werde dich in die tiefsten Tiefen ziehen und dich dort ersäufen, ich werde dir das Herz herausreißen und es fressen, solange es noch schlägt! Jede Faser werde ich von deinen Knochen nagen! Bei vollem Bewusstsein wirst du erleben, wie ich dir die Haut abziehe! Ich werde dir Höllenqualen …«

Ich war ohnehin in seiner Hand, wieso drohte er mir? Er besaß nicht viele Zauberkräfte, und die Gestalt wandeln konnte er nur, solange ich mit ihm verbunden war, hatte Melyn gesagt. In mir keimte der Verdacht, dass er zwar ein mehrere hundert Jahre altes Wesen sein mochte, aber im Grunde nur ein Schaumschläger war. Dennoch – erachtete ich ihn momentan auch eher als Verbündeten denn als Feind, so durfte ich nicht den Fehler begehen und ihn unterschätzen.

»Hör zu, ich habe versprochen, dir das Buch zu besorgen, aber unsere Abmachung lautet auch, dass du mich nach Abschluss aller Aufgaben unversehrt am Strand von Aberystwyth absetzen wirst. Wir sollten also zusammenarbeiten, so gut es geht. Mein Versprechen gegenüber Melyn war, dass ich helfe, ihre Mutter zu retten. Dazu muss Melyn mich dem König überbringen. Vorher suche ich nach keinem Buch, verstanden?«

Daliwr hielt inne. Mit gesenktem Kopf und angelegten Ohren stand er still. »Du wirst dem König überbracht? Sollst gar dem Meeresgott geopfert werden?«

Was zum …? Melyn hatte behauptet, es wäre völlig harmlos! Wenn ich ehrlich war, hatte sie das nicht wörtlich gesagt, und sie hatte auch nur gemeint, sie glaube, mir passiere nichts.

Ich beschloss, meine Taktik zu korrigieren. »Wo befindet sich denn überhaupt das Buch?«

»In einer königlichen Bibliothek, möchte ich annehmen. Meinst du, jemand wie ich bekommt es noch zu Gesicht?«

»Du bist ein Gestaltwandler. Hast du dich nie ins Schloss eingeschlichen?«

Daliwr blieb merkwürdig still.

»Wieso bist du so versessen auf das Buch?«, bohrte ich weiter.

Der Wassergeist prustete, und es klang frustriert. »Ich bin ein Geist mit begrenzt magischem Potenzial! Wenn die Welt sich wandelt, wenn Kindern jeder Wunsch erfüllt wird, wenn die nichtsnutzigen Sprösslinge keinerlei Interesse an einem edlen Ross zeigen und sich schon gar nicht mehr auf dessen Rücken setzen wollen ...« Daliwr schrie jetzt, und ich hielt nervös Ausschau, ob wir durch den Lärm Seemenschen anlockten. »... dann ist das Leben elendig, und in seiner Not schleichet man sich nun nach Caer Wyddno und wird geschwinder zum unliebsamen Objekt erklärt, als man Makrele sagen kann, und wenn in dieser Stadt einer der mächtigsten Magier das goldene Buch dazu nutzt, um dem Daliwr auch noch die wenige magische Begabung zu nehmen ...«

»Moment, Moment«, unterbrach ich ihn. »Dir werden Fähigkeiten genommen? Durch das Buch?«

Daliwr stieß ein fauchendes Schnauben aus.

Wir hatten keine Zeit für ausgiebige Diskussionen, mich trieb die Sorge, dass mittlerweile nicht nur das Leben von Melyns Mutter, sondern auch ihr eigenes am seidenen Faden hing. Wenn ich sie fand, konnten wir vor den König treten und dann ... weitersehen.

»Eigentlich haben wir dasselbe Ziel. Du sagst, Melyn wird ins Schloss gebracht.« Vermutlich musste sie sich vor dem Monarchen rechtfertigen, warum sie den Erben nicht dabeihatte. Oder Schlimmeres. »Auch das Buch liegt wohl irgendwo im Schloss. Wir sollten in die Stadt rein und uns dort direkt zum Schloss begeben, findest du nicht?«

Sichtlich widerwillig setzte Daliwr sich in Bewegung und zockelte über den hellen Meeresboden, der sich mehr und mehr in eine grasbewachsene Fläche wandelte. Wir strebten auf den kleinen Hain zu, hinter dem sich der Hügel mit Festung und Stadt aufwölbte. Ich staunte über die Gewächse. Auch wenn wir uns unter Wasser befanden – innerhalb dieser Luftglocke konnte es doch nicht regnen! Vermutlich nutzten die Seemenschen zur Bewässerung das Meerwasser, irgendwie mussten sie es für sich selbst auch aufbereiten, oder die Pflanzen wurzelten tief genug.

Zwischen den Bäumen hindurch blickten wir auf eine Art unbefestigte Straße, markiert durch säuberlich aufgereihte Steinbrocken, die geradewegs auf ein Tor in der Stadtmauer zuführte. Zahlreiche Menschen bewegten sich darauf zu, sie trugen Körbe, Netze und Schütten, einige wenige schoben einfache Handkarren. Tiere gab es, abgesehen von den Meereslebewesen außerhalb der Luftglocke, keine, so weit ich sah. Wie die Arbeiter draußen im Wasser kleideten sich diese Leute in deutlich schlichtere Gewänder als Melyn, auch wenn sie mit den wallenden hellblonden Haaren und den ebenmäßigen Gesichtern ihr an Schönheit kaum nachstanden.

Daliwr blieb hinter einem Gebüsch in Deckung.

»Was ist los?«, wisperte ich. »Lass uns hineingehen!«

Er bewegte sich keinen Fingerbreit vorwärts.

»Warum gehst du nicht weiter?«

Die Ohren des Wassergeists zuckten. »Sie werden uns nicht einlassen.«

»Dachte ich mir schon. Na und? Mach dich unsichtbar!«

Grimmig lachte er auf. »Freilich, sie werden nichts bemerken, wenn sich ein Leib am Volke vorbeischiebt, ohne gesehen zu werden, mit seiner Kehrseite den einen oder anderen Tölpel anrempelt, um sich hernach zwischen den Wartmannen mit ihren lachhaft spitzen Speeren durchzudrängeln! Würden sie nicht wissen, wer da kommt?«

Ich schnaubte leise. »Du bist ein Gestaltwandler, nicht? Wir suchen uns eine unbeobachtete Stelle entlang der Mauer, und du verwandelst uns in einen Vogel, und wir fliegen einfach drüber.«

Daliwr knurrte düster. »Ich bin nicht sicher, wie trefflich deine sieben Sinne in Cantre'r Gwaelod funktionieren, aber wenn du die letzte Viertelstunde nicht verschlafen hast, dürfte dir aufgefallen sein, dass es hier keine Vögel gibt. Und darüber hinaus: Ich bin nicht imstande, *drüber* zu fliegen!«

»Mit ganz viel Anlauf? So hoch ist das doch nicht.«

Er schüttelte die Mähne. »Funktioniert nicht. Magische Barriere.«

Eine Weile lang starrte ich in Richtung Stadt. »Was meintest du vorhin damit, wenn ich der Erbe Einions wäre, hätte ich dich nicht gebraucht? Was weißt du über den Erben?«

»Was soll ich über ihn wissen? Gar nichts weiß ich, nur, dass alle Welt ihn sehnlichst erwartet, weil er die Gwahardd retten soll. Wenn der Retter kommt, wird der König wohl Sorge tragen, dass er auch unbeschadet die verfluchte Stadt erreicht.«

»Dann ist tatsächlich die ganze Stadt bedroht? Weshalb? Was ist der Hintergrund von allem?«

Daliwr schnaubte leise. »Das übersteigt meine Kenntnisse. Ich glaube nur, dass du nicht der Erbe bist, und dass es daher deiner kleinen Freundin keineswegs hilft, wenn du sie suchst.«

Dass ich der Erbe war, bezweifelte ich auch, nicht aber, dass ich Melyn dennoch helfen konnte.

Auf einem Blatt vor mir krabbelte ein winziger schwarzer Punkt, der plötzlich in die Höhe stieg. Ein Käfer! »Hier gibt es Insekten! Was ist damit – als Insekt kommen wir doch drüber?«

»Es handelt sich um Käfer, keine Wassergeister.«

»Wir kommen also nicht über die Mauer?«

»So sieht es aus, Blitzbirne.«

»Dann müssen wir durch das Tor. Verwandle dich in einen der Menschen, die zum Markt gehen.«

Daliwr stieß einen Laut aus, der eine Mischung aus Knurren und Seufzen war. »Das Wandeln kostet viel magische Kraft.«

»Aber uns läuft die Zeit davon, und es gibt keine andere ...«

»Nun denn, ich mache ja schon. Schätzt du Grünzeug?«

Fragend hob ich die Augenbrauen. »Wieso?« Ehe ich begriff, was passierte, stand neben mir ein junger Kerl in einem einfachen Anzug, wie ihn die Arbeiter draußen im Wasser trugen. Ich fühlte mich seltsam, unbeweglich und zugleich schlapp und wabbelig, und irgendwie baumelte ich an Daliwrs Seite. Dumpf nahm ich meine Umgebung wahr, ich spürte, wie ich herumpendelte, doch es gelang mir nicht, den Blick in eine bestimmte Richtung zu zielen. Ich wollte mich beschweren, aber nicht einmal ein Mund zum Sprechen war mir geblieben.

In was hat dieser Mistkerl mich verwandelt?

»Ruhig Blut. Du bist ein Erntenetz voll Seetang.« Der junge Kerl sprach unverkennbar mit Daliwrs Stimme.

Wieso hast du mich nicht auch in einen Knecht verzaubert? Oder noch besser: In den Bauern, dem du unterstellt bist! Dann würde ich dich …

Daliwr trat auf das Tor zu. »Ich sagte, bleibe ruhig!«, zischte er aus dem Mundwinkel heraus. »Ich musste dich in etwas verwandeln, was zu mir gehört. Wären wir getrennt, würde dir das schlecht bekommen.« Er nickte den Wachmännern zu, die ihn grimmig musterten. »Seid gegrüßt, edle Recken!«

Die langen Speere kreuzten sich vor uns. Daliwr zuckte kaum merklich zurück, und ich wunderte mich, warum wir nicht – wie all die Bauern vor uns – unbehelligt passieren durften.

»Was hast du da?«, knurrte einer der Wachleute.

Daliwr klammerte mich fester an sich. »Seetang, werter Herr.« Ich spürte seine Nervosität.

Weshalb kann ich den Wachmann verstehen?, wunderte ich mich. *Spricht er Englisch?*

»Du bist ein Teil von mir«, knurrte Daliwr leise.

»Du möchtest teilen?« Der Wächter lachte auf, doch es klang nicht freundlich. »Nette Idee, aber vergeblich. Wir sind unbestechlich. Wo willst du damit hin?«

»Zum Markt, edler Herr, den Tang veräußern.«

»Du bist ohne Marktlizenz. Geh!« Der Mann machte eine abweisende Bewegung mit seinem Speer.

»Bin ein armer Kerl, der Herr! Will zu meinem Herrn, der einen Stand hat. Muss ihm das Erntenetz bringen, gibt sonst großen Ärger.«

Der Wachmann brummte. »So. Und wie heißt dein Herr?«

Daliwr grinste verstohlen. »Bin so arm, kenne den Namen nicht. Ist ein mächtiger Mann, zwei Handbreit größer als der Herr, die Brust doppelt so breit, ein langer Bart zeugt von seinem Stand ...«

Der Wächter drehte sich zu seinem Kollegen. »Weißt du, wen er meint?«

Der andere verzog den Mund. »Vielleicht den Emrys. Lass den Wicht gehen.«

Der Wachmann widmete sich wieder Daliwr und grinste böse. »Dann lauf rein. Aber nicht ohne Bezahlung!« Lachend zupfte er an mir, dem Erntenetz, und zog ein Stück Seetang heraus. Für mich fühlte es sich an, als zerrte jemand an meinem Arm, und ich schrie innerlich auf. Bevor der Mann hineinbeißen konnte, riss Daliwr ihm den Tang aus der Hand.

»He!« Der Wachmann baute sich vor Daliwr auf, der sich jedoch blitzschnell an ihm vorbeiduckte und durch das Tor rannte.

10

Die Wachen brüllten, einer lief uns einige Schritte nach, doch offenbar waren wir nicht wichtig genug, und Daliwr konnte in der Menge untertauchen. Er drängelte sich hindurch, die Leute drehten sich erschrocken um oder riefen uns empört hinterher. Mehrmals blieb ich zwischen den Leibern stecken, bevor der Wassergeist mich hinterherzerren konnte. Schnell verbarg er sich im Schatten zweier Häuser und stopfte den losen Seetang in mich hinein, ein merkwürdig kitzelndes Gefühl, aber ich fühlte mich wieder vollständig.

Über mir ragte der Giebel eines Stadthauses auf, altes Fachwerk war zu sehen, und dort, wo sich zwischen den Holzbalken normalerweise Lehm befand, steckten zahllose Muscheln, die mit einer schlickähnlichen Substanz wie miteinander verbacken schienen. Die Mauern aller Häuser, die im Umfeld standen, ragten recht krumm auf, mit jedem Stockwerk lehnten sich die Wände näher aufeinander zu. Wären die Muscheln nicht gewesen, ich hätte glauben können, mich in einem Shrewsbury von vor fünfhundert Jahren zu befinden.

Daliwr zog mich an sich und umklammerte mich fest, im nächsten Moment saß ich auf seinem grauweißen Rücken. Erleichtert hob ich die Hände. »Ich habe Finger!« Auch mein Gehirn funktionierte als menschlicher Teil eines Wassergeists deutlich besser denn als Erntenetz voller Seetang.

»Jedoch nicht mehr lange«, knurrte Daliwr. Ein milchig weißer Schleier tauchte auf und hüllte uns ein.

»Ich dachte, wenn wir unsichtbar irgendwo gegenrumpeln, erkennen die dich sofort?«

»Wenn du weiter so lärmend bist, brauchen wir uns nicht mehr zu tarnen.« Daliwr schlenkerte mit den Ohren, und das war das Letzte, was ich von ihm sah.

Vorsichtig trat er auf die Gasse hinaus. Niemand war zu sehen, doch von der Hauptstraße her drang der Lärm der Menschenmenge. Ganz in der Nähe musste sich der Marktplatz befinden oder eine ähnlich belebte Fläche, ich hörte Gelächter und Geschrei. Rasch huschte Daliwr einige Schritte vor und blieb am nächsten Eck stehen.

»Wohin gehen wir?«, wisperte ich.

»Zur Bibliothek«, entgegnete er und überquerte rasch eine weitere Gasse.

»Wir müssen zuerst Melyn finden!«, zischte ich.

Abrupt blieb Daliwr stehen, sodass mein Oberkörper nach vorne flog. Hätten mein Hinterteil und meine Beine nicht fest an seinem wenn auch unsichtbaren Körper gehaftet, hätte ich eine Etage tiefer gesessen.

»Ich bin nicht im Bilde, wo deine Freundin weilt! Und es ist mir gleichgültig! Ich werde nun das Buch suchen!« Daliwr hatte hörbar Mühe, seine Stimme gedämpft zu halten.

Ich bohrte meine Hacken in seinen Leib, so wie ich es als Kind beim Ponyreiten gemacht hatte, wenn der Gaul nicht antraben wollte. »Vorwärts jetzt! Ohne Melyn kein Buch!«

»Ohne Buch kein Daliwr!« Bockig blieb der Wassergeist stehen.

Ich verschränkte die Arme. »Schön. Ohne Cooper kein Buch.«

»Schön.«

»Schön!«

»Schön! In diesem Falle eben nicht. Ich habe Zeit.«

Er traf einen wunden Punkt bei mir. Zeit hatte ich keine – was wusste ich, was sie in der Zwischenzeit mit Melyn anstellten? Die Stunden rannen uns davon, dies war der letzte Tag, an dem ihre Mutter am Leben war, sollten wir den König nicht überzeugen können, dass ich der Richtige war. *Wofür auch immer.*

Ich schlug Daliwr mit der flachen Hand auf die Kruppe. »Willst du jetzt wohl weitergehen, du sturer Esel?«

»Prügle mich nur! Beleidige mich weiter! Die Wahrscheinlichkeit, Melyn jemals wiederzusehen, sinkt für dich geradezu ins Bodenlose.«

In raschen Gedanken ging ich meine Möglichkeiten durch. Es waren nicht viele.

»Dann suchen wir jetzt halt. Dein. Blödes. Buch.«

Leichtfüßig trabte Daliwr los und schlängelte sich durch ein Gewirr von Gassen. Je näher wir der Burg kamen, umso dichter drängten sich die Häuser, als suchten sie alle den Schutz der Festung.

Die Türme ragten hoch über uns auf, die Anlage selbst war von einer weiteren Mauer umgeben, höher noch als der Wall um die Stadt. Ein prächtiges Tor mit Fallgitter bot den einzig erkennbaren Zugang. Im Schatten eines Hauses blieb Daliwr stehen.

Wachen patrouillierten vor dem Einlass. Sie trugen schillernd goldene Uniformen, ich konnte nur mutmaßen, ob sie aus der gleichen Muschelseide gewoben waren wie Melyns Kleidung. An die Schultern waren bestickte Epauletten genäht, die Knöpfe sahen aus wie aus Perlmutt gefertigt.

Der Platz vor dem Tor war, gemessen an den engen Verhältnissen in der Stadt, großzügig angelegt. Eine breite Allee führte schnurgerade darauf zu.

Unruhe kam in die Wachposten, sie formierten sich und nahmen Aufstellung links und rechts der Durchfahrt. Von der Ferne her knirschte und ratterte es, und ich wandte den

Blick die Straße hinab. Ein Gefährt näherte sich – das erste Richtige, was ich in Caer Wyddno überhaupt sah, und zu meinem Erstaunen wurde es von Menschen gezogen, von Soldaten oder Wachmännern, die eine schlichtere Uniform trugen, ähnlich den Stadtwachen.

»Leute ziehen eine Kutsche?«, wisperte ich.

Leise, Narr, oder willst du, dass sie uns entdecken? Das ist die königliche Karosse, dem Wasser bestens angepasst. Die Räder sind mit einem Handgriff zu entfernen, wenn er die Meere bereist, ziehen achtzehn Riesenkalmare das Gefährt.

Er?, fragte ich in Gedanken. *Der König?*

Daliwr antwortete nicht und zog sich ein Stück tiefer in den Schatten zurück.

Gleichförmig trabten die Männer an den Strängen auf das Tor zu, die königlichen Wachen traten zur Seite und salutierten. Der Kutsche folgten weitere Wachen als Nachhut, die den königlichen Zug vom gemeinen Volk trennten, das jubelnd und winkend hinterherlief.

Plötzlich setzte Daliwr sich in Bewegung, er stürmte vor zum Tor, wo der von vielen Füßen aufgewirbelte Staub nur allmählich niedersank. Ein mächtiges Gitter fiel ratternd nach unten, der Wassergeist warf sich zu Boden und rutschte samt meiner Unsichtbarkeit durch den verbleibenden Spalt in den königlichen Vorhof, schlitterte ein Stück, bis die Waden eines einfachen Wachmanns unserer Rutschpartie ein jähes Ende setzten. Dessen Helm flog zu Boden, die Knie gaben nach, doch seine Beine waren gut trainiert und er reaktionsschnell, denn er stolperte nur einen Schritt vorwärts und fing sich wieder.

»He!« Der Mann drehte sich um und starrte ins Leere, Daliwr hatte sich hastig aufgestützt und war einige Fuß zur Seite gesprungen. Verwirrt sah der Wachmann sich um, schob die Brauen grimmig zusammen und marschierte entschlossen auf die Gebäude zu.

Er wird uns melden!

Ich spürte, wie Daliwr unter mir losstürmte und den Mann, kurz bevor er eine niedrige Tür erreichte, einfach über den Haufen rannte. Der Schrei des Wachmanns wurde durch den Sand gedämpft, in den er mit dem Gesicht voran gedrückt wurde, und Daliwr, noch immer unsichtbar, zerrte ihn um das Eck des Gebäudes.

Mein Empfinden änderte sich schlagartig, ich fühlte mich starr und kalt, meine Gedanken strömten geradlinig und messerscharf. Ich verfügte über einen ziemlich guten Blick rundum und musste wieder an Daliwrs Hüfte hängen, an einer Art Gürtel befestigt, sein linker Arm, der nun zu einem Wachmann gehörte, bewegte sich frei im Rhythmus seiner Schritte. Alles in mir rief zu gleichen Teilen nach tödlichem Angriff und undurchlässiger Verteidigung, ich musste eine Waffe sein – ein Säbel, ein Schwert oder ein Degen, vermutete ich.

Daliwr schleifte den bewusstlosen Wachmann bis in eine Wandnische, wo er ihn auszog und ihm mit dessen eigenem Hemd Knebel und Augenbinde zugleich verpasste.

Das war unmenschlich! Wenn du mit mir gesprochen hättest, wären wir auf eine bessere Lösung gekommen!

Daliwr schnaubte verächtlich. »Du vergisst: Ich *bin* unmenschlich.« Er zupfte sich die Uniform zurecht. »Und nun auf zur Bibliothek.«

Geräuschvoll näherte sich ein Trupp Frauen, die nach einfachen Bediensteten aussahen, sie trugen große Körbe mit Wäsche und strebten auf den Nebeneingang zu. Rasch stellte Daliwr sich so vor die Wandnische, dass auch ein besonders neugieriges Waschweib keinen Blick auf den niedergeknüppelten Wachmann erhaschen konnte.

Gackernd unterhielten sie sich, und mit ihren hellen Schürzen und Hauben sahen sie auch noch aus wie übergroße Hühner. Eine Alte, die ein wenig finster dreinblickte, bildete den Abschluss. Sie warf uns einen Blick zu, wandte sich jedoch rasch wieder ab, ich ging davon aus, dass Daliwr noch grimmiger zurückgeschaut hatte.

Als sie im Eingang verschwand, setzte auch er sich in Bewegung, und wir gelangten in einen großzügigen Vorraum, den ich zunächst für eine Küche hielt, weil in einem gemauerten Herd Glut zu sehen war. Nicht Holz brannte darin, sondern ein winziger unterseeischer Vulkan, der das Mauerwerk erhitzte, die Lava glomm gelb-rötlich unter der schwarzen Kruste. Auf dem Herd standen keine Töpfe, stattdessen platzierte die grimmige Waschfrau altmodische Bügeleisen darauf, die jüngeren Damen gingen schwatzend ihrer Arbeit nach.

Mit entschlossenen Schritten durchquerte Daliwr den Raum. Ein hübsches, junges Mädchen starrte ihn mit großen Augen an.

»Der Appell ist schon vorbei!«, zischte sie uns zu und wirkte erschrocken.

»So, so«, brummte Daliwr und verließ eilig den Raum.

Welcher Appell?, fragte ich in Gedanken.

»Bin nicht im Bilde«, sagte er kaum hörbar, »klingt nach Ärger.«

Daliwr ließ seinen Blick schweifen. Wir waren in einen dunklen, schmalen Gang gelangt, der in zwei Richtungen weiterführte.

»Wo geht es nun zur Bibliothek?«

Geh einfach mal los, wir werden schon einen Hinweis entdecken.

Wir begegneten zwei jungen Frauen, ebenfalls eine Art Dienstmädchen. Als wir an ihnen vorbeischritten, blieben ihre Blicke an uns hängen, sodass ich das Gefühl hatte, irgendetwas stimmte nicht.

Was glotzen die so?, fragte ich Daliwr.

»Die gaffen immer.« Der Wassergeist stieß ein verächtliches Geräusch aus. »Weiber. Kaum kommt ein hehrer Recke daher …«

Ein junger Bursche, auf dem Kopf eine einfache Kochmütze, kreuzte unseren Weg. Auch er riss ungläubig den Mund auf, machte eine Geste in unsere Richtung, die ich nicht einordnen konnte.

Daliwr funkelte ihn böse an und stieß einen leisen Zischlaut aus, dann marschierte er eilig weiter. »Dieser Tölpel – mit seinem aufgerissenen Maul schluckt er noch den halben Ozean!«

Ich hatte das Gefühl, er will uns auf etwas aufmerksam machen, wandte ich ein.

»Der Pimpf hat mir gezeigt, dass ich nicht ganz dicht bin. Wenn einer einen Sparren hat, dann ja wohl er mit seinem großen Maul!«

Sei mal leise! Ich höre Schritte!

Der Wassergeist schnaubte. »Ich gehöre zur Palastgarde, da darf ich Ehrbezeugungen erwarten! Beleidigungen werden nicht hingenommen!«

»Wenn du zur Palastgarde gehören willst, dann kleide dich gefälligst wie eine, Wachmann!« Vor uns stand der Hauptmann einer Abordnung von Wachposten, von denen die Letzten um eine Ecke gebogen kamen. Die Nasenlöcher geweitet, die Brust bedenklich geschwollen, tippte er sich an die Stirn. »Wenn ich dich noch einmal im Wehrkleid ohne Helm erwische, ob im Dienst oder nicht, dann kannst du zur Anprobe in die untere Etage wandern, Freundchen. Die eiserne Jungfrau ist dir sicher gern behilflich!« Von oben her musterte er uns. »Ich kenne deine Nase nicht. Wer bist du überhaupt? Wer hat dich eingebracht?«

»Der Dicke, mein Hauptmann!«, entgegnete Daliwr selbstbewusst und salutierte.

Das Gesicht des Hauptmanns lief noch dunkler an, am Hals sah ich seine Ader pochen. »Wenn du es wagst, Idris ap Adeon noch einmal den Dicken zu rufen, dann klopfe ich dich persönlich weich wie ein Stück Seekuhfleisch! Und jetzt gib den Weg frei!«

Die Truppe marschierte weiter, mit Erleichterung nahm ich zur Kenntnis, dass der Hauptmann offenbar Besseres zu tun hatte, als für Daliwrs angemessene Strafe zu sorgen.

Kennst dich ja gut aus unter den Wachleuten.

Daliwr schnaubte ungehalten. »War vielleicht nicht dein bester Einfall, dass wir uns als Wachmann tarnen.«

Mein Einfall? In Gedanken schnaubte ich ebenfalls. *Verwandle mich einfach in deinen Helm, dann können wir weitersuchen.*

»›Verwandle mich in deinen Helm‹«, äffte er mich nach. »›Verwandle mich in ein Blümelein. Verwandle mich in eine Prinzessin.‹« Daliwr grunzte verstimmt und setzte unseren Weg fort. »Wenn du den Gestaltwandel für so leicht machbar hältst, dann mach es doch selbst!«

Ich befand es für besser, ihn nicht nach Grenzen seiner magischen Fähigkeiten zu befragen. Stattdessen hielt ich Ausschau und versuchte, mich im riesigen Palast zurechtzufinden.

Dort sind Stufen!, rief ich Daliwr in Gedanken zu.

»Und?«

Wo Stufen sind, ist eine Treppe! Wenn ich einen Kopf gehabt hätte, hätte ich ihn fassungslos geschüttelt.

Als er nicht reagierte, seufzte ich innerlich. *Daliwr! Geh die Stufen hinab! Die meisten Bibliotheken liegen unter der Erde!*

Daliwr brummte. »Davon habe ich noch nie gehört.« Dennoch wandte er sich der Treppe zu und stieg hinab. Nach einigen Tritten schlug uns feuchter Kellergeruch entgegen.

»Und bei der Feuchte nehmen die Bücher keinen Schaden?«

Geh weiter, sie muss gleich kommen!

Unten führte ein schmaler Gang durch ein Gewölbe. Niedrige Türen links und rechts wiesen in Vorratsräume, Lagerstätten für Fässer und prall gefüllte Säcke, deren Inhalt sich mir nicht erschloss. Einige Schritte weiter waren die Türen verriegelt, rostige Schlösser verhinderten den Zutritt.

»Wann kommt nun die Bibliothek?« Daliwr musterte die Wände aus groben Steinen, betastete jede Tür, rüttelte an den Klinken. Obwohl er flüsterte, hallte seine Stimme im Gewölbe nach. »Sie liegt doch nicht in einem der verschlossenen Räume?«

Nein, keine Sorge. Bibliotheken sind immer öffentlich zugänglich. Ich hielt Ausschau nach Hinweisen von Gefangenen. Wenn Melyn irgendwo festgehalten wurde, müsste ich sie im Keller finden, glaubte ich; er würde sie so oder so in den Kerker stecken, hatte sie über den König gesagt. Und wenn Melyn nicht hier unten war, dann vielleicht aber ihre ...

Abrupt blieb Daliwr stehen. »Du suchst nicht das Buch, sondern deine Freundin!«

Ich hatte vergessen, dass er meine Gedanken las. *Beides!*, fauchte ich im Geiste zurück. *Ich suche beides, die Bibliothek UND Melyn, das dürfte dir doch klar sein.*

»Du legst dir zurecht, wie du es gerade für passend hältst!«, knurrte er. »Wir suchen ab sofort nur noch das Buch, verstanden?«

Verstanden!, entgegnete ich grummelnd. *Geh nur weiter. Da vorne kommt die Bibliothek, glaube ich.*

Am Ende des Flurs, der mittlerweile mehr einem niedrigen Stollen glich, verhinderte eine schwere Tür aus Eichenbohlen unser Weiterkommen. Ächzend schob Daliwr den eisernen Riegel zurück, der sich vor Rost kaum bewegen ließ.

Hinter der Tür führten weitere Stufen hinab. Der Gang war in rosafarbenes Licht getaucht, erst auf den zweiten Blick erkannte ich, dass Leuchtquallen in Gläsern den schwachen Schein abstrahlten. Der Geruch kam mir seltsam vor, ich meinte, eine rostige Note wahrzunehmen.

Leise schmatzte Daliwr. »Ich wittere Blut!«

Die wirklich magischen Bücher werden in Blut geschrieben, behauptete ich.

Der Gang weitete sich zu einem Raum, in dem verschiedene Gerätschaften Hinweise darauf gaben, was der König von Cantre'r Gwaelod mit seinen Gefangenen anstellte. Heinrich Kramer, Verfasser des mittelalterlichen Hexenhammers, hätte hier in die Lehre gehen können.

Langsam drehte Daliwr sich im Kreis. Sein Gesicht wirkte im Schein der Leuchtquallen blass.

»Du … hast mich ins Verlies geführt!« Er zog mich und hielt mich hoch vor sein Antlitz. Seine Augen waren zu Schlitzen verengt. »Das ist die Folterkammer! Du hast mich getäuscht!« Er peitschte mich durch die Luft und schlug meine Klinge gegen die raue Wand. »Lump, elendiger!« Seine Stimme überschlug sich und ging in ein unartikuliertes Kreischen über, für einen Moment wallte aus dem blonden Haarschopf seine lange Mähne hervor, und ich glaubte, er würde sich zurückverwandeln.

Mach nur weiter, dann haben wir bald die Wachen am Hals!, mahnte ich.

Sein Schreien ebbte zu einem dumpfen Grollen ab, er schnaufte durch und steckte mich an seine Seite. Ohne ein Wort zu erwidern, marschierte er den niederen Gang hinaus, durch die schwere Eichentür, den Vorratsflur entlang und die Stufen wieder hinauf. Im Erdgeschoss angekommen, folgte er dem breiten Korridor, bis er eine Treppe erblickte, die nach oben führte.

»Hauptmann! Dort!«, hörten wir einen Schrei.

»Und noch immer keinen Helm auf dem Schädel!«, brüllte der Hauptmann von vorhin, keinen Deut besser gelaunt. »Zu suchen hat er da unten auch nichts!« Er gab seinen Mannen ein Zeichen, und sie stürmten auf uns zu.

Daliwr hastete die Treppe hinauf, nahm zwei Stufen auf einmal, hievte sich am kunstvoll gedrechselten Geländer um die Kurve, raste weiter. Die Stiefel hinter uns ließen die

Holztritte vibrieren, das Getrampel hallte wie Donnerschläge durchs Treppenhaus.

Der Flur in der ersten Etage war mit edlen Kassettendecken und Wandtäfern aus schwarzgrauem Gestein ausgekleidet. An den Wänden hingen Lampen mit wassergefüllten Glaskolben, irisierende Leuchtquallen als Lichtquelle. Kristalle warfen bunte Reflexe des rosafarbenen Lichts auf den dunklen Hintergrund. Eine Märchenwelt, nur dass wir die bösen Feen waren, die man durchs Schloss jagte.

Daliwr versuchte sich an einer Tür, doch entweder klemmte sie oder war verschlossen. Das Stampfen der Wachmänner rückte näher.

Schnell, lass dir was einfallen!

Hektisch sah er sich um. »Allein was?«

Wir wollen zur Bibliothek! Verwandle dich in einen kostbaren Lesesessel, den wird man dorthin tragen, hoffe ich!

Mein geradliniger, messerscharfer Verstand sank in eine fluffige Wolke aus Samt und Watte. Unter mir nahm ich nichts wahr, über mir glaubte ich, die Deckentäfelung zu erkennen. Alles um mich herum war leicht verschwommen, Geräusche klangen nur noch dumpf, und richtig denken konnte ich auch nicht. Wie erstarrt standen wir im Gang.

Die Wachleute bogen aus dem Treppenhaus hervor, erst spürte ich die Erschütterung ihrer Tritte, dann sah ich das Gesicht des Hauptmanns, der vor uns stehen blieb und sich umsah. Das Getrappel vieler Stiefel aus allen Richtungen verriet mir, dass die Männer ausschwärmten, kurz darauf kehrten sie zurück.

»Hier sind sie nicht, mein Hauptmann!«

»Suchen wir weiter oben! Noch einmal narrt er mich nicht!«

Die schweren Schritte entfernten sich, und es näherten sich andere, leichte und solche, die ein bisschen schlurften.

»Was steht nur der Stuhl hier?« Die Stimme klang weiblich, ein wenig reifer, dann sah ich das Gesicht dazu, eine ältere Dienstmagd, die sich über mich beugte. Daliwr hatte uns also in einen Stuhl verwandelt, ich war vermutlich das Sitzpolster.

»Er sieht so edel aus. Gehört er Seiner königlichen Hoheit?«, fragte eine jüngere Stimme, ebenfalls weiblich.

Die Ältere brummte nachdenklich. »Muss so sein. Trag ihn hinein, dann kannst du dort gleich beginnen. Boden schrubben, Möbel polieren. Ich kümmere mich um das Gemach Seiner Majestät, ich komme hernach wieder.«

Die Dienstmagd wandte sich ab, ein Türschloss klickte, ein Türblatt knarrte leise. Leicht humpelnde Schritte entfernten sich.

Ein hübsches Mädchen hob Daliwr an der Lehne an und trug uns in das Zimmer, dessen prachtvolle Decke und Vertäfelungen auf den königlichen Bewohner hinwiesen. Mit Intarsien waren Wappen und symbolische Bilder in den Steintafeln eingelassen, nach einigen Sekunden angestrengten Starrens glaubte ich, Haie und Kraken, Seesterne und Muscheln zu erkennen. Als die Dienerin den Blick freigab, entdeckte ich einen Baldachin, der vermutlich ein Himmelbett überspannte, in einer Pracht, wie es sich wohl sonst nur kleine Mädchen in ihren Träumen von Prinzessinnen vorstellten.

Ein sanftes Schleifen erklang, als ob weicher Stoff über Holz rieb, ich nahm an, das Mädchen kümmerte sich um das Polieren der Möbel oder des Bodens. Als sie fertig war, trat sie auf uns zu und musterte uns. Wie eine Krake tauchte ihre Hand über mir auf, die Spitzen ihrer Finger sanken tief in mich ein. Bestimmt konnte ein Kissen nicht kitzelig sein, dennoch spürte ich ein merkwürdiges Prickeln in meinem Geist. Dann drehte sie sich um, und ihr Hintern kam näher und näher.

Nein!

In meinen Gedanken vernahm ich Daliwrs Lachen. Über mir wurde es dunkel, und ich fühlte mich wie eine Kleeblüte in der Blumenpresse.

Igitt!

Wohlig seufzend lehnte die Dienstmagd sich zurück, ein leises Klappern klang, als hätte sie die Pantinen von den Füßen gestreift. Rund um ihren schmalen Hintern schimmerte das schwache Licht aus dem Raum. Daliwr hörte nicht auf zu lachen. Das Mädchen strich mit den Händen über Daliwrs gepolsterte Armlehnen, und der Wassergeist schnurrte.

Kann mich bitte jemand aufwecken? Das muss ein Albtraum sein!

Eine spürbare Druckwelle breitete sich aus, als die Tür mit einem Ruck geöffnet wurde. Das leichte Humpeln beim Hineinstampfen verriet mir, dass die ältere Dienstmagd eintrat. »Gwen! Du wagst es …?«

»Tut mir leid, Rhoslyn!« Erschrocken sprang das Mädchen auf und begann, Daliwrs Lehne hektisch zu polieren.

Noch ein Stückchen tiefer, Holde!, raunte der Wassergeist durch meine Gedanken.

Igitt, wiederholte ich.

Rhoslyn brummte und schnalzte missbilligend mit der Zunge, sagte aber nichts mehr, sondern humpelte umher, ich vermutete, sie kontrollierte den Zustand des Zimmers.

Du bist nur neidisch, mutmaßte Daliwr.

Mitnichten. Das Mädel kannst du für dich alleine haben, ich wäre dann nur gern in einem anderen Raum.

Was behagt dir nicht an ihr? Die Kleine hat doch ein liebreizendes Hinterteil, und ihre … Moment! Ich konnte das Grinsen in Daliwrs Gedanken wahrnehmen. *Du fischst in warmen Wassern!*

Abfällig brummte ich. *Der Atlantik hat normalerweise eine Durchschnittstemperatur von nur …*

Ach, halte dein Maul!, unterbrach mich Daliwr. *Du hast es auf Knaben abgesehen! Ich hätte es wissen müssen! Das spricht wieder für mein Glück, dass ich einen Bübleinbuhlen erwischen muss!*

Innerlich grinste ich jetzt. *In Wahrheit bist du doch derjenige, der auf Jungs steht, oder nicht? Ich meine, immerhin hast du gewusst, dass ich keine echte Prinzessin bin, als du mich auserwählt hast.*

Halte dein Maul!, wiederholte Daliwr.

Hör mal, dein Ton gefällt mir nicht!

Und mir behagt nicht, dass ich hier herumstehe und noch immer nicht im Besitz des Llyfr Euraidd bin! Verdrossen wackelte Daliwr auf seinen starren Füßen herum, und Gwen zuckte erschrocken zurück.

»Was ist?«, fragte Rhoslyn.

Die junge Zofe starrte auf mich hinab und wiegte den Kopf. »Nichts.«

Die Tür öffnete sich erneut, und die Frauen schraken auf. Wie Schatten huschten sie über das Parkett aus meinem Blickfeld heraus, am Rascheln ihrer Kleider hörte ich, dass sie sich noch im Raum befanden. Den Schritten nach trat ein Mann ein, kurz darauf erhaschte ich einen Blick auf ihn. Junger Kerl, gut aussehend, ein breites Kreuz, das Haupt hoch erhoben.

Ein Prinz?

»Geht!« Die Stimme des Mannes war leise und wohl an die Dienstmägde gerichtet. Er trat auf uns zu, nahm den Umhang ab und warf ihn über Daliwr, was meine Sicht erneut behinderte. Der Stoff war seidenweich und schimmerte im gleichen Goldton wie Melyns Kleidung. Die Ränder waren noch aufwendiger bestickt, zahllose Perlen waren aufgenäht, sodass ich mich bestätigt sah: Der junge Mann musste ein Königssohn sein.

Ich hörte leises Rascheln und die Tür, die zuklappte. Die Frauen hatten das Gemach wohl verlassen. Ein Knarzen aus Richtung des Bettes erklang, ich vernahm das kaum hörbare

Knistern von Polstern, wenn sie zusammengedrückt wurden. Ein kurzes Seufzen, danach: absolute Stille.

Und dann: ein Schluchzen.

11

Was siehst du?, fragte ich Daliwr.

Einen goldenen Umhang, kam die knappe Antwort.

Erneut ein Schluchzen, nicht weinerlich, sondern zornig und verzweifelt zugleich. Ein dumpfer Schlag ertönte, ich konnte nur mutmaßen, dass der Prinz auf dem Bett lag und in ein Kissen prügelte. In Caer Wyddno war helllichter Tag, was machte der Sohn eines Königs im Bett?

Sich jetzt davonzumachen, wäre wohl etwas ungünstig?, fragte Daliwr.

Mit diesem ganzen Samt um mich herum kann ich schlecht denken, entgegnete ich. *Ich fühle mich irgendwie flaumig.*

Ausharren, bis er eingeschlafen ist?

Klingt nach einem Plan. Es blieb wohl nichts anderes übrig. Ich hoffte, dass der Prinz in einen tiefen Mittagsschlaf fiel.

Decken oder Kleider raschelten, dann vernahm ich Füße, die auf den Boden gesetzt wurden. Der Prinz schritt im Zimmer auf und ab, unruhig, rastlos. Er hatte aufgehört zu schluchzen. Ein Schlag von der anderen Seite des Raumes erklang. Hatte er gegen die Wand geboxt?

Plötzlich knallte es, für einen Moment wurde mir schwindlig, die Welt wackelte und drehte sich, und der Mantel ging zu Boden wie ein fallender Vorhang.

Daliwr schrie heulend durch meine Gedanken.

Bist du unter die Schlosshunde gegangen? Mir war klar, dass der Prinz ihn getreten hatte.

Äußerst amüsant. Sei lieber dankbar, dass du nur ein Kissen bist und dir Schläge deshalb nicht wehtun.

Ich dachte einfach, als Stuhl wärst du aus härterem Holz geschnitzt. Mich nervte weniger Daliwrs Wehleidigkeit, sondern vielmehr, dass der Prinz sich anscheinend doch nicht zur Ruhe legen wollte. Wie lang war es her, dass ich Melyn das letzte Mal gesehen hatte? Wer wusste schon, was sie in der Zeit mit ihr anstellten? Solange die Königliche Hoheit anwesend war, kamen wir hier jedenfalls nicht raus. Unablässig tigerte er durch sein Gemach, als trainierte er für den London Marathon.

Zaghaft pochte es an die Tür.

»Was ist?«, fauchte der Prinz.

Jemand öffnete und allein der Klang der Schritte hatte etwas Unterwürfiges. »Wünschen Königliche Hoheit ein Schlafmittel?«

Der Prinz tauchte in meinem Blickfeld auf, er wirkte ungehalten, die Fäuste geballt, und ich glaubte, er würde jeden Moment den Diener oder ein etwaiges Tablett aus dessen Fingern schlagen. »Geht! Und richtet meiner Mutter aus, sie möge sich um ihre eigenen Angelegenheiten scheren!«

»Jawohl, Königliche Hoheit.« Hastiges Schlappen von Schuhen zeigte an, dass der Diener sich zurückzog.

Sympathisches Kerlchen! Daliwrs Gedankenstimme troff vor Ironie.

Er hat Kummer.

Er ist der Sohn des Königs. Er besitzt Geld, ein ganzes Land und das Llyfr Euraidd. Er hat keinen Kummer.

Der prachtvolle Baldachin erzitterte leicht, ein leises Knistern und Rascheln ließen mich vermuten, dass der Prinz sich wieder aufs Bett gesetzt hatte. Ein ersticktes Geräusch war zu hören, vielleicht ein unterdrückter Schluchzer.

Ich seufzte lautlos. *Mir tut er leid.*

Daliwr entgegnete nichts, und das verriet mir mehr, als hätte er widersprochen. Weshalb war der Prinz so wütend? Weswegen sorgte sich seine Mutter um ihn? Warum fragte er sich nicht, wieso plötzlich ein Stuhl mitten in seinem Gemach stand?

Leises Rascheln von der anderen Seite des Zimmers. Hatte der Prinz sich aufgesetzt? Beobachtete er uns?

Was macht er?, wollte ich von Daliwr wissen.

Er steht hier herum und wartet auf bessere Zeiten.

Ich hätte gerne die Augen verdreht, hätte ich noch welche gehabt. *Nicht du. Der Prinz.*

Zwei dumpfe Schläge, Schuhe, tippte ich, die auf den Boden fielen. Gedämpfte Schritte durchs Zimmer, ein leises Quietschen, es wurde dunkler. Einige Schritte zurück, Rascheln von Stoff, etwas glitt auf den Fußboden und kam weich auf. Der Bettrahmen knarrte, der Betthimmel zitterte. Der Prinz wälzte sich eine Weile hin und her, stöhnte einmal kaum wahrnehmbar auf, bis er eine erträgliche Position gefunden zu haben schien.

Weitere Minuten verstrichen, dann hörte ich gleichmäßige Atemzüge.

Ich glaube, er schläft. Sollen wir uns aus dem Raum schleichen?

Der Wassergeist antwortete nicht.

Daliwr?

Keine Reaktion.

Daliwr!

Ein erschrecktes Grunzen erklang. *Was ist?*

Du bist eingeschlafen!

Bin ich nicht.

Doch, ich habe es genau ... ach, egal. Ich glaube, der Prinz schläft auch.

Ich schlafe nicht!

Innerlich seufzte ich ergeben. *Stimmt, jetzt nicht mehr. Was ist – wollen wir versuchen, uns davonzuschleichen?*

Das flaumige Gefühl, das mich umgeben hatte, schwand, und ich spürte meine Arme und Beine. Erleichtert tätschelte ich den weichen Hals des Wassergeists, der seine Pferdegestalt angenommen hatte.

Weshalb nutzte ich die Gelegenheit nicht und machte auf mich aufmerksam? Da ich hier unten der einzige Mensch war, der keine blonden Haare besaß, hätte der Prinz sofort merken müssen, dass ich von außerhalb kam, und zumindest mal annehmen können, ich wäre eventuell der gesuchte Erbe. Warum tat ich es nicht und warnte stattdessen Daliwr?

Der Pakt bindet auch dich, knurrte der Wassergeist, der offenbar wieder einmal meinen Gedanken gelauscht hatte.

Möglich, dass es an unserem Bündnis lag. Doch darüber hinaus spürte ich etwas, das ich nicht dem magischen Pakt zuschrieb. Eine Verbindung, die über eine bloße Vereinbarung hinausging.

Der Prinz hatte die Fensterläden geschlossen, der Raum lag in dämmriger Dunkelheit, nur durch winzige Spalte fielen schmale Streifen Tageslicht. Ich spürte, wie vorsichtig Daliwr einen Huf vor den anderen setzte. Langsam bewegten wir uns in Richtung Tür. Die Dielen knarrten kaum hörbar, nur ein leises Schleifen erklang.

Aus dem Bett des Prinzen kam ein tiefes Seufzen. »Halte ein! Bitte ... Llŷr!«

Sofort erstarrte Daliwr, beide blickten wir zurück. Im Schlaf hatte der Prinz sich nur umgedreht und lag nun mit dem Gesicht zu uns. Wenn ich es richtig sah, hielt er die Augen geschlossen. Erneut murmelte er den Namen des Meeresgottes und wälzte sich auf den Rücken.

»Er träumt«, wisperte ich. »Geh weiter!«

Daliwr nickte und schob sich vorwärts. Wir hatten die Tür fast erreicht.

Ein lauter Knall ließ uns zusammenfahren.

Mit einem Schrei fuhr der Prinz hoch, erschrocken sah ich mich um. Daliwrs Schweifhaare hatten sich im Verschlusshaken des königlichen Mantels verheddert, und der goldene Stoff wiederum hatte sich um den Fuß eines kleinen, hohen Tischchens gewickelt, und ebendieses lag nun auf dem Boden.

»Alaaaaarm! Wachen!«, brüllte der Prinz

»Zum Henkersknecht! Was machen wir nun?«, brüllte Daliwr.

Entnervt fletschte ich die Zähne. »Verwandle dich in etwas Kleines!«

Die Tür flog auf, Wachmänner stürmten herein, doch im selben Moment wuchs das Zimmer zu riesenhafter Größe heran. Ich verfügte über einen phänomenalen Rundumblick, als schraubte sich die Welt unendlich um mich herum.

Der Boden bebte. Schwere Stiefel näherten sich uns in raschem Tempo.

Weg hier!, brüllte ich in Gedanken. *Lauf!*

Ein wenig mühsam ohne Füße, entgegnete Daliwr und setzte sich zeitlupenartig in Bewegung.

In was hast du uns verwandelt? In eine Schnecke?

Eine neue Erschütterung, und die Holzdielen unter uns erzitterten. Es knarrte, ein mit messerscharfen Muschelsplittern besetzter Stiefel schrammte haarscharf an mir vorbei.

Ich war ein winziges, hochgewundenes Schneckenhaus, Daliwr ein bräunlicher Klumpen Schleim, der sich vergeblich abmühte, Land zu gewinnen.

Zieh dich in mich zurück! Meine eigene Idee ließ mich angewidert erschaudern. *Ein paar Zoll weiter ist ein schmaler Spalt im Boden, da können wir hineinkullern!*

Diesmal diskutierte Daliwr nicht, sondern folgte meinem Rat, und Augenblicke später – keine Sekunde zu früh – rollten wir von den Erschütterungen der schweren Männer getrieben in die Fuge zwischen den Dielen. Die Sohle eines Stiefels verdunkelte unser Versteck.

»Es war der Geisterreiter! Zuerst habe ich einen Schlag gehört, dann Nebel gesehen! Unvermittelt tauchte er vor mir auf – der Reiter auf einem Gaul, grau wie Nebel an der Küste!«, rief der Prinz.

Gaul?

Kannst du etwas höher kriechen? Dann könnte ich hinauslinsen, was da passiert.

»Ein Geisterreiter, königliche Hoheit?«, rief eine mir bekannte Stimme.

Der Hauptmann!

»So ist es!«, schrie der Prinz. »Niemand anders als Daliwr muss es gewesen sein!«

Der Hauptmann stieß einen Fluch aus. »Ich hege schon den ganzen Morgen über den Verdacht, dass hier etwas nicht stimmt!« Mit schweren Schritten marschierte er durch das Gemach.

Der Prinz kennt dich?

»Ihr drei, ihr sucht den Gang ab. Wir anderen durchforsten jeden Winkel im Raum. Denkt daran: Mit seinem Opfer kann das Ceffyl Dŵr sich in alles Mögliche verwandeln!«

»Der Reiter hat gerufen, er solle zu etwas Kleinem werden!«, rief der Prinz. »Sucht in jeder Lücke!«

Vielleicht verkriechen wir uns doch tiefer, korrigierte ich mich.

Der Boden ist hohl. Da halten wir es mehrere Tage aus, meinte Daliwr.

Mir wurde ganz schlecht bei dem Gedanken, tagelang nichts über Melyn herausfinden zu können, doch momentan fehlte es uns an Alternativen. *Okay, vielleicht finden wir darüber auch einen Ausgang.*

Der Wassergeist kroch los. Im Gemach über uns mussten sie für Beleuchtung gesorgt haben. Durch den Spalt fiel ein heller Streifen, sodass wir uns gut orientieren konnten.

Sie kennen dich?, wiederholte ich.

Daliwr zögerte. *Dort vorne sehe ich eine Lücke zwischen den Balken. Da gelangen wir hinaus, will ich meinen.*

Ich habe dich etwas gefragt.

Der Wassergeist gab in Gedanken einen ausweichenden Laut von sich. *Viele wissen von mir.*

So langsam frage ich mich aber schon, weshalb wir uns hier die ganze Zeit verstecken müssen. Kann es sein, dass du eine persona non grata bist? Im Grunde wusste ich ja, dass Daliwr hier nicht gern gesehen war, doch woran genau lag das?

Einen Moment lang antwortete er nicht. *Ich bin sehr wohl graziös. Solltest mich mal in der Piaffe sehen!*

Innerlich jaulte ich entnervt auf. *Winde dich nicht heraus! Ich will jetzt wissen, was hier los ist. Melyn wurde abgeführt, sobald sie den Einlass durchschwommen hatte, und du spielst die ganze Zeit Verstecken. Was hast du ausgefressen? Hast du ein paar See-Kinder entführt? Hast du dem König gegen den Thron gepinkelt?* In mir keimte ein Verdacht. *Oder hast du schon einmal versucht, das Llyfr Euraidd zu stehlen?*

Daliwr entgegnete nichts. Ich bohrte nicht weiter, ich wusste auch so genug. Der Wassergeist zwängte sich in die Lücke, doch sein Hinterleib passte nicht hindurch, und mein Gehäuse knirschte bedenklich.

Pass auf, du zerbrichst mich noch!, rief ich.

Daliwr schob sich rückwärts und verharrte im Hohlraum des Bodens.

»Wie vom Erdboden verschluckt!«, knurrte der Hauptmann.

Daliwr brummte. *Da hat er tatsächlich mal recht!*

»Wir suchen draußen weiter, Königliche Hoheit. Soll ich einen Mann bei euch lassen?«

»Nicht nötig.« Der Prinz klang sehr müde.

Ich musterte Daliwr vor mir, oder vielmehr sein schleimiges Hinterhaupt. *Was steht denn in diesem goldenen Buch?*

Einfach alles. Mächtige Zaubersprüche, alles über die Vergangenheit, die Gegenwart und die Zukunft von Cantre'r Gwaelod.

Und was macht das Buch für dich so wertvoll?

Mit der Antwort ließ er sich Zeit. *Es verleiht Macht.*

Ich wartete ab, ob er noch etwas erklärte, aber es kam nichts. *Das wünschst du dir? Macht?*

Auch nun sagte er nichts.

Ich dachte, du bist frei und ungebunden? Du kannst doch tun und lassen, was du willst. Was bringt dir Macht?

Macht bringt Verderben, nichts weiter. Nie hatte er so düster geklungen wie jetzt.

Ich machte mir meine eigenen Gedanken, was als Schneckenhaus erstaunlich leicht war, als schraubten die Ideen sich von allein immer weiter in die Tiefe. Ich nahm an, dass das Llyfr Euraidd Macht über Daliwr ausübte, dass der König es nutzte, um Daliwr zu binden, zu erpressen oder zu peinigen. Doch ob Daliwr das Buch selbst nutzen wollte, um die Macht umzukehren, oder ob er etwas anderes damit vorhatte, wusste ich nicht.

Den Geräuschen nach zog der Prinz seine Schuhe an, er hatte den Mittagsschlaf wohl aufgegeben oder sonstige Pläne. Er durchquerte den Raum, die Tür knarrte und klappte im nächsten Moment zu, und es herrschte Stille. Wie es sich anhörte, waren wir allein.

Denkst du, er ist weg?, fragte Daliwr in Gedanken.

Möglich. Lass uns nachschauen!

Daliwr kroch aus dem Spalt, und wir sahen uns um. Der Raum lag verlassen da. Er verwandelte sich zurück und machte sich unsichtbar, und mir fiel auf, dass es einen Moment länger dauerte als die Male zuvor. War er erschöpft? Er hatte angedeutet, dass die Verwandlungen ihn Kraft kosteten. Nahezu lautlos schob er sich auf die Tür zu, als uns diese entgegenflog.

Zwei Mädchen in Schürzen, bewaffnet mit Lumpen und Besen, kamen herein, eine davon war Gwen. Sie erschien nicht in Begleitung von Rhoslyn, sondern von einem ebenso jungen Mädchen wie sie selbst.

Daliwr zuckte erschrocken zusammen und trat hastig rückwärts. Der Umhang, den der Prinz auf dem Fußboden hatte liegen lassen, dämpfte seine Schritte, und er blieb stocksteif darauf stehen.

»Ich mache das Bett, kümmere du dich bitte um die Wäsche«, sagte Gwen. »Mit dem Boden bin ich auch nicht fertig geworden.«

»Dann fange ich mit dem an«, entgegnete das andere Mädchen.

Den Besen in der Hand trat sie auf uns zu, stieß prompt gegen Daliwrs unsichtbare Flanke, stolperte zurück und rieb sich verwundert den Kopf.

»Bist du über den Mantel gestolpert?«, fragte Gwen und schnalzte mit der Zunge. »Seine Königliche Hoheit scheint es eilig gehabt zu haben, sonst lässt er seinen Mantel nicht so achtlos liegen.«

Daliwr nutzte die Zeit, während Gwen sprach, und lief hastig einige Schritte rückwärts. Das andere Mädchen legte den Besen zu Boden, las den Umhang auf und klopfte den Staub davon ab. Sorgsam, beinahe liebevoll faltete sie ihn zusammen und platzierte ihn auf einem Hocker, der nah bei uns stand. Die gepufften Ärmel ihrer Bluse streiften mein Knie, mein Herz setzte einen Schlag aus, doch sie schien nichts bemerkt zu haben. Sie holte sich den Besen und begann, vom Eck ausgehend, den Boden zu säubern.

»Cari!«, rief Gwen plötzlich. »Sieh her!«

Das andere Mädchen eilte zu ihr. »Was ist?«

Gwen zeigte ihr das Kopfkissen des Prinzen. »Es ist ganz nass.« Ihre Stimme war gedämpft.

Cari betastete das Kissen mit den Fingerspitzen, ihre Miene spiegelte Sorge und Anteilnahme wider. »Arme königliche Hoheit! Seit Tagen geht das so! Hat Seine Majestät die Meinung also noch immer nicht geändert?«

»Nicht im Geringsten!«, raunte Gwen.

Cari nahm auf der Bettkante Platz. »Wie furchtbar muss es sein, als junger Mann seine über alles Geliebte nicht ehelichen zu dürfen! Und alles nur, weil sie nicht von edlem Geblüt ist!«

»Wenn das nur alles wäre!« Gwen ließ sich neben ihr nieder. Das Kopfkissen lag wie ein Baby in ihrem Arm, gedankenverloren streichelte sie über den seidigen Stoff. »Ein Fluch lastet auf seiner Geliebten! Sie wurde fortgejagt, wusstest du das?«

Caris Augen wurden groß. »Ist das wahr?«

Schritte näherten sich im Flur, energisch, jedoch nicht schwer. Kurz darauf tauchte Rhoslyn im Türrahmen auf, das Gesicht kreideweiß.

Sichtlich erschrocken sprang Gwen auf. »Was ist mit dir? Geht es dir nicht gut?« Sie stürmte zu ihrer älteren Kollegin und nahm ihre Hand.

Rhoslyn winkte ab. »Lass nur, Kindchen, es geht schon. Stellt euch vor: Der Prinz ist verschwunden!«

12

Die Frauen ließen das Zimmer hinter sich und mich ratlos zurück. Seine Geliebte wurde davongejagt? Mir schwante etwas. Doch weshalb war er verschwunden? War er freiwillig gegangen?

Was hat es mit dem Prinzen auf sich?

Daliwr ignorierte meine Frage. *Lass uns die Gelegenheit nutzen.*

»Warum ist er fort?«, flüsterte ich.

Der Wassergeist knurrte unwillig. »Bin nicht im Bilde. Wir sollten froh sein, dass er nicht mehr anwesend ist!«

Vor der geöffneten Tür hielt er einen Moment inne, spähte wohl hinaus und trat dann in den breiten Flur. Die Hufe erzeugten ein dumpfes Klopfen, obwohl er sie äußerst bedacht aufsetzte.

»Kannst du dich nicht in etwas anderes verwandeln? So was mit Katzenpfoten vielleicht?«, fragte ich, während ich mich nervös umsah. Noch war niemand auf uns aufmerksam geworden.

»Wie ich bereits erwähnte: Ständiges Hin- und Herverwandeln ist nicht möglich! Das raubt Kraft, die wir nachher sicherlich noch brauchen!«

In der Ferne hörten wir jemanden über die Treppenstufen poltern. Angespannt verharrte Daliwr. Das Geräusch entfernte sich wieder. Langsam und leise ging er weiter.

Der Korridor bog ab, und wir stießen auf einen Seitentrakt des Schlosses. Die zwei Flügel einer hohen Tür luden uns förmlich dazu ein, einen Blick in den Saal dahinter zu werfen. Der Raum wies große Fenster auf, die in den romantisch angelegten Garten zeigten. Es war erstaunlich, wie viel Licht bis hierher drang, und noch erstaunlicher, was in einer abgeschlossenen Luftkuppel wachsen konnte. Die Pflanzen sahen exotisch aus, blühten in prächtigen Farben, einige hatten Früchte ausgebildet. Kein Wunder, wo hier sicher gleichbleibend milde Temperaturen herrschten.

Die Möblierung bestand aus gemütlich aussehenden Polstersesseln, kleinen Tischen, Lampen und zwei großen Kaminen, in denen statt Feuer jeweils ein Becken voll Wasser brodelte. Unterseeische Thermalquellen, wie ich vermutete, sorgten für Wärme. Neben einem Kamin befand sich ein mit Schnitzereien und Friesen verziertes, doppelflügliges Portal.

Daliwr war im Begriff weiterzugehen, ich tastete nach seiner Mähne und zog kurz daran, um ihn zu bremsen.

»Lass uns da hineinschauen!«

»Weshalb?«, knurrte er hörbar genervt.

Ich musste grinsen. »Weil ich glaube, dass da drinnen eine Überraschung auf dich wartet.«

Natürlich bedeutete es eine Änderung meiner Taktik, aber es würde dem dauernden Gerangel mit Daliwr ein Ende setzen, hoffte ich, und mit etwas Geschick und noch mehr Glück hätte ich ein Druckmittel in der Hand, um endlich schnell und gezielt Melyn suchen zu gehen. Wie viel Stunden mochte der König ihrer Mutter noch geben? Der heutige Tag war der letzte, an dem Melyn »den Richtigen« überbringen konnte. Wann verlor der Herrscher die Geduld? Schlug mit dem Tod ihrer Mutter auch für Melyn das letzte Stündlein? Ich wollte nichts unversucht lassen, beide zu retten.

»Denke nicht dauernd an Melyn! Mir kommt es bald so vor, als hättest du das Buch vergessen.« Daliwr schnaubte.

»Davon abgesehen: Ich kann Überraschungen nicht ausstehen!«

»Sagt der fähigste Gestaltwandler der Anderwelt? Das wiederum überrascht mich!« Er war doch sonst so neugierig? »Los, geh schon rein, ich verspreche dir, es ist was Schönes!«

Er antwortete nicht sofort. »Meinetwegen«, sagte er schließlich und trat ein.

Unsichtbar zu sein, war ein seltsames Gefühl, vor allem, wenn man sich einmal nicht auf der Flucht befand, sondern einige Sekunden lang Zeit und genug Licht hatte, um den Moment bewusst zu erleben. Ich schwebte auf Daliwr in den Raum, mein Kopf knapp unterhalb des hohen Türsturzes, gesichtslos, unbemerkt wie ein Schlossgespenst.

Kostbare Bilder hingen an den Wänden, Gemälde von Landschaften, die erstaunlicherweise keinen Hinweis auf das Leben unter dem Meer zeigten. Es waren Gemälde zur Erbauung und Zerstreuung: blühende Sträucher, ein Paar, das im Park flanierte, ein florales Stillleben. Dicke, weiche Teppiche federten die Schritte auf dem dunklen Steinboden ab.

»Wo ist jetzt die Überraschung?«, wisperte Daliwr.

»Wir befinden uns in einem Lesezimmer. Wo man liest, können Bücher nicht weit sein.« Ich blickte auf die Seitentür. »Versuch es nebenan!«

Daliwr schnaubte leise, es klang zufrieden. Die Klinke vor mir bewegte sich, er musste sie mit dem Maul betätigt haben, und nun stieß er die Tür auf.

Vor uns lag eine imposante Bibliothek. Anders als das Lesezimmer besaß der Saal nur wenige Fenster, die deutlich kleiner ausfielen. In regelmäßigen Abständen an den Regalen hingen Wandlampen mit Leuchtquallen, die für ausreichend Helligkeit sorgten. Wie gerne wäre ich an diesem Ort gewesen ohne die Sorge um Melyn, ohne an einen Wassergeist gebunden zu sein, dafür mit reichlich Zeit, um die alten Schriften zu studieren!

»Dort liegt es«, hauchte Daliwr, und Ehrfurcht schwang in seiner Stimme mit.

Ich richtete den Blick auf die Raummitte, wo ein hölzernes Podest stand. Kostbare Schnitzereien zierten es, und auf ihm befand sich ein ebenso hübscher Tisch, auf dem ein einzelnes Buch lag. Es war überraschend klein, ähnlich einem Notizbuch oder einem Taschenkalender, nur nicht so dünn, und es sah älter aus als alle anderen Werke in den Regalen. Eine Glocke aus Glas schützte es.

Daliwr trat näher. Zwischen lederbezogenen Holzdeckeln stapelten sich dicke Seiten, von Hand beschnitten, die Beschaffenheit erinnerte an bearbeitete Tierhaut, doch sie strahlten in einem fast reinen Weiß, dass ich nicht glaubte, es könne Pergament sein. Statt eines Rückens war die kunstfertige Bindung zu sehen, feine Knoten aus gewachstem Zwirn, dicht an dicht in mehreren Reihen übereinander. Ein seidenes Band hielt den Einband auf der Seite des vorderen Schnitts zusammen. Das Leder der Buchdeckel war hellbraun wie die Kleidung der einfachen Arbeiter in Cantre'r Gwaelod, doch man hatte ein auffälliges Symbol eingeprägt, goldglänzend, was dem Buch wohl seinen Namen verlieh. Es erinnerte an einen Apfelbaum, und sein Geäst bestand aus keltischen Mustern.

»Perfekt!«, raunte Daliwr. »Nun ist also die Zeit gekommen! Holen wir uns den Schatz!«

Ein Moment der Stille entstand.

»Was zögerst du? Du sollst das Buch nehmen!«, zischte er.

»Wie soll ich das machen? Da liegt eine dicke Glasglocke drüber!«, entgegnete ich.

»Bei Dôn! Du stellst dich an wie ein Metzger beim Gemüseschnitzen! Hebe die Glocke an, ergreife das Buch, und sodann nichts wie fort von hier!«

Nachdenklich tippte ich gegen mein Kinn. »Ich weiß nicht, das Llyfr Euraidd ist doch sehr wertvoll. Da wird es eine Sicherung geben, ein Alarmsystem, was weiß ich. Wenn ich die Glocke berühre, könnte es passieren, dass im nächsten Moment die Wachleute den Raum stürmen, denkst du nicht?«

Daliwr schnaubte verdrossen. »Die Gwahardd leben hier wie schon vor tausend Jahren, da gab es keine Alarmanlagen. Hebe einfach die Glocke an!«

»Woher willst du das …« *Natürlich.* Er hatte es tatsächlich schon einmal versucht. »Wenn du das alles schon hinter dir hast, wieso mussten wir die Bibliothek erst suchen? Wieso konntest du es damals nicht stehlen? Weshalb hältst du damit hinter dem Berg, statt dass wir uns gemeinsam einen Plan überlegen?« Ich war nahe dran, loszuschreien.

»Damals wurde es im Thronsaal aufbewahrt.« Daliwr klang kleinlaut. »Seinerzeit gab es keine Glasglocke, ich dachte, ich könne es einfach so nehmen.«

»Hat nicht geklappt, hm?« Meine Wut war noch nicht verraucht, doch ich spürte den seltsamen Drang, zu versuchen, das Buch zu stehlen. Es fühlte sich fremd an, es konnte unmöglich mein eigener Wunsch sein. War es Daliwrs Verlangen, was ich empfand? Oder machte sich die Magie unseres Paktes bemerkbar?

Er drehte seinen Leib zum Tisch, sodass ich nur die Arme ausstrecken musste. Zögerlich näherte ich mich der Glashaube, mein schlechtes Gefühl wollte nicht vergehen. In meinen Fingerspitzen kribbelte es, als stünden sie unter Strom. Ich berührte das Glas. Es passierte – nichts!

»Nun nimm es endlich hoch!«, zischte Daliwr.

»Es geht nicht! Es sitzt fest!« Demonstrativ wackelte ich an dem Glas, und das Einzige, was sich dabei bewegte, waren meine Finger, die quietschend über die glatte Oberfläche rutschten.

»Verglichen mit dir ist eine echte Prinzessin kraftvoll wie ein Bulle. Wohlan, du Landblümchen, nun greife richtig zu!«

Augenrollend kam ich Daliwrs Bitte nach. Obwohl ich das Glas zwischen meinen Händen wie in einem Schraubstock hielt und schon fürchtete, das Material würde irgendwann nachgeben, rührte sich die Glocke kein bisschen.

»Es. Geht. Nicht.«

Entnervt seufzte er und trat ein Stück vom Tisch weg. Plötzlich drehte er sich um, hob sein Hinterteil so ruckartig, dass mein Oberkörper nach vorne geschleudert wurde, und pfefferte nach hinten aus.

Den Widerstand der Glashaube, als sein Huf sie traf, spürte ich bis in die kleinsten Knochen, und ein dumpfes Klingen wie von einem großen Gong ertönte.

»Bist du wahnsinnig?«, zischte ich.

Daliwr wandte sich wieder dem Tisch zu. Ich starrte fassungslos auf das Glas. Es war unversehrt.

»Magie ist am Werke. Nicht schon wieder«, wisperte er.

»›Nicht schon wieder‹?«, fauchte ich.

Der Wassergeist ignorierte meine Frage und murmelte Worte vor sich hin, die wie Formeln klangen. Zaubersprüche? »Versuch es noch einmal!«

»Was ist damals passiert?«, fragte ich, legte die Hände aber wieder an das Glas. Abermals prickelte es. Ich packte zu, und mit einem Ächzen zog ich an der Haube. Nichts geschah, unverändert thronte sie über dem goldenen Buch.

Daliwr stieß einen unverständlichen Fluch aus und sprach weitere Formeln, lauter und eindringlicher. Bevor ich es erneut probieren konnte, hörten wir Stimmen.

»Schnell, verwandle dich!«, zischte ich dem Wassergeist zu.

»Habe ich das nicht schon zweimal gesagt? Wenn ich mich wieder und wieder verwandeln muss, dann ...«

»Dann vors Fenster, los! Dort bemerken sie uns hoffentlich nicht!« Ich hegte die Hoffnung, dass wir gegen das Licht nur wie eine Trübung des Glases wirken würden.

Auch in der Bibliothek bedeckte ein dicker Teppich den Boden, sodass Daliwrs Schritte nicht zu hören waren.

Ein großer Mann in einem langen, grauen Mantel betrat den Saal, in seiner Begleitung ein Jüngling, vermutlich nicht älter als ich. Der Mann strahlte eine Würde aus, die mich sofort gefangen nahm. Kein Gehen, sondern Schreiten, als befände er sich inmitten einer Zeremonie. Vor sich her trug er ein seidig glänzendes Polster, auf dem eine Schreibfeder und ein Tintenfässchen lagen.

Überraschenderweise übergab der Mann das Kissen dem Jüngling, er selbst wandte sich einem Regal nahe des Eingangs zu und zog einen dort befestigten Vorhang zurück. Dahinter befand sich eine Apparatur, die aussah wie ein großer Hebel.

Der Jüngling hielt vor dem Podest inne. Das Kissen vor sich ausgestreckt, ging er in die Knie zu einer Art Knicks, wie ihn Katholiken in Kirchen vollführten. Er erhob sich, drehte sich zu dem Älteren, dem er zunickte, dann wandte er sich wieder dem Tisch mit dem Llyfr Euraidd zu.

Der Alte am Regal zog mit beiden Händen an dem Griff und drückte ihn nach unten. Ein lautes Ticken erklang, ich suchte die Quelle des Geräuschs, doch sie blieb mir verborgen. Der Mann ächzte leise, hielt den Hebel noch immer in der unteren Position.

Rund um die Glashaube begann es zu zischen, winzige Bläschen stiegen am Rand hervor. Fasziniert beobachtete ich das Vorgehen. Woher kamen die kleinen Blasen, es musste doch eine Flüssigkeit im Spiel sein? Der feine Schaum zerplatzte so schnell, wie er entstanden war. Noch immer tickte es, als gäbe es eine unsichtbare Standuhr im Raum. Der jüngere Mann legte das Kissen auf dem Tisch ab. Mit beiden Händen griff er die Glocke und hob sie an, als würde sie nur ein paar hundert Gramm wiegen. Bedachtsam setzte er sie neben das Kissen, dann strich er mit den Fingern über das Buch. Anschließend ging er in raschen Schritten zum alten Mann zurück, löste ihn am schweren Hebel ab, und der Alte trat an das Tischchen mit dem Buch. Ich sah nicht genau, was er tat, doch er ließ sich einen Moment Zeit, bevor er das Band aufknüpfte, mit dem der Einband zugebunden war, und schlug das Werk auf. Es schien, als hätte er die richtige Seite erwischt, einige Sekunden lang studierte er sie, nickte nachdenklich und blätterte um. Dann nahm er die Feder zur Hand und schrieb in das Buch.

Daliwr unter mir straffte sich, als wäre er plötzlich erstarrt.

Was tut er da?, sendete ich ihm in Gedanken.

Der Mann am Tisch richtete sich auf und blinzelte. Ich spürte einen leichten Schlag von Daliwr gegen meinen Fuß und verstand: Offensichtlich handelte es sich um einen Magier oder ähnlich fähigen Menschen, und es war riskant, sich telepathisch zu unterhalten.

Das Ticken im Raum wurde dringlicher, die Abstände zwischen den einzelnen Klicklauten verkürzten sich zunehmend. Der Alte beugte sich wieder über das Llyfr Euraidd und schrieb zu Ende, dann klappte er das Buch zu und verschnürte es. Das Ticken glich nun einer nervösen Maschine. Eilig setzte er die Glasglocke über das Buch, ein dumpfes Brausen war von dort zu hören.

Er trat zurück, und der Jüngling ließ mit einem Keuchen den Hebel los, der wie ein Katapult nach oben schnellte. Das Ticken stoppte abrupt. Der Alte nickte ihm mit einem wohlwollenden Gesichtsausdruck zu, der Jüngere lächelte erleichtert und wischte sich mit der Hand den Schweiß von der Stirn.

Sie verließen den Raum. Wir warteten noch einen Moment ab, bis absolut nichts mehr von ihnen zu hören war.

Warum hat er in das Buch geschrieben? Vorsichtshalber fragte ich in Gedanken. *Ich dachte, es wäre … na ja, irgendwie schon voll!*

Es ist ein Werk der Macht. Daliwr schien der Ruhe genauso zu misstrauen wie ich und sprach ebenfalls nur im Geiste. Er trat auf den Tisch zu. *Alles, was hier eingetragen wird, ist magisch gebunden. Damit nehmen sie dir deine Freiheit, deine Fähigkeiten, am Schluss nehmen sie dir das Leben.*

Aus großen Augen starrte ich auf das Buch. *Was bedeutet, sie nehmen dir deine Fähigkeiten?*

Daliwr schüttelte spürbar den Kopf, als wollte er dadurch seinen Widerwillen ausdrücken. *Damit bestrafen sie, wer ihnen zuwider ist. Einst beherrschte ich den Betörungszauber. Niemand konnte mir widerstehen, wenn ich ihn bezirzte.*

Ich hatte Schwierigkeiten, mir vorzustellen, wer sich von Daliwr verführen ließ, ohne zu diesem Zweck k. o. geschlagen werden zu müssen, doch immerhin hatte Daliwr betont, dass er genau diesen Zauber verloren hatte. Ein Zauber. Das hatte nichts mit natürlicher Anziehungskraft zu tun.

Du lachst? Dein Grinsen wird dir noch vergehen!, knurrte er. *Kommen wir zur Sache: Wir wissen jetzt, wie wir an das Buch gelangen.*

Ach ja? Möchtest du mir auch verraten, wie das gehen soll?

Leise schnaubte er. *Hebel runter, Glas hoch, Buch mit, abhauen.*

Es wird nicht funktionieren, denn einer von uns muss den Griff hinabdrücken. Wir müssten zu zweit sein.

Wir SIND zu zweit!

Meine rechte Braue schob sich nach oben. *Ich dachte, ich kann mich nicht von dir lösen!*

Du kannst, wenn ich dich lasse.

Ich spürte seine Gier nach dem Buch, ich spürte sie wie Hitze, die in einem aufstieg, wie eine Lust, die man nur schwer beherrschen konnte. Ein äußerst unangenehmes Gefühl, wenn es sich nicht um das eigene Empfinden handelte.

Daliwr wollte das Buch so dringlich besitzen, dass ich ahnte, wie er mit sich rang. Was passierte, sobald er sich von mir löste? Verlor er dann seinen Einfluss über mich?

Und wenn?

Ohne ihn saß ich hier unten fest. Ob ich Melyn wiederfinden würde, ob wir den König täuschen konnten, ich wäre der Erbe Einions, und ob er mich anschließend unversehrt wieder nach Hause bringen wollte oder überhaupt konnte, blieb ungewiss.

Daliwr schwieg einen Moment, und ich nahm an, dass er meine Gedanken las. Dann trat er an das Regal heran. *Halte dich fest, und was auch immer passiert, lasse nicht los. Habe ich das Buch, hole ich dich wieder.*

Mein Mund verzog sich zu einer Grimasse. *In Ordnung.*

Ich packte den Hebel und klammerte mich daran fest. Daliwr zog sich zurück, es fühlte sich an, als würde jemand ein extrem klebriges Pflaster von meiner Haut reißen.

Schlagartig veränderte sich die Welt. Das Licht verschwand, alles um mich herum löste sich auf. Einzig den Griff spürte ich noch unter meinen Fingern, ich drückte ihn nach unten, meine Knöchel weiß vor Anstrengung, die Sehnen schmerzend, wie in heißen Blitzen schoss es durch meine Hand. Das Atmen fiel mir so schwer, dass ich das Gefühl hatte, ich bekäme gar keine Luft. Alles empfand ich mit einem Mal als extrem kräftezehrend, als lastete ein tonnenschweres Gewicht auf mir. Mir wurde übel, mühsam beherrscht presste ich die Lippen zusammen. In meinem Kopf summte es wie in einem Bienenstock, meine Sicht verengte sich auf einen winzigen Punkt vor mir.

Das Denken bereitete mir Schwierigkeiten.

Wo war ich?

Was wollte ich?

Ich entdeckte Hände vor mir, die Haut schimmerte bläulich weiß. Finger krallten sich um ein langes, dünnes Holz. Mein Leib begannen zu zucken und zu zappeln, Panik stieg in mir auf. Ich würde ersticken! Ein mächtiger, ein unüberwindlicher Zwang setzte ein, tief einzuatmen, doch meine Kehle war wie verschnürt.

Vor mir drehte sich alles. Mein Herz pochte, klopfte mir im Hals, in der Nase, in den Ohren. Es schlug hinter meinen Augen, drückte gegen meine Augäpfel, ich glaubte, sie sprängen jeden Moment heraus. Nein, mein Herz pochte nicht – es tickte.

Tick tack.

Tick tack.

Ein grässlicher Schrei erfolgte, misstönend wie das Kreischen einer Kreissäge, jedoch dumpf und fern klingend. Ich blickte mich um und erkannte ein weiß-graues Pferd, nur wenige Schritte von mir entfernt. Sein Maul – weit aufgerissen.

Das Buch! Daliwr zerrte am Buch herum, es löste sich nicht, er schaffte es nicht. Er musste herkommen, mich ablösen, damit ich es versuchen konnte! Ich wollte winken – mein Arm gehorchte nicht. Ich sammelte alle Kraft, kratzte den kümmerlichen Rest meiner Gedanken zusammen, konzentrierte mich. Nur die Spitzen meiner Finger zuckten. Noch mehr Konzentration – es gelang mir, die Knie durchzudrücken.

Endlich bemerkte Daliwr etwas, ich blinzelte, schon stand er neben mir, stieß mich weg und lehnte sich gegen den nach unten zeigenden Hebel.

Taumelnd stakste ich auf das Tischchen zu, kurz davor gaben meine Beine nach, ich fiel nach vorne. Meine Hände schlugen gegen das Möbelstück, reflexhaft klammerte ich mich fest. Vor meinen Augen flimmerte es. Erneut stieg Übelkeit auf. Blinzelnd kämpfte ich gegen sie an. Ich schielte über die Kante des Tisches. Meine Sicht entsprach der eines Grottenolms, ich erkannte gar nichts.

Ich schob eine Hand über die Tischplatte. Die Fingerspitzen ertasteten etwas Kantiges, Rillen, kleine Erhebungen.

Der Buchrücken. Ich packte zu, doch meine Finger glitten ab. Ein erneuter Versuch, ich griff ins Leere. Ich versuchte es weiter hinten und erwischte etwas Schmales, Hartes, das mir auswich. Der Buchdeckel!

Weiter tastend erfühlten meine Finger den festen Einband, und endlich konnte ich zupacken. Ich zog, brachte meine letzte Kraft auf, fasste nach, zog erneut. Das Buch bewegte sich! Erst kaum spürbar, dann aber gab es einen Ruck und es rutschte über die Kante.

Ohrenbetäubender Lärm setzte ein, und das Llyfr Euraidd landete auf meiner Brust. Erleichtert schloss ich meinen Arm um das Werk. Dann wurde alles schwarz.

13

Tumultartiger Lärm weckte mich. Nur allmählich kehrten meine Sinne zurück. Den Krach vernahm ich als Erstes, dann öffnete ich die Augen zu schmalen Schlitzen. Die Welt um mich herum wackelte, als wäre ich in einen Cocktailshaker geraten. Bodenplatten flogen an mir vorbei, etwas Graues wogte und tanzte in meinem Blickfeld.

Magensäure schoss in meinen Mund, mühsam schluckte ich, ohne das ekelhafte Gefühl vertreiben zu können. Mein Bauch war eingeklemmt, mein Oberkörper hing abwärts, mein rechter Arm schmerzte wie die Hölle.

Was war da eben passiert? Ich war fast erstickt! Nur ein Albtraum? Oder ein magisches Phänomen? Und wo befand ich mich jetzt? Ich versuchte, mich zu orientieren. Hinter mir hörte ich Schreie und schnelle Schritte. Darüber legte sich das Galoppieren meines Herzens. Ohrenbetäubend klopfte es in einem ratternden Rhythmus. Ein kurzer Aussetzer, dann noch hastiger.

Unablässig schüttelte es mich durch, und erst nach einem weiteren Moment begriff ich, dass ich wie ein nasser Sack quer über dem Rücken des Wassergeists hing, und die Trommelschläge erzeugte nicht mein Herz, sondern die Hufe des Gestaltwandlers. Panisch galoppierte Daliwr durch den Flur, bog ab und trampelte die Treppen hinab.

In meinem Kopf drehte sich alles. Ich fühlte mich verkatert und ließ es über mich ergehen, dass bei jedem Sprung über die Stufen mein Magen auf Briefmarkenstärke zusammengepresst wurde. Auf halber Treppenhöhe fing ich zu würgen an, schluckte die Übelkeit jedoch herunter. Was in meiner augenblicklichen Position »hinauf« bedeutete.

Ich warf einen Blick treppauf. Die ersten Wachmänner bogen um die Ecke. Daliwr vollführte einen halben Bocksprung, etwas Kantiges drückte sich in meinen Leib, und er nahm die nächste Wendelung. Endlich verstand ich, weshalb mein Arm so wehtat. Er klemmte mitsamt dem Llyfr Euraidd unter meinem Oberkörper.

Wir waren am unteren Absatz der Treppe angekommen, Daliwr blickte nach rechts und links und schien zu überlegen, in welcher Richtung eine Flucht am vielversprechendsten aussah. Ich nutzte die Zeit, schwang mein rechtes Bein über seinen Rücken und richtete mich benommen auf. Das Buch steckte ich unter meine Jacke.

Die Wachen näherten sich erneut, und Daliwr wandte sich nach links. Irgendwie hatte ich den Ausgang rechts in Erinnerung. Offenbar las er meine Gedanken, der Wassergeist hielt inne und schaute nach rechts. Von dort kamen ebenfalls Wachmänner angelaufen, und er hetzte links weiter, wo wir in einen schmaleren Gang gelangten.

Wir mussten uns in einem Gesindeteil der Anlage befinden. Angelockt von dem Spektakel, steckten aus niedrigen Türen die Köpfe von Menschen, die wie Knechte und Mägde gekleidet waren. Ein Koch mit großer Bratpfanne stellte sich uns in den Weg, ob beabsichtigt oder unbeabsichtigt, konnte ich an seinem Gesichtsausdruck schwer ablesen. Daliwr polterte an ihm vorbei, die Pfanne fiel scheppernd zu Boden, als der Mann gegen die Wand gedrückt wurde.

»Haltet den Dieb!«, erschallten hinter uns die Rufe der Wachen.

Wir näherten uns dem Ende des Flurs. Nervös blickte ich umher. Vor uns lag ein winziges Fenster, von dem ich sicher war, dass nicht einmal ich allein mich hätte durchquetschen können, obwohl ich dem Figurtyp Spargel entsprach.

Hektisch warf Daliwr sich herum und kickte gegen eine Tür rechts von uns. Sie flog nicht nur auf, sondern komplett aus den Angeln, und er stürmte hinein. Statt eines Zimmers erwartete uns eine eng gewundene Treppe, die einen Turm emporführte. Daliwr erklomm die ersten Stufen.

Auf den schmalen Auftritten geriet er ins Straucheln, doch mit seinem fassförmigen Pferdeleib passte er nur so knapp durch den Treppenschacht, dass er sich fangen konnte.

Nein. Er hatte sich nicht gefangen. Wir steckten fest!

Mir wurde warm, meine Konturen lösten sich auf, und plötzlich verfügte ich über einen Rundum-Blick bei einem sehr wolligen Gefühl. Ich sah nach oben. Über mir erhob sich der flachsblonde Kopf eines jungen Kerls, sechzehn, vielleicht siebzehn Jahre alt, und der Jüngling hastete die Treppe weiter hinauf.

Die nächste Tür bestand aus dicken Holzbohlen, hart wie Stahl, und war außen wie innen verrammelt. Daliwr verschwendete keine Zeit an ihr, stattdessen rannte er weiter treppauf.

Von unten her hörten wir die Wachleute kommen.

Eine weitere Tür geriet in unser Sichtfeld, wie der unterste Eingang war sie nur aus dünnen Brettern gefertigt. Daliwr wollte sich der Tür entgegenstemmen, als diese sich unvermittelt öffnete und wir in den Flur hineinflogen – direkt vor die Füße des Hauptmanns.

Mindestens drei Wachleute stürzten sich auf uns und prügelten auf den am Boden liegenden Daliwr ein. Er gab keinen Mucks von sich. Vielleicht empfanden Wassergeister keinen Schmerz, vielleicht lag es auch an mir, denn immerhin trafen alle Schläge mich. Es glich einem Gefühl bei einem Spiel, das meine Cousins und ich als Kinder gespielt hatten – ein Kind zwischen zwei alte Matratzen gepackt, sprangen die anderen auf ihm herum. Ich spürte den Druck der Schläge, die Kraft, aber meine dick-wollige Beschaffenheit leitete die Energie irgendwie ab. Obwohl die Prügel mir nicht wehtaten, schwanden mir immer mehr die Sinne. Lag es an Daliwr? Konnten Geister ohnmächtig werden? Das Letzte, was mir durch den nicht vorhandenen Kopf schoss, war ein Name: *Melyn.*

Als ich zu mir kam, war um mich herum alles dunkel. Ohne Augen brauchte ich mich an die Dunkelheit nicht zu gewöhnen, und so erkannte ich im vagen Schein einer einsamen Leuchtqualle ein felsiges Gewölbe, das niedrig über uns hing. Modergeruch umgab uns. Daliwr kauerte in einem Eck und rührte sich nicht, ich sah sein Kinn – das eines jungen Burschen – auf meinem wolligen Kragen ruhen. Wie schlimm stand es um ihn? Konnten Geister sterben? Immerhin war er keine Totenseele, die in der Anderwelt wandelte, sondern eine Art Dämon.

Daliwr! Pst, Daliwr!

Er regte sich nicht.

Wir saßen im Verlies. Dicke Gitter teilten die Zelle ab, die vom Boden bis zur Decke verliefen. An den Seiten hingen schwere Tücher hinab. Ein Sichtschutz? Daliwr lag auf rauem, sandigem Gestein, so uneben, dass ich mutmaßte, es handele sich um eine natürliche Höhle.

Bestimmt befand sich auch Melyn irgendwo hier. Wo sonst sollte sie sein? Durch die Tücher an den Seiten konnte ich nicht erkennen, wie weitläufig der Kerker war. Gelegentlich hörte ich leise Geräusche, die aus anderen Zellen kommen mochten.

Am Boden rührte sich etwas. Unter einem losen Steinstück kroch eine Krabbe hervor, kleiner als mein Handteller, und bewegte sich auf uns zu. Vor Daliwrs nackten Füßen, mit Schwimmhäuten zwischen den langen Zehen, wie sie für die Gwahardd typisch waren, blieb sie stehen, streckte die Scherenbeine aus und wackelte damit herum.

Scht! Geh weg!

Wie sollte man ein Krebstier vertreiben, wenn man weder über Arme noch eine Stimme verfügte?

Sie holte aus – und zwickte zu.

Daliwr setzte sich jäh auf und riss die Augen auf. Verwirrt blickte er sich um. Sein Gesicht verwandelte sich in eine schmerzverzerrte Grimasse, dann fiel sein Blick auf die Krabbe, die an seinem großen Zeh hing. Empört schüttelte er sie ab, und das Tier flog in hohem Bogen durch die Gitter nach draußen auf den Gang.

Du bist wach. Gut!, sagte ich in Gedanken.

Daliwr klopfte sich sachte mit der flachen Hand auf die Brust, dann vergrub er das Gesicht in den Händen.

Bist du jetzt eventuell auch ansprechbar?

Zur Antwort grunzte er nur.

Ich werte das mal als Ja. Okay. Wir müssen unbedingt herausfinden, ob Melyn hier ist. Kannst du bitte mal unsere Zellennachbarn fragen, ob jemand sie gesehen hat?

Daliwr rollte die Augen, ich deutete es als Nein.

Warum nicht? Oh, denkst du, da ist niemand? Mir kam das Verlies auch schon merkwürdig still vor. Aber wir werden nicht die Einzigen sein, schätze ich. Frag doch einfach mal!

Sichtlich genervt verzog er das Gesicht.

Langsam wurde ich sauer. *Hör zu! Ich habe dir dein doofes Buch besorgt, ich habe dafür mein Leben aufs Spiel gesetzt! Du schuldest mir verdammt noch mal was!*

Er straffte den Rücken und räusperte sich. Einen Augenblick lang wartete ich auf seine Antwort, doch nichts kam.

Wir reden also nicht mehr miteinander? Aha. Und wieso? ICH bin nicht dafür verantwortlich, dass wir hier sitzen!

Schweigen. Gut, das konnte ich auch. Ich nutzte die Stille, um aufmerksam in alle Richtungen zu horchen. Etwas scharrte nebenan. Konzentriert lauschte ich. Es musste irgendetwas Kleines sein, das schabend über den Boden kroch, vielleicht die winzige Krabbe von vorhin.

Wieso verwandelst du uns nicht in einen Käfer? Eine Krabbe? Dann könnten wir doch leicht hier rausgelangen!

Cooper.

Ja, ich bin immer noch hier, deine Weste. Hast du mir überhaupt zugehört?

Nach ›du bist wach‹ fühlte ich mich dazu nicht mehr imstande, entgegnete er.

Am liebsten hätte ich meine Knöpfe verdreht. *Dann pass jetzt bitte auf! Wir müssen Melyn finden, und ich denke, dass sie irgendwo hier sein muss. Bitte verwandle dich in etwas Kleines, damit wir durch die Gitterstäbe hindurchpassen und sie suchen gehen können.*

Das werde ich nicht tun.

Du schuldest mir aber was! Ich fühlte mich wie ein kampfbereiter Schafbock. *Du wirst dich jetzt sofort verwandeln, damit wir Melyn finden! Sonst behalte ich dein Buch einfach!*

Daliwr rutschte sich zurecht und sank ein wenig tiefer gegen die Wand. *Siehst du die Gitter dort?*

Klar, entgegnete ich irritiert.

Er zog die Füße heran und schnippte Sandkörner von seinen Knien. *Es handelt sich um eine magische Barriere, für uns gibt es kein Durchkommen.*

Plötzlich kam ich mir nicht mehr wie ein wütender Widder vor, sondern wie ein überfahrenes Lamm. *Kein Durchkommen?*

Kein Durchkommen.

Shit. Okay. Dann frag bitte unsere Zellennachbarn, ob sie Melyn gesehen haben!

Das werde ich nicht tun.

Mein innerer Schafbock stand kurz vorm Explodieren. *Du … WIESO NICHT?*

Weil ich es nicht in meiner Macht liegt.

Ich stutzte. *Magische Barriere?*

Da liegst du falsch.

Der machte mich wahnsinnig! *Wieso dann nicht?*

Daliwr antwortete nicht, sondern starrte nur stumm auf den Boden. Sein großer Zeh wies noch immer eine rote Stelle vom Kneifen der Krabbe auf.

Ich kann nicht reden.

Ich horchte auf. *Wieso nicht? Hört jemand mit? Sind da Wachleute?* Misstrauisch spähte ich um mich, doch das Bild aus Kellergewölbe und Gitterstäben war unverändert.

Bekümmert senkte er den Kopf. *Ich kann nicht mehr sprechen. Es ward mir genommen.*

Wie – es wurde dir genommen?

Zu sprechen ist für Geister und kleine Dämonen wie meine Wenigkeit eine magische Fähigkeit. Entsinnst du dich, wie Myrddin Emrys etwas in das Buch eintrug?

Myrddin wer? Du meinst den Bibliothekar?

Myrddin Emrys ist kein Bibliothekar! Myrddin Emrys ist der mächtigste Zauberer in Cantre'r Gwaelod. Wenn nicht gar der Machtvollste der gesamten Anderwelt! Trägt er etwas in das Buch ein, so dient das als Strafe.

Und jetzt hat er dir die Sprache genommen?

Bedauerlicherweise sieht es danach aus.

Aber du hast geschrien in der Bibliothek! Ich habe es genau gehört!

Nicht ich habe geschrien, es war die Alarmanlage.

DU HAST GESAGT, DA GIBT ES KEINE!

Daliwr zupfte einen losen Faden aus seiner Hose. *Helig ap Glanawg geht offenbar mit der Zeit.*

Helig wer?

Hörbar knirschte er mit den Zähnen. *Helig ap Glanawg. Der König hierzulande.*

Richtig, ich erinnerte mich. *Aber wieso?*

Was meinst du?

Wieso wurdest du bestraft?

Einen Moment lang entgegnete er nichts.

Wieso?, wiederholte ich.

Ich bin Daliwr.

Oh.

Er schwieg bekümmert.

Dann verwandle uns doch umgekehrt, schlug ich vor. *Ich bin der Typ und du das Kleidungsstück. So kann ich sprechen, und … Ah, Halt. Magische Barriere, richtig?*

Daliwr nickte.

Mist.

Du sagst es.

Einen Moment lang grübelte ich. *Woher wussten sie es?*, fragte ich schließlich.

Wen meinst du? Wer soll was gewusst haben?, entgegnete Daliwr.

Dass du es bist. Der Prinz hat deinen Namen gerufen.

Daliwr setzte sich ein wenig aufrechter. *Nun … ein jeder kennt mich. Du kennst mich, Melyn kennt mich, Prinz Brychan kennt mich. In dieser Stadt gibt es nicht viele Ceffylau Dŵr!*

Schlagartig fühlte ich mich hellwach. Brychan! Prinz Brychan – er war der Königssohn, dem wir begegnet waren! Er war DER Brychan! Sie dürfe ihn nicht treffen, hatte Melyn gesagt. Die beiden hatten etwas miteinander! Natürlich! Ein Prinz – zumal er Thronfolger war – durfte sicher nur eine Adlige heiraten und bestimmt keine Tochter einer Sklavin, und die verdammte Maid, der der Königssohn hinterherheulte, war niemand anders als Melyn!

Ja, dachte Daliwr.

Dann stimmt es?

Meine arme Melyn. Verflucht, verbannt und auch noch verliebt in jemanden, der ihr nicht zustand. Lieber Himmel, selbst die Queen hatte doch eingesehen, dass Prinzen auch Bürgerliche heiraten wollten. König Helig ap Sonstwie war wirklich ein Dinosaurier!

Und was machen wir jetzt?

Was wir jetzt machen? Da fehlt mir bedauerlicherweise jegliche Idee. Daliwr ließ sich gegen die Wand zurücksinken. Er drehte sich auf die Seite und legte den Kopf auf dem Arm ab.

He, du kannst jetzt nicht einfach schlafen! Was ist mit Melyn?

14

Bei dem Haus handelte es sich um einen der hübschen Altbauten aus Backstein entlang der Straße, die zur Küste hinabführte. Luftige Gardinen hingen an den Fenstern des Erkers. Hinter dem Gebäude türmte sich eine Wolkenfront auf, die nach Gewitter aussah, gegen die leuchtend weißen Sprossen wirkte sie nahezu schwarz.

Derek suchte nach dem Klingelknopf. Da er keinen fand, betätigte er den Türklopfer. Wohl zu zaghaft – das Pochen klang nicht lauter, als wenn ein Kiesel den steinigen Strand hinabkullerte. Er nahm den Messingring erneut zur Hand, doch plötzlich öffnete sich die Tür. Eine ältere Dame blickte ihn fragend an.

»Ja, bitte?« Ihre Augen sahen wässrig aus.

Verlegen trat er einen Schritt zurück. »Mrs Dylan? Verzeihen Sie, dass ich unangemeldet auftauche. Ich wollte fragen, ob Cooper hier ist.«

Die Falten, die sich über ihre Stirn zogen, vertieften sich.

»Ich bin Derek da Silva, ein Studienfreund«, schob er hastig nach.

In ihren Augen blitzte für einen Moment Erkennen auf. »Derek? Ja, Cooper hat den Namen erwähnt. Es geht um die Delfinzählung, nicht wahr?«

Erleichtert nickte Derek. »Genau! Cooper hatte mir versprochen, den Vertrag vorbeizubringen. Ich habe schon versucht, ihn zu erreichen, aber sein Telefon scheint ausgeschaltet zu sein.«

»Ich bin Nia, Coopers Großmutter.« Ein flüchtiges Lächeln schob sich über ihre Lippen, dann schnalzte sie mit der Zunge. »Das weißt du sicher.« Leise seufzte sie. »Cooper ist nicht hier. Er ist verreist.«

Ihr Blick irritierte Derek. Lag darin Unsicherheit? Ein seltsames Gefühl durchfloss ihn. »Geht es ihm gut?«

Nachdenklich nickte sie. »Ich denke schon. Ich hoffe es. Magst du einen Augenblick hereinkommen? Der Vertrag liegt auf seinem Schreibtisch, ich mache eine Wette, dass er ihn schon unterschrieben hat.«

Er folgte ihr ins Haus, wo sie ihn in die Küche führte.

»Nimm bitte Platz. Magst du einen Tee? Ich habe gerade frisch welchen aufgebrüht.« Ohne eine Antwort abzuwarten, goss sie dampfende Flüssigkeit in einen Becher und stellte ihn Derek vor die Nase.

»Vielen Dank.«

»Ich schaue eben nach dem Vertrag.«

Nia verließ die Küche, und er hörte sie die Treppe hinaufgehen. Er konnte sich nicht erinnern, sie je zuvor gesehen zu haben, obwohl es in einer so kleinen Stadt wie Aberystwyth nicht ungewöhnlich war, den Leuten zufällig zu begegnen. Er war sich nicht sicher, was er erwartet hatte. Die Frau von Selwyn Dylan. Im Institut hing sein Bild noch immer im Büro des Leiters, allen Studenten der Meeresbiologie war der Forscher ein Begriff. Irgendwie hatte er sich dessen Frau imposanter vorgestellt. Nia wirkte wie eine alternde kleine Fee.

Das Knarren der Stufen verriet, dass sie zurückkam. Einen Moment später legte sie ihm einen Umschlag auf den Tisch. »Er hat alles unterschrieben!«

Sie lächelte, doch etwas daran verwirrte Derek. In ihren Augen blieb ein vager Ausdruck von Traurigkeit stehen.

Verlegen räusperte er sich. »Ist alles in Ordnung, Mrs Dylan?«

Leise seufzend setzte sie sich. »Nenn mich Nia.« Auf seine Frage ging sie nicht ein.

»Darf ich fragen, wohin Cooper verreist ist? Er hatte mir geschrieben, dass er nicht lang wegbleiben will.«

Wieder ließ sie sich mit der Antwort Zeit. »Er ist noch nicht lang fort.« Ihr Blick ruhte irgendwo in weiter Ferne, und das Grau ihrer Augen erinnerte Derek an das Meer dieser Tage. »Ich dachte nur, er käme schneller zurück.«

Erste Tropfen platschten gegen die Scheibe. Derek ärgerte sich, dass er den Regenschirm vergessen hatte.

»Er ist irgendwo da draußen.« Langsam wandte sie sich ihm zu. »Auf See.«

Sein Herz machte einen Satz. »Auf See?« Er starrte aus dem Erkerfenster. Von dort aus erblickte man zwischen den Häuserreihen entlang der Straße nur einen schmalen Streifen des Meeres. In den dicken Wolken tat sich eine Lücke auf, und für einen Moment leuchteten die Schaumkronen auf den Wellen weiß auf. Er richtete seine Aufmerksamkeit zurück auf Nia, die in sich zusammengesunken vor ihrer Teetasse saß.

»Das ist Wahnsinn!«

Ihre Finger, zart und zugleich vom Alter gezeichnet, schoben sich um den warmen Becher. Die goldrote Flüssigkeit schwappte leicht gegen den Rand. »Eigentlich dachte ich, Cooper weiß, was er tut.« Sie sah Derek wieder an. »Das dachte ich nicht nur, ich war überzeugt davon.« Ihr Blick richtete sich aufs Fenster, an dem der Regen nun in dicken Wasserspuren hinablief. Seufzend stand sie auf und holte einen Lappen. Unter dem Rahmen hatte sich eine kleine Lache gebildet, auf die sie den Lumpen legte.

»Schau dir das Wetter an, Derek!« Sie nahm wieder neben ihm Platz. »Jeden Tag ein Sturm.« Sie lachte auf, doch es klang nicht belustigt. »Die Leute würden jetzt sagen: Typisches Wetter in Wales. Für Wales mag das stimmen, aber nicht für diesen Ort.«

Derek nickte. Aberystwyth lag direkt am Meer. Die Witterung wechselte hier schnell, und es war viel häufiger sonnig, als Ortsfremde allgemein annahmen.

»Doch die letzten Tage ...« Erneut wanderte ihr Blick in die Ferne. »Diese Häufung von Stürmen ist ungewöhnlich. Ob das der Klimawandel ist?«

»Wo genau wollte Cooper hin? Ist er allein gefahren?« Derek konnte es noch immer nicht fassen, dass jemand bei diesem Wetter auf dem Meer unterwegs war, der sich nicht aus beruflichen Gründen dort aufhalten musste.

Langsam schüttelte Nia den Kopf. Er wurde nicht schlau aus ihr. Wusste sie es nicht oder wollte sie ihm nichts sagen?

Er schob den Vertrag in seine Tasche und schloss sie sorgfältig. Noch immer klatschte der Regen gegen die Scheiben. Bis er zu Hause ankam, würde er selbst komplett nass sein, doch immerhin war das Material der Umhängetasche wasserfest. Er stand auf.

»Vielen Dank für den Tee.«

»Du gehst schon?«

Derek nickte und zögerte. »Ich ... ich fahre raus. Ihn suchen.« Er klappte seinen Jackenkragen hoch.

Ihre Miene verriet widersprüchliche Emotionen. Sie begleitete ihn bis vor zur Tür. »Nimm einen Regenschirm mit.« Sie drückte ihm einen Taschenschirm in die Hand. »Er gehört Cooper, er hat sicher nichts dagegen. Bring ihn einfach wieder vorbei, wenn du mal in der Nähe bist. Wir haben genug andere Schirme.«

Derek bedankte sich und wandte sich ab, als er ihre Finger auf seinem Arm spürte. Überrascht drehte er sich um.

»Du wirst ihn nicht finden können, dort wo er ist.« Ihr Blick erzeugte bei ihm eine Gänsehaut, und er hatte Mühe, ihm standzuhalten.

Verwirrt blinzelte er. Bestätigte sich sein lang gehegter Verdacht? Er suchte nach Worten, war sich nicht sicher, ob und wie er sie danach fragen sollte. »Professor Wright hat mir viel von Selwyn erzählt«, sagte er schließlich.

Nias Augen weiteten sich. »Gabriel Wright? Er ist Professor geworden?«

Er nickte. »Er ist mein Institutsleiter. Ich weiß, früher galt Professor Wright immer als scharfer Kritiker von Selwyn.«

Ihre Miene verfinsterte sich. »Ich habe nie verstanden, was mein Mann an diesem arroganten Schnösel mochte.«

»Professor Wright hat ein gutes Herz. Er setzt sich sehr für uns Studenten ein.«

Die Skepsis in ihrem Blick blieb.

»Es mag sein, dass er ihm lange Zeit nicht geglaubt hat, aber Selwyn war sein Doktorvater. So jemanden sucht man sich mit Bedacht aus!«, fügte er hinzu.

Für einen Moment standen sie sich schweigend gegenüber.

»Ist Cooper … dorthin gereist? Stammt das Mädchen von … dort?« Dereks Stimme versagte ihm beinahe den Dienst.

Nia seufzte, doch ihr Blick fixierte ihn weiterhin. »Du wirst sie nicht finden können.« Ein flüchtiges Lächeln tauchte auf. »Danke, dass du dich um ihn sorgst. Cooper braucht Freunde wie dich.«

Ein plötzliches warmes Gefühl breitete sich in Dereks Brust aus, doch es hielt nur wenige Sekunden. Als er sich verabschiedete und dem Haus den Rücken zukehrte, lag vor ihm das stahlgraue Meer, und die schäumenden Wellen kochten, als brodelte tief unten ein Krieg.

Im Kerker verlor ich jedes Zeitgefühl. Das einzige Licht rührte von der blassen Leuchtqualle, die dem Gewölbe mehr Schatten als Helligkeit verlieh, und ob die Schale mit dem undefinierbaren Brei, die man uns in die Zelle stellte, Frühstück, Mittagessen oder Abendbrot darstellen sollte, war nicht zu erkennen. Daliwr aß nichts, ich ging davon aus, dass er ohnehin nie etwas zu sich nahm. Außer dem Fleisch von den Knochen seiner Opfer, aber selbst das glaubte ich dem Schaumschläger nicht.

Durch die magische Barriere kamen wir nicht hinaus, und wir konnten uns nicht mitteilen. Hätten wir irgendwie auf uns aufmerksam machen und den Wachen erzählen können, ich wäre der Erbe Einions, dann hätten sie uns bestimmt sofort zum König gebracht. So aber saßen wir hier fest.

Daliwr?

Gähnend streckte er sich. *Ich höre?*

Wir müssen den Wachen klarmachen, dass ich der Erbe bin.

Der bist du nicht.

Das ist doch egal, das wissen die ja nicht. Aber so kommen wir hier raus. Nimm einen von den kleinen Steinbrocken und versuch mal, ob wir damit etwas in den Boden ritzen können.

Tatsächlich folgte Daliwr meiner Anweisung. In der Zelle lagen Bruchstücke von Gestein, und als er mit einem Splitter davon auf dem Untergrund herumfuhr, hinterließ dieser helle Striche.

Sehr gut. Nun schreib: ›Holt mich hier raus, ich bin der Erbe Einions!‹

Daliwr ließ das Steinstückchen fallen und setzte sich wieder in die Ecke der Zelle. Verärgert wollte ich ihn fragen, warum er nicht tat, was ich vorschlug, doch plötzlich bekam ich eine Eingebung und wusste es.

Du kannst nicht schreiben.

Wofür auch? Wer nicht lesen kann, braucht nicht zu schreiben.

Du kannst weder lesen noch schreiben – was willst du dann mit dem Buch?, stieß ich fassungslos hervor.

Daliwr ließ sich tiefer in die Ecke sinken. *Jedenfalls nicht darin herumlesen.*

Er wollte es zerstören, ich spürte es, als wäre es mein eigener Wille.

Ich stutzte. *Wo ist es überhaupt?*

Alles an mir verwandelt sich mit mir. Das Buch ist Teil von dir, weil du es unter deiner Jacke getragen hast. Mit der Hand tastete er meine linke vordere Hälfte ab. *Ich spüre etwas Hartes, das muss es sein.*

Rasselnde Geräusche und Schritte kündigten Leute an, zwei Wachmänner führten einen alten Kerl mit zottigem Schopf an unserer Zelle vorbei. Man sperrte ihn in das Nachbarverlies.

Daliwr sprang auf und winkte nach den Männern, doch sie ignorierten ihn.

»Vielen Dank auch, mein Bester!« Der Alte grinste den Wärter an, der sorgfältig den Schlüssel herumdrehte. »Es ist mir ein Vergnügen.«

Der Wachmann bedachte ihn mit einem finsteren Blick und verließ mit seinem Kollegen den Kerker.

Hat der Typ nicht mehr alle Kerzen im Baum?, fragte ich Daliwr. *Oder meint der, irgendetwas hier unten macht Spaß?*

Der Alte stand so plötzlich am Gitter und schob die aus grauen Decken bestehende Gardine beiseite, dass ich – trotz wolligem Strickstoff – zusammenzuckte.

Weiß der Henker, brummte Daliwr gelangweilt.

»Aha, ein Stummer mit gespaltener Persönlichkeit.« Der Alte kicherte. »Bist du auch taub? Oder hörst du mich? Du musst mich hören, sonst hättest du dich nicht aufs Vergnügen bezogen!«

Ich muss dich hören, weil die Wände bedauerlicherweise deine Plapperei hindurchlassen, grummelte Daliwr im Geiste.

»Sag, wenn meine Plapperei dich stört, junger Freund!« Der Alte grinste wie ein debiler Irrer.

Er kann Gedanken lesen!, stellte ich entsetzt fest.

Er kann Gedanken lesen, bestätigte Daliwr.

»›Er kann Gedanken lesen‹«, äffte der Alte uns nach und kicherte erneut.

Verzeihung, der Herr, wir wollten uns nicht lustig machen. Er konnte uns helfen! Durch ihn konnten wir uns den

Wachmännern mitteilen! *Haben Sie, während man Sie hergeführt hat, vielleicht ein junges Mädchen gesehen? Ich fürchte, sie sitzt auch in einem der Verliese. Sehr lange, weißblonde Haare, leicht gelockt. Sie heißt Melyn.*

Der Alte musterte uns mit einem so anhaltenden Blick, dass ich mich fragte, ob er etwas an uns zu erkennen glaubte. »Melyn kenne ich, ihre Mutter ist Malvina, Tochter der Maeda, Nachkommin der Mererid. Ein gezeichnetes Mädchen, furchtbare Geschichte, das.« Eifrig nickte er beim Erzählen, was in mir den Eindruck, er wäre wahnsinnig, nur verstärkte. »Doch gesehen habe ich sie nicht. Kann ich gar nicht, denn jedes Kind weiß, dass sie nicht hier ist.«

Ach ja? Wenn das jedes Kind weiß, wo ist sie denn dann?

»Na, bei den Sychderau!«

Sychderau?

Landmenschen, erklärte Daliwr.

Der Alte musterte uns und rieb sich das Kinn. »Hochinteressant. Musst deiner dümmeren Hälfte erklären, wie die Welt funktioniert, hm?«

Mit der dümmeren Hälfte meint er dich, stellte Daliwr klar.

Ich ging nicht darauf ein. *Nun, das stimmt nicht. Melyn war dort, aber sie ist es nicht mehr.*

»Dann weiß ich tatsächlich mehr als du«, entgegnete der Alte. »Sie war zurück, doch sie wurde sofort wieder fortgeschickt. Man legt sich nicht mit einem Meeresgott an.«

Mit einem Meeresgott? Ist das dieser Helig?

Helig ap Glanawg ist der König hierzulande. Hast du nicht aufgepasst, als ich es dir erklärt habe?, fuhr Daliwr mich in meinen Gedanken an.

Der Alte kicherte. »Es ist lustig, wie du mit dir selbst streitest! Ich könnte dir den ganzen Tag lang lauschen!«

Und was hat Melyn mit einem Meeresgott zu tun?

»Ich habe dir die Ahnenliste aufgezählt, junger Freund. Ihre Vorfahrin Mererid hat Llŷr erweckt, und unsere kleine

Melyn muss das büßen.« Der Alte gackste, als wäre das eine besonders witzige Angelegenheit.

Llŷr ist der Meeresgott, erklärte Daliwr.

Weiß ich doch, zischte ich gedanklich. *Sag ihm lieber, dass ich dieser Erbe von Einion bin, er soll das den Wachen übermitteln!*

Unser Zellennachbar kicherte erneut. »Bedaure, aber Märchen erzähle ich keine!«

Mit wem haben wir eigentlich das Vergnügen?, fragte Daliwr.

»Ich bin Gwydyon, mein stummer Freund. Dir kann ich es ja sagen, du wirst es niemandem erzählen.« Amüsiert gluckste er.

Zu meinem Erstaunen wieherte Daliwr innerlich, und er hörte gar nicht mehr auf, bis ich ihn entnervt anfauchte, er solle sich endlich zusammenreißen.

Du – Gwydyon? Entschuldige, alter Mann, aber jetzt erzählst du doch Märchen! Abermals lachte Daliwr, dann raunte er mir zu: *Der Alte ist nicht mehr bei Trost!*

Weil er behauptet, sein Name wäre Gwydyon?

Gwydyon ist nicht nur ein Name, Unwissender! Gwydyon ist der mächtigste Magier in Cantre'r Gwaelod, wenn nicht der machtvollste Magier der gesamten Anderwelt!

Du sagtest doch, Myrddin sei der größte Zauberer?

Sie sind beide groß!

Der Alte grinste durch die Gitterstäbe. »Es ist äußerst vergnüglich, wenn ausgerechnet ein Mann mit gespaltener Persönlichkeit mich als meschugge bezeichnet. Aber, mein stummer Genosse, zu viel der Ehre. Was den größten Zauberer der Anderwelt angeht, habe ich noch einiges aufzuholen!« Er deutete eine Verbeugung an. »Bin und bleibe der bescheidene Gwydyon, nicht mehr und auch nicht weniger.«

Daliwr verzog das Gesicht. *Tatsächlich? Wenn du also der wahrhaftige Gwydyon sein willst – wie ist es dann möglich, dass sie dich in den Kerker sperren konnten? Den wahren Gwydyon hätte niemand hinter Schloss und Riegel gebracht. Zumal dieser nicht aussieht wie du.*

»Korrekt, korrekt!« Der Alte verschränkte die Hände im Rücken und schritt in der Zelle auf und ab. Der graue Sichtschutz blieb auf magische Weise so hängen, wie er ihn zur Seite geschoben hatte. Ich hatte den Eindruck, er überlegte angestrengt, als könnte er sich gar nicht erinnern, wie er ins Verlies gelangt war. »Nun, der gute Gwydyon hat eine Wette mit seinem alten Kumpel Arawn laufen, und zum Nachdenken musste ich mich irgendwohin zurückziehen, wo ich in Ruhe sinnieren kann. Wo mich niemals jemand erwartet.« Er blieb vor unserem Gitter stehen und kicherte. »Und hier vermutet mich niemand! Gib es zu – auch du glaubtest nicht, ich wäre der echte Gwydyon!«

Der Alte trat auf seine Zellentür zu, hob die Hände über das Türschloss, und den Bruchteil einer Sekunde später klickte es, die Tür sprang auf.

Grinsend blickte er zu uns. »Seht ihr?« Demonstrativ stieß er die Tür weiter auf, dann zog er sie wieder zu, bis sie ins Schloss fiel und einrastete.

Freilich ist er ein Zauberer, er vermag es, Gedanken zu lesen, erklärte Daliwr mir, als wäre ich es gewesen, der daran Zweifel geäußert hatte.

Natürlich.

Wächter marschierten in den Kerker, und Gwydyon wedelte hastig mit einer Hand, woraufhin der Deckenvorhang wieder in seine ursprüngliche Position fiel. Vor Gwydyons Zelle blieben sie stehen.

»Du da, mitkommen!«

Sie sperrten die Tür auf, Ketten klirrten, und der Zauberer tapste den Wärtern hinterher.

Daliwr rüttelte verzweifelt am Gitter. *Gwydyon – sag ihnen, dass der Erbe Einions gekommen ist!,* dachte er so laut, dass es mir wie ein Brüllen vorkam.

Einer der Wachmänner fuhr zu ihm herum und schlug ihm mit dem Schaft seines Speeres so heftig auf die Finger, dass das Holz knackte und die Gitterstäbe wie ein Gongschlag dröhnten. Mit einem Zischlaut zog Daliwr die Hände zurück.

»Du bist noch nicht dran!«, herrschte der Wachmann ihn an, dann eilte er den anderen hinterher.

Stumm fluchend klemmte Daliwr die Finger unter seine Achseln und ließ sich zusammengekrümmt gegen die Wand sinken.

Wieso flieht der Zauberer nicht? Ich war fassungslos, dass er sich widerspruchslos abführen ließ.

Er hat doch gesagt, dass er in voller Absicht hier verweilt. Wieso dann sollte er fliehen?

Diesmal brachte ich Verständnis auf, dass Daliwr so genervt klang. Mir ging es ebenso. Wir saßen hier fest, in irgendeinem Verlies unter dem Meer, gebannt in die fremde Gestalt eines jungen Diebs mit wolliger Weste. Melyn befand sich Gott weiß wo in meiner Welt, wenn es stimmte, was Gwydyon uns erzählt hatte. Was war mit ihrer Mutter? Was hatte es mit diesem Meeresgott auf sich? *Wofür, zum Kuckuck, soll Melyn büßen?*

Wärest du so gütig, leise zu denken? Mir sind die Hände gebunden. Ich bin voller Schmerz, mein Herz voll Qual, da ersehne ich mir Ruhe, knurrte Daliwr.

Entschuldige.

Einen Moment lang herrschte Schweigen, doch dann platzte es aus mir heraus. *Ich bin auch frustriert! Ich bin eine Scheiß-Weste! Mir sind die Hände nicht gebunden, ich besitze gar keine mehr! Ich hänge hier in diesem Scheiß-Verlies herum, statt Melyn suchen zu können! Sie hat Angst um ihre Mutter, sie ist irgendwo da oben, hilflos, allein, und weiß doch gar nicht recht, was sie da soll!*

Ein jeder kennt die Geschichte von Mererid. Vielleicht hat Melyn dir einfach nie die Wahrheit erzählt!, brummte Daliwr.

ICH kenne die Geschichte aber nicht! Und ich glaube nicht, dass Melyn mich belogen hat! Sie braucht meine Hilfe, und ich will jetzt aus diesem …

Und wenn du noch hundert Mal unflätige Worte denkst – es hilft uns hier nicht heraus! Daliwr rollte entnervt die Augen. *Falls du gewillt bist, die Geschichte zu hören, so gebe ich dir hiermit die Kurzfassung: Mererid war damit betraut, die Wasserschleusen im Auge zu behalten, doch sie erfüllte ihre Aufgabe nicht. Sind die jungen Maiden nicht alle so? Haben ihre Gedanken irgendwo zwischen den Wolken, im Blick nur die jungen Burschen, und es kam, wie es kommen musste: Statt achtzugeben, tändelte sie mit einem Kerl, die Schleusen nahmen Schaden, die Wässer raubten Llŷr den Schlaf, der daraufhin voll Zorn über die Lande fuhr und alles in den Fluten versenkte. Willkommen in Cantre'r Gwaelod!*

Für einen Moment erwiderte ich nichts, stattdessen grübelte ich, ob der Zauberer noch einmal zurückkehren würde.

Wie konnte Gwydyon sich herauszaubern? Was ist mit der magischen Barriere? Ist die nicht immer aktiv?, fragte ich schließlich.

Die magische Barriere ist kein Märchen, das irgendwann zu Ende geht. Verstehe sie wie ein altes Spiel, du magst es nicht mehr kennen: Schere, Stein, Papier. Die Schere zerschneidet das Papier, doch der Stein schleift die Schere. Die magische Barriere ist in diesem Fall unsere Schere und Meister Gwydyon der Stein.

Und du bist …

Erspare mir das!, knurrte Daliwr.

Innerlich grinste ich. Es war offensichtlich, dass Daliwr viel aus meiner Welt aufgeschnappt hatte, aber ich bezweifelte, dass er das Spiel wirklich durchblickte.

Sobald wir hier rauskommen, möchte ich, dass du mich zu Llŷr bringst, wandte ich mich an Daliwr. Ich glaubte fest, dass Gwydyon zurückkehren würde, immerhin hatte er betont, er habe den Kerker selbst als Rückzugsort gewählt. Und wenn er wiederkam, konnte er uns befreien.

Tadelnd schnalzte er mit der Zunge. *Der Zauberer wird uns nicht helfen. Davon abgesehen: drei Fehler in nur einem Atemzug! Zum Ersten: Nicht wenn, sondern FALLS wir hier herausgelangen – bedauerlicherweise wird das nicht passieren. Zum Zweiten: ›Möchte ich?‹ Du magst deine Wünsche an die Götter herantragen, ich hingegen bin nur ein Wassergeist, der seinen Pakt erfüllt. Und zum Dritten: Zu Llŷr? Unmöglich!*

Kennst du den Weg nicht?

Lausche nur gut, magieloser Wicht! Niemand gelangt in Llŷrs Nähe, ohne in Fetzen gerissen zu werden! Ich schätze mein lieblich grauweißes Fell, und am liebsten ist es mir in einem Stück. Um es abzukürzen: Ich bringe dich nicht zu ihm.

Momentan hast du kein grauweißes Fell, sondern eine lieblich wollbraune Weste: mich. Ich will nur mit ihm reden. Ich muss wissen, weshalb Melyn für etwas büßen soll, was vor was weiß ich wie vielen Jahren ihre Vorfahrin angestellt haben soll.

Daliwr stöhnte heiser auf und warf den Kopf zurück. Ich konnte es nicht sehen, doch ich hörte es an seinem Unterton, dass er mit den Augen rollte. *Höre gut zu, du Narr! Es ist nicht möglich, mit dem Meeresgott zu disputieren, für dich nicht, für mich nicht, für niemanden.*

Ist er stumm?

Der Wassergeist sprang auf und tigerte durch die Zelle. Am Gitter blieb er stehen und umfasste die Stäbe, als müsste er sich daran abstützen. *Ich mag mich wiederholen, du scheinst es anders nicht zu begreifen: Llŷr redet nicht. Mit niemandem. Erst recht nicht mit einem Sterblichen!*

Du redest auch nicht. Und solang wir zusammen sind, bin ich gewissermaßen auch unsterblich, oder nicht?

Daliwr wandte sich vom Gitter ab, trat ein Steinchen weg und brummte missbilligend. *›Zusammen sind wir unsterblich.‹ Fände ich ihn in auch nur irgendeiner Weise anziehend,* *ich hielte es bald für ein Liebesgeständnis. Bedauerlich nur, dass er ein solch tumber Tölpel ist.* Wieder an mich gewandt, erklärte er: *Llŷr ist kein Mensch gewordener Gott, der sich die Belange der Sterblichen anhört. Stelle dir ihn vor wie einen gewaltigen Sturm unter Wasser, voll von Rache und Niedertracht.*

Das klang nicht wirklich verlockend, allerdings sah ich keine Alternative. *Wenn ich es schaffe, uns hier herauszuholen, bringst du mich dann trotzdem zu Llŷr?*

Daliwr ließ sich mit dem Rücken gegen die Wand fallen und glitt an ihr hinab zu Boden. *Das kann ich nicht tun.*

Weshalb nicht?

Weil es dir nicht gelingen wird, uns aus dem Kerker zu befreien, entgegnete er.

Wenn du sicher weißt, dass ich es nicht schaffe, dann können wir die Wette ja besiegeln.

Welche Wette? Daliwr klang müde, und ich konnte es ihm nicht verdenken. Die winzige Zelle mit dem trübseligen Licht der einsamen Qualle machte einen mürbe.

Dass du es nicht schaffst, mich zu Llŷr zu bringen, sobald ich uns hier herausgeholt habe.

Du holst uns hier niemals heraus.

Kumpel, wir drehen uns im Kreis!

Daliwr schwieg einen Moment. *Was wäre dein Einsatz?*

Ich tat ebenfalls, als zögerte ich. *Das Buch?*

Bist du noch bei Trost? Das ist mir längst versprochen!

Erst wenn ich Melyn geholfen habe!

Erneut sprang Daliwr auf, er zog mich aus, warf mich zu Boden und trat mit dem Fuß nach mir. *Betrüger! So lautete nicht unsere Abmachung!*

Von ihm losgelöst auf dem steinigen Grund fühlte ich mich so leicht und fluffig, dass ich schon über seinen Tritt lachen musste. *Ich sehe es ja ein. Du sagtest selbst, dass du es nicht schaffst, mich zu Llŷr zu bringen. Tut mir leid. Ich habe dich überschätzt, aber ich kenne mich mit Wassergeistern nun mal nicht so gut aus. Nichts für ungut.* Mühsam verkniff ich mir weiteres Gekicher.

Daliwr baute sich vor mir auf, nahm mich hoch und schüttelte mich. Dann zog er mich wieder an. *Ich könnte dich SEHR WOHL zu Llŷr bringen, aber dafür müssten wir erst einmal draußen sein!*

Prima, also gilt unsere Wette!

Ich – Bitte? Auf keinen Fall!

Zu spät!

Mit verschränkten Armen wandte er sich ab, was wenig brachte, wenn man sich mit seiner Weste unterhielt. *Meinetwegen, dann soll es geschehen! Es kann mir gleichgültig sein, da es dir nie gelingen wird, uns aus dem Kerker zu befreien!*

15

»Da bin ich wieder, mein stummer Freund, eingesperrter denn zuvor!«

Die Wachleute stießen Gwydyon unsanft vor sich her. An Händen und Füßen war er mit Ketten gefesselt, die ihm nur wenig Freiraum ließen. Sie schubsten ihn in die Zelle, wo er hörbar strauchelte und fiel.

»Herzlichen Dank, meine Herren, ich werde den Aufenthalt genießen und in guter Erinnerung behalten!«

Die Wärter blafften etwas Unverständliches und entfernten sich. Nachdem ihre Schritte verklungen waren, rasselte es in unserem Nachbarverlies, und wie von Geisterhand schob sich der graue Deckenvorhang zur Seite. Gwydyon hatte sich von den Fesseln befreit und grinste uns mit seinen schiefen Zähnen entgegen. Unvermittelt verfinsterte sich sein Gesicht und er winkte ab, als hätten wir etwas Unbrauchbares gesagt.

»Ich wollte doch in Ruhe nachdenken!«, murmelte er vor sich hin. Er kehrte uns den Rücken zu, und der Vorhang fiel zu.

Von nebenan war einen Moment lang nichts zu hören, dann vernahm ich leises Brummen, immer wieder und ein wenig lauter werdend. Ich konnte mich erinnern, dass ich als kleiner Junge ähnliche Geräusche von mir gegeben hatte, wenn ich über etwas nachgegrübelt und mir beim Denken Hilfe von Selwyn erhofft hatte.

Herr Gwydyon? Geht es Ihnen gut?, fragte ich in Richtung Nachbarzelle.

»Her-vor-ragend!« Wieder ertönte sein grüblerisches Summen.

Ich finde es nicht gerade außerordentlich gemütlich hier. Mag ja sein, dass man prima nachdenken kann. Nur wenn man schnell auf eine Lösung käme, wäre es da draußen um einiges behaglicher, meinen Sie nicht?

»Das kann ich nicht abstreiten, mein Freund. Nun wäre ich allerdings dankbar, wenn du mich in Ruhe denken lassen würdest.«

Ich mag zwar dumm aussehen, dachte ich gedehnt. Daliwr merkte auf und verzog empört das Gesicht. *... aber tatsächlich bin ich außerordentlich schlau. Ein Studierter, Sie verstehen?*

Daliwr schnaubte hörbar.

Der Vorhang lüftete sich, Gwydyon trat ans Gitter. »Ein Studierter? Des Lesens mächtig?«

Selbstverständlich. Ich bin ein echter Büchernarr.

»Das klingt bestens, mein Lieber. Bücher machen das Leben erst lohnenswert.« Er kicherte seltsam.

Und ich bin bekannt dafür, dass ich für alles eine Lösung finde. Tatsächlich hatte meine Mutter einst behauptet, ich würde überall nach Problemen suchen. Wenn man das Ganze aus der anderen Richtung betrachtete, unterschied sich meine Version davon nicht allzu sehr. *Worum dreht sich denn Ihre Wette mit ... Wie hieß er noch? Arawn? Ist das ein Freund von Ihnen?* Der Name Arawn war mir sehr wohl geläufig: Fürst der Anderwelt, der Herr der wilden Jagd, sein Element war der Sturm.

Daliwr stöhnte auf. *Arawn ist ...*

Klappe, ich rede jetzt!, zischte ich innerlich.

Der Zauberer kicherte abermals. »Du bist so lustig, vielleicht sollte ich dich mitnehmen!«

Nein, nein, das sollten Sie nicht tun, widersprach ich. *Mein anderes Ich ist recht langweilig, und …*

Das bin ich NICHT! Ich bin die Kurzweil in Person, im Gegensatz zu dir!, fauchte Daliwr. *Von uns beiden bist DU der Langweiler, und abgesehen davon auch noch ein rechter Tor, denn wenn Gwydyon uns mitnähme, dann kämen wir …*

Hören Sie nicht auf ihn, Herr Gwydyon, er fantasiert öfter so vor sich hin. Tatsächlich würden Ihnen die Füße einschlafen, wenn Sie uns mitnähmen, so langweilig sind wir.

Beleidigt wandte der Wassergeist sich ab.

Der Zauberer wischte sich Lachtränen aus dem Gesicht. »Doch! Doch ich nehme dich mit, du bist lustig!« Er gluckste vor sich hin, dann wurde seine Miene ernster. »Aber ohne gute Idee gehe ich hier nicht raus. Sobald ich das Verlies verlasse, werden die Hunde und Helfer Arawns mich aufspüren und ich muss mich ihm stellen. Und ich mag nicht gegen ihn verlieren!« Er schleuderte die Faust Richtung Boden, ein kleiner Blitz entfuhr ihr und sprengte ein Stück Stein heraus, das von der Wand abprallte. Für einen Moment roch es verbrannt.

Wie auch immer, Herr Gwydyon. Es ist ja interessant, was Sie da von sich geben, aber da Sie offensichtlich meine Hilfe nicht benötigen …

»Moment, junger Freund, ich habe nicht gesagt, dass ich jegliche Unterstützung ablehne. Zufällig weiß ich, dass Arawn sich jedes miesen Tricks bedienen wird, sodass ich mich frei fühle, mir meinerseits Hilfe zu holen.«

Nein, nein, entgegnete ich betont gelangweilt. *Sie werden schon alleine zurechtkommen.*

Gwydyon drückte sein Gesicht gegen die Gitterstäbe, sodass seine knollige Nase dazwischen hervorlugte. »Schau, mein stummer Freund, wenn du mir eine gute Idee lieferst, dann könnte ich dich hier herausbringen. Ohne Richtspruch, ohne Strafe. Einfach so.« Er grinste breit, und verzerrt durch die Eisenstäbe sah er noch wahnsinniger aus, als ich ihn ohnehin schon einschätzte. »Überleg nur – ein mächtiger Zauberer wäre dir zu großem Dank verpflichtet!«

Trau einem Magiekundigen nie über den Weg, brummte Daliwr.

Die Erfahrung habe ich selbst schon gemacht, danke, knurrte ich zurück. *Also gut, Herr Gwydyon. Worum dreht es sich denn bei Ihrer Wette mit dem Fürsten Arawn?*

Mit der Fußspitze malte der Zauberer einen Kreis im Steinboden. »Wer das größte Heer aufbieten kann«, nuschelte er.

Was?, fragte ich.

Wie bitte?, fragte Daliwr.

Verlegen grinste er uns an. »Nun, der Herr der wilden Jagd zieht ständig mit seiner hochmütigen Truppe durch die Lande und hinterlässt nichts als ein Trümmerfeld. Als ich im Krug zur fauligen Schlehe mit ein paar Freunden über ihn gesprochen habe, rutschte es mir heraus, dass man dem Fürsten Arawn wohl mal Bescheid stoßen müsse, so, wie die arme Landbevölkerung unter ihm leidet.«

Mir kommen da gleich die Tränen, merkte Daliwr trocken an.

»Dummerweise wurde ich im Gasthaus belauscht, und dummerweise verzehrten wir gerade ein schönes Reh, das mein Bruder dem Fürsten stibitzt hatte. Es dauerte kaum einen Wimpernschlag, bis der Herr der wilden Jagd selbst aufkreuzte und mich herausforderte. Wer bei der nächsten Begegnung das größte Heer aufzuweisen hat, der soll der Sieger sein.«

Wissen Sie, wie groß das Heer ist, das Arawn zusammenstellen kann?, fragte ich.

Arawn ist der Fürst der Anderwelt, du Narr!, fauchte Daliwr. *Als dieser kann er von jeder Familie ein erwachsenes, männliches Mitglied einfordern, das für ihn in den Kampf zieht.*

»Deine schlaue Hälfte hat recht«, bestätigte Gwydyon.

Ich ignorierte die Spitze. *Das klingt nach ziemlich vielen Kriegern. Und wie groß ist das Heer, das Sie zusammenbekommen?*

Der Zauberer tippte sich an die Finger, als würde er an ihnen etwas abzählen. »Nun, wenn ich alle Menschen und Menschenähnlichen dazurechne, die ich kenne, komme ich auf rund zweitausend. Von denen kann mich vermutlich die Hälfte nicht besonders gut ausstehen, die lassen wir mal weg, dann gibt es da ziemlich viele Weibsbilder, die nicht kämpfen sollten. Wobei die eher zu der Hälfte gehören, die mich nicht so recht leiden kann. Wenn ich jetzt noch die Gnome davon abziehe …« Er verlor sich in Gedanken.

Ich wartete einen Moment ab, und als er nichts sagte, meinte ich: *Nicht so viele, nehme ich an?*

Bedauernd zuckte Gwydyon mit den Schultern, dann nickte er.

Wie viele Krieger mögen denn vonnöten sein?, fragte Daliwr. Wollte meine »schlauere« Hälfte sich etwa an der Lösung beteiligen?

Nachdenklich rieb Gwydyon sich das Kinn. »Arawn besitzt ein Heer wie der Himmel Wolken. Ich denke, ich sollte Leute haben wie die Wälder Bäume.«

Ich erinnerte mich an eine Legende, die ich im Studium aufgeschnappt hatte. *Vielleicht brauchen wir gar keine echten Krieger. Vielleicht genügt es, wenn wir so tun, als hätten wir welche!*

»Wie meinst du das?«, hakte Gwydyon nach. »Eine Illusion?«

Innerlich grinste ich. *Ja, so in etwa. Es gibt da eine Geschichte, rund vierhundert Jahre alt. König Gustav Adolf von Schweden hat damals viele Schlachten gewonnen, deren Kämpfe er nicht auszutragen brauchte.*

Interessiert spähte Gwydyon durch die Gitter. »Wie ist das möglich?«

Mag ein Pazifist gewesen sein, brummte Daliwr, und ich musste lachen.

Der König galt mitnichten als besonders friedliebend, immerhin war er über Jahrzehnte in Kriegshandlungen involviert. Er soll neben seinen Recken jede Menge einfacher Leute mitgenommen haben, erläuterte ich. *Dadurch hat er seinem Heer den Anschein verliehen, in schier unglaublicher Zahl anzurücken. Das hat seine Feinde in die Flucht geschlagen, bevor sie erkennen konnten, dass es sich gar nicht um echte Krieger gehandelt hat. Einer Legende nach soll er sogar Strohpuppen auf Pferde gesetzt haben.*

Gwydyon massierte sich die Schläfe. »Das war durchaus sehr klug von deinem schwedischen König. Aber wo soll ich so viele Strohpuppen herbekommen?«

Daliwr sprang auf und lief zum Gitter, wo er sich vor dem Zauberer aufbaute. *Der Gedanke ist vortrefflich! Brauchst du so viele Kämpfer, wie der Wald Bäume hat, so lasse die Bäume für dich kämpfen!*

»Die Bäume?« Gwydyons Augen weiteten sich, und ein Grinsen breitete sich auf seinen Lippen aus. »Die Bäume! Ja, das könnte funktionieren!« Er strahlte über das ganze Gesicht. »Bist ein kluger Irrer! Fein! In dem Fall gehe ich mal Bäume verzaubern!« Er lief zu seiner Zellentür, murmelte ein paar Worte, dann stieß er sie auf und trat hinaus.

»Was glaubst du, was du da tust?«

Erschrocken drehte Derek sich zum offenen Tor um, wo Rina stand. Der Sturm zerrte an ihren Locken. Sie trug nur eine dünne Jacke und schlang die Arme eng um ihren Oberkörper.

Er wandte seinen Blick der Persenning zu, die er sorgsam löste. Eine Böe erfasste die Plane, mit beiden Händen hielt er dagegen und brachte sie mit einem Ruck wieder unter Kontrolle. »Geh nach Hause. Du holst dir den Tod.« Er klappte das Segeltuch zurück und faltete es zusammen.

Rina rührte sich nicht. »Und was ist mit dir? Wieso machst du das jetzt hier?«

Derek hatte nicht vor, ihr zu verraten, was er im Begriff war zu tun. Rina zählte nicht zu den Menschen, die etwas hinnahmen, obwohl sie anderer Meinung waren. Er befestigte die Leine am Bug und schlang sie um die Klampe, danach prüfte er die Ausrüstung an Bord. Eine der Rettungswesten zog er sich über, zwei weitere zurrte er im Boot fest. Die Signalpistole lag griffbereit in der Kiste.

Rinas Finger legten sich auf seinen Arm.

»Du bist irre! Du willst wirklich da raus!«

In ihrem Gesicht las er die Angst. Er wandte sich ab. »Ich muss.« Langsam ließ er den Slipwagen die Rampe hinabrollen. Das Wasser leckte an den Seiten des Boots.

Wieder landete ihre Hand auf seiner, diesmal energischer. »Hör auf damit! Du bist wahnsinnig! Was soll das?« Sie klang aufgebracht, und er konnte es ihr nicht verdenken.

»Ich muss rausfahren. Ein … jemand braucht mich.«

»Deine Familie braucht dich auch! Deine Freunde brauchen dich! Du kannst nicht da raus!« Zur Angst gesellte sich Zorn in ihren Augen.

Für einen kurzen Moment presste Derek die Lippen zusammen. Wie sollte er es ihr begründen, wenn er es sich nicht einmal selbst so richtig erklären konnte? Sie hatte recht, viel mehr, als sie vermutlich dachte. Er verhielt sich wie ein Kamikaze-Ritter, der auszog, einen Drachen zu töten, ohne dass ihm die zu errettende Person versprochen war. Wenn sogar ziemlich wahrscheinlich war, dass die zu errettende Person lieber freiwillig beim Drachen bliebe, als mit ihm … Dabei ging es ihm nicht einmal darum, einen Drachen zu töten! Er war sich bewusst, dass das, was er vorhatte, der pure Leichtsinn war, dass es ihm womöglich nichts brachte außer einem Haufen Probleme, die er weiß

Gott nicht auch noch brauchte. Würde Cooper überhaupt verstehen, warum er rausfuhr, ihn zu suchen?

Sein Herz sank ein Stockwerk tiefer. Es war eine Stimme, die ihn angeschrien hatte, etwas zu unternehmen. Vielleicht nur sein Ego? Sein Kopf, der sich etwas Seltsames in den Sinn gesetzt hatte, weil er sich mit seinen Gefühlen verrannt hatte? Nein, er spürte etwas, es steckte tiefer in ihm drin. Ein Wissen, anders konnte er es nicht beschreiben. Er betrachtete seine Schwester. Alle, die sie kannten, hätten eher ihr zugetraut, etwas Verrücktes zu tun. Nicht ihm, der immer so vernünftig erschien.

Verhalten seufzte er. »Ein Freund braucht mich. Er ist unterwegs. Da draußen, verstehst du?« Er setzte die Winde wieder in Bewegung, bis das Boot aufschwamm.

»Ein Freund von dir ist da draußen?« Rinas Gesicht sah erschreckend blass aus. »Wieso rufst du nicht die Küstenwache?«

Einen Moment lang zögerte er. »Das geht nicht.«

»Wieso nicht? Weshalb bringst du dich selbst in Lebensgefahr, wenn irgendein Idiot so bescheuert ist, bei diesem Wetter da rauszufahren?«

Rina kreischte immer, wenn sie stritten. Vor allem, sobald sie spürte, dass sie mit ihren Argumenten nicht durchkam. Er nahm ihre Hände in seine.

»Hör zu, ich muss da rausfahren, Cooper braucht mich. Die Küstenwache würde ihn nicht finden, warum, kann ich dir nicht erklären. Ich weiß es einfach, okay?« Kurz wog er ab. »Ich bleibe in Küstennähe.« Er konnte sich nicht erinnern, Rina je bewusst belogen zu haben. »Mir wird nichts passieren.« Die Tatsache, nicht nur sie, sondern auch sich selbst etwas vorzumachen, ließ seinen Magen krampfen.

»Cooper?« Ihre Augen wurden groß. »Du setzt dein Leben aufs Spiel für einen deiner Studenten?«

»Ich bin Hiwi, nichts weiter. Er ist nicht ›mein‹ Student. Er ist ein Freund.«

Zweifelnd musterte sie ihn. »Du bist in ihn verliebt.«

»Nein. Er hat eine Freundin. Er ist nur ein Freund.«

Sie klammerte sich an seinem Arm fest. »Ich lasse dich nicht rausfahren!«

Seiner Größe und seinem Gewicht hatte sie nichts entgegenzusetzen. Derek schob das Boot tiefer ins Wasser. Als er an Bord kletterte, ließ sie notgedrungen ab.

»Warte wenigstens, bis der Sturm sich gelegt hat.«

Derek klappte den Motor herunter, mit einem leisen Platschen senkte sich die Schraube ins Wasser. Er löste die Bugkette und die Leinen, dann stieß er sich ab.

»Ich bin vorsichtig. In spätestens einer Stunde bin ich zurück!« Noch eine Lüge. Er startete den Motor.

Ihre tränengefüllten Augen zu sehen, schmerzte ihn am meisten. Sie sah ihm nach, schüttelte zeitlupenartig den Kopf.

»Sie ist nicht seine Freundin!«, brüllte sie ihm hinterher.

16

Es war recht leichtfertig von dir, Gwydyon die Lösung zu verraten, schimpfte Daliwr.

»ICH habe ihm die Lösung verraten?«, gab ich zurück. »Ich leide wohl an Spontandemenz! Davon abgesehen – welche Alternative gab es denn? Wir mussten uns auf sein Wort verlassen, sonst säßen wir immer noch da unten fest.« Ich kreiste meine Schultern, die ich endlich wieder besaß – genau wie meine Stimme –, und streckte mit knackenden Fingern meine Arme durch. »Immerhin sagte er, dass ich von nun an auf seine Hilfe zählen kann – wann immer ich einen Zauberer benötige.«

Daliwr schnaubte verächtlich.

»Es war im letzten Moment, denkst du nicht? Die Wärter waren schon auf dem Weg, hast du sie nicht gehört? Ich bin sicher, sie kamen, um uns zu holen. Warum wolltest du nicht, dass wir ein Stück mit ihm gehen? Wieso hast du ihm nicht gesagt, wer wir sind, als er gefragt hat?«

Ich misstraue ihm zutiefst.

»Aber er war doch nett. Bisschen durchgeknallt, aber nett.« Ich mochte den verrückten Vogel und hoffte, dass er es schaffte, Arawn zu besiegen.

Im schwach milchigen Tarnschleier entfernte Daliwr sich, mich auf seinem Rücken, von Caer Wyddno. Das Buch spürte ich unter meiner Jacke, doch ich vermied es, danach zu sehen, nicht dass uns noch jemand heimlich beobachtete. Ich setzte darauf, dass dessen eigener Zauber es verhindert hatte, unter den Schlägen der Wachleute und bei unseren Verwandlungen Schaden zu nehmen. Soweit ich es verstand, band es Daliwr an die Stadt Caer Wyddno, und sie konnten ihn bestrafen, indem sie etwas hineinschrieben. Ich fragte mich, welche Rätsel und geheimen Kräfte das Werk noch verbergen mochte.

Also werde ich dich in deine Heimat bringen, und dort übergibst du mir das Buch, erklärte Daliwr, und mir wurde bewusst, dass ich meine Gedanken besser hüten musste.

»Tut mir leid, dich enttäuschen zu müssen, aber unsere Abmachung lautet anders. Ich habe uns aus dem Verlies befreit, du bringst mich zu Llŷr und erst danach nach Hause.«

Abrupt blieb Daliwr stehen. *Nicht du hast uns aus dem Verlies befreit, das war das Werk Gwydyons. ICH brachte ihn auf den Gedanken mit den Bäumen!*

Ich grinste. »Das stimmt zwar so nicht, aber es spielt keine Rolle, meine geschätzte ›schlaue‹ Hälfte. Unsere Vereinbarung war: Wenn wir draußen sind, bringst du mich zu Llŷr!« Ich breitete die Arme aus. »Tadaa! Wir sind draußen!«

Hörbar seufzte er. *Auch wenn ich dich zu ihm tragen würde – du würdest es nicht überleben.*

»Sorgst du dich etwa um mich?«

Daliwr blieb stumm, doch das war mir einerlei.

»Unser Deal besteht darin, dass du mich unversehrt nach Aberystwyth zurückbringst.« Bekräftigend hob ich den Finger. »Unversehrt! Du wirst dich darum kümmern, dass mir nichts passiert.«

Bist du von allen guten Geistern verlassen? Wie sollte ich das anstellen? Llŷr ist ein Gott, ich hingegen nur … ein Daliwr!

»Dir wird schon etwas einfallen.« Ich grinste noch breiter, obwohl ich die Zuversicht mehr spielte, als sie wirklich zu besitzen. »Ich glaube an dich! Los geht's!« Auffordernd klopfte ich mit den Unterschenkeln gegen seinen Leib.

Daliwr grummelte etwas Unverständliches und setzte sich wieder in Bewegung. Ich konnte ihn nicht sehen, aber ich spürte seine Anspannung, während er über den Sand stapfte. Ich fühlte die Verbindung zwischen uns, ich nahm wahr, wie sein Huf gegen eine große Muschel stieß, die er wütend wegkickte.

Wir standen vor dem Einlass, die Schatten der Haie huschten kreisförmig um das Tor in die Wasserwelt. Daliwr spannte den Rücken an und schnellte wie eine Sprungfeder durch die magische Öffnung der Luftkuppel. Das Wasser bremste uns abrupt, ich spürte seine starken Schwimmstöße, die uns rasch vom Einlass fortbrachten, aber auch die Aufmerksamkeit der Wachhaie auf uns zogen. Sie konnten uns nicht sehen, vermutlich genauso wenig riechen, wenn Geisterwesen geruchlos waren, dennoch spürten sie eindeutig unsere Gegenwart. Mit schnappenden Kiefern setzten sie uns nach, Daliwr schwamm im Zickzack davon, doch die Raubfische nahmen die Verfolgung auf.

Da, rechts, zu den Feldern!, rief ich ihm gedanklich zu. *Darin verschwimmen unsere Bewegungen mit denen der Arbeiter, und die Haie geben hoffentlich auf!*

Der Wassergeist folgte sofort und strebte dem Hang mit der Algenplantage entgegen. Ohne sein Wissen half er mir damit bei meinem Nebenplan, den ich bislang nicht ausführlicher hatte überdenken können.

Noch gaben die Haie nicht auf, und ich fragte mich, wie lang sie wohl den Einlass in die Luftglocke unbeaufsichtigt lassen durften. Mittlerweile hatten wir den Hang erreicht, Daliwr schoss knapp über dem Felsen zwischen den Arbeitern hindurch, die verwundert auf die Raubfische starrten und ihnen auswichen.

Dort hinten, zu den Frauen, da sind so viele beieinander, die Haie werden sicherlich nicht die Arbeiterinnen beißen!

Daliwr umkreiste die Frauen, die sich der Haie wegen beunruhigt aneinanderdrängten. Wie sollten sie verstehen, warum die Raubfische um sie herum ihre Bahnen zogen? Nach gut zwei Umrundungen stoppte Daliwr jäh und tauchte in eine Lücke zwischen die Arbeiterinnen, womit er sich für die Wachfische quasi unsichtbar gemacht haben musste. Die Frauen waren noch immer so erschrocken, dass sie unser Drängeln gar nicht registrierten. Ich musterte jedes einzelne der Gesichter, die sich, obwohl alle gleichermaßen von weißblondem Haar umkränzt, doch deutlicher voneinander unterschieden, als von der Ferne her auszumachen gewesen war.

Plötzlich entdeckte ich sie. Mein Herzschlag beschleunigte sich schlagartig, so sicher war ich mir. Es konnte nicht anders sein, eine Verwechselung war ausgeschlossen.

Ihr Blick traf mich, und obwohl sie mich unmöglich sehen konnte, durchströmte mich ein Gefühl des Wiedererkennens, ein beinahe schicksalhaftes Empfinden. Sekunden zogen sich in die Länge, sie erschienen mir wie Stunden, während ich wartete, dass Daliwr sich langsam drehte, der den Blick auf die noch immer lauernden Haie gerichtet hielt.

Die Raubfische gaben schließlich auf, und Daliwr suchte sich eine Lücke durch die Frauen.

Schwimm einfach los!, forderte ich ungeduldig. *Und wenn wir sie anrempeln – wir sind ja gleich auf und davon, und die Haie interessieren sich nicht mehr für uns!* Ich versetzte ihm einen Klaps auf die Kruppe, nutzte den Moment, da er lossprang, und lehnte mich weit nach links.

Sie wusste gar nicht, wie ihr geschah, und Daliwr bekam in der Aufregung zunächst gar nichts mit. Sie war so klein und zierlich wie Melyn, weshalb ich sie mit einem Arm umklammert halten konnte und ihr mit der freien Hand den Mund zuhielt. Noch schrie sie nicht, und ob sie es unter Wasser tun würde, wollte ich lieber nicht herausfinden, solange wir uns in Hörweite zu den Plantagen befanden. Vermutlich dem Schock und der Aufregung geschuldet verging ein Augenblick, in dem Daliwr sich rasch von den Frauen entfernte, ehe er bemerkte, dass er Ballast mit sich trug, und ehe sie zu zappeln begann.

Wer zum Teufel ist das?

Schwimm weiter! Das ist ... Ich kämpfte einen Moment, bis ich meinen Griff festigen konnte. ... *Malvina.*

DIE Malvina? Daliwr hörte auf zu schwimmen.

Malvinas Bewegungen verloren an Kraft, erschrocken stellte ich fest, dass ihre Lippen einen leicht bläulichen Ton annahmen. An ihrer Hüfte hing kein Luftsack, er musste sich gelöst haben und war davongetrieben.

Tauch auf, schnell! Es geht um Leben und Tod!

Erleichterung durchfloss mich, als Daliwr nicht wie üblich zu diskutieren begann, sondern zielsicher der silberglänzenden Oberfläche entgegenstrebte. Cantre'r Gwaelod lag tatsächlich nur wenige Yards unter dem Meeresspiegel, ein Augenblinzeln später durchbrachen wir die Wasserfläche, und Malvina schnappte keuchend nach Luft.

»Bitte mach uns sichtbar!«, wandte ich mich an Daliwr.

Malvina schrie entsetzt auf – nur verständlich, woher sollte sie wissen, warum sie plötzlich eine Stimme hörte, woher ahnen, wer oder was sie von der Algenplantage entführt hatte? Kräftig schlug sie um sich, ich vernahm Daliwrs gequältes Keuchen und musste fest zupacken, und ihr zurufen, ich sei ein Freund, bis sie innehielt.

»Verstehst du mich?«, fragte ich, nicht sicher, ob ich Englisch sprach oder durch die Verbindung mit Daliwr die Sprache von Malvina.

Wir trieben an der Oberfläche, Daliwrs nasser Pferdeschädel lag schräg im Wasser, die Ohren in unsere Richtung geklappt. Malvina blinzelte ein paar Mal, die Suche nach einer Erklärung stand ihr ins Gesicht geschrieben.

»Verstehst du mich?« Ich lockerte meinen Griff ein wenig, blieb jedoch bereit, jederzeit wieder fest zupacken zu können. »Du bist Malvina, richtig?« Die Ähnlichkeit zu Melyn war unverkennbar.

Noch immer blinzelte sie irritiert, nahm einen japsenden Atemzug, als wäre sie sich nicht sicher, ob sie wach war oder träumte.

»Wer bist du?« Ihre Stimme klang verträumt, wie von weit her, und obwohl sie ein wenig heiserer und tiefer war, erkannte ich auch darin Melyn wieder.

»Ich bin Cooper. Ein Freund von Melyn. Hör zu, Melyn steckt in großen Schwierigkeiten, und damit auch du, deshalb habe ich dich entführt.«

Aus erschrockenen Augen sah sie mich an, als würde ihr nun erst bewusst, was ich getan hatte.

»Ich wollte dir das Leben retten!«, schob ich schnell nach. »Ich tue dir nichts!«

Wie kommst du auf den Gedanken, dass wir Ballast gebrauchen könnten, du Narr?

»Ruhig Blut, Daliwr. Ich wollte nur ...«

Malvina ist nicht Bestandteil unserer Abmachung! Du wirst sie hier und sofort wieder los, verstanden? Er klang richtig wütend.

»Hör mal, alter Knabe, Malvina stirbt, und zwar heute noch! Ich hatte dir gesagt, dass ich sie retten werde und ...«

»Ich sterbe?« Ihren Körper durchlief ein so heftiges Zittern, dass auch ich es am ganzen Leib spürte. »Heute noch?«

»Nein, nein, du stirbst nicht! Aber nur deswegen nicht, weil ich dich entführt habe, und deshalb muss ich dich jetzt an einen sicheren Ort bringen.«

»Wo ist Melyn? Ist sie auch bei dir?«

»Melyn hat eine Aufgabe von eurem König bekommen, eine unlösbare, wie es scheint. Sie befindet sich wieder in meiner Welt, und da bringe ich dich jetzt auch hin.«

Du? Daliwr lachte auf. *Wie sollte dir das gelingen? Du bist ein Teil von mir, ist dir das schon entfallen?*

»Ich korrigiere: Daliwr bringt dich da jetzt hin.«

Daliwr lachte erneut auf, und es klang abgrundtief böse.

»Weshalb sollte ich sterben?«, fragte Malvina.

»Weshalb – das kann ich dir leider auch nicht sagen. Ich habe vor fünf Tagen Melyn bewusstlos an unserem Strand gefunden. Aberystwyth.« Ich deutete in eine unbestimmte Richtung, in der ich meine Unistadt vermutete. »Meine Welt. Sie soll bis heute den Erben Einions finden und dem König präsentieren, sonst tötet der König dich. Du bist Melyns Mutter, richtig?«

Unsicher nickte sie. »Das bin ich. Den Erben Einions? Aber wie soll sie das tun? Wer ist es?«

Ich verkniff mir ein Seufzen. »Der Erbe – das soll ich sein. Weshalb ausgerechnet ich, kann ich dir nicht sagen, und ehrlich gesagt glaube ich, dass das Quatsch ist. Melyn und ich hatten leider keine Möglichkeit, das alles mit dem König zu klären. Irgendwie hat eine Rache des Meeresgottes damit zu tun, und das will ich jetzt herausfinden. Wichtig ist, dass wir dich in Sicherheit bringen.«

Malvina wirkte äußerst nervös. »Der König wird nach mir suchen lassen! Ihm wird nicht verborgen bleiben, dass ich weg bin!«

»Dort, wo ich dich hinbringen möchte, wird er dich so schnell nicht finden.« Und wenn, musste er erst an meiner Großmutter vorbei. »Es ist ein sicherer Ort.«

»Was ist mit meinem Kind? Wo ist Melyn?«

»Sie wurde in meine Welt zurückgeschickt. Falls sie wieder an den Strand von Aberystwyth gebracht wurde, dann ist sie bestimmt zu meiner Großmutter gegangen. Du solltest auch zu meiner Großmutter. Nia. Mit ihr wirst du dich verständigen können, sie versteht vieles von deiner Sprache.«

Das habt ihr euch trefflich ausgedacht. Ich bringe euch nach Aberystwyth, meldete Daliwr sich plötzlich.

Mir war sofort klar, dass er nur deswegen einlenkte, weil er den endgültigen Abschied plante und das Buch haben wollte.

»Mitnichten, mein Lieber, wir haben eine andere Abmachung.«

»Mit wem sprichst du?«, fragte Malvina verunsichert.

»Mit Daliwr. Ihm wurde die Sprache genommen, deshalb kann ich mich nur noch gedanklich mit ihm verständigen.«

Malvinas Augen weiteten sich. »Ich lasse mich von ihm nirgendwo hinbringen!«

»Aber ...«

»Ich kenne einen sicheren Ort, wo niemand mich finden wird! Wirst du Melyn sehen?«

»Ich hoffe es.« Malvina blickte mich verunsichert an, und ich korrigierte mich rasch. »Auf jeden Fall! Aber sie wird nach dir fragen, denke ich.«

»Sag ihr, ich bin im ›Möwennest‹. Es ist ein geheimer Ort an der Küste, an dem wir ein paar Mal waren, eine Höhle, die niemand außer uns kennt. Es ist nicht weit von hier, und der Zugang liegt so versteckt, dass keiner ihn finden kann.«

»In Ordnung, das klingt gut. Ich werde es Melyn ausrichten.«

Malvina verabschiedete sich und tauchte unter.

Sie wird nach Caer Wyddno schwimmen, mutmaßte Daliwr.

»Glaube ich nicht. Es hat nicht den Anschein erweckt, als hielte sie mich für einen Lügner. Kennst du ihr Versteck?«

Ich weiß davon nichts. Die Leute des Königs werden sie jedoch aufspüren.

Diese Sorge teilte ich ebenfalls, aber ich setzte darauf, dass es bis zum Abend dauerte, bis die Wachen ihr Fehlen bemerkten. Wenn nicht einmal der neugierige Wassergeist den Zufluchtsort kannte, würden auch des Königs Gefolgsleute nichts davon ahnen. Ich hoffte, so wenigstens einen oder zwei Tage Zeit zu gewinnen, um herauszufinden, wer der Erbe Einions war. Zeit, die ich brauchte, um mit dem mutmaßlich Verantwortlichen zu sprechen.

»Auf zu Llŷr!«

Die See war weiß gefleckt. Die Fahrt aus dem Hafen heraus klappte erstaunlich gut und weniger problematisch, als Derek befürchtet hatte. Dies war nicht sein erster Schlechtwettereinsatz mit dem Boot, doch der Unterschied zu vorherigen Touren bestand darin, dass er dieses Mal weder eine Aufforderung noch eine Erlaubnis zur Fahrt bekommen hatte. Professor Wright hielt sich die Tage in London auf, niemand wusste, dass er nichts von Dereks Ausflug ahnte. Niemand außer Rina, und woher sie gewittert hatte, was er tat, war ihm ein Rätsel. Hatte sie ihn aus dem Wohnheim gehen sehen?

Die Wellen hoben sich imposant, ihre Länge reichte gerade aus, um sie befahren zu können. Er musste das Boot nur unversehrt zurückbringen, dann würde niemand etwas bemerken. Hochkonzentriert steuerte er durch die Wogen, darauf bedacht, möglichst präzise gegen die See zu fahren; durch ein zu schräges Anfahren konnte sich das Boot unkontrolliert querstellen.

Ein Wellenberg türmte sich vor ihm auf, er gab Gas, um den Bug ausreichend aufzurichten, damit er sich nicht in die Welle bohrte und nach unten gedrückt würde. Wie ein Korken schwamm das Boot auf, stieg in die Höhe, der weiß fauchende Wellenkamm näherte sich. Dereks Finger krampften sich um das Steuerrad, die Nervosität wollte nicht abfallen. Er nahm die Geschwindigkeit zurück, das Boot durfte nicht über die Welle hinausschießen, weil es sonst in das Wellental fiel wie in ein plötzliches Loch.

Einem braven Springpferd gleich überquerte das Gefährt den Buckel und glitt hinab. Gefühlvoll gab er Gas, durchfuhr das Tal, erhöhte das Tempo weiter bis kurz vor dem nächsten Kamm.

Die stürmische See kostete ihn sämtliche Konzentration, die Sicht betrug nur wenige Yards. Der Wind peitschte die Gischt auf und ließ sie wie einen heftigen Regen niedergehen. Rina hatte recht – es war der pure Wahnsinn, bei diesem Wetter rauszufahren. Den Seegang hielt Derek gerade noch für beherrschbar, doch wenn Cooper irgendwo hier draußen war, würde er ihn niemals finden! Nur für Sekundenbruchteile huschte sein Blick in die Weite, dann bäumte sich die nächste Woge vor ihm auf und er brauchte alle Aufmerksamkeit am Steuer.

Ein Brecher rollte auf ihn zu, um die Hälfte höher als die anderen Wellen, der weiße Schaum am Kamm schob sich ihm wie die Zähne eines aufgerissenen Mauls entgegen. Um auszuweichen, war der Brecher zu groß. Mit Vollgas drehte Derek ab und brachte das Heck schräg zur Welle. Krachend schlug das Wasser über ihm zusammen. Das Boot tanzte auf dem Meer, es neigte sich so stark, dass er sich mit den Füßen gegen die Bordwand stemmen musste. Für einige Sekunden verlor das Ruder Kontakt und der Rumpf drehte sich quer, doch er widerstand der Versuchung, gegenzulenken. Stattdessen nahm er Gas raus. Das Boot rollte hin und her wie ein bockiger Esel, der sich schüttelnd widersetzte, aber einen Moment später lag das Ruder wieder satt im Wasser.

Er wendete erneut, zurück in Richtung offene See. Er kam zu schräg in die nächste Woge, das Boot krängte, und für einen winzigen Augenblick überkam Derek das Gefühl, die Kontrolle zu verlieren. Eine neue Welle hob sich vor ihm, er gab Vollgas und steuerte den Bug wieder gegen den Wind. Für den Moment brachte er das Boot in Griff, doch sein Vorhaben, entlang der Bucht zu fahren, scheiterte. Es gab nur eine Möglichkeit: Dem Seegang entgegen.

Rasch warf er einen Blick hinter sich. Der Küstenstreifen verbarg sich im Dunst der Gischt. Sein GPS-Gerät zeigte ihm an, dass er rund fünf Meilen vom Hafen entfernt war. Das alles war aussichtslos! Das Meer nach Cooper abzusuchen, war ein Ding der Unmöglichkeit! Entweder fuhr er auf die offene See hinaus, bis ihm der Sprit ausging, oder er wurde vernünftig und kehrte nach Aberystwyth zurück!

Konzentriert starrte er auf die nächste Welle. Die Wogen kamen zu dicht, er musste einen Moment abpassen, um beidrehen zu können, sonst würde er zum Spielball des tosenden Wassers werden.

Ein Brecher erhob sich vor ihm. Seine Chance! Entschlossen schob er den Gashebel bis zum Anschlag nach vorne und leitete die Kehrtwende ein. Die Sturzwelle schlug auf das Heck ein und drückte es tiefer ins Wasser. Derek hielt den Hebel auf Vollgas, doch das Boot schlingerte und stellte sich schräg zur Welle. Er nahm Gas raus, korrigierte den Kurs. Er musste den richtigen Moment erwischt haben, der Rumpf folgte, und als er wieder in der geeigneten Position lag, beschleunigte Derek erneut.

Das Wasser tropfte ihm aus den Haaren in Stirn und Nacken, doch er war ohnehin so durchnässt, dass jeder glauben würde, er wäre ins Meer gefallen. Das GPS zeigte noch drei Meilen bis zum Hafen an. Verzweifelt lachte Derek auf. Was hatte er nur geglaubt? Cooper zu retten? Er konnte froh sein, wenn er sich bei diesem Wetter selbst in Sicherheit brachte!

Noch eine Meile. Sein Kurs lag ein Stück zu weit nördlich, die Korrektur musste vorsichtig und nach und nach erfolgen, damit sich das Boot nicht abermals querstellte. Die Wellen wurden kleiner. Derek wischte sich das Wasser aus dem Gesicht. Bildete er sich das nur ein? Nein. Die weißen Schaumflecken traten nur noch an einzelnen Stellen auf, der Sturm ließ nach. Ihm wurde eine zweite Chance gegeben, nach Cooper zu suchen. Er wendete und steuerte das Boot nach Norden, die Küste entlang.

Wenn er in Richtung Land blickte, das nun vage zu erkennen war, musste er sich auf Höhe der Seebrücke befinden. In mäßigem Tempo fuhr er weiter und sah sich aufmerksam um.

Nach Westen, im offenen Meer, entdeckte er etwas Dunkles, das auf der Oberfläche schwamm. Er steuerte darauf zu. Nur ein Delfin, der abtauchte, als Derek sich näherte.

Das Boot befand sich beinahe auf Höhe des Constitution Hills am Nordende der Pier, als er erneut etwas erspähte. Im Wasser, in dem sich der graue Himmel spiegelte, trieb etwas nah am Ufer. Derek zog den Gashebel zurück und steuerte näher zur Küste. Ein knirschendes Geräusch erklang, erschrocken fuhr er zusammen. Der Rumpf hatte Kontakt zum Grund bekommen. Derek nutzte eine Welle, die das Boot anhob, gab Gas und manövrierte es aus der seichten Stelle heraus.

Dort trieb ein Mensch! Seltsam antiquiert in goldfarbene Kleidung gehüllt, eine Frau oder ein Mädchen, weißblonde Haare.

Er stoppte den Motor und ließ den Anker ins Wasser. Der Wind bewegte das Fahrzeug leicht rückwärts, und an dem Ruck merkte Derek, dass der Anker im Grund gefasst hatte. Hastig löste er die Verschnürung der zusätzlichen Rettungswesten, dann sprang er ins Meer. Die Kälte fühlte er fast nicht. Sein Puls raste, als er auf das Mädchen zuschwamm. Absolut reglos driftete sie auf ihn zu, die Wellen ließen sie auf- und abgleiten, als wäre sie ein schwebendes Gespenst. Mit kräftigen Schwimmzügen überwand er die letzte Distanz, packte die Frau unter den Achseln, zwängte sie in die Rettungsweste und schleppte sie zum Ufer.

Als er Grund spürte, hob er sie auf seine Arme und stapfte mit ihr bis an den Strand. Für einen Moment legte er sie im trockenen Kies ab. Entsetzt starrte er sie an. Sie war es – die Frau aus der Anderwelt! Wo zur Hölle war Cooper?

»Hallo? Hörst du mich?« Er rüttelte sie, es kam keine Reaktion. Er kniete sich über sie und wollte lebensrettende Maßnahmen einleiten, als sie blinzelte. Heiser räusperte sie sich.

»Ble mae Cooper?«

17

Daliwrs Rücken hob sich unter Wasser in sanft schaukelnden Bewegungen, als wären es die Wellen selbst, auf denen ich saß. Es hatte wertvolle Minuten gekostet, ihn zu überzeugen, dass er mir einen Wetteinsatz schuldete, doch die schienen wir nun einzuholen. Ich fühlte mich wie auf einem in Zeitlupe galoppierenden Pferd, dennoch kamen wir unglaublich rasch voran. Daliwr schwebte durchs Wasser, und der Meeresboden unter uns flog geradezu dahin. Keine Anzeichen von Zivilisation, nur die unterseeische Wildnis, ich rätselte, wo wir uns befanden.

Momentan reisen wir entlang des Nordkanals, einer Rinne in der Irischen See. In Bälde erreichen wir das nördliche Ende von Tír na nÓg, erklärte Daliwr.

Tirna-wie?

Tír na nÓg, Wohnort der Síde. Elfenvolk. In deiner Welt: Irland.

Daliwr sah sich um, und ich folgte seinen Blicken.

Wonach suchst du?

Der Wassergeist hielt inne und gab einen grummelnden Laut von sich. *Nach Llŷr, nur ist er nicht hier.* Er wandte sich ab und schwamm nach links.

Wo hält er sich denn für gewöhnlich auf?

Wohl im Wasser. Immerhin ist er ein Wassergott.

Felsen säumten unseren Weg, wir mussten uns noch immer in der Nähe der Küste befinden. Das Wasser war kühl, aber durch die Verbindung mit Daliwr machte mir die Kälte nichts aus.

Wir gerieten wieder in die freie See, der Meeresboden lag so tief, dass nur düstere Finsternis wie ein Abgrund unter uns gähnte. Von Landmassen war weit und breit nichts zu sehen. Die lange Mähne des Ceffyl Dŵr wirbelte plötzlich herum, und ich spürte einen Sog, der von der Seite kam.

Halte dich bereit!, forderte er mich gedanklich auf. *Wir begeben uns in die Schnellströmung.*

Schnellströmung?

Bevor Daliwr antwortete, riss uns die Strömung mit, ein startendes Flugzeug war nichts dagegen. Wie ein unsichtbarer Haken zog sie uns in Höchstgeschwindigkeit durch das Meer, und nur weil meine Beine fest an Daliwrs Leib klebten, fiel ich nicht herunter. Für einen Moment hing mein Rücken waagrecht auf seiner Kruppe, ehe ich mich ächzend und gegen die Drift kämpfend wieder aufrappelte. Daliwr drehte sich sekundenlang um die eigene Achse, bis er sich ausbalanciert hatte und im Wirbel mitschwamm. Die Farbe des Wassers changierte von Blau zu Grün, ab und zu blitzten schimmernde Leiber von großen Fischen auf.

Was ist das hier? Raketenantrieb für Nautisten?, schrie ich in Gedanken.

Wir befinden uns im amerikanischen Abzweig des Nordatlantikstroms. Ich vermute Llŷr nördlich der Karibik, aber der Umweg über die Labrador-See geht schneller.

Selwyn hatte mir beim Segeln einiges über Meeresströme beigebracht. Jedes Detail kannte ich nicht mehr, doch daran, dass der Nordatlantikstrom vor Island abzweigte und auf den Labradorstrom traf, der wiederum nach Süden floss, erinnerte ich mich vage. Dass dieser Weg, obwohl er bald doppelt so lang sein musste, schneller ging, daran hatte ich bei unserem Tempo keinen Zweifel: Wir schossen durch den Ozean wie ein Komet durchs All.

Das Wasser wurde kälter. Der Himmel über uns, der sich durch den silbrigen Wasserspiegel abzeichnete, nahm eine eisblaue Farbe an. Kantige, dunkle Flächen flogen über uns hinweg.

Sind das Eisschollen? Ich vermutete, dass wir uns in der Nähe von Grönland aufhielten.

Daliwr antwortete nicht, sondern driftete weiter nach links, und ich spürte, wie die Strömungsrichtung wechselte.

Ich entdeckte diverse Meeresbewohner, der Gesang eines Wals drang durchs Wasser. Was mich verwunderte, war das komplette Fehlen von Schiffen. Ich hätte sie doch oben am Wasserspiegel sehen müssen, dunkle, torpedoförmige Rümpfe, die auf menschliche Zivilisation hinwiesen. Auch die Geschwindigkeit sprach dafür, dass wir uns noch immer in der Anderwelt befanden.

Daliwr stieg auf, und wir durchbrachen die Oberfläche. Wasser lief mir aus Nase und Ohren, salziger Wind ließ meine nasse Haut erschauern, ohne dass ich die Temperatur als wirklich unangenehm empfand. In der Ferne, am leicht gekrümmten Horizont, meinte ich Inseln oder Festland ausmachen zu können. Der Wassergeist schien sich orientiert zu haben, er nickte kaum merklich und tauchte wieder ab.

Wir trieben weiter, und das Wasser erwärmte sich allmählich. Ich verlor jedes Zeitgefühl, mir kam die Strömung schneller vor als physikalisch möglich.

Daliwr schwamm nun seitlich gegen den Strom an, bis der Sog nachließ. Die Wassertemperatur stieg auf Badewannenlevel, das Meer lag glasklar vor uns.

Der Wassergeist ließ sich auf den Grund absinken, die Oberfläche schillerte vielleicht einen oder zwei Yards über uns. Seine Hufe setzten sanft in nahezu weißem Sand auf. Ich versuchte zu erraten, wo wir uns befanden, der Farbe des Wassers und der Temperatur nach kam die Karibik infrage.

Was wollte er hier? Ich fühlte Nervosität aufsteigen. Die Zeit rannte, was geschah inzwischen mit Melyn, was mit Malvina? Ich hoffte nur, dass sie wohlbehalten in ihrem Versteck angekommen war.

Vor uns ragte etwas dunkel auf. Im türkisgrünen Licht konnte ich noch nicht erkennen, was es war, doch es sah nicht nach einem Felsen aus, die Form wirkte zu glatt und stieg merkwürdig steil auf.

Daliwr schwamm näher, und ich erschrak. Es war der Rumpf eines Flugzeugs, der im Sand steckte. Wie die Schwanzflosse eines tauchenden Wals ragte das Höhenleitwerk nach oben, das gesamte Cockpit und Teile der Tragflächen fehlten.

Aus der Ferne hörten wir Gekicher. Das Wasser trübte sich für einen Moment milchig, dann verschwammen unsere Konturen und lösten sich auf.

Wer ist dort?, fragte ich.

Das sind die Gwragedd Annwn! Es klang unheilvoll.

Ich erinnerte mich an die Bezeichnung aus Selwyns Geschichten. *Ich dachte, sie leben bei uns?*

Bermuda gehört zum britischen Hoheitsgebiet, und die Elben schätzen die Wärme der Karibik.

Erstaunt sah ich mich um. Sämtliche dunkle Schemen, die ich verstreut in der Ferne wahrnahm, waren keine Felsen. Es handelte sich um weitere Bruchstücke abgestürzter Flieger und versunkener Schiffe. Das Bermudadreieck.

Weshalb sind wir hier?

Ich hoffe, den Meeresgott zu finden. Wobei ich gestehen muss, dass mir lieber wäre, ihn nicht anzutreffen.

Daliwr hatte Angst vor Llŷr, ich spürte sie wie einen Schauder, der mein Rückgrat emporkroch. *Wieso hier? Könnte er nicht überall sein?*

Ich hatte vermutet, er wäre bereits in Britannien, glaubte ihn sicher dort, immerhin ist Arawn seit Tagen unterwegs, und wo der Fürst auftaucht, ist sein marines Pendant nicht weit. Doch wie es den Anschein hat, hat Llŷr sein Refugium noch nicht verlassen.

Er lebt hier?

Hast du noch nie etwas von den karibischen Meeresstürmen vernommen?

Die Hurrikane? Doch, schon.

Daliwr brummte düster. *Llŷr liebt die Wärme der Tropen.*

Wieder kicherte jemand, und es hörte sich beunruhigend nah an.

Sind die Gwragedd Annwn gefährlich?, fragte ich.

Für mich weniger. Du hingegen solltest wachsam bleiben.

Wieso ich?

Du bist ein Mann. Sie haben nicht viele Männer, deshalb nennt man sie nun einmal die Frauen Annwns. Gwragedd bedeutet nichts anderes als Frauen. Doch fürchte dich nicht, sie werden dich nicht töten.

Bei der Vorstellung, ein paar Elbendamen könnten sich auf mich stürzen, nur weil ich ein Mann war, zog sich mein Inneres unangenehm zusammen. *Okay … lass uns einfach unsichtbar bleiben.*

Gute Idee.

Vorsichtig bewegte Daliwr sich weiter. Das Wasser war absolut ruhig, doch zwischen den reglos aufragenden Blechruinen wirkte es wie die Ruhe vor dem Sturm. Ich fragte mich, wann und wo wir Llŷr begegnen würden.

Diesmal kam das Gekicher von hinten. Misstrauisch sah ich mich um. Das abgebrochene Heck des Flugzeugs hob sich wie ein mahnender Zeigefinger empor. Daliwrs Schwimmbewegungen wirbelten sachte den hellen Grund auf.

Das Kichern tönte glockenhell. Hinter dem Rumpf eines gesunkenen Fischerboots, seitlich von uns, tauchte ein Kopf auf, ein Frauengesicht, nur auf den ersten Blick menschlich. Es war ebenmäßiger, als ich je eines erblickt hatte, so ebenmäßig, als wäre es nicht echt. Die Elbin schien mir direkt in die Augen zu sehen, und mir wurde klar, dass viele Männer solchem Liebreiz augenblicklich verfielen.

Langsam tauchte sie aus dem Schatten des Schiffswracks hervor. Ihr goldrotes Haar schwebte im Wasser, ihren zarten Körper umgab ein durchscheinendes Kleid aus weißem Stoff, das mehr zeigte als verhüllte. In einer fließenden Bewegung glitt sie über den umgedrehten Schiffsrumpf und schwamm auf uns zu.

Wir wurden entdeckt, meldete ich stumm an Daliwr.

Er hielt inne und drehte sich ein Stückchen, ich schloss daraus, dass er sich umsah. Die Meeresfrau näherte sich uns. Daliwr ließ sie auf wenige Schritte herankommen, dann bewegte er sich ein Stück nach rechts. Ihr Lächeln verstärkte sich, und sie richtete den Blick in unsere Richtung. Wie konnte sie uns sehen? Abermals wich er aus und schwamm zügig los.

Abrupt stoppte er, und ich wandte mich nach vorne. Vor uns stand, wie aus dem Nichts aufgetaucht, eine weitere Gwraig Annwn. Hinter uns ertönte wieder das Lachen.

Daliwr drehte sich im Kreis, blickte hin und her, und von der Seite entdeckten wir noch mehr Wasserfrauen, die auf uns zuglitten. Mein Bauchgefühl schrie: abhauen!

Anhand der Spannung in seinem Rücken spürte ich, dass er sich sprungbereit zur Flucht machte, doch es rückten zahllose Gwragedd Annwn nach. Eine plötzliche Wolke aus Sand wirbelte über uns nieder, eine der Elbinnen hatte damit geworfen. Die feinen Körnchen legten sich über uns und ließen unsere Konturen sichtbar werden.

Mit gierigen Blicken stürzten die Wasserfrauen auf uns zu. Daliwr schwamm hoch, doch Hände zerrten bereits an mir, es waren so viele, dass sie den Wassergeist komplett ausbremsten. Wütend kickte er nach ihnen, sie aber wichen lachend aus und griffen nach mir. Zwei der Elbinnen hängten sich an meine Arme, eine dritte sprang auf Daliwr auf und klammerte sich von hinten um mich. Er tobte unter mir wie ein Pony beim Rodeo, während immer mehr Wasserfrauen nachkamen und uns unter sich begruben.

Die Gwragedd Annwn betasteten mich überall, ihre Finger krochen unter meine Kleidung und an Stellen, an denen ich sie auf gar keinen Fall haben wollte. Ich schlug um mich, schüttelte meine Arme, versuchte mich ihrem Griff zu entwinden, doch sie klebten an mir wie Seepocken an einer Schiffswand.

Der Widerstand meines Gefährten ließ immer mehr nach, und erst einen Moment später merkte ich, dass die Elbinnen ihn mit sich führten.

Kannst du dich verwandeln?, fragte ich ihn.

Ihre Magie ist zu stark, sie hindern mich und halten mich unter einem Bann, jammerte er.

Wir haben dich und das Llyfr Euraidd. Reicht das nicht an Magie? Ich spürte das goldene Buch unter meiner Jacke.

Wir gelangten in einen unterseeischen Steinkreis. Immer mehr Gwragedd Annwn kamen zu uns, lachten und zupften an mir. Einige zerrten an meiner Kleidung, zwei der Frauen gerieten dabei so sehr ins Zanken, dass sie ein Stück meiner Jackentasche abrissen. In meiner Verzweiflung trat ich nach ihnen, doch kaum lösten sich die beiden von mir, kamen vier neue und fingerten an mir herum. Die Hand der einen gelangte in gefährliche Nähe zum magischen Buch. Wenn sie sich das Llyfr Euraidd schnappten, wäre für mich alles verloren. Meine Verzweiflung wuchs, und mit ihr ein Gedanke, der eine mögliche Lösung beinhaltete. Wenn die Magie der Gwragedd Annwn stärker war als jene von Daliwr, so benötigte ich nur jemanden, dessen Magie noch einmal deutlich mächtiger war. Mühsam befreite ich einen Arm von den Elbinnen und legte die Hand wie einen Schalltrichter an den Mund.

»Llŷr! ... Llŷr!« Meine Stimmbänder flatterten, die Worte drangen knatternd und viel zu tief durchs Wasser, doch ich dachte den Namen des Meeresgottes mit einer Intensität, dass es mir selbst in den Ohren dröhnte.

Halte ein, Cooper!

»Llŷr! ... Feiger Meeresgott! Komm her und stell dich!«

Es ist gefährlich, was du da ...

Unvermittelt ließen die Frauen von mir ab und verschwanden in Sekundenschnelle. Verblüfft sah ich ihnen nach. Eine leise Erschütterung durchzog das Wasser, für einen Moment wölkte der Sand auf. Ein flaues Gefühl legte sich in meinen Magen.

Ich spürte, wie Daliwr sich steif machte.

Scheiße!, zischte er.

Ein Grollen war zu hören, dunkel und dumpf und extrem laut, wieder zitterte der Boden, und ein heftiges Seebeben erschütterte den Steinkreis, sodass die höheren Steine wankten und umfielen. Der Seetang wurde flach auf den Grund gepresst, die Strömung fegte uns wie ein gewaltiger Sturm um die Ohren. Schlagartig riss es uns nach oben, über den Wasserspiegel hinaus, hoch in die Luft.

Dann sah ich Llŷr.

Vor uns türmte sich das Wasser senkrecht auf. Die Gischt verwandelte die Monsterwelle in eine schäumend weiße Wand, groß wie ein siebenstöckiges Hochhaus, nur mit dem Unterschied, dass siebenstöckige Hochhäuser sich nicht mit der Geschwindigkeit eines Jumbojets näherten.

»Verwandle dich in etwas Großes!«, brüllte ich Daliwr zu, hustend, Wasser spuckend, in einem Moment der Schwerelosigkeit, die mir beängstigend deutlich machte, dass es im nächsten Augenblick im Sturzflug nach unten ginge.

Als Llŷr uns erwischte, kam ich mir vor wie ein Tennisball, den der Schläger mit voller Wucht traf. Ich sah nur noch Weiß und spürte die Gewalt des Wassers mit der Härte einer Wand aus Stahlbeton. Meine Beine lösten sich von Daliwrs Leib, verzweifelt klammerte ich mich an seinen Hals.

Weiß verwandelte sich in Schwarz, meine Hände verloren ihre Kraft, und Daliwr verschwand.

Um mich herum war es warm und weich. Finsternis umgab mich, ich vernahm die Gischt nur noch dumpf. War ich tot? Bewusstlos? Nein, meine Sinne funktionierten weiterhin. Ich spürte die Wärme, ein Geruch stieg auf, ekelhaft nach Fisch und Fäulnis stinkend. Meine Hände und Beine waren verschwunden, stattdessen besaß ich einen Fächer fein gefiederter Füßchen und einige Paar nadeldünne Stelzen. Ich tastete um mich, fühlte eine kantige Verdickung in meinem Leib, das musste das Buch sein. Unter mir bemerkte ich etwas Feuchtes, was schon auf leichten Druck nachgab wie glibberiger Gummi. Handwarmes Salzwasser schwappte in kleinen Wellen gegen mich, was sich angenehm anfühlte.

Ich befühlte mein Gesicht. Ein ziemlich langer Kopf ohne Hals, dafür mit Fühlern, und dick hervorquellenden Stielaugen wie zwei angeklebte Teleskope. War ich eine Garnele?

Auf einmal wurde es hell um mich herum. Ich befand mich in einer riesigen Höhle. Wo war Daliwr? Als ich mich umsah, bemerkte ich, dass das Licht von mir selbst kam. Schwach mintgrün schimmerte mein Körper, als hätte ich eine Taschenlampe verschluckt.

Der rosafarbene Untergrund gab bei jeder meiner Bewegungen leicht nach, und ich erschrak, als er sich auf einmal eigenständig bewegte. Nur Einbildung? Die fleischfarbene Masse lag wie ein eingedickter See in der Mitte der Höhle, allein die Ränder boten festen Halt. Zum Laufen taugte keines meiner Beine, doch rückwärts robbend konnte ich mich zum Rand bewegen. Über mir hing eine Reihe absolut gleichförmiger Stalaktiten, riesig und drohend. Sie erinnerten mich an die Zinken eines überdimensionalen Kamms, aber die Enden sahen zerfranst aus. Eine derartige Höhle hatte ich noch nie gesehen.

Plötzlich öffnete sich die Grotte, ein Riesenschwall Wasser schoss hinein und drückte mich zwischen zwei Stalaktiten, wo ich mich verzweifelt mit meinem Leib festkeilte, während der rosafarbene See aus Gummi sich hob und das Wasser durch die Zinken wieder hinausdrückte.

Daliwr? Bist du ein Wal?, dachte ich entsetzt.

Ein sonores Brummen erklang, untermalt von rasselnden Klickgeräuschen. Der Gesang eines Blauwals.

Ich könnte dich besser verstehen, wenn du nichts sagst.

Bitte um Nachsicht. Wie geht es dir da drinnen, bist du wohlauf?, erwiderte Daliwr.

Bin ich in deinem Maul?

Das erschien mir am sichersten, kleiner Krill.

Seine Zunge machte eine Schluckbewegung, und nur weil ich mich weiterhin an dem Stalaktiten festklammerte, der in Wahrheit Teil seiner Barten war, passierte mir nichts. *Wo sind wir?*

Ist mir nicht bekannt, wir sind noch nicht gelandet.

Gelandet? Leise Panik stieg in mir auf.

Llŷr hat uns mit ordentlicher Wucht erwischt, und wir fliegen fortwährend durch die See.

Dann schwimm zu ihm zurück.

Daliwr ließ ein missbilligendes Brummen durchs Wasser dröhnen. *Du hältst es also für eine gute Idee, den Meeresgott zu beleidigen und dich danach sofort wieder ihm gegenüberzustellen?*

Ich habe ihn nicht …

Oh doch, das hast du!

Mit Göttern hatte ich noch nie besonders viel anfangen können und mich daher auch noch nie ausgiebig mit ihnen befasst. Was ich nun bereute, denn ich suchte dringend nach einer Idee, wie man einem Gott schmeicheln konnte.

Bring mich bitte zurück!

Kein guter Plan, knurrte Daliwr.

Du musst! Ich muss mit ihm sprechen! Bring mich zurück, oder ich lasse mich von dir verschlucken, und dann kannst du warten, bis dein Buch hinten wieder rauskommt. Nur ob es anschließend noch besonders gut lesbar … hey!

Daliwr hatte sich im Wasser herumgeworfen, was mich einen Salto schlagen ließ. Unkontrolliert purzelte ich durch sein Maul, bis ich gegen die Barten stieß und mich erneut festklemmen konnte. Ich spürte seine Anstrengung, mit der er gegen die Flutwelle ankämpfte.

Llŷr folgt uns! Wir müssten … an Ort und Stelle bleiben können, presste er mühsam hervor. *Andernfalls … spült er uns … wieder weg!*

Kannst du dich in Seegras verwandeln? Fest verwurzelt im Boden?

Ich kann mich nicht stets aufs Neue verwandeln, mir schwindet die Kraft!, entgegnete er.

Und ich kann mich nicht mehr lange halten, mir schwindet auch die Kraft!, klagte ich.

Daliwrs Anstrengung war überall um mich herum zu spüren, beinahe, als läge Elektrizität in der Luft. Schlagartig wurde es hell, Wasser wirbelte weiß auf, und ich bog mich in der Strömung hin und her.

Ich war ein Seegras, doch wo befand sich Daliwr? Die Wellen fuhren durch mich hindurch und zerrten an meinen langen, schmalen Blättern.

Daliwr? Wo bist du?

Unter mir regte sich etwas. Daliwrs Gedanken klangen dumpf, als hätte er den Mund voller Sand.

Hier unten. Ich halte dich!

Eine neue Woge Weißwasser durchspülte mich und riss an meinen Stängeln. Daliwr gab einen gequälten Laut von sich, ich spürte, wie er sich im Sand festzukrallen versuchte.

Die Strömung griff nach mir wie mit einer Faust, und plötzlich wirbelte ich kopfüber durchs Wasser, als hätte ich nie Wurzeln besessen. Die Sicht im von Luftbläschen weißlich getrübten Meer betrug keine Handbreit, ich meinte, einen Blick auf Wurzelwerk zu erhaschen, doch sicher war ich keineswegs, und ich machte mir Sorgen, Daliwr entrissen worden zu sein.

Er ist wahrlich verstimmt!, vernahm ich dessen Gedanken.

Er war noch da! Erleichterung durchflutete mich, auch wenn ich im gurgelnden Rauschen des Wassers nicht verstehen konnte, was er sonst von sich gab.

Mit einem Klatschen landete ich auf einem rauen Stück Fels. Über mir hingen dicke Wolken. In der Mitte meines Halmes spürte ich eine knotige Verdickung, das musste das Buch sein.

Eine Woge schwappte über mich hinweg, und ich drehte mich unfreiwillig. Für einen winzigen Moment erblickte ich eine bräunliche Wurzel, die sich in den Spalten des Gesteins verfangen hatte. Das Wasser zog sich zurück, ich hing kopfüber – oder blattüber – vom Felsen herab.

Wir müssen uns in etwas verwandeln, das Llŷr nicht einfach fortspülen kann.

Daliwr brauchte eine Weile für seine Antwort. *Ich bin nicht mehr imstande … kostet zu viel Kraft.*

Ich versuchte Anhaltspunkte zu finden, wo wir gestrandet waren, doch außer dem rauen Fels, dem tosenden Meer unter uns und dem bleigrauen Himmel über uns sah ich nichts.

Ein schwimmendes Tier wird einfach weggeschwemmt, eine Pflanze ebenso. Du musst dich in einen Felsen verwandeln und mich in eine Seepocke, die klebt so fest, die kriegt auch ein Meeresgott nicht weg. Bitte versuche es!

Wieder antwortete Daliwr lange Zeit nicht. Meine Gedanken wanderten zu Melyn. Ob sie sich sicher unter dem Dach meiner Großmutter befand? Oder lag sie noch am Strand von Aberystwyth? Was, wenn nun jemand anderes sie fand? Was, wenn derjenige sie sofort der Presse auslieferte?

18

Offenkundig hatte Llŷr noch nicht genug mit uns gespielt. Eine heftige Welle riss uns vom Felsen und wirbelte uns durch den Ozean.

Großer mächtiger Meeresgott, hör mich an!, flehte ich in Gedanken.

Er ... wird ... nicht zuhören, kam eine schwache Antwort von Daliwr.

Großer mächtiger Meeresgott, weshalb strafst du ein armes Mädchen, was hat sie dir getan?

Erneut fuhr eine unsichtbare Riesenfaust ins Wasser und teilte die Fluten. Daliwr und ich wurden hochgerissen in einer Fontäne, die Geysire wie den Old Faithful in den Schatten stellte. Für einen Moment flogen wir durch die Luft, nichts als das kochende Meer unter uns, der Himmel düster wie angelaufenes Blei.

Im nächsten Augenblick verschluckten uns die Wellen und zogen uns hinab bis auf den Grund. Ich hoffte inständig, Daliwr würde versuchen, sich festzukrallen, doch ihm fehlte die Kraft. Wir schleiften über den Sand, dann hob uns die nächste Woge an, und der Strom riss uns mit und katapultierte uns durch das nassgraue All.

Nach einer Weile war ich ziemlich sicher, dass wir uns im Golfstrom befanden. Die Geschwindigkeit legte leicht zu, in welche Richtung es ging, vermochte ich nicht zu sagen.

Wenn ich es richtig wusste, führte nur ein großer Strom von hier weg, und das war jener, der mich zurück in meine Heimat schwemmen würde.

Großer mächtiger Meeresgott, weswegen muss Melyn büßen? Was hat sie getan?, versuchte ich es noch einmal. Eine wütende Welle folgte, die uns gegen einen Felsen unter Wasser schleuderte. Meine Stängel zerknickten, die gequetschten Stellen verursachten ein dumpfes Brennen.

Großer mächtiger ...

Eine Woge wirbelte uns aus dem Wasser. Einige Blätter waren bereits abgerissen, ich hoffte nur, dass mir später lediglich ein paar Haare fehlten und nicht ein ganzer Arm oder ein Bein, wenn ich meine Menschengestalt zurückbekam.

Halte ... einfach ... dein Maul. Daliwr klang schwach wie nie.

Er behielt recht – Llŷr ließ nicht mit sich reden. Der Meeresgott reagierte auf meine Gedanken, doch mit seinen Antworten konnte ich nichts anfangen, außer dass ich seinen vollen Hass und Zorn spürte, wenn er denn überhaupt Emotionen hatte. Welche Wege konnte es geben, mit Göttern zu kommunizieren? Früher wurden Opfer dargebracht, doch allein bei der Überlegung, irgendetwas Lebendiges einem Gott zuliebe zu massakrieren, drehte sich mir der nicht mehr vorhandene Magen um. Zumal das einzig Lebendige in greifbarer Nähe ich selbst war. Ich musste eine andere Lösung finden.

Daliwr? Bist du noch da?

Für eine endlos erscheinende Weile kam keine Antwort.

Daliwr? Sag was! Denk was! Egal, gib ein Zeichen!

Ein dumpfes Murmeln erklang, im Rauschen des tosenden Wassers kaum wahrzunehmen.

Das Meer kühlte zunehmend ab. Wir mussten nördliche Gefilde erreicht haben.

Egal wie, du musst uns verwandeln! Wir treiben irgendwo Richtung Polarkreis oder was weiß ich!

Er antwortete nicht. Ich machte mir Sorgen – hatte ich ihn überfordert? Wie bezogen Geister Energie? Brauchte er Zeit, um sich zu erholen?

Ich spürte ein Ziehen, dann ein Rucken. Das Wasser schoss an mir vorbei, ich bewegte mich nicht mehr fort. Innerlich jubelte ich auf: Daliwr hatte es geschafft! Ich befand mich auf einem rauen Felsen, der sich der Strömung entgegenstemmte. Mein einziger Blick ging nach oben, links und rechts von mir nahm ich Kalkplättchen wahr. Wenn ich es richtig einordnete, war ich zu einer Seepocke mutiert.

Da Llŷr auf meine Gedanken nur mit Emotionen antwortete, konnte ich vielleicht auf diese Weise mit ihm kommunizieren. Ich stellte mir Melyn vor, wie ich sie gefunden hatte. Das Bild dramatisierte ich noch ein wenig: Blutige Schrammen verunzierten ihre Stirn, aus ihren geschlossenen Augen quoll eine einzelne Träne. Ich rief mir das Gefühl von Entsetzen und Panik in Erinnerung, das ich empfunden hatte, als ich sie damals entdeckt hatte.

Wütende Wellen blieben aus. Reagierte Llŷr auf meine Bilder, öffnete er sich für meine Fragen? Oder hatte er sich verzogen, waren meine Gedanken nicht kraftvoll genug? Zu unbedeutend für einen Meeresgott?

Um mich herum wurde es still. Das Gurgeln des Wassers, das sich an meinem Felsen brach, trat in den Hintergrund. Eine Schwingung machte sich bemerkbar. Zunächst ganz vage, wie ein sachtes Summen, nicht hörbar, mehr zu erahnen, als zu spüren. Es verstärkte sich, zu Beginn so langsam, dass mir die Steigerung erst nicht auffiel, dann plötzlich exponentiell, und ich spürte alles zugleich: Lichtblitze, eine Kakofonie aus Rauschen und Kreischen, gewaltige Hitze und Eiseskälte. Obwohl ich mir sicher war, dass ich als Seepocke keine nennenswerten Nerven besaß, reagierte jede Zelle in mir, und für einen Moment glaubte ich zu explodieren. Eine

Welle aus Wut überschwemmte mich, und plötzlich sah ich ein Bild vor mir. Es schob sich in meinen Geist, als wäre die Vision ein Kino und ich der Zuschauer.

Eine riesige Fläche aus Wasser, ein Meer in unendlicher Ausdehnung, ich blickte von oben herab. Die Oberfläche kräuselte sich, ein bewegliches Mosaik aus Grau und Blau entstand, in dem sich in hellen Flecken unzählige Stückchen des Himmels spiegelten. Ich spürte die Kraft des Ozeans, bedrohlich, ein Empfinden, jemand würde mich unablässig anschreien und einschüchtern, und es fühlte sich an, als würde es ewig anhalten wollen, die Zeit schien stillzustehen. Die Naturgewalt der See.

Was sollte das? Sandte Llŷr mir die Erscheinung? Ich konnte mir nicht vorstellen, dass derlei Imaginationen zum Leben einer Seepocke gehörten.

Der Blickwinkel wandelte sich, ich sah das Meer, den Horizont und den Himmel, an dem sich Wolken ballten, die sich nach und nach auflösten. Im nächsten Moment leuchtete das Firmament azurblau, die Sonne brannte aufs Wasser, und ich spürte flammende Schmerzen. Das Meer zog sich zurück. Als wäre es ein riesiges, gestaltloses Tier geworden, kroch es rückwärts, aber es wehrte sich. Wellen streckten sich wie lange Finger aus, als wollten sie sich festkrallen, doch immer mehr Landmasse wurde sichtbar.

Das Wasserwesen tobte nun, wogte und schäumte, es kämpfte um jeden Quadratzoll, ich fühlte seine Wut. Ohne Unterbrechung spritzten Wasserzungen aufs Land, sie verdampften sofort, als wäre die Erde glühend heiß. Höher und höher kochten die Wellen, immer lauter rauschten sie, und bald schien mir, als wären es zornige, schmerzerfüllte Schreie.

Das Bild löste sich auf. Ich nahm nur noch das Rauschen der Strömung und den bleigrauen Himmel über mir wahr, und es handelte sich um das echte Meer um mich herum. Llŷr-TV war vorbei, und ebenso abrupt schwand der Eindruck von Zeitlosigkeit. Die Vision hatte mich mitgenommen, ich fühlte mich, als hätte jemand einen Kübel stinkendes, klebriges Pech über mich geschüttet.

Ein Zittern durchlief das Wasser, ich spürte es in meinen fächerartigen Beinchen, die ich durch meinen Kalkpanzer nach oben streckte. Ein bedrohliches Empfinden.

Daliwr? Bist du noch bei mir?

Felsen ... tun sich schwer, davonzulaufen.

Er hörte sich besorgniserregend schwach an. In mir drängte alles danach, möglichst schnell wieder nach Hause zu gelangen und Melyn zu suchen. Wir mussten einen Ausweg finden. Llŷrs Vorstellung verwirrte mich und brachte mich kein Stück weiter. Ich würde Daliwr einfach noch ein paar Minuten geben und ihn dann bitten, sich zurückzuverwandeln und mich heimzubringen.

Ein tiefes Grollen erklang, ähnlich einer sich lösenden Steinlawine, jedoch dumpfer. Ein neuerliches Zittern machte sich bemerkbar. Ein Seebeben?

Plötzlich hing ich im Trockenen. Das Meer vor mir war wie leergefegt, eine Schneise, als hätte jemand sie hineingefräst, als stünde Moses am Ufer und teilte die Fluten.

Doch es war nicht Moses.

Es war Llŷr.

Der Dämon aus Salzwasser und Gischt erhob sich turmhoch über uns und fuhr mit einer Gewalt nieder, dass ich das Gefühl hatte, als rausche nicht Wasser auf uns, sondern Nitroglyzerin. Um mich herum explodierte alles ins weiße Nichts, ich verlor meinen Halt und wurde mit der Geschwindigkeit eines Projektils ins Meer gespült.

Daliwr war verschwunden. Er war nicht nur weg – womöglich hatte ihn die Wucht der Monsterwelle pulverisiert! Was passierte mit ihm, wenn es ihn in tausend Stücke zerschlug?

Daliwr?, schrie ich gedanklich, während die Strömung mich in einem Tempo mitriss, dass graue und blaue Flächen verwaschen an mir vorbeiflogen.

Daliwr!

Taumelnd trieb ich im Wasser wie ein Astronaut, den man im All ausgesetzt hatte. Meine Versuche, mithilfe der Fächerbeinchen die Richtung zu bestimmen oder gegenzusteuern, scheiterten kläglich.

DALIWR!

Was geschah mit mir, wenn ich Daliwr verloren hatte? Nicht nur aus den Augen verloren, sondern für immer? Ich wollte nicht als Rankenfüßer enden!

Ich wurde langsamer und driftete kopfüber in flacheres Gewässer. Um die eigene Achse wirbelnd rollte ich über graubraunen Sand, den es vermutlich überall auf der Welt gab, doch es lag im Bereich der Möglichkeiten, dass ich in der Nähe der Britischen Inseln gelandet war.

Mit einem lauten Klacken stieß ich gegen eine Muschel. Mein Kalkpanzer kollerte über den Boden und blieb schließlich auf der Seite liegen. Durch meine Öffnung sah ich seichtes Wasser, über dem der nur noch leicht bewölkte Himmel schimmerte.

Eine Welle schleuderte mich an den Strand. In der Nähe ragten Felsen auf, es konnte sich tatsächlich um die Steilküste Irlands oder Wales' handeln.

Nasser Sand spritzte auf, als ein langer, spitzer, roter Schnabel haarscharf an mir vorbei in den Boden hackte. Dem Schnabel schloss sich ein runder schwarzer Kopf an, gefolgt von einem schwarz-weiß gefiederten Körper auf zwei langen roten Stelzbeinen. Der Austernfischer stieß erneut zu, und diesmal erwischte er mich.

Sollte Llŷr beabsichtigt haben, mich zu erledigen, so kam er – oder sein Kollege Arawn – mir in diesem Moment unfreiwillig zu Hilfe: Eine starke Böe erfasste den Vogel und schob ihn ein Stück zurück. Flatternd kämpfte er um sein

Gleichgewicht und verlor mich dabei. Ich rollte über kleine Kiesel und versuchte, den Schwung mitzunehmen und ins Wasser zu fliehen. Als Seepocke war man ungefähr so agil wie ein eingemauerter Schaltkasten: Klappe auf, Klappe zu, mehr war nicht drin. Es gelang mir nicht.

Ein beinahe niedliches piepsiges Tröten erklang, dann klappte der Schnabel erneut über mir zu. Der Austernfischer hob mich in die Luft, und ich glaubte schon, er schlucke mich komplett, als es unvermittelt steil abwärts ging. Krachend landete ich auf einem Stein. Eine meiner Kalkplatten knackte bedenklich, dumpfer Schmerz benebelte meine Sinne.

Der Vogel pickte auf mir herum, sein Piepsen klang fast enttäuscht, und er las mich erneut auf.

Daliwr! Wo bist du?

Ich spürte ihn nicht, ich hörte nichts von ihm.

Dann flog ich wieder durch die Luft, kopfüber nach unten, der Stein kam näher und näher. Mein Panzer würde einem neuerlichen Aufprall nicht standhalten!

Als ich aufkam, knackte es laut, und ich spürte, wie die Kalkschale unter mir zerbrach.

Alles an mir fühlte sich an wie rohes Fleisch. Die Sonne schien auf mich, ich ahnte, wie sie mich austrocknen würde. Dumpf brannten Schmerzen in mir, ich bekam keine Luft. Wo war dieser beknackte Vogel abgeblieben? Hatte er mich verschont?

Vor mir verschwamm alles. Eine eiskalte Hand patschte mir ins Gesicht, Wasser geriet mir in die Nase, würgend hustete ich es wieder hinaus.

Verwirrt blinzelte ich.

Ich besaß eine Nase?

Mühsam regte ich mich. Meine Knochen schmerzten, als hätten sie eine Nacht im Schredder verbracht. Meine Muskulatur fühlte sich wie erstarrt an, zugleich fehlte es mir an Kraft. Ich schaffte es nicht, mich hochzustemmen.

»Daliwr?«, krächzte ich.

Ein neuer Schwall Wasser überflutete mich, und die eiskalte Hand zog mich ins Meer. Hektisch strampelte ich und ruderte mit den Armen. Das Salzwasser brannte in meiner Nase, mein Magen zog sich zusammen und in meiner Speiseröhre kämpfte sich etwas in spastischen Bewegungen nach oben. Ich erbrach Wasser, das ich verschluckt hatte, und rang hustend nach Atem.

Ich hatte meinen Körper zurück, aber dieser versagte mir den Dienst. Mir war so kalt, dass ich meine Arme und Beine nicht mehr bewegen konnte. Die Kälte des Wassers ließ meine Schmerzen vergehen, doch zugleich lähmte es alles, selbst meine Gedanken. Die nassen Kleider zogen schwer an mir, als zerrten mich unsichtbare Unterwasserwesen in die Tiefe. Den Kopf nach oben gereckt versuchte ich, die Nase über Wasser zu halten. Meine Arme zuckten, als wollten sie sich selbstständig in Schwimmbewegungen probieren. Vergeblich. Wie eiskaltes Gift kletterte der nasse Tod an mir empor und klammerte sich fest.

Plötzlich gab es einen Ruck, und ich spürte Grund unter mir. Ein Stein drückte sich in meine Flanke, der Rest des Bodens bestand aus weichem, nassem Sand. Mit letzter Kraft zog ich mich ein Stück höher, noch ein Stück und noch eines, bis ich an Land lag. Erschöpft blinzelte ich und schaffte es erst auf den zweiten Anlauf, den Kopf zu heben.

Ich lag an einem Strand. Die Sonne hatte den Boden aufgewärmt, ein Stück vor mir hoben sich Felsen aus dem Grund. Mein Kopf sank zurück in den Sand. Einige Minuten blieb ich reglos in meiner Position, dann setzte mein Verstand wieder ein und überschüttete mich mit Fragen: Wo war Melyn? Wo war Daliwr? Und wo, zum Kuckuck, war ich?

Ich tastete nach meinem Bauch. Hart und unnachgiebig. Erleichtert atmete ich auf. Wenigstens das wusste ich – wo sich das Buch befand: Ich trug es noch unter meiner Jacke.

Ächzend rollte ich mich auf die Seite, zog die Knie an, stützte mich auf die Arme und drückte mich hoch. Ich saß an einem Sandstrand im unbekannten Nirgendwo. Unweit von mir spielten zwei Kinder, ungefähr so groß wie Erdmännchen, die Haut lederbraun, die Köpfe von der Form einer dicken Kartoffel. *Bwbachod* oder auch als Brownies bekannt, kleine Männchen, die freundlich gesinnt waren, solange man sie respektvoll behandelte, wenn man den Märchen glaubte. Dieser Strand lag offenbar nicht in meiner Welt, und ich befand mich inmitten eines Märchens, das sich als Schauergeschichte entpuppte. Als die Zwergenkinder mich bemerkten, rissen sie erschrocken die Augen auf und machten sich aus dem Staub.

Das Meer hier war ruhig, die Wellen rollten in gleichmäßigem Rhythmus ans Ufer. Durch eine große Wolkenlücke schien die Sonne mir ins Gesicht. Sie blendete mich, ich schloss die Augen. Die Wärme auf der Haut tat gut.

Vor meinem geistigen Auge tauchte Melyn auf, leblos am Strand liegend, so, wie ich sie gefunden hatte. Mein Herz zog sich zusammen. Ich stellte mir vor, wie es wäre, wenn sie mit Prinz Brychan vereint sein könnte. Ich sah sie vor mir, wie das fein geschnittene Gesicht des Königssohns seinen bitteren Ausdruck verlor, wie sich die Liebe in seinen hellen Augen widerspiegelte. Glücklich sahen sie sich an.

Plötzlich änderte sich das Bild, und statt Prinz Brychan tauchte ich darin auf, wie ich verliebt Melyn betrachtete.

Entsetzt riss ich die Augen auf. *Was zur Hölle …?*

Das Bild verschwand nicht. Vor meinen Augen standen Melyn und ich, wir lächelten uns an, hielten uns an den Händen, die Finger ineinander verschränkt.

Verstört schüttelte ich den Kopf.

Nun beugte sich der Vision-Cooper der Vision-Melyn entgegen, ihre Gesichter näherten sich einander, die Lippen trennte nur noch Haaresbreite.

»Stopp!«, brüllte ich, doch mein Schrei hielt es nicht auf. Vision-Cooper und Vision-Melyn küssten sich leidenschaftlich, schlangen die Arme umeinander und drehten sich langsam dabei.

Angewidert sprang ich auf, die Empörung verlieh mir Kraft, ich wirbelte um die eigene Achse und schüttelte den Kopf so heftig, dass mir für einen Moment schwindlig wurde.

Was passierte hier? Wieso stellte ich mir so etwas vor? Dünstete der Boden irgendwelche Substanzen aus, die meine Wahrnehmung beeinflussten?

Meine Beine knickten weg, als hätte meine Muskulatur Feierabend gemacht, und ich landete mit dem Hintern im Sand, ohne etwas dagegen tun zu können. Wie durch äußeren Zwang, als hätte eine fremde Macht mich gezwungen, Platz zu nehmen.

19

Verwirrt blinzelte ich und blickte mich hektisch um. Niemand war zu sehen.

Der Himmel und das Meer vor mir verschwanden und wandelten sich in eine gigantische Kino-Leinwand. Zunächst lag eine wasserüberzogene Fläche vor mir, und für einen Moment glaubte ich, das Bild zu erkennen, das Llŷr mir schon einmal gesandt hatte. Irritiert wartete ich, ob der Meeresgott sich wieder zeigte, ob mich erneut eine Monsterwelle überraschte, doch nichts dergleichen geschah. Stattdessen wärmte die Sonne mein Gesicht.

In der Illusion floss das Wasser ab, viel zahmer als in der vorigen Vision. Inseln hoben sich sanft aus der Fläche, sie schlossen sich zusammen und wurden zu Bergen und Tälern. Ein Land entstand, ein paradiesisches Fleckchen Erde mit runden, grünen Hügeln und schmalen Schluchten, durch die Wasserfälle rauschten. Auf saftigen Wiesen weideten Schafe und Pferde. Ich entdeckte einzelne Gehöfte, Dörfer, kleine Städte. Mein Herz klopfte in meiner Brust, ein Gefühl des Wiedererkennens und von Zuhause überkam mich. Wales!

Ich erkannte die Küste, die typische Halbmondform der Cardigan Bay, alles aus einer Höhe, als würde ich mit einem Hubschrauber oder einem Sportflugzeug darüberfliegen. Diese Art von Vision sprach mich deutlich mehr an.

Ich setzte mich aufrechter hin, um besser sehen zu können. Die See zog sich mehr und mehr zurück. Mich überkam ein merkwürdiges Empfinden, eine Art von sanfter Schläfrigkeit, und ich brachte sie seltsamerweise mit dem Ozean in Verbindung. Das Meer – legte es sich schlafen? Die Oberfläche glättete sich, bis sie zuletzt, wie ein Spiegel, Himmel und Wolken reflektierte. Immer weiter kroch das Wasser zurück, bis der Boden der Irischen See trockengelegt war und nur noch einzelne Flüsse wie ein silbriges Adernetz zurückblieben.

Obwohl ich noch immer alles wie von weit oben betrachtete, erkannte ich winzig klein Menschen, weißblond und wunderschön: Melyns Volk. Wieder übertrug sich eine Stimmung auf mich: ein friedvolles, harmonisches Leben. Das Land war noch schöner als Wales, die Burgen und Städte noch prächtiger: Cantre'r Gwaelod, bevor es im Meer versunken war.

Eine Person geriet in mein Blickfeld wie in einer Großaufnahme. Zunächst glaubte ich, es wäre Melyn, denn sie sah ihr zum Verwechseln ähnlich. Die junge Frau trug einen bestickten Umhang und eine Kappe, was ihr ein Aussehen verlieh, als wäre sie mit einem offiziellen Amt bekleidet. Sie stand an einer Schleuse und hielt einen hölzernen Stab, der sicher auch der Verteidigung diente.

Ein Mann trat zu ihr, im Gegensatz zu Melyns Leuten besaß er dunkle Haare. Die Frau wandte sich ihm zu, sie wirkte freudig überrascht, und ich nahm an, er wäre gekommen, um zu helfen. Nur Sekunden später jedoch verfinsterte sich ihr Gesichtsausdruck, und sie machte auf mich einen sehr wütenden Eindruck. Für einen Moment glaubte ich, sie ginge mit dem Stock auf ihn los, stattdessen warf sie diesen von sich, genau wie den Umhang und die Kappe. Sie lief dem Mann nach. Ich konnte ihre Worte nicht verstehen, aber ganz offensichtlich waren sie in einen heftigen Disput verwickelt.

Erst jetzt bemerkte ich, dass Wasser durch die Schleuse trat. Die blonde Frau eilte zurück und machte sich verzweifelt an einem Drehrad zu schaffen, ich nahm an, es handelte sich um die Bedienung des Schleusentors, doch es ließ sich nicht mehr schließen: Aus dem Rinnsal wurde ein sprudelnder Bach. Sie schrie, sah sich um nach Hilfe, aber man hatte sie offensichtlich allein gelassen. Bereits Augenblicke später hatten sich kleinere Seen gebildet, ein Grollen und Vibrieren wurde hörbar, und dieses Geräusch kannte ich inzwischen: Es war Llŷr – in Form der Monsterwelle!

Dann sandte mir doch der Meeresgott diese Vision? Aber noch immer wärmte ein Sonnenstrahl mein Gesicht, und ich spürte den Hass Llŷrs nicht so direkt wie zuvor.

Die Welle überschwemmte das paradiesische Land und Melyns Volk darin mit brachialer Gewalt. Hilflos musste ich mitansehen, wie die wunderschönen Menschen um ihr Leben kämpften, sie paddelten und schwammen, krallten sich an fortgerissenen Bäumen fest, doch sie wurden unbarmherzig in die Tiefe gezogen. Wieso trieben dort Leute im Meer? Dieser Vision gemäß wäre niemand von Melyns Volk mehr am Leben!

Plötzlich sah ich ihn: Den rettenden Sonnenstrahl, von dem Melyn mir berichtet hatte. Wie ein Schwert aus Licht wies er aufs Wasser und tauchte hinein. Unter dem Meeresspiegel begann es zu leuchten, blau, türkis, grün, und die See beruhigte sich schlagartig. Eine silbrig leuchtende Kuppel entstand unter der Oberfläche, und dann hatte es den Anschein, als wäre es das Ende der Show.

Ratlos massierte ich meine Nasenwurzel und rieb meine Augen. So also war Melyns Volk auf den Meeresgrund geraten, ähnlich wie Daliwr es erzählt hatte: Ein Mädchen, das wie Melyn aussah, hatte die Schleuse außer Acht gelassen, Wasser war ausgetreten, der Meeresgott war erwacht und hatte sich wütend zurückgeholt, was seines war. Weshalb hatte die Vision zuvor Melyn und mich gezeigt? Vor allem –

so! Melyn hatte den Auftrag, den Richtigen zu finden, aber der war zum Kuckuck noch mal nicht ich!

Ein Sonnenstrahl leuchtete mir direkt in die Augen, und ich wandte mich ab. Abermals blendete er mich – eigentlich unmöglich, denn ich saß nun mit dem Rücken zur Sonne! Irritiert schirmte ich mein Gesicht ab, aber im nächsten Augenblick traf wieder ein Strahl genau in meine Augen, als würde das Licht gekrümmt.

Was ging hier vor?

Die Show war noch nicht vorbei. Ich begriff, dass der Sonnenstrahl zur Vision gehörte, und die Bilder erwachten wieder zu Leben. Die verlassene Schleuse, nah am Ufer, wurde gezeigt, jemand hatte es anscheinend geschafft, das Tor zu schließen. Dann aber funkte es, als hätte ein kleiner Blitz eingeschlagen, und die Konstruktion klappte auf, das eher schmale Bächlein sprudelte los. Kurz darauf regte die See sich erneut und griff in hohen Wellen nach der walisischen Küste. Eine Sturmflut tobte – obwohl vor meinen Augen alles winzig klein war, konnte ich erkennen, wie Llŷrs nasse Finger nach der Promenade in Aberystwyth grapschten. Laternenpfähle knickten um, Brocken der Kaimauer wurden herausgerissen, die Gischt spritzte bis über die Häuserfront.

Mir stockte der Atem – passierte das gerade in echt? *Genau jetzt?* Ich wollte aufspringen, doch meine Beine gehorchten mir noch immer nicht.

Das Meer stieg höher und höher, erreichte die oberen Stockwerke der Gebäude an der Promenade, es flutete die dahinterliegenden Straßen. Nias Haus! Das Wasser ging bereits bis zu den Fenstern im Obergeschoss! Bald waren die Häuser nicht mehr zu sehen, nur die Spitzen des alten Unigebäudes und der Constitution Hill schauten heraus. Menschen hatten sich auf dessen Kuppe gerettet und drängten sich auf der kleiner werdenden Insel immer dichter zusammen. Das Meer kroch tiefer in die Berge.

Das reichte! Wütend schüttelte ich den Kopf. Es wurde Zeit, ein paar Bilder entgegenzustellen. Ich rief mir die Erscheinung von Melyn und mir in Erinnerung, doch ich wischte unseren Zwillingsbildern das Grinsen aus den Gesichtern.

Meine Vorstellung wurde schneller geändert, als ich mir überhaupt erste Details ausdenken konnte. Aus Melyn wurde wieder Mererid, und sie stand vor der zerstörten Schleuse. Griff wer auch immer mir die Vision sandte in meine Gedanken ein? Umso besser, denn das bedeutete, ich hatte einen Kommunikationsweg mit den Göttern gefunden.

Nein, das war nicht Melyn, sondern Mererid! Ich malte mir ein Bild aus, in dem ich Melyn ihrer Vorfahrin gegenüberstellte. Melyn, ganz wie ich sie kannte; Mererid, eine Urahnin meiner Fantasie, die Haare ebenso blond und lang, nur ihr Gesicht anders, fremder. Ich legte noch ein wenig unsympathische Ausstrahlung hinein und wollte weitere Unterschiede zwischen Melyn und Mererid aufzeigen, doch mein unsichtbarer Gegenpart ließ es nicht zu.

Er zeigte mir eine größere Landschaft. Ich erkannte die Cardigan Bay mit Aberystwyth in der Mitte der Bucht, die wellenförmig ansteigenden Berge dahinter. Ich fühlte mich wie bei einer Raumfahrt, als beobachtete ich es aus einer aufsteigenden Rakete heraus. Dort lag das komplette Land. Alles. Ganz Wales.

Dann türmte sich das Wasser der See auf. Wie ein unförmiger, stahlblauer Dämon auf wankenden Füßen erhob es sich. In einer monströsen Welle entlud sich aller Zorn über die Landfläche, eine Flut aus düstersten Emotionen mit einem einzigen Ziel: der totalen Vernichtung. Der Meeresspiegel stieg, der magische Sonnenstrahl wurde schwächer und verlor schließlich die Verbindung. Die See strömte über das Land, die Erde brach auf, gigantische Schluchten öffneten und füllten sich, ganz Wales versank im Wasser!

In mir fühlte sich alles an wie glibberiges Eis. Ich war nicht mehr fähig, in Bildern zu denken, zu sehr schockierte mich, was ich nun endlich begriffen hatte. Ganz Wales! Llŷr wollte das komplette Land überfluten! Aberystwyth stünde an vorderster Front, und Nias Häuschen nahe der Promenade wäre eines der ersten Gebäude, die für immer verschwinden würden! Nicht nur Melyns Volk war in Gefahr, sondern alle Waliser dazu! *Heilige Scheiße!*

Wie um alles in der Welt konnte ich jetzt fragen, wie Melyn vereiteln sollte, dass Llŷr ein ganzes Land versenkte? War es überhaupt möglich, es noch zu verhindern? Was sollte dieser Erbe dabei tun? Melyn hatte von einer Aufgabe gesprochen, oder nicht? Für jede Aufgabe musste es eine Lösung geben!

In meiner Fantasie imaginierte ich Melyn, wie sie am Strand von Aberystwyth stand. Fragend blickte sie mich an, die Hände in einer ratlosen Geste von sich gestreckt. Ich ließ Verzweiflung hochkommen, ein Gefühl der Hilflosigkeit, das einen überkam, wenn man helfen wollte, aber nicht wusste wie.

Der Unsichtbare übernahm das Bild und stellte Melyn einen jungen Mann zur Seite. Der Statur und den dunklen Haaren nach hätte ich es sein können, doch ich weigerte mich, den Gedanken zuzulassen, verdammt, ich war nicht der Erbe Einions!

Ich empfing Emotionen von tiefer Freundschaft, Zuneigung. Nein, mehr: von Liebe. Die Sicht fiel auf die Hände der beiden, zwischen Melyns Fingern die zarten Schwimmhäute, die Hand des Mannes wies auf seine Abstammung von den Landmenschen hin. Ihre Finger verschränkten sich ineinander, das Gefühl von tiefer Verbundenheit verstärkte sich und etwas anderes kam hinzu. Wie ein angenehmes Kitzeln im Inneren stieg Glück auf. Aus dem Nichts heraus schwebte ein seidenes Band auf sie herab und legte sich über die Handgelenke der beiden.

Nein! Melyn konnte nicht heiraten! Jedenfalls nicht diese billige Kopie von mir!

Mit äußerster Willenskraft änderte ich das Bild, zog das Band weg und ließ die beiden freundschaftlich die Hände schütteln. Tiefe Zuneigung blieb, jedoch gekappt um ein wenig Gefühl von Glück und Liebe.

Es gelang mir nicht, die Emotion aufrechtzuerhalten. Die Sicht fiel auf die Gesichter der beiden. Ich fühlte die Schwingungen zwischen ihnen, einen kosmischen Gleichklang, der die Zeit anzuhalten vermochte.

Melyns glasklare Augen wurden gezeigt, der Schimmer von Aquamarinblau flammte für einen Augenblick auf. Versunken in tiefster Liebe ruhte ihr Blick auf dem Gesicht des Mannes – meinem Gesicht.

Nein! Nein, das geht nicht!, schrie alles in mir. *Ich habe damit nichts zu tun, es muss eine andere Lösung geben!*

Unversehens endete die Vision. Ich kam zu mir, als wäre ich in einer tiefen Trance gewesen. Leise stöhnend sah ich mich um. Der Sand unter mir war verschwunden, genau wie die Wärme. Kalte Kiesel drückten sich durch meine Kleidung in die Haut. Ich stützte mich auf, mein Körper funktionierte wieder, ich konnte stehen. Eine Möwe schrie direkt hinter mir, was mich erschrocken herumwirbeln ließ, dann klappte mir der Mund auf.

Vor mir ragte die Front der dreistöckigen Seehäuser von Aberystwyth auf. Ich war zurück! Und die Heimatstadt meiner Großmutter war noch nicht den Fluten zum Opfer gefallen. Unwillkürlich griff ich mir an die Brust. Das Buch befand sich weiterhin unter meiner Jacke. Bevor ich es hervorholen konnte, vernahm ich ein fauchendes Schnauben hinter mir, und in genau dem Moment, in dem ich mich verwundert umdrehte, traf mich etwas mit der Wucht eines fahrenden SUVs und warf mich zu Boden.

Ich lag rücklings im Kies, und mein Mund machte Trockenübungen, ehe ich ein einziges Wort herausbrachte: »Daliwr!«

Du wolltest mit dem Buch verschwinden, verdammter Verräter!, fauchte Daliwr in meinen Gedanken. In seiner Ponygestalt kniete er mit den Vorderbeinen auf meiner Brust, seine weiche Nase hing dicht über mir.

»Ich bin so froh, dich zu sehen! Du lebst!«, rief ich und drückte ihm einen Kuss auf die Nase.

Daliwr ließ von mir ab und schüttelte sich angewidert. *Wo ist das Buch?*

Verwirrt lächelnd richtete ich mich auf. Meine Bewegungen waren noch immer etwas steif und meine Knochen schmerzten, als hätte mich jemand verprügelt. »Was ist los mit dir? Ich habe das Buch bei mir!«

Mit seiner Nase stieß er mich zurück, bis ich gegen die Schieferfelsen stolperte. *Gib es endlich heraus!* Grimmig verzog er sein Maul. Fletschte er etwa die Zähne?

Unwillkürlich musste ich schmunzeln, doch mein Grinsen schien ihn nur noch aggressiver zu machen. Ganz langsam hob ich die Hände.

»Daliwr! Kumpel! Ich habe das Buch bei mir, okay?«

So gib es her!, fauchte er und schüttelte drohend den Kopf.

Wie in Zeitlupe schob ich eine Hand unter meine Jacke. »Ich hole es, siehst du? Ich werde es dir gleich geben!«

Er trat näher, bereit, sich sofort seinen Lohn zu schnappen. Tastend fummelte ich mit den Fingern zwischen den Falten des nassen Stoffs, bis ich endlich spürte, was ich haben wollte. Wenn es gelingen sollte, musste ich schnell sein.

Daliwr schob sein Maul bis an meine Jacke heran. Ich musste mir ganz sicher sein, alles richtig zu erwischen, sonst wäre meine Mühe vergebens.

Seit ich mit Daliwr verbunden war, hatte ich keinen Gedanken mehr daran verschwendet. Es war nicht so, dass ich ihm nicht über den Weg traute, auch wenn er ein gerissener

Kerl war. Ich mochte ihn, sehr sogar, ich empfand ihn als Freund. Ich hoffte nur, dass Daliwr es eines Tages verstehen würde, was ich im Begriff war zu tun.

Wo bleibt nun das Buch? Was fingerst du da in deinem Wams herum, du Hundsfott?

»Geduld, mein Lieber, es klemmt ein wenig.« Ich zuckte mit der gespreizten Hand, als bekäme ich sie nicht recht aus der Jacke heraus. Eine Schlaufe lag zwischen Daumen, Zeige- und Mittelfinger.

Daliwr stieß mich mit der Nase gegen die Brust. *Wird's nun bald?*

Meine Finger zitterten. Ich war so nervös, dass mir der Schweiß auf der Stirn ausbrach, ein Tropfen kitzelte an meiner Augenbraue. Daliwr war so auf die Hand unter der Jacke fokussiert, dass er nicht bemerkte, dass ich etwas daraus fallen ließ und mit der anderen Hand auffing.

»Jetzt habe ich es!«, sagte ich mit einem gespielten Strahlen, streckte das Buch mit der anderen Hand weg und fuchtelte damit herum, während ich die Finger mit der Schlaufe aus der Jacke zog.

Daliwrs Ohren klappten nach vorne, und ich nutzte den Moment der Ablenkung, um ihm das Halfter übers Genick zu ziehen.

Hey, was ...? Daliwr sprang zurück, auf der Halteleine meines selbstgeknoteten Schnurhalfters entstand Zug, und für einen Moment glaubte ich, es würde zerreißen. Entweder hatte Nia recht gehabt und die Paketschnur war extrem robust, oder der Zauber des eingestickten Kreuzes auf dem Zaum tat seine Wirkung.

Das Halfter hatte sich um Daliwrs Kopf festgezurrt. Meine Finger klammerten sich um das Ende der Schnur, meine ganze Hand zitterte vor Aufregung, und während sich ein dicker Brocken in mir löste, bildete sich ein anderer in meinem Hals.

Wie erstarrt hielt der Wassergeist inne. *Du Verräter! Du … hast mich eingefangen!* Etwas in seinem Blick trübte sich, und mir war, als bräche mein Herz. Durch dieses Halfter hatte ich ihn zu meinem Sklaven gemacht.

»Es … tut mir wahnsinnig leid, Daliwr! Ich wollte das nicht, und es ist nur für eine ganz kurze Weile, hörst du? Ich brauche das Buch noch ein paar Tage länger, bis ich Melyn gefunden und mit ihr eine Lösung entwickelt habe! Es ist wichtig! Ich verspreche dir, dass ich das Halfter danach wieder abnehme, und dann bist du frei!« Er hatte recht, ich war der schlimmste Verräter auf Erden! Ohne den Zaum aber hätte ich meinen Pakt erfüllen und ihm das Buch geben müssen und damit alles verloren, was mir helfen konnte, nicht nur Melyn, nicht nur ihre Mutter und ihr Volk, sondern ganz Wales zu retten.

Er antwortete nichts mehr, und das tat mir mehr weh, als wenn er mich aufs Übelste beschimpft hätte.

Stumm knotete ich die Halteleine am Halfter fest, damit sie sich nicht verfing, dann trat ich einen Schritt zurück.

»Geh jetzt, Daliwr. Ich rufe, wenn ich dich brauche.« Meine Stimme erstickte beinahe in Tränen.

Das Buch steckte wieder unter meiner Jacke, und ich spürte es, als würde mein Herz direkt gegen den ledernen Einband schlagen. Daliwr sah mich ausdruckslos an, sein Blick – gebrochen.

»Tut mir so leid«, murmelte ich noch einmal, dann drehte ich mich um und ging.

20

Ich hatte bereits einen Blick darauf erhascht, nun lag die Stadt wie eine gebaute Gewissheit vor mir: Llŷr oder was auch immer hatte mich am Strand von Aberystwyth abgeliefert. Eilig lief ich auf die Treppe zu, die zur Pier emporführte, nahm jeweils zwei Stufen auf einmal und folgte der Straße bergauf in Richtung Nias Häuschen. Mein Körper gehorchte mir wieder so, wie er sollte, auch wenn sich einzelne Stellen noch wie ein Muskelkater anfühlten.

Meine Faust hämmerte gegen die Tür, und als sie sich öffnete, stutzte ich.

»Derek!«

»Cooper! Gott sei Dank!«, schrie Nia von innen, drängte sich an Derek vorbei und fiel mir in die Arme. »Du bist zurück!« Mit besorgter Miene musterte sie mich. »Bist du in Ordnung? Du bist ganz nass!«

Abwehrend hob ich die Hand. »Mir geht es gut, und ich werde mir gleich etwas Trockenes anziehen. Ist Melyn hier?«

Nia zog mich mit in die Stube, auf dem Sofa saß Melyn, die aufsprang, als sie mich sah.

»Cooper!«

Wir fielen uns in die Arme.

»Derek hat sie gestern Abend gebracht, sie muss Stunden im Wasser gelegen haben!«, berichtete Nia. »Diese verdammten Hunde, sie haben sie wieder betäubt ins Meer geworfen!«

»Wo warst du, Cooper?«, fragte Melyn. »Ich habe dich gerufen, aber du warst plötzlich weg!«

»Daliwr hat sich unsichtbar gemacht, und ich sah nur noch, wie du von Wachen weggezogen wurdest. Ich habe auch nach dir gerufen, und als ich dich nicht mehr gesehen habe, habe ich dich überall gesucht! Was ist passiert?«

»Sie fingen mich am Einlass ab, als hätten sie nur auf mich gewartet. Idris ap Adeon, der Kriegsherr des Königs, befahl mir, meine Aufgabe zu erfüllen. Er war der Wächter, der mich auch das erste Mal in deine Welt gebracht hat. Ich bekam den König nicht zu Gesicht, und als ich sagte, dass ich dich dabei habe, hat er mich nur ausgelacht. Er sagte, ich soll Llew gehorchen, dann drückte er mir wieder dieses Kraut ins Gesicht, und ich wachte erst auf, als Derek mich gefunden hat.«

Fassungslos starrte ich sie an. »Llew? Was hat er damit zu tun? Ich dachte, Llŷr ist derjenige, der rumzickt.«

Melyn blinzelte verwirrt. »Rumzickt? Was ist das?«

»Entschuldige. Damit meine ich, dass er böse ist. Er ist doch sauer, und deshalb dachte ich ...« Meine Stimme verlor sich, denn ich merkte, dass es für Melyn keine Rolle spielte, wer ihr die Aufgabe zugewiesen hatte. Sie war verunsichert und ratlos, ich sollte sie nicht noch mehr durcheinanderbringen. »Okay. Was weißt du über deine Aufgabe? Worin sollst du Llew gehorchen?«

»Den Richtigen zu finden.« Mühsam schluckte sie. »Sonst verlieren wir den Sonnenstrahl.«

Ich dachte an die Vision zurück. »Ihr werdet ihn verlieren, wenn Llŷr zuschlägt. Der Meeresspiegel steigt so hoch, dass der magische Sonnenstrahl nicht mehr bis in die Tiefe reicht. Nicht nur deine Mutter stirbt, ihr alle werdet sterben!«

Stumm nickte sie.

Sie sollte den Richtigen finden – etwas an der Formulierung störte mich. So, wie sie es ausdrückte, ging es nicht allein darum, den Erben Einions zu holen und irgendwie dem König zu bringen. *Warum Melyn?* Nur weil Mererid ihre Vorfahrin war?

Ich bin nicht gut, hatte sie gesagt. Damals dachte ich, sie hätte sich auf den Auftrag bezogen, dass sie ihn nicht gut genug erfüllt hätte. Doch Melyn hatte verbotenerweise Kontakt zu Brychan. Gab es mehrere Personen mit diesem Namen? Wie wahrscheinlich war es, dass es sich bei Melyns Brychan *nicht* um den Thronfolger handelte? Nun wurde sie verbannt mit den Worten, den Richtigen zu finden. Missbilligte nicht nur der König ihre Verbindung, sondern auch die Götter?

Melyn riss mich aus meinen Gedanken. »Was ist mit meiner Mutter?«

»Ich denke, sie ist erst mal außer Gefahr. Ich habe sie von der Algenplantage fortgebracht, und sie ist zum ›Möwennest‹ geschwommen, soll ich dir ausrichten.«

Erleichtert atmete sie auf. »Dann ist sie in Sicherheit.«

Wenigstens für ein paar Tage, dachte ich.

Derek räusperte sich. »Ich muss mich verabschieden. Ich sollte endlich das Boot holen.«

Überrascht wandte ich mich ihm zu. »Welches Boot?«

»Derek ist mit dem Boot ausgefahren, um dich zu suchen. Dabei fand er Melyn und brachte sie her«, antwortete Nia an seiner Stelle.

»Du hast nach mir gesucht? Mit welchem Boot? Moment – mit der Coronet vom Institut?« Ungläubig starrte ich ihn an, und seine Miene verriet mir, dass es Probleme gäbe, wenn er das Gefährt nicht schnell zurückbrachte.

»Gestern Abend war es einfach zu stürmisch, um rauszuschwimmen. Professor Wright ist noch nicht zurück, aber Mr Hall könnte es bemerken.«

Energisch nickte ich ihm zu. »Ich helfe dir, es zu holen.«

Nia stellte sich mir in den Weg. »Zuerst ziehst du dir etwas Trockenes an!«

Ich sah Derek an. »Hast du noch fünf Minuten? Sie gibt sonst keine Ruhe!«

Lächelnd nickte er, und ich eilte die Treppe hinauf, zog mir frische Sachen an und verstaute das Llyfr Euraidd in meiner Schreibtischschublade.

»Ich habe Derek überredet, noch rasch einen Tee mit uns zu trinken«, sagte Nia, als ich wieder in die Stube trat. »Du kannst auch einen gebrauchen.«

»Na gut, einverstanden.« Ich nahm neben Melyn Platz und griff sanft nach ihrer Hand. Forschend musterte ich sie. »Dieser Brychan, mit dem du dich nicht treffen darfst …«

Für einen winzigen Moment bebte ihre Lippe, und sie sah zu Boden.

»Es ist Prinz Brychan, der Kronprinz, richtig? Du liebst ihn, stimmt's?«

Melyns Kopf ruckte hoch, der Blick aus ihren weit aufgerissenen Augen ließ Gewissheit werden, was ich längst ahnte.

»Hör zu, ich habe mit Llŷr gesprochen.«

Ihre Augen wurden noch größer, und auch Derek starrte mich unverhohlen an.

Hitze schoss mir in die Wangen. »Entschuldige, du musst denken, ich bin völlig durchgeknallt.« Sicher hielt er mich für verrückter als Selwyn in den schlimmsten Erzählungen. Verwundert stellte ich fest, dass er mich ernst anblickte.

»Du weißt doch, dass ich schon lange glaube, dass es da mehr geben könnte. Als ich Melyn bei der Cliff Railway das erste Mal sah, hatte ich schon einen Verdacht. Gestern Abend, als ich sie im Wasser gefunden und ihre Schwimmhäute entdeckt habe und nachdem ich mit Nia gesprochen hatte, war es für mich klar. Also – du hast mit Llŷr geredet?«

»Nicht geredet, aber kommuniziert.« Nachdenklich knetete ich meine Unterlippe. Es war nicht nur der Meeresgott gewesen. Wer hatte mir die zweite Vision gesandt? »Ich habe ... Visionen empfangen.«

Ich warf einen Blick zu Derek. Aufmerksam betrachtete er mich und nickte kurz. Irgendetwas regte sich in mir, ein Gedanke. Was hatte Gwydyon gesagt? Arawn stecke mit Llŷr unter einer Decke? Der Herr der wilden Jagd – der Gott des Sturmes, wenn man so wollte – machte mit dem Meeresgott gemeinsame Sache, falls es stimmte, was der verrückte Zauberer behauptet hatte. Warum sollte es nicht so sein? Nie hätte ich an die alten keltischen Götter geglaubt, und wenn, hätte ich sie mir eher wie eine Art Übermenschen vorgestellt. Nun aber hatte ich sie als Naturgewalten erlebt, und dass der Sturm nicht weit war, sobald das Meer tobte, wusste jedes Kind.

Wenn mehrere Götter im Spiel waren, war es auch möglich, dass ein weiterer Gott zu mir gesprochen hatte. Einer mit einem nervigen Sonnenstrahl, der mich geblendet hatte, egal in welche Richtung ich den Kopf gedreht hatte. Schlagartig setzte ich mich aufrechter hin.

»Llew war es! Ich bin von Llŷr durchs Wasser geschleudert worden und hatte Daliwr verloren.« Ich zog eine Grimasse und sah Derek an. »Er ist ... der Wassergeist.«

Derek erwiderte meinen Blick und antwortete einen Moment lang nicht. Ich bemerkte, wie sein Adamsapfel einmal auf und ab hüpfte.

»Ja? Und dann?«, sagte er schließlich, und ich wagte ein schiefes Lächeln.

»An einem Strand kam ich zu mir – später hat sich herausgestellt, dass es Aberystwyth war, doch zunächst lag ich da in einer Art ... Trance, ich weiß auch nicht. Feiner heller Sand, ganz warm, und die Sonne war irgendwie ... überpräsent, würde ich sagen.«

Melyn nickte bestätigend. »Das war bestimmt Llew!«

Ich erzählte von Mererid und der Zerstörung der Schleuse. »Es kam mir vor, als hätte das Wasser den Meeresgott geweckt, der sich nun in einer gewaltigen Flutwelle zurückholte, was einst ihm gehört hat.«

»Die Legende von Cantre'r Gwaelod«, raunte Derek.

Melyn nickte traurig. »Llew hat uns das Land geschenkt, und Llŷr hat es sich einfach wieder genommen. Der Zauber der Schleuse hat nicht mehr gewirkt, und nur der Sonnenstrahl hat verhindert, dass wir alle gestorben sind. Und nun wurde wieder eine Schleuse zerstört.« Sie sah mich an, als wäre ich es gewesen. Ich verzichtete, darüber zu streiten.

»Und nun ist der Sonnenstrahl in Gefahr!«, stellte Derek fest.

Nia brachte den Tee, und ich nahm einen Schluck. »Was allerdings seltsam war – er zeigte nicht wirklich Mererid, sondern dich, Melyn. Ich bin mir sicher, dass er Mererid meinte. Sie muss dir sehr ähnlich gesehen haben.«

»Er meinte mich«, flüsterte sie heiser. »Sonst säße ich nicht hier.«

»Das verstehe ich nicht. Das warst doch nicht du, die laut dieser Legende die Schleusen vernachlässigt hat.«

»Vielleicht spielt das für Llew keine Rolle«, sagte Derek.

Überrascht sah ich ihn an. »Wie meinst du das?«

»Er ist der Sonnengott, richtig? Ein unsterbliches Wesen, für das Zeit keine Bedeutung hat. Für uns zählt jeder Tag, jede Stunde …«

»Aber wenn du kein Zeitempfinden hast, dann passiert für dich alles gleichzeitig!«, unterbrach ich ihn aufgeregt. »Natürlich! Für ihn finden alle Geschehnisse zur selben Zeit statt! Er denkt, Melyn wäre Mererid!«

»Aber was soll ich tun?«, fragte Melyn. Die Verzweiflung in ihrem Gesicht brach mir das Herz.

»Die Aufgabe lautet, das Volk der Gwahardd und das Volk der Landmenschen zu versöhnen, so habe ich es in der Vision verstanden. Und ich werde dir dabei helfen.«

Aus großen Augen sah sie mich an. Das helle Aquamarin ihrer Iriden fing das Licht ein und ließ sie aufleuchten. Zwischen ihren Augenbrauen bildete sich kaum merklich eine feine, steile Falte. Ob sie spürte, dass ich ihr etwas vorenthielt? Llews Bild von ihr und mir als Brautpaar schoss mir durch den Kopf. Rasch sah ich zu Boden, als könnte ich es damit vertreiben.

Derek erhob sich. »Bitte entschuldigt, aber ich muss mich unbedingt um das Boot kümmern.«

Ich warf einen Blick aus dem Fenster. »Wir sollten es holen, bevor der Sturm schlimmer wird.«

Vorsichtig sah er zu mir, ein Lächeln deutete sich auf seinen Lippen an, aber genauso schoben sich Zweifel über seine Miene. »Wir?«

»Habe ich doch gesagt: Ich helfe dir.« Ich sah zu Nia. »Eine Stunde brauchen wir, denke ich.« Ich blickte wieder zu Derek, und er bestätigte mich.

Aus dem Schuppen holte ich das Zwei-Mann-Schlauchboot, das ich schon als Kind genutzt hatte. Es war alles andere als hochseetauglich, aber wir konnten es verwenden, um einigermaßen trocken zu dem Motorboot zu gelangen.

Derek strahlte, als ich es durch das Tor trug. Grinsend hob ich ein Stück der Gummiwand an.

»Du darfst mittragen.«

Derek schlüpfte unter die hintere Hälfte des Boots, und so liefen wir hinab zur Pier.

Am Strand schoben wir das Gefährt ins Wasser und paddelten in Richtung der Coronet. Der Wind hatte aufgefrischt, und ich war überzeugt, dass wir sie keine Minute zu früh holen gingen.

Derek kletterte als Erster an Bord, und als ich ihm folgte, reichte er mir die Hand und zog mich am Ellbogen hinauf. Seine Berührung erzeugte ein Prickeln, das meinen Arm entlang bis hoch zu Nacken und Kopf wanderte. Die Wellen ließen das Boot schaukeln, als ich über die Bordwand stieg, und er zog er noch einmal kräftig, sodass ich aufs Deck stolperte und gegen seine Brust fiel. Ich nahm seinen Duft wahr und atmete unwillkürlich tief ein. Derek hielt mich an der Schulter, und sein Lächeln ließ Flughunde in meinem Bauch aufwirbeln.

»Alles klar?«

Verlegen nickte ich und holte das Schlauchboot ein. Obwohl es nur wenig wog, leistete es uns durch den Wind selbst zu zweit erheblichen Widerstand, als wir es aus dem Wasser hievten. Endlich lag es an Bord, und wir sicherten es an der Bordwand.

Derek holte den Anker ein und startete den Motor, während ich den Anker reinigte und verstaute. Er reichte mir eine Rettungsweste.

»Sicher ist sicher.«

Die Fahrt zum Hafen dauerte nicht lang, obwohl der Seegang schon wieder ein beträchtliches Ausmaß erreicht hatte. Derek steuerte auf die Slipbahn zu.

»Klapp bitte den Motor ein wenig hoch, sodass die Schraube nicht mehr so tief hängt«, bat er mich.

Ich kannte das Prozedere noch von früher mit Selwyn und folgte seiner Anweisung, dann stellte ich mich dicht zu ihm, damit das Boot gleichmäßig im Wasser lag.

Nachdem wir die Coronet verstaut und versorgt hatten, schloss Derek den Schuppen ab. Vor dem Tor blieben wir einen Moment stehen. Sein Blick ging mir so tief unter die Haut, dass ich das Gefühl hatte, ich wäre derjenige, den er gerettet hatte, und nicht Melyn.

Verlegen räusperte ich mich. »Bekommst du keinen Ärger?« Ich deutete mit dem Kinn in Richtung Bootsschuppen.

Ein schiefes Grinsen legte sich über seine Lippen. »Das war es mir wert.«

Zweifelnd schoben sich meine Augenbrauen bis unter den Haaransatz. »Hattest du überhaupt die Erlaubnis, es zu nutzen?«

Statt zu antworten, hob Derek das Schlauchboot an. »Lass uns zu deiner Großmutter gehen und sehen, wie wir dem Mädchen aus der Anderwelt helfen können.«

21

»Was hat Llew dir genau gesagt?«, fragte Melyn, als wir zurück waren. »Was muss ich tun, um ihn zu besänftigen?«

»Er hat mir nur Bilder gesendet«, entgegnete ich ausweichend.

»Du hast von einer Versöhnung gesprochen. Vielleicht müssen die Götter dadurch beschwichtigt werden? Was war das für ein Bild?«, hakte Derek nach.

Ich stieß einen stummen Fluch aus. »Zwei Leute, Mann und Frau. Also, Melyn war die Frau, aber ich denke immer noch, dass er Mererid meinte.« Ich sah zu Melyn. »Vielleicht sah sie dir sehr ähnlich.«

»Was machten die beiden in der Vision?«, fragte Derek weiter.

Mir wurde bewusst, wie sehr ich das Gesicht verzog. Wie schwindelte man, ohne zu lügen? »Sie haben sich die Hand gereicht.«

»Die Hände gereicht?«, fragte Nia und warf mir einen prüfenden Blick zu. »Oder Hände gehalten?«

»Die Hände gehalten«, brummte ich.

Dereks Handy klingelte. Als er aufs Display sah, zog er eine Grimasse. »Entschuldigt mich, bitte.« Er stand auf, trat in den Flur, und wir hörten mit, wie die Person am Telefon offensichtlich mit ihm stritt. Anfangs versuchte er, Argumente zu bringen, doch über ein »Aber ich …« kam er nicht hinaus. Der Rest des kurzen Gesprächs verlief einsilbig, und er verabschiedete sich mit »Ja, Sir.« Als er wieder zu uns in die Küche trat, sah er niedergeschlagen aus.

Ein flaues Gefühl legte sich in meinen Magen. »Das Institut?«

Stumm nickte er und setzte sich. Er hatte Ärger bekommen. Richtig fetten Ärger. Dazu brauchte er nichts zu sagen, ich konnte es an seiner Miene ablesen.

»Tut mir so leid!« Ich fühlte mich schuldig, weil er meinetwegen auf See gefahren war.

Derek grinste schief. »Wenn ich ein, zwei Trimester lang Wohlverhalten zeige, bekomme ich die Erlaubnis, das Boot zu nutzen, vielleicht zurück.«

Mist. »Und was ist mit der Delfinzählung?«

Seine Brauen zogen sich zusammen. »Weiß ich nicht. Ich dachte, ich frage lieber nicht danach. Schlafende Hunde und so.«

»Es kann nicht sein, dass ich nur Händchen halten soll«, sagte Melyn und sah mich forschend an. »Llew hat das Bild als Symbol verwendet.« Ihr Blick senkte sich zu Boden. »Ich muss einen Sychder heiraten.«

»Nein!«, rief ich entsetzt und legte meine Hand auf ihren Arm. »Das geht nicht! Du bist doch viel zu jung!«

Bekümmert wiegte sie den Kopf, die Lippen zu schmalen Strichen zusammengepresst.

»Du kannst nicht heiraten. Du … dein Herz ist doch vergeben!« Sachte streichelte ich über ihren Unterarm und kam mir viel zu hilflos vor.

»Ich denke, dass Melyn recht hat«, sagte Nia. »Wenn ich überlege, wofür Hände halten steht, dann käme ich als Erstes auf ein Brautpaar.«

Das ist nicht hilfreich!, zischte ich ihr gedanklich zu und blickte sie böse an.

Nia verhielt sich wie Daliwr – sie ignorierte meinen Einwand. »Tun wir mal so, als gäbe es die äußeren Umstände nicht. Wir haben ein junges Mädchen, einen zornigen Gott und die Forderung, dass sie heiraten soll. Andernfalls passiert – was? Stirbt ihre Mutter? Warum? Wo ist da der Sinn?«

»Wenn ich nicht folge, dann verlieren wir den Sonnenstrahl, und wir sind der Verdammnis geweiht. Wir werden sterben«, sagte Melyn.

»Nicht nur ihr«, brummte ich.

Nia, Melyn und Derek blickten mich überrascht an.

»Wie bitte?«, sagte meine Großmutter.

Ich überlegte, wie ich es ihnen am schonendsten beibringen konnte.

»Wenn sie Llew nicht folgt, dann passiert ... etwas Furchtbares.«

»Llŷr wird es wieder tun!«, stieß Melyn hervor.

Abrupt ließen die Blicke von mir ab und hefteten sich an Melyn.

»Was tun?«, hakte Nia nach.

»Das Land überfluten!« In Melyns weit aufgerissenen Augen erkannte ich, dass sie das ganze schreckliche Ausmaß erahnte.

»Das Land?«, fragte Derek.

»Wales«, sagte ich.

»Wales?«, kreischte Nia.

Ich nickte düster. »Ganz Wales.«

Ein Moment des Schweigens folgte, der sich gefühlt ewig in die Länge zog, als wäre die Zeit angehalten. Eine eisige Klammer legte sich um mein Inneres, wie ich es auch beim Empfang der Vision empfunden hatte. Grannys Haus wäre eines der Ersten, dieser Satz wollte mir nicht aus dem Kopf gehen.

Nia holte tief Luft und pustete sie wieder aus. »Also: Wenn Melyn nicht heiratet, wird Wales ...« Unsicher sah sie mich an. »Ganz Wales?«

Ich deutete ein Nicken an.

»Ganz Wales im Meer versinken.« Erneut atmete sie tief durch und schüttelte langsam den Kopf. »Aber weshalb muss sie dazu heiraten? Was soll das ändern?«

»Das muss ich noch herausfinden. Es geht um eine Versöhnung unserer Völker, aber wie wir Llŷr damit aufhalten können sollen – keine Ahnung. Granny, du solltest vorsichtshalber Aberystwyth verlassen.«

Nia verschränkte die Arme. »Ich gehe hier auf keinen Fall weg! Ich habe schon einige Sturmfluten erlebt!«

Ich wollte keinen Streit, nicht hier, nicht jetzt. Ich brauchte ein paar Minuten, um in Ruhe nachzudenken, dann würde mir etwas einfallen, wie ich Nia in Sicherheit bringen konnte.

Unvermittelt krallte Melyn sich an meiner Hand fest. »Wenn ich einen von euch heiraten muss, dann dich, Cooper!«

Llews Bild schoss mir durch den Kopf, und alles in mir wand sich. Er hatte nur mich gezeigt, um klarzumachen, dass es um einen Sychder ging, einen von meinem Volk! *Bloß deswegen!*

»Wenn es ein Sychder sein muss, dann nur dich!« Eine Träne rollte über ihre Wange, und sie sah so zart aus, so zerbrechlich, dass ich alles getan hätte, um sie zu beschützen.

Nur nicht heiraten.

Alle Blicke richteten sich auf mich. Wo befand sich Daliwr, wenn man ihn brauchte? Ich sah mich um, als könnte ich mich durch ein Wunder von allein in eine winzige Seepocke verwandeln oder unsichtbar machen. Doch Daliwr war nicht hier und vermutlich stinkwütend auf mich und ein Wunder weit und breit nicht in Sicht.

Ich zögerte eine Sekunde zu lang. Melyn schluchzte auf und rannte aus dem Wohnzimmer, die Treppe hinauf. Eine Tür im Obergeschoss flog zu. Nia warf mir einen wütenden Blick zu und lief ihr nach. Ich hörte sie oben leise klopfen, die Tür klappte, danach trat Stille ein.

Benommen blieb ich auf dem Sofa sitzen und starrte auf den Fußboden. Ich war seit drei Monaten volljährig – definitiv zu jung für die Ehe! Ich mochte Melyn sehr, doch mit einer Heirat würde ich ihr Leben versauen und meines gleich dazu! Stöhnend schüttelte ich den Kopf und rieb mir das Gesicht.

»Gibt es eine andere Lösung?«, fragte Derek unvermittelt.

Nachdenklich sah ich ihn an. »Ich weiß es nicht. Ich hoffe es.« Einige Sekunden lang blieben unsere Blicke aneinandergeheftet. Das Schweigen, das zwischen uns lag, war angenehm. Beruhigend.

»Der Typ auf dem Bild war ich«, stieß ich plötzlich hervor.

Fragend musterte er mich. »Welches Bild?«

»Das von dem Paar, das Händchen hält. Llew.« Unsicher verzog ich den Mund.

Derek deutete ein Kopfschütteln an. »Nein. Ich glaube nicht, dass er dich gemeint hat. Ich schätze, er hat nur dein Gesicht gewählt, damit du verstehst, dass sie einen von uns heiraten soll und nicht einen aus ihrem Volk.«

»Melyn sollte nicht *irgendwen* heiraten müssen!« Mein Blick wanderte auf meine Füße. »Außerdem ist sie verliebt. In einen Prinzen. Nicht standesgemäß und so.«

»Oje. Die Arme.« Leise seufzte er. »Wir sollten mehr über diese Legende herausfinden. Hast du eine Idee? Im Archiv? Was ist mit deinem Großvater? Er hat doch für solche Geschichten geschwärmt. Hat er etwas in seinen Unterlagen? Ein Buch oder sonst was?«

»Ich bin ein Idiot!« Ich sprang vom Sofa auf.

Ein melodisches Klingeln unterbrach mich, Dereks Telefon meldete sich, und er nahm das Gespräch an. Sanfte Tritte auf der Treppe kündigten Nia an, die zu uns zurückkehrte. Mit gerunzelter Stirn musterte sie mich.

»Wie konntest du so gefühllos sein, Cooper?« Ihre Stimme war sehr leise, doch der Klang besaß einen warnenden Unterton. »Die arme Melyn weint sich die Augen aus, weil du sie so schroff zurückgestoßen hast!«

»Granny!« In einer hilflosen Geste öffnete ich die Hände.

Derek steckte sein Smartphone weg. »Tut mir leid, ich sollte nach Hause. Vielen Dank für alles, Nia. Cooper.« Er nickte mir zu, und ich stand ebenfalls auf.

»Ich komme noch mit vor zur Tür.«

Wir verließen das Haus und blieben vor dem Eingang stehen. Nachdenklich blickte Derek in Richtung Meer.

»Der Sturm ist verrückt die letzten Tage.« Er sah mich an. »Denkst du, das ist ein Vorzeichen?«

Leise seufzte ich. »Ich befürchte es.«

Sein Blick wanderte zum Himmel, wo sich dunkelgraue Wolken ballten. »Ich sollte heim, bevor der nächste Schauer runtergeht.« Er wandte sich ab und nahm eine Stufe nach unten.

»Derek ...«

»Ja?« Er drehte sich zu mir um und etwas an seinem Lächeln berührte mich tief in mir drin.

»Danke.«

Das Lächeln verbreiterte sich. »Gerne. Immer.« Einen Moment wartete er ab, doch mir waren die Worte wie im Mund festgeklebt. Schließlich hob er die Hand zum Gruß. »Mach's gut.«

Seine Art, die Stufen hinunterzuhüpfen, hatte etwas Leichtes, Spielerisches. Lässig.

»Derek!«, rief ich ihm hinterher. Ich sollte es ihm sagen – den wahren Grund, weshalb ich Melyn keinesfalls heiraten konnte.

Er drehte sich wieder um, entfernte sich rückwärts aber langsam weiter von mir. »Cooper?« Warum hielt er nicht an?

»Hilfst du mir mit Melyn und der Legende?«

Grinsend blieb er stehen. »Gerne. Immer!«

Ich lief die Treppe hinauf und klopfte an die Tür meines ehemaligen Schlafzimmers. Melyn hörte sich verweint an, als sie sagte, ich solle hereinkommen.

»Hey.«

Sie versuchte sich an einem Lächeln, ich nahm neben ihr auf dem Bett Platz.

»Tut mir leid, das vorhin. Es hatte doch nichts mit dir zu tun. Ich mag dich, wirklich! Wenn es keine andere Möglichkeit gibt ...« Ich schluckte schwer. »... dann heirate ich dich natürlich.«

Nie hatte ich gedacht, dies einmal einer Frau zu sagen, noch viel weniger einer Frau aus der Anderwelt. Doch am allerwenigsten hätte ich mir deren Reaktion darauf vorstellen können.

Melyn brach in Tränen aus.

Hitze stieg mir in den Nacken. War ich ein so furchtbarer Heiratskandidat? Nein, machte ich mir bewusst, das war gar nicht der Punkt.

Ich strich über ihre Hand, als könnte ich die Tatsache, dass sie jemand anderen liebte, einfach wegrubbeln. »Melyn ... hör mal! Es ist doch nur wegen dieser Sache mit Llŷr! Es muss nicht für die Ewigkeit sein ...«

Aus geröteten Augen sah sie mich an. »Du willst es nicht. Ich will es auch nicht. Es ist eine Lüge, und Llŷr wird niemals darauf reinfallen!«

Verstehend nickte ich. »Ich hoffe, du kannst nachvollziehen, dass ich nicht deinetwegen gezögert habe. Ich hoffe noch immer, dass es eine andere Möglichkeit gibt, Llŷr aufzuhalten.«

»Das wünsche ich mir auch.« Zumindest die Andeutung eines Lächelns schob sich über ihr Gesicht, doch im nächsten Augenblick verschwand es wieder. »Weißt du, ich werde ohnehin nie heiraten dürfen, wen ich möchte.«

Mitfühlend drückte ich ihre Hand. »Ich habe dir noch gar nicht erzählt, dass Brychan abgehauen ist, bevor ich aus Caer Wyddno abgereist bin.«

Melyn sah auf, ein winziger Schimmer Hoffnung in ihrem Blick.

»Leider habe ich keine Ahnung, wo er sich aufhält.« Ein Grinsen stahl sich in mein Gesicht. »Aber anscheinend weiß es auch sonst niemand.«

Endlich lächelte sie. »Vielleicht schwimmt er zum Möwennest.«

»Aber dort wird er auf deine Mutter treffen. Wird sie keinen Schreck kriegen?«

»Meine Mutter weiß von uns. Sie vertraut Brychan.« Sie stieß einen Seufzer aus, es hörte sich an, als atmete sie auf. Malvina – und eventuell Brychan – schienen vorerst in Sicherheit zu sein.

»Ich muss dir noch etwas erzählen: Ich habe das Llyfr Euraidd!«

Ihr Mund klappte auf. »Du hast ... was? Wie ist es dir gelungen, das Buch herzubringen? Wie hast du es stehlen können, und wieso wollte Daliwr es nicht mehr haben?«

Grimmig lachte ich auf. »Oh, er wollte schon.« Vor meinem geistigen Auge tauchte sein letzter Blick auf, diese Enttäuschung, die er über meinen Verrat gefühlt haben musste. Ich berichtete Melyn von der königlichen Bibliothek und ich gestand, dass ich Daliwr das Halfter übergezogen hatte.

»Er hat es verdient, er ist böse!« Ihre Stimme klang hart.

Nein. Er ist mein Freund. Ich entgegnete nichts.

»Möchtest du einen Blick ins Buch werfen?«, sagte ich nach einem Moment des Schweigens. Melyn stimmte zu, und ich holte das wertvolle Stück aus meinem Zimmer.

Auf dem Einband waren keinerlei Schriftzeichen zu sehen, nur der nach keltischer Art stilisierte Apfelbaum, den ein Medaillon aus Knotenmustern umgab. Wenn ich es richtig deutete, bestand das ganze Motiv aus Blattgold. Ich grübelte, welche kunstfertigen Finger so etwas zustande gebracht hatten und wie viel Magie vonnöten war, das Werk vor Wasser und Zeit zu schützen.

Ich konnte nicht widerstehen, über den lederbezogenen Einband zu streichen. Das Leder war griffig und gemessen am mutmaßlichen Alter des Buches nur wenig abgenutzt. Ich staunte, wie der Deckel ohne Rücken mit dem Buchblock verbunden war. Als ich versuchte, ihn anzuheben, rührte er sich kein Stück. Wäre er verklebt gewesen, hätten sich doch zumindest die ersten Seiten ein bisschen mitbewegt. Hielt er nur durch Zauberei?

Melyn fuhr mit dem Zeigefinger vorsichtig über das goldene Emblem. Für einen Augenblick schimmerte der stilisierte Baum auf, und ich rätselte, ob es wirklich nur das Licht der Nachttischlampe war, das sich darin spiegelte. Ihre Finger zitterten und zuckten für einen Moment zurück.

»Was ist?«, fragte ich.

»Die Magie …«, wisperte sie.

»Kannst du sie spüren?«

Stumm nickte sie.

Die Seiten aus sehr hellem Pergament – sofern es überhaupt Tierhaut war – und die Art der Bindung deuteten auf ein Herkunftsjahr hin, das Jahrhunderte, wenn nicht gar ein Jahrtausend zurücklag. Genaueres verriete mir ein Blick hinein.

Die Buchdeckel waren mit einem seidenen Band zusammengebunden. Ich zog an den Enden der Schleife, doch der Knoten löste sich nicht. Das Licht im mittlerweile dämmrigen Zimmer erschien mir nicht geeignet, meine Finger noch weniger, um die Schlingen entwirren zu können, ohne sie noch fester zu ziehen. Ich hielt das Buch Melyn hin.

»Da, versuch du mal, es aufzuknibbeln!«

Ein wenig zögerlich nahm sie das Buch, wieder bebten ihre Finger, als würde Magie hindurchfließen. Eine Weile lang nestelte sie am Knoten, jedoch ohne Erfolg. Nachdenklich musterte ich sie. Melyn sah so erschöpft aus, wie ich mich fühlte.

»Magst du dich ein wenig ausruhen? Ich gehe mal runter zu Nia und frage sie, ob sie die Schleife aufbekommt.«

»Ich finde keine Ruhe. Ich komme mit runter.«

Nia sah von ihrem Strickzeug auf und fixierte mich. »Gibt es etwas, das du mir sagen möchtest?«

»Etwas sagen?« Ich drehte das Buch in meinen Händen. Ich wusste genau, worauf sie anspielte, und es hatte nichts mit dem Llyfr Euraidd zu tun. Noch nie hatte ich es jemandem erzählt. Es wurde Zeit, das spürte ich, aber ich hatte Angst vor der Reaktion. Sollte ich vor Melyn darüber sprechen? Bestimmt war es gut, wenn auch sie es erfuhr. Ich nahm neben Nia Platz.

Liebevoll strich sie über meinen Oberarm. »Möchtest du einen Tee?«

Wahrscheinlich lieber einen Schnaps, aber ich nickte. »Danke.«

Sie schenkte mir aus der Kanne ein und reichte mir die Tasse, anschließend füllte sie eine weitere für Melyn. Wir nippten am Tee, und ich spürte die wohltuende Wirkung.

»Das vorhin hatte nichts mit Melyn zu tun.«

Verstehend nickte Nia. Ich grübelte, wie ich mich ihr erklären konnte, doch sie unterbrach meine Gedankengänge.

»Ich möchte, dass du weißt, wie stolz ich auf dich bin. Ich bin nicht deshalb stolz, weil du ein hervorragender Student bist, auch nicht, weil du mutig in ein unbekanntes Abenteuer gezogen bist. Ich bin stolz auf dich, weil du ein rundherum toller Mensch bist. Ich bin stolz, deine Großmutter zu sein.«

Verlegen räusperte ich mich. »Wärst du auch noch stolz auf mich, wenn ich durch eine Prüfung rassele?«

Sie lächelte. »Ich sagte dir doch: Mein Stolz auf dich hat nichts mit deinen Studienleistungen zu tun.«

Ich zögerte. »Wärst du auch noch stolz auf mich, wenn ich … niemals eine Familie habe?«

Ihre Stirn runzelte sich. »Eine Familie ist mehr als Mutter, Vater, Kind. Du hast eine Familie, zumindest mich und deine Eltern, auch wenn euer Verhältnis momentan etwas schwierig ist.« Ihr Lächeln kehrte zurück. »Und wen immer du eines Tages als deine große Liebe erwählst, wird mit zu unserer Familie gehören.«

»Auch wenn diese Liebe … keine Frau ist?« Meine Stimme versagte mir fast den Dienst.

»Wenn du ihn liebst, dann werde auch ich ihn lieben! Ich wünsche mir keinen anderen Enkelsohn auf der Welt.« Sie nahm meine Hand und drückte sie, und ich lehnte mich zu ihr herüber und umarmte sie.

»Danke, Granny!«

Melyn lächelte, als ich ihren Blick suchte, und ich fühlte und wusste, dass sie mich verstand.

»Was hast du mitgebracht?«, fragte Nia und deutete auf das Llyfr Euraidd. »Ist es das Buch aus Caer Wyddno?«

»Genau. Ich habe es dem Wassergeist abgeluchst. Ich hoffe, damit herauszufinden, was damals wirklich passiert ist, als Llŷr die erste Flut geschickt hat. Vielleicht gibt es Hinweise darauf, wie er gestoppt werden kann.« Ich warf Melyn einen Blick zu. »Eine Erklärung, weshalb wir … nun, heiraten sollen.«

Staunend musterte Nia das Buch. »Es muss ein Vermögen wert sein.«

»Daliwr darf es nie in seinen Besitz bringen«, stieß Melyn hervor. »Er wird mein Volk damit knechten.«

»So wie der König damit ihn knechtet?« *Nicht nur der König*, schoss es mir durch den Kopf, immerhin war er nun mein Sklave.

»Er ist Daliwr! Er ist böse!«, wiederholte sie.

»Er ist nicht böse, ich habe ihn doch kennengelernt. Aber das spielt jetzt keine Rolle. Das Buch befindet sich hier, und

Daliwr hat keinen Zugriff darauf.« Ich schob das Llyfr Euraidd Nia zu. »Kannst du versuchen, den Knoten zu lösen? Wir haben es schon probiert, leider ohne Erfolg.«

Meine Großmutter runzelte die Stirn und setzte sich die Lesebrille auf. Nach einer kleinen Weile schnalzte sie mit der Zunge. »Der Knoten ist wie verhext. Lockere ich die eine Schlaufe, zieht sie sich auf der anderen Seite fest. Wie ein endloses verschlungenes Band.«

Sie trat zur Küchenzeile und zog eine Schublade auf. Mit einer Schere in der Hand und einem Grinsen im Gesicht kehrte sie zurück.

»Es ist zwar schade um das schöne Band, aber wenn wir es anders nicht aufbekommen ...« Fragend sah sie mich an, und ich nickte auffordernd. Sie führte die Schneide unter das Band und drückte die Scherenhebel zu. Nichts passierte.

Verwundert brummte sie. »Scheint stumpf zu sein.« Sie legte die Küchenschere weg. »Oben habe ich eine Schneiderschere, die ist rasiermesserscharf.«

»Ich hole sie!«, sagte ich und sprang auf.

»Wenn du hochgehst in mein Zimmer, in der Schublade an meinem Schneidertisch liegt sie, schmal mit schwarzen Griffen.«

Die Schere fand ich, wo Nia es mir beschrieben hatte. Zurück in der Küche ließ ich die Klingen demonstrativ zuschnappen. »Nur her damit, ich mache kurzen Prozess.« Ich legte eine Klingenseite unter das Band und drückte zu. Dass die Schere scharf war, konnte man am leisen Zischeln hören, mit dem die Schneiden aneinander vorbeiglitten. Das Band blieb unversehrt.

»Es hat sich nur flach gelegt«, meinte Nia. »Das passiert manchmal mit Bändern, die sehr schmal und dünn sind.« Sie half mir, das Band in Position zu halten, ich schnitt erneut zu. Ohne Ergebnis. Verdutzt blickten wir uns an.

»Das gibt es nicht!« Nia nahm mir die Schere ab und zerschnitt eine Papierserviette. Die Schnittkanten waren glatt, als wären sie von einem Skalpell aufgetrennt worden. »Sie ist doch scharf!«

»Das Buch wehrt sich«, sagte Melyn.

»Ja, definitiv.« Es schützte sich gegen Zerstörung und vor unbefugtem Lesen, wie es schien. »Myrddin Emrys konnte es öffnen und hineinschreiben.« Ich blickte zu Melyn. »Er ist ein Zauberer, nicht wahr?«

»Das ist er.« In ihren Augen stand die Angst geschrieben. »Aber wir können ihn nicht um Hilfe bitten.«

»Natürlich nicht. Er ist ein Gefolgsmann des Königs, da bekämen wir richtig Ärger. Könnte ein anderer Magier uns helfen?«

Bekümmert wiegte sie den Kopf. »Ich kenne keinen. Niemand wird mir helfen.«

Ich konnte mein Schmunzeln nicht verbergen. »Erstens helfe ich dir, und zweitens kenne ich zufällig einen Zauberer, dem große Taten nachgesagt werden.«

Fragend blickte sie mich an, und auch Nia sah neugierig auf. Mein Grinsen wurde breiter. »Gwydyon.«

Melyns Augen weiteten sich, ihr Mund wurde schmal. »Nicht Gwydyon! Er ist gefährlich!«

»Das mag für alle fähigen Hexenmeister gelten, aber Gwydyon schuldet mir einen Gefallen. Er hat mir seine Hilfe versprochen.«

Ihre Skepsis blieb sichtbar, doch uns fehlte es an Alternativen.

»Ich bin sicher, dass wir auf eine Lösung kommen, wie wir Llŷr bezähmen können, wenn wir das Buch lesen können.«

»Das hoffe ich auch«, antwortete sie leise.

»Er sagte, ich finde ihn in Avalon. Kannst du uns da hinführen?« Fragend sah ich sie an.

»Ich weiß leider nicht, wo Avalon liegt. Es ist Königen, Magiern und hohen Wesen vorbehalten.«

»Es gibt Zugänge aus unserer Welt nach Avalon, ich bin mir sicher«, sagte Nia. »Dazu wird es in zu vielen Werken erwähnt, denkst du nicht?«

Für walisische Geschichte musste ich erst noch einen Kurs in Alt-Kymrisch besuchen, aber Nia hatte insofern recht, dass Avalon nicht nur durch die Artus-Sage so hinreichend bekannt war, dass ich mir fast sicher war, dass es Menschen bereits gelungen sein musste, den Zugang dorthin zu finden.

»Afal heißt Apfel«, erklärte Nia und sprach das Wort ganz weich aus, Aval. »Avalon ist die Apfelinsel. Wir suchen also eine Insel, und viele Äpfel dort könnten ein Hinweis sein.«

Ich holte rasch meinen Laptop und startete die Suchmaschine.

»Es ist höchst interessant, hier werden mehrere Orte genannt: Glastonbury, ist allerdings keine Insel. Dann Helgoland, das ist für uns ohnehin zu weit weg. Da es die meiste Zeit nicht zu Großbritannien gehörte, schließe ich es aus. Dann gibt es noch Split in Kroatien, das ist keine Insel und auch zu weit weg.« Ich schnaubte belustigt. »Atlantis wird aufgeführt. Das bringt uns wohl nicht weiter. Ah, hier, das wäre einen Versuch wert: Bardsey Island. Das liegt in Nordwales, oder?«

Nia bejahte. »Bardsey Island wird auch die Insel der 20.000 Heiligen genannt. Vielleicht ein Hinweis, dass tatsächlich etwas Besonderes an ihr ist?«

Ich suchte eine Webseite über das kleine Eiland. »DAS ist jetzt mal richtig interessant! Wusstest du das? Auf Bardsey Island soll es einen Apfelgarten geben, der über tausend Jahre alt ist. Der Bardsey Apfel ist die seltenste Apfelsorte der Welt, und es gab ihn ursprünglich nur dort!« Meine Augen flogen über die Seite und weiteten sich noch mehr. Fassungslos starrte ich Melyn an. »Es gab einst einen König auf der Insel, er hat das Kloster dort gegründet. Sein Name war Einion!«

22

»Einion?«, stieß Melyn hervor. »Dann finden wir dort auch etwas über seinen Erben heraus!«

Mein ganzer Körper kribbelte vor Aufregung – wenn ich die Möglichkeit gehabt hätte, ich hätte bereits im Auto gesessen. Doch abgesehen davon, dass weder Nia noch ich ein eigenes Vehikel besaßen, war es draußen stockdunkel, und der Sturm heulte ums Haus. »Hör zu, heute können wir nicht mehr starten, aber vielleicht gleich morgen früh. Ich versuche ein Auto zu organisieren.«

Ich zog mich in mein Zimmer zurück und nahm mein Smartphone zur Hand. Meine Finger zitterten vor Nervosität, und das lag nicht daran, dass ich einen Ort ausgemacht hatte, der mit besagtem Einion in Zusammenhang gebracht wurde. Derek war der einzige Mensch, vom dem ich sicher wusste, dass er ein Auto besaß, und von dem ich glaubte, er würde uns eventuell tatsächlich nach Nordwales bringen. In der Karten-App sah ich nach, wie weit Bardsey Island entfernt lag.

Neunzig Meilen. Das klang nicht nach viel, etwa zweieinhalb Stunden mit dem Auto, wenn nichts dazwischenkam. Machte aber schon fünf, wenn man Hin- und Rückweg zusammenzählte. Konnte ich einfach so einen Bekannten fragen, mich knapp zweihundert Meilen quer durchs Land zu kutschieren? Allerdings – war Derek denn ein Bekannter?

Ich wünschte mir so viel mehr, und ich hatte das Gefühl, er mochte mich auch. Reichte das, um ihn um solch einen Gefallen zu bitten?

Ich schob die Selbstzweifel beiseite, ich sperrte meine Schüchternheit tief ein, irgendwo unterhalb des Herzens, wo sie merkwürdig hüpfend aufbegehrte. Ich ignorierte das nervöse Magenflattern uhd öffnete die Kontaktliste. *Derek da Silva.* Ich tippte die gespeicherte Nummer an.

Warten.

Rauschen.

Ein Freiton.

»Hallo?«

Wie um Himmels willen sollte ich ihn fragen? Ich konnte doch nicht einfach sagen *Hey, ich bin's, Cooper, hast du Bock uns quer durch die Weltgeschichte zu kutschieren?*

»Cooper?«

»Oh, ja, hi Derek, ich bin's, genau ...«, stammelte ich wie ein pubertierender Siebtklässler. Mein Blick fiel auf die Wanduhr – eine halbe Stunde vor Mitternacht! War ich wahnsinnig, um diese Zeit noch Leute aus dem Bett zu klingeln? »Himmel, tut mir echt leid, Derek, ich habe gar nicht gemerkt, wie spät es schon ist!«

Derek lachte leise. »Hey, kein Problem, ich habe noch nicht geschlafen.«

Erleichtert stieß ich die Luft aus. »Gut!« Eine kurze Pause entstand.

»Wolltest du einfach nur mal quatschen, oder brauchst du meine Hilfe?«

Würde er es hören, wenn ich mich selbst ohrfeigte? Wo war ich mit meinen Gedanken?

»Tut mir leid, ich glaube, ich bin gerade zu aufgedreht! Tatsächlich wollte ich dich um Hilfe bitten. Ich muss nach Bardsey Island.«

»Jetzt?«

»Oh, sorry, nein, nein, natürlich nicht jetzt. Aber am liebsten gleich morgen.«

Derek zögerte einen Moment. »Du weißt, dass ich das Boot zurzeit nicht nehmen darf …«

»Das Boot?«

»Bardsey Island ist eine Insel …?« Unsicher lachte er.

»Klar, natürlich! Nein, ehrlich gesagt, dachte ich an dein Auto.« Nun lachte ich verlegen. »Ich habe im Internet geschaut, es gibt einen privaten Fährdienst, der uns übersetzen könnte.«

»Hoffentlich spielt das Wetter mit.«

»Ja, hoffentlich.« Die Überfahrt sollte nur rund eine halbe Stunde dauern, doch auf der Webseite hatte ich gelesen, dass das Meer dort nicht ganz einfach war.

»Um acht?«

»Was?«

»Wann soll ich da sein?«

Mein Herz schlug einen Purzelbaum. »Du bist dabei?«

Derek lachte, ich mochte dieses sonore, warmherzige Lachen, das tief aus dem Bauch zu kommen schien. »Hatte ich nicht gesagt, ich will dir helfen? Keine Ahnung, die ganze Geschichte mit Melyn ist super spannend, wie blöd wäre ich, wenn ich nicht dabei sein wollte?« Er zögerte einen Moment. »Glaubst du wirklich, wir müssen ganz Wales vor dem Untergang retten?«

Er hatte *wir* gesagt! »Weißt du, bis vor ein paar Tagen hätte ich jeden für verrückt erklärt, der behauptet hätte, Cantre'r Gwaelod existiere wirklich. Ich habe es gesehen, sogar mehr noch – ich habe es förmlich gefühlt! Diese Vision war … eindrucksvoll.« Mir fehlte es an Worten, genauer zu beschreiben, wie tief sich die Bilder bei mir eingeprägt hatten.

Derek schluckte hörbar. »Wow.«

Ein kurzer Moment Stille trat ein.

»Also reicht um acht? Oder früher?«

»Acht Uhr ist perfekt! Melyn und ich werden bereit sein!«

Wir verabschiedeten uns, anschließend rannte ich nach unten, um Melyn und Nia Bescheid zu sagen. An Nias Miene merkte ich genau, dass sie mich durchschaute, weil ich mehr schwebte, als lief, weil mein Herz einen Takt schneller schlug, weil sich ein dauerhaftes Grinsen in mein Gesicht geschlichen hatte.

Das Wetter war nicht vielversprechend, als ich erwachte. Melyn war bereits auf, als ich an ihre Tür klopfte, und Nia ging mit uns nach unten, wo sie uns Sandwiches zubereitete, die ich mit drei Wasserflaschen und dem Llyfr Euraidd in meinem Rucksack verstaute. Um kurz nach acht saßen wir im Auto und rollten die Penglais Road entlang, über die wir Aberystwyth verließen.

»Was habt ihr auf Bardsey Island geplant?«, fragte Derek, während wir am neuen Uni-Campus vorbeifuhren.

Ich schluckte. Er fand die Geschichte um Melyn spannend, richtig? Er glaubte an die Anderwelt. »Einen Zauberer aufsuchen.«

Derek lachte auf, doch seine Miene zeigte mir deutlich, dass er mich nicht auslachte. »Das ist völlig verrückt! Wow, das ist ...« Grinsend schüttelte er den Kopf. »Einfach cool.«

Ich suchte im Rucksack nach dem Buch und holte es hervor. Dereks Kopf ruckte für einen Moment nach links, ehe sich sein Blick wieder auf die Straße richtete.

»Was ist das?«

»Das Llyfr Euraidd. Ein magisches Buch, das ich aus Caer Wyddno ... mitgebracht habe.«

»Uralt, oder?«

»Ja, das muss es sein. Ich hoffe, darin eine Lösung zu finden, wie wir die Katastrophe noch verhindern können. Aber es lässt sich nicht öffnen.« Ich zeigte ihm die Seite mit dem verknoteten Schleifenband und verstaute das Buch anschließend wieder im Rucksack.

»Und dafür müssen wir den Magier aufsuchen. Hast du einen auf deiner Reise kennengelernt?«

»Ja. Er sagte, ich würde ihn auf Avalon finden, wenn ich ihn brauche.«

»Oh. Und Bardsey Island ist …«

»Avalon, zumindest liegt die Vermutung nahe.« Ich erzählte ihm, was ich herausgefunden hatte, und er lauschte fasziniert.

Der Norden war dünn besiedelt. Die Straßen schienen wie ausgestorben, und der Dunst hing zwischen den Bergen, als hätten die Geister sich darin materialisiert. Alles lag so friedlich da. Bald durchfuhren wir das Coed y Brenin Waldgebiet, eine verzauberte Welt aus tiefgrünen, üppigen Wäldern, steilen Hängen und weiß schäumenden Wasserfällen.

Hätte ein kleiner, überbesorgter Teil meines Gehirns mich nicht gelegentlich daran erinnert, dass wir uns auf einer Mission befanden, die uns allesamt den Allerwertesten retten sollte, hätte ich glauben können, wir wären auf einer Fahrt in die Ferien. Ich genoss die Zeit im Wagen neben Derek, Melyn hinter uns. Das Radio dudelte leise vor sich hin.

Wir gelangten in den Snowdonia-Nationalpark. Die Straßen schlängelten sich durch die Gebirgslandschaft, die gezackten Gipfel der Bergketten säumten unseren Weg wie Hüter einer anderen Welt. In den Tälern stauten sich Quellen und Bäche zu kleinen Seen auf, die den silbergrauen Himmel reflektierten.

Schließlich führte der Weg uns wieder zur Küste. Es war später Vormittag, als wir die Halbinsel Lleyn erreichten. Am südwestlichsten Zipfel der Landzunge fragten wir uns durch, bis wir einen Mann namens Robert ausfindig machten, der den privaten Fährbetrieb nach Bardsey Island unterhielt.

Mit dem versierten Blick eines Seebären prüfte er den Himmel. »Lang gebe ich euch nicht heute. Gegen Abend frischt der Wind wieder auf. Hatte Passagiere, die saßen zwei Wochen fest. Vier, viereinhalb Stunden, maximal vier Uhr.«

In seinem kleinen Laden kauften wir die Fahrkarten und erstanden noch einen Reiseführer über Bardsey Island, ein Büchlein mit einer Karte und einer Liste von historischen Stätten, Unterkünften und typischen Wildtieren auf der als heilig geltenden Insel. Roberts Boot war deutlich größer als das des Instituts und erweckte den Eindruck, als wäre es schon in Seeschlachten gegen die Wikinger mitgefahren. Bei der Überfahrt verstand ich, weshalb Robert dem Wetter misstraute. Die leichte Brise an Land verstärkte sich hier zu einem kräftigen Wind, und die Wellen schwappten daran gemessen so hoch, dass mich das Gefühl beschlich, Llŷr hätte seine Finger im Spiel.

Der rot-weiße Leuchtturm tauchte vor uns auf, als würde er sich aus den Fluten heben, und als wir einige Minuten später an Land stiegen und über die steilen Klippen blickten, auf denen ein weicher Mantel aus dicken Grasmatten lag, spürte ich eine Ahnung des geschichtsträchtigen Orts. Es war ein seltsames Gefühl, die Insel zu betreten. Mit einem verstohlenen Blick vergewisserte ich mich, dass nicht nur ich mich fühlte, als wäre ich der erste Mensch auf einem fremden Planeten.

»Vergesst nicht, den Apfelgarten in Plas Bach zu besuchen, der ist tausend Jahre alt!«, rief uns Robert zu und winkte zum Abschied. Er stieg wieder ins Boot, und nach wenigen Minuten hörten wir, wie sich das Tuckern des Motors entfernte.

Leichte Nervosität stieg in mir auf. Ich sah Melyn an.

»Hast du eine Idee, wie wir Gwydyon rufen können?«

Sie wirkte ebenso angespannt wie ich. »Das Llyfr Euraidd steckt voller Magie. Ein Zauberer wittert Magie wie ein Hai einen Tropfen Blut im Ozean.«

Ich setzte den Rucksack ab und öffnete ihn. »Also gleich hier versuchen? Dann hole ich das Buch heraus?«

»In deiner Welt kann er es nicht wahrnehmen, nur in der Anderwelt.«

Verblüfft sah ich sie an. »Ich dachte, wir wären bereits auf Avalon?«

»Gibt es nicht immer Tore?«, fragte Derek. »Magische Portale, durch die man von einer in die andere Welt gelangt?«

Melyn bestätigte ihn. »Aber ich weiß nicht, woran wir ein Portal erkennen können. Ich habe keine magischen Fähigkeiten.«

Ich dachte nach. »Kirchen, Klöster und ähnlich wichtige Stätten wurden früher dort gebaut, wo die Menschen Kraftorte vermuteten. Könnte es nicht sein, dass sich die Portale ebenfalls an diesen Stellen befinden? Irgendetwas muss doch an diesen Orten gewesen sein, wenn die Leute ihnen besondere Kräfte nachgesagt haben. Es soll hier eine Klosterruine geben und eine kleine Kirche, habe ich gelesen.«

Derek holte den Reiseführer aus dem Rucksack und schlug nach. »Hier, im Norden der Insel, eine knappe Meile von der Anlegestelle weg.«

»Es muss ein anderes Portal geben«, sagte Melyn. »Kirchen gehören dem Einen Gott, die Götter meiner Welt fürchten und meiden ihn. Kirchen haben die Tore für immer verschlossen.«

»Also existiert das Tor gar nicht mehr?«, fragte Derek.

Für einen Moment überschwappte mich eine Welle aus Ernüchterung und Enttäuschung, doch dann blitzte eine Erkenntnis auf. »Was hat der Fährmann gesagt? Der tausendjährige Apfelgarten in Plas wie?«

Derek sah mich ratlos an. »Plas Bach, aber ...«

»Auf dem Einband des magischen Buches ist ein Apfelbaum zu sehen! Avalon – die Apfelinsel! Dort muss das Portal liegen!«

Derek konsultierte erneut den Reiseführer und wies nach vorne. »In diese Richtung, ein ganzes Stück vor dem Kloster.«

Vor uns erstreckte sich eine von Gras bewachsene Fläche, von wenigen Trockenmauern und Sträuchern durchbrochen. Wir marschierten zum nördlichen Teil der Insel. Das Eiland war winzig, eine gute Meile lang und etwas mehr als eine halbe breit. Entlang der Straße trafen wir auf einzelne Gehöfte, deren Gebäude sich dicht aneinanderdrängten, tief im Schatten des kleinen Bergs Mynydd Enlli zu unserer Rechten.

Ich bezweifelte, dass Apfelbäume tausend Jahre alt werden konnten. Als wir Plas Bach erreichten, ein freistehendes Farmhaus mit steilen Giebeln, gemauert aus dem typischen grauen Gestein, fanden wir einen alten und knorrigen Apfelbaum, der bis auf das Dach des Farmhauses gezogen war, und ich schätzte, dass er rund hundertfünfzig oder zweihundert Jahre auf dem Buckel hatte. Freilich war ich kein Botaniker, aber ich kannte mich mit Geschichte aus, und das Haus stammte erkennbar aus dem frühen 19. Jahrhundert. Man hatte wohl kaum ein Gebäude gegen den Baum gelehnt, das überlebte nicht mal das zäheste Gewächs.

Im Garten trafen wir eine Frau, die sich um das Farmhaus kümmerte, das als Touristenunterkunft vermietet wurde. Sie gab uns Auskunft über den alten Baum mit den pink-gelb gestreiften Äpfeln.

»Es ist nur himmlischer Fügung zu verdanken, dass Mr Sturrock unsere Insel besucht und den Apfel entdeckt hat.« Die Dame zeigte uns, wo junge Apfelbäume gezogen wurden. »Der Baum ist ein Überrest des vor tausend Jahren angelegten Apfelgartens. Das sind die Kinder des alten Gewächses: Bardsey Island Apple. Die seltenste Sorte der Welt.« Sie pflückte einen der Äpfel und zerteilte ihn mit einem Taschenmesser, das sie in ihrer Jackentasche trug. Als Melyn einen der Schnitze entgegennahm, bekam ich mit, wie sich die Brauen der Frau minimal in die Höhe schoben. Ihr Blick ruhte auf Melyns Händen, sie musste die Schwimmhäute bemerken. Hielt sie es für eine Anomalie und sagte aus Rücksicht nichts dazu? Oder war es hier gar nicht ungewöhnlich, Wesen aus der Anderwelt anzutreffen? Sie ließ sich nichts weiter anmerken, und als Melyn sich bedankte, schenkte sie ihr das warmherzigste Lächeln.

Während ich von dem saftig-süßen Apfel kostete, überlegte ich, wann der richtige Moment käme, Gwydyon zu rufen. Dazu konnte ich keine fremde Zeugin gebrauchen, ich wusste ja nicht, wie sie auf den Zauberer reagieren würde.

»Entschuldigt mich bitte, ich habe zu tun«, sagte die nette Dame und ersparte mir so das weitere Grübeln. »Wenn ihr Fragen habt – ich bin im Haus und reinige dort die Zimmer.« Lächelnd hob sie die Hand und verschwand im Gebäude.

Ich atmete tief durch. »Okay. Seid ihr bereit?«

Melyn und Derek nickten mir zu, ich setzte den Rucksack ab und holte das Buch heraus. Der Apfelbaum auf dem Einband schimmerte, als wäre er frisch poliert worden. Als würde das Llyfr Euraidd aktiv nach dem Zauberer rufen.

Sekunden vergingen, nichts passierte. Der Wind frischte auf, und die See schickte ein paar schäumende Brecher gegen die Küste der Insel. Vor uns lagen einige Weiden, von Trockenmauern umzäunt, maximal eine Viertelmeile entfernt begann das Meer. Auf einer der Wiesen grasten weiße Ponys, wenn ich es auf die Distanz richtig erkannte, handelte es sich um Muttertiere, die dunkleren kleineren Exemplare mussten Fohlen sein. Einer der Schimmel setzte sich plötzlich in Bewegung und sprang über die Trockenmauer. Verblüfft beobachtete ich das Tier. Es galoppierte über die nächste Wiese und überwand wieder die Umzäunung. Zielstrebig kam es auf uns zu.

»Daliwr!«, rief ich aus, und Melyn und Derek drehten sich in meine Blickrichtung.

»Er hat das Buch gewittert!«, stieß Melyn hervor. »Du musst es verstecken!«

Rasch gab ich das Llyfr Euraidd Derek. Ein Prickeln zog sich durch meinen Arm, als seine Finger meine Hand streiften. Das war mehr als nur körperliche Anziehung – die Magie des Buches? Derek schnappte sich den Rucksack und verzog sich hinter die jungen Apfelbäume.

23

Zwischen den Bäumen verborgen, beobachtete Derek das sich nähernde Pferd. Dessen Ohren waren neugierig nach vorne gerichtet, seine Augen glänzten begierig. Cooper strahlte es an, das Ceffyl Dŵr jedoch schnaubte fauchend. Für einen Moment standen sie sich gegenüber. Derek zog sich ein Stück weiter zurück und versteckte sich hinter der Gartenmauer.

»Nun, wir warten auf Gwydyon«, sagte Cooper plötzlich an das Pferd gewandt. Unterhielt es sich mit ihm gedanklich?

Das Tier schlenkerte mit den Ohren.

Cooper lachte. »Bedaure, lieber Freund. Drei Fehler in einem einzigen Satz: Erstens ist es nicht dein Buch, zweitens kann von wollen nicht die Rede sein, drittens brauche ich es noch eine Weile länger. Ich sagte dir, ich muss darin lesen.«

Erneut schnaubte das Pferd, es sah verärgert aus.

»Ich kann es nicht öffnen. Dazu brauche ich Gwydyon.«

Cooper wirkte arglos, während das Tier den Kopf schüttelte und wütend prustete. Weshalb war das Ceffyl Dŵr so aufgebracht? Nur weil Cooper ihm das Buch nicht gab? Etwas an der Szene kam Derek seltsam vor. Er kannte Cooper nun schon eine Weile und beobachtete ihn wohl länger, als Cooper vermutete. Cooper war einer der freundlichsten Menschen, die er kannte, er schien Menschen förmlich anzuziehen. Allerdings hatte Derek den Eindruck, dass er sich nur schwer gegen Leute abgrenzen konnte, die ihn tendenziell ausnutzten, Leute wie Rick oder auch Kiran. Doch das Ceffyl Dŵr kam ihm nicht verschlagen vor, er hatte eher das Gefühl, als wollte es Cooper vor irgendetwas warnen. Wovor?

Dereks Gedanken wurden unterbrochen von einem zischenden Laut. Vor dem alten Baum, hinter dem Wassergeist, stieg schwach violetter Rauch auf, der von den unangenehmen Geräuschen begleitet wurde. Cooper und das Pferd sahen erschrocken auf. Plötzlich gab es einen Lichtblitz, und im nächsten Moment stand vor Cooper ein Mann.

Der Spitzhut auf dessen Kopf gab ihm annähernd die Größe eines aufgerichteten Grizzly-Bären. Die weiten Ärmel des mitternachtsblauen Mantels reichten fast bis zur Erde, in der Hand hielt er einen Stab, der ihn um einiges überragte. An der Spitze des knotigen Steckens klemmte ein Stein, der aus sich heraus zu leuchten schien, aquamarinblau, so hell und klar wie Melyns Iriden. War das Gwydyon?

Das Ceffyl Dŵr war verschwunden. Derek hatte es nicht gehen sehen, und Cooper blickte sich verstohlen um, er suchte es wohl.

»Prynhawn da«, grüßte der Fremde. Derek kannte die Worte, es war Walisisch und bedeutete *Guten Nachmittag*.

Cooper verneigte sich. »Großer Zauberer, vielen Dank für Ihr Kommen. Mich plagt seit Tagen die Neugier, was aus Ihrem Kampf gegen Arawn geworden ist«, sagte er auf Englisch.

Also handelte es sich tatsächlich um Gwydyon! Dieser lachte. »Ich glaube es ja nicht! Du bist mein stummer Freund aus dem Verlies von Caer Wyddno? Hast wohl deine Stimme wiederbekommen!«

Cooper lächelte – erleichtert, so schien es Derek – und deutete eine zweite Verbeugung an. »So ist es, Meister Gwydyon.«

Der Magier trat einen Schritt näher und musterte ihn. »Du hast dich verändert.«

»Dasselbe könnte man von Ihnen sagen, großer Zauberer. Vergeben Sie mir meine Wissbegierde, doch bitte erzählen Sie, wie die Schlacht verlief! Haben Sie ein ausreichend großes Heer zusammenbekommen?«

Gwydyon kicherte. »Das wohl, mein Freund, der seine Stimme gefunden hat! Die Idee mit den Bäumen hat sich als ausgezeichnet erwiesen. Arawn sah sich buchstäblich einem Wald an Kriegern gegenüber.« Er lachte auf. »Erzeugte Arawns Heer ein Zittern im Waldboden, so ließen meine Bäume ihn beben, als gesellte sich der Riese Ysbaddaden persönlich hinzu. Die scharfen Klingen der Schwerter und Streitäxte seiner Kämpfer schrammten über die Rinde der Bäume, doch für meine Waldkrieger war es nicht mehr als das verspielte Kratzen einer Babykatze. Ein Mensch besitzt zwei Arme, ein Baum hat mehr Äste, als es Himmelsrichtungen gibt. Es war ein ungleicher Kampf, und Arawn musste sich geschlagen geben. Aber was verplempere ich hier deine Zeit, junger Freund!«, sagte Gwydyon schließlich. »Bestimmt wolltest du mich nicht sehen, um dir die Legende meines glorreichen Sieges anzuhören. Sprich nur frei heraus!«

Cooper verbeugte sich abermals. »Verbindlichsten Dank, Meister Gwydyon. Gratulation zum wohlverdienten Sieg, doch auch ohne meine kleine List hätten Sie sicher den Kampf gewonnen! In der Tat, ich hätte eine winzige Bitte an Sie. Natürlich ist es eines großen Zauberers, wie Sie es sind, kaum würdig, eine solch lächerliche Tat zu vollbringen, die ihm im Entferntesten nicht zum Ruhme gereichen mag. Doch ich dachte, dass Sie vielleicht so freundlich sind, mir diesen kleinen Wunsch zu erfüllen.«

Ungeduldig wedelte Gwydyon mit der Hand. »Auch meine Zeit ist begrenzt, stimmhafter Freund. Sprich doch endlich!«

»So sei es! Meister Gwydyon, ich bin in den Besitz eines einzigartigen Buches gelangt, aber um es zu öffnen, bedarf es eines großen Zauberers.«

Plötzlich sah Cooper sich irritiert um, Derek konnte nicht einordnen, wieso. Suchte er noch immer das Pferd?

Der Magier grinste. »Ah, dein anderes Ich ist auch hier, so, so.« Abschätzend hob er die Hand bis weit über die Hutkrempe. »Ein großer Zauberer, das bin ich in der Tat. Ein bedeutsames Buch?« Seine Stimme wurde leiser, sie klang beinahe verschwörerisch. »Ich habe von dem Diebstahl gehört. Ein ganzes Königreich ist in Aufruhr deswegen.«

»Ich muss darin lesen können!« Cooper warf einen raschen Blick zu Melyn. »Auf meiner Freundin liegt ein Fluch. Llŷr oder Llew oder – sagen wir, die Götter lasten ihr ein Vergehen an, das ihre Vorfahrin vor ewigen Zeiten begangen haben soll. Ich muss unbedingt mehr über diese Tat erfahren, und ich bin davon überzeugt, es im Llyfr Euraidd zu finden.«

Mit einem Mal bildete sich Nebel hinter dem Magier, kaum ein Augenblinzeln später stand das Ceffyl Dŵr wieder da und schüttelte wütend den Kopf. Es hatte sich nur unsichtbar gemacht, und nun sah es erneut so aus, als wollte es Cooper auf etwas Wichtiges hinweisen.

Weshalb vertraute Cooper darauf, dass der Zauberer ihnen helfen würde? Als er ihm, Derek, von seinem Erlebnis mit Gwydyon im Kerker erzählt hatte, hatte Derek sich noch nichts gedacht, aber nun, mit dem merkwürdigen Gebaren des Pferdes, kamen ihm Zweifel. Etwas am Hexenmeister störte ihn.

Derek öffnete den Rucksack. Machte es überhaupt Sinn, das wertvolle Buch zu verstecken? Gwydyon würde es doch sofort wittern, oder nicht?

Als er das goldene Buch in die Tasche stecken wollte, löste sich mit einem Mal das Band, der Buchblock glitt zwischen den ledernen Deckeln hindurch und fiel in den offenen Ranzen. Dereks Herz setzte einen Schlag aus. Wie war das möglich? Das Buch hatte vor einer Sekunde noch vollkommen stabil gewirkt! Rasch griff er nach dem Pergamentstapel, der durch die Fadenbindung weiterhin zusammenhielt. Dann zögerte er. Eine Idee flog ihn an, etwas völlig Verrücktes.

»Uiuiui, mit einem Meeresgott legt man sich besser nicht an!« Gwydyon sah zu Melyn und wackelte tadelnd mit dem Zeigefinger, anschließend wandte er sich wieder Cooper zu. »Du hast vollkommen recht, mein Freund. Im Llyfr Euraidd steht alles geschrieben, was du wissen musst. Alles über die Vergangenheit, die Gegenwart und die Zukunft von Cantre'r Gwaelod.« Der Magier musterte Cooper. »Aber du kannst darin nicht lesen, richtig?«

Das Ceffyl Dŵr stampfte mit dem Huf auf, seine Mähne flog durch die Luft.

Irritiert blickte Cooper zu ihm. »Daliwr, ich bitte dich! Gwydyon ist unser Freund, er hat mir Hilfe versprochen – im Gegensatz zu dir! Du willst das Buch nur für dich selbst haben!« Er wandte sich wieder dem Zauberer zu. »Die Schleife lässt sich nicht lösen.«

Gwydyon grinste. »Ich soll also das Buch öffnen, mehr nicht? Nichts leichter als das, mein hilfreicher Freund. Wer mir wie du zu einem der größten Siege in der Geschichte verholfen hat, dem erweise ich gerne jeden Gefallen. Nur her damit, das Schleifchen löst sich ganz von allein, wenn man nur weiß, wie.«

Ein fauchendes Zischen erklang, dann schoss eine grauweiße Dampfwalze in der Geschwindigkeit einer Kanonenkugel zwischen Cooper und Gwydyon. Cooper fiel rücklings zu Boden, und der Zauberer stieß einen Fluch aus, auf den ein donnerndes Krachen folgte.

Für den Bruchteil einer Sekunde stand Derek wie erstarrt da. Bislang war für ihn alles nur ein Abenteuer gewesen, nicht immer leicht, aber gefühlsmäßig wie eine Quest bei World of Warcraft. Melyn mit ihrem exotischen Aussehen und ihrem andersartigen Verhalten hatte er stellvertretend für die Anderwelt gesehen, nun jedoch kämpften vor seinen Augen ein Wasserdämon in Pferdeform und ein leibhaftiger Zauberer, und ihm kam es vor, als wäre ihm ein Schleier von den Augen gerissen worden. Hier war die echte Anderwelt, real und brandgefährlich!

»Was soll das, du hirnloser Wassergeist?«, brüllte Cooper.

»Wahrlich, ein wüster Meeresgaul!«, rief der Zauberer, und das Ceffyl Dŵr zischte empört.

Cooper rappelte sich stöhnend auf. Der Wasserdämon nahm wieder Anlauf, noch immer wie ein Dampfross fauchend und schnaubend. Der Hexenmeister richtete den langen Stab bedrohlich auf ihn, doch Cooper warf sich dazwischen.

»Halt, bitte hört auf, beide!«

Melyn hielt sich hinter dem alten Baum versteckt, von seiner Position aus konnte Derek gut sehen, wie ihr der Schrecken ins Gesicht geschrieben stand. Auch sie schien dem Magier zu misstrauen, sie hatte vorher schon Zweifel geäußert!

Das Pferd stellte sich auf die Hinterbeine und schlug mit den Vorderhufen nach dem Zauberer, der den Angriff mit dem Stab gekonnt abwehrte und dabei wütende Flüche ausspie. Cooper ging erneut dazwischen, bekam einen Schlag ab, ob vom Stock oder von einem Huf getroffen, war nicht nachzuvollziehen. Unwillkürlich zuckte Derek zusammen. Für einen Moment taumelte Cooper rückwärts, und Derek wollte schon zu ihm rennen, doch er hob bereits wieder die Arme und forderte nachdrücklich Ruhe.

»Derek? Bringst du bitte das Llyfr Euraidd?«

Derek griff in den Rucksack, packte das Buch zwischen die Deckel, die sich wie von allein fest daran schmiegten. Das Seidenband war wieder verschlossen. Überrascht hob er die Brauen.

»Hier!« Er trat aus seinem Versteck vor und zeigte die mit dem goldenen Baum geschmückte Vorderseite. »Ich habe es für den Moment aus der Schusslinie gebracht.« Als er das Buch Cooper übergab, wallte in seinem Magen ein flaues Gefühl auf, ein kurzes Empfinden von Schwerelosigkeit. Zugleich überzog ein Prickeln seine Hand, wanderte den Arm entlang und verteilte sich über den ganzen Körper, ehe es genauso plötzlich verschwand.

Cooper streckte dem Zauberer das Exemplar entgegen, der Wassergeist bäumte sich noch einmal auf und schüttelte sichtlich zornig die Mähne.

»Die Magie des Buches ist geschwächt. Oh, es missbehagt ihm wohl, von seinem Thron gerissen zu sein.« Der Hexenmeister hob den Zauberstab und vollführte eine kaum merkliche Bewegung damit. Wie von Geisterhand schwebte das Werk auf ihn zu.

Derek presste seinen Mund zu einem dünnen Strich und sah dem Buch nervös nach.

»Vielen Dank!« Gwydyons Kichern holte ihn aus seinen Gedanken. Es klang – diabolisch? Dann hatte sein erster Eindruck ihn nicht getäuscht.

»Bitte nicht!«, stammelte Melyn. Derek hatte nicht mehr auf sie geachtet, doch nun entnahm er ihrem Blick das, was auch er dachte: Gwydyon würde es nicht mehr zurückgeben.

Das Entsetzen schob sich über Coopers Miene, während er beobachtete, wie der Zauberer das Werk unter seinen Umhang steckte.

»Wiederholten Dank, junger Freund! Ich wusste doch, dass du es im Besitz hattest! Hatte ich geglaubt, mit dem Sieg über Arawn die größtmögliche Macht zu erreichen, so hat deine kleine neuerliche Hilfestellung mir zu gewaltigem Einfluss verholfen. Nun kann ich nicht nur über Annwn herrschen, sondern auch über Cantre'r Gwaelod! Über die komplette Anderwelt!« Er stieß ein irres Lachen aus.

Derek versuchte, Coopers Gefühle abzulesen. Etwas zwischen begossener Pudel und im falschen Film stecken. Er wirkte mehr ernüchtert als enttäuscht und sah tatenlos zu, wie Gwydyon winkte und sich in eine Wolke aus Nebel hüllte.

Das Pferd riss Cooper aus dessen Starre. Mit einem Satz stand es vor ihm und schnaubte fauchend, ein Ruck ging durch ihn, er griff in die Mähne und zog sich auf den breiten Rücken. Hastig schälte er sich aus der Jacke, packte sie am Kragen und schwang sie etwas unbeholfen wie ein Lasso im Kreis.

»Cooper, tu es nicht!«, brüllte Melyn. Cooper beachtete sie nicht, Derek sah ihm an, dass er das Buch zurückholen wollte.

Tu es nicht!, dachte auch Derek, doch vor lauter Anspannung war sein Mund wie zugeschweißt.

Das Pferd galoppierte auf Gwydyon zu, im nächsten Augenblick schoss es nur durch eine Wolke aus grauem Dunst. Der Zauberer stand einige Meter davon entfernt und lachte.

»Cooper – nicht!«, rief Derek endlich, doch sein Freund hörte ihn nicht oder ignorierte ihn.

Der Wassergeist schlug einen Haken, und Derek staunte, wie Cooper es schaffte, sitzen zu bleiben – auf dem Pferderücken mussten Fliehkräfte herrschen wie in einer Humanzentrifuge. Die beiden rasten auf Gwydyon zu, der schon wieder grinste, allerdings näherte sich hinter ihm Melyn, ihre Züge vor wilder Entschlossenheit verzerrt. Der Zauberer bemerkte, dass er umzingelt war, und sein Gesichtsausdruck wechselte zu blankem Hass.

»Nein!«, brüllte Derek.

Gwydyon hob den Zauberstab und ließ ihn mit einem Ausruf zu Boden krachen. Violette Blitze streuten in alle Richtungen; das Pferd zuckte zurück und stieg. Cooper schlug hilflos mit der Jacke um sich. Einer der Blitze traf diese, es gab einen lauten Knall, und in seiner Hand blieb nichts als ein winziges Stück verkohlter Stoff.

Der Hexenmeister hatte abermals seinen Ort verändert und befand sich rund dreißig Yards von ihnen entfernt inmitten einer Weide, eine Handvoll Schafe stob verschreckt auseinander. Mit seinem Zauberstab malte der Zauberer einen Bogen in die Luft, der wie in einer flammenden Linie sichtbar wurde.

»Los, ihm nach!«, zischte Cooper, und sein Pferd jagte auf den Magier zu. Unterhalb des Lichtbogens flirrte die Luft, und Derek war sofort klar, dass dieser ein Tor in die Anderwelt geschaffen hatte. Der Zauberer trat über die Grenze, seine Gestalt verschwamm im Flimmern.

Cooper legte sich flach auf den Hals des Ceffyl Dŵr, das noch einen Gang zulegte. Im Renngalopp schoss es auf den Lichtbogen zu, der bereits verblasste. Wollten sie etwa in die Anderwelt übertreten?

»Nein!«, brüllte Derek abermals, doch Cooper hörte nicht auf ihn.

Das Pferd spannte die Muskeln an, sein Rücken zog sich zusammen wie eine Feder, und in einem mächtigen Satz drückte es sich ab und flog auf das Tor zu. Kurz bevor es wieder aufsetzte, schlug ein gewaltiger Blitz aus dem Lichtbogen und traf es mitten in die Brust, es knallte ohrenbetäubend, in Dereks Gehör pfiff es grell, und für einen Moment schoss eine Hitzewelle durch seinen Körper.

Cooper rutschte durch den Pferdeleib hindurch, als gäbe es ihn gar nicht. Hart prallte er am Boden auf, überschlug sich und blieb für einige Sekunden reglos liegen. Derek stürzte zu ihm, Melyn folgte sofort.

»Cooper!«

Stöhnend stützte er sich auf einem Ellbogen auf und blinzelte. »Wo ist Daliwr?«

Derek schluckte bekümmert und deutete stumm hinter ihn. Einige Schritte entfernt lag der Pferdekörper des Wassergeists der Länge nach auf dem Gras. Leichter Nebel umwogte ihn. Derek half Cooper auf, benommen stolperte er auf das leblose Pony zu.

Die Augen des Ceffyl Dŵr waren geschlossen, seine Nüstern im Schmerz verzerrt. Auf der hellgrauen Brust prangte ein schwarzer Fleck um einen trichterförmigen Krater, der bis ins Herz zu reichen schien. Sein Leib sah aus, als wäre ihm die Luft ausgegangen.

Cooper fiel auf die Knie. »Daliwr!«, wisperte er. Er umschlang den großen Kopf und schmiegte seine Wange an das weiche Fell. »Mein lieber Freund! Was ist mir dir?«

Der Wassergeist rührte sich nicht. Er streichelte ihm über die Stirn. Die dunklen Augen des Ponys sahen erloschen aus.

»Daliwr ...«

Derek kniete sich neben ihn, legte seine Hand auf Coopers Schulter. Das Ceffyl Dŵr war ein Geist, ein kleiner Dämon, die konnten doch nicht sterben?

Die Ohren des Pferdes zuckten. Cooper blinzelte überrascht und strich ihm die Mähne aus dem Gesicht. Derek hatte den Eindruck, es wollte sich bewegen, konnte aber nicht. Unter seiner Hand fühlte er die Wärme von Coopers Haut durch den Stoff des T-Shirts hindurch. Noch etwas empfand er, als würde es telepathisch übertragen: Coopers Trauer. Dereks Herz drückte in der Brust, ein brennender Schmerz, und er ahnte, dass es Coopers Leid war, das er spürte.

Mit zitternden Fingern löste Cooper das Halfter. »Du bist frei, mein Freund.« Seine Stimme war tränenerstickt. Für einen Moment hielt er ganz still, als lauschte er. Sprach der Wassergeist noch einmal gedanklich zu ihm?

»Nein!«, keuchte Cooper entsetzt und drückte sein Gesicht in die Mähne.

24

Daliwr löste sich unter mir auf. Ich spürte, wie mein Kopf tiefer sank, der Körper des Wassergeists fiel in sich zusammen, als zersetzten meine Tränen ihn wie Zuckerwerk.

»NEIN!« Schluchzend versuchte ich von ihm festzuhalten, was noch zu sehen war, doch ich griff ins Leere. Es glich dem Versuch, Wasser in der Hand zu halten: Er rann mir einfach zwischen den Fingern durch, und mehr und mehr verschwamm alles im Nebel.

Ich spürte Hände auf meinen Schultern. Melyn und Derek knieten neben mir, Melyn schmiegte sich an meinen Arm, während Derek seinen um meine Schultern legte und mir einen Kuss auf die Schläfe hauchte.

Grauenhaft schmerzende Trauer legte sich wie ein Bleigewicht auf meine Brust, und ich glaubte, keine Luft zu bekommen, bis ein leises Summen den Schleier aus Tränen durchbrach. Melyn sang eine Melodie, die mich umschmeichelte wie liebkosende Hände, und Derek wiegte mich sanft im Takt dazu. Ich fühlte mich betäubt, aber die fremd klingenden Silben nahmen mir die Benommenheit.

Melyns Lied endete. »Wir sollten ihn ins Wasser bringen«, flüsterte sie. »Da gehört er hin.«

In mein Bewusstsein drang nicht, wie ich die Kraft aufbrachte, um Daliwr ins Meer zu ziehen. Obwohl nur noch eine Hülle übrig war, die von milchigem Dunst umgeben war, schien es unmöglich. Unsere Hände bekamen seinen Körper nicht richtig zu fassen, und zugleich erschien er uns tonnenschwer. Wir schleiften ihn über die Wiese, durch Tore in den Trockenmauern, bis zum Strand. Der Sand knirschte unter den Füßen, Schweiß bildete sich auf der Stirn, die Wellen leckten an unseren Knöcheln. Endlich lagen seine Überreste im Meer. Wie grauweißer Schaum lösten sie sich auf und trieben einen Augenblick lang auf der Oberfläche, bis nach einigen Minuten nichts mehr von ihnen zu sehen war.

»Tut mir so leid«, murmelte Derek.

Ich konnte nichts entgegnen, meine Kehle war wie verschnürt. Hatte Daliwr an meiner Seite gekämpft? Hatte er bloß wegen des Halfters gehorcht? Oder nur das Buch haben wollen? Ich ließ mich in den nassen Sand sinken, ignorierte, dass die Feuchtigkeit in meine Hose kroch, und starrte aufs Meer. Schaumfleckige Wogen. Waren das Überreste von Daliwr? Der Wind frischte auf, das verhieß nichts Gutes.

Derek streckte mir die Hand entgegen. »Komm! Lasst uns gehen.« Er half mir auf, beim Gehen stützte er mich, während er den Rucksack trug, Melyn hielt meine Hand.

»Sag mal, Melyn«, wandte Derek sich an unsere Freundin, »bist du dir sicher, was die Kirche betrifft? Der Zugang zur Anderwelt dort ist verschlossen?«

Er sah sich nervös um. Ich konnte es ihm nicht verdenken, auch er hatte in der letzten halben Stunde vieles erlebt, mit dem er bestimmt nicht gerechnet hatte, es musste ein Schock für ihn sein.

»Kein Anderweltler kann eine Kirche oder ein Kloster betreten, wenn er nicht dazu eingeladen wird.«

Derek räusperte sich seltsam. »Hättet ihr was dagegen, für einen Moment die Kapelle aufzusuchen?«

Verwundert sah ich ihn an. Dann überlegte ich, dass es ein Ort war, an dem ich für einen Moment zur Ruhe kommen, vielleicht sogar ein wenig Trost finden konnte. Eine

Gedenkminute für meinen toten Freund. »Gerne.« Ich sah Melyn an. »Ist das in Ordnung für dich?«

Der Blick aus ihren Augen war voller Wärme und Güte, sie nahm mich in den Arm und drückte mich an sich.

»Ich fühle mit dir«, wisperte sie, dann nickte sie Derek zu. »Lasst uns gehen!«

Kurz darauf standen wir vor dem grauen Kirchlein, ein Kleinod, dass sich von der schroff-schönen Natur der kleinen Insel abhob und wie ein Ruhepunkt wirkte. Die Pforte war verschlossen.

»Vielleicht kann die Dame aus Plas Bach uns helfen«, sagte Derek. »Sie scheint sich hier auszukennen.«

Wir kehrten nach Plas Bach zurück, wo die freundliche Frau uns mit gerunzelter Stirn entgegensah. »Kommt her!« Sie winkte uns heran, als hätte sie uns bereits erwartet, und führte uns in eine niedrige Stube, in der auf einem Holztisch Tee, das traditionelle Früchtebrot Bara Brith mit gesalzener Butter und einige fein geschnittene Apfelschnitze bereitstanden.

»Setz dich, mein Junge.« Sanft drückte sie mich auf einen der Holzstühle und schenkte mir eine Tasse voll. Sie nickte Melyn und Derek zu, die ebenfalls Platz nahmen.

Verwundert sah ich sie an. »Vielen Dank.«

»Wir haben leider nicht viel Zeit«, sagte Derek. »Wir würden gerne noch die Kapelle besichtigen. Wissen Sie, ob uns jemand reinlassen kann?«

»In der Tat.« Sie lächelte. »Ich kann euch aufschließen. Mein Großonkel war früher Pfarrer hier vor Ort, ich kümmere mich ein wenig um die alten Gebäude und um dieses Domizil.« Sie wies um sich.

Derek lächelte zurück und hob seine Tasse an. »Dann servieren Sie jedem Besucher Tee?«

Nun lachte sie. »Nein, das nicht.« Sie ließ sich neben mir nieder. Ihr Lächeln verschwand, aus großen Augen musterte sie mich. »Ich habe gesehen, was passiert ist«, sagte sie mit gedämpfter Stimme. Sie legte eine Hand auf meinen Arm und schenkte mir einen mitfühlenden Blick. »Die Anderwelt ist stark an diesem Ort. Nicht immer verstehen wir alle Dinge.«

Überrascht sah ich sie an und schluckte schwer. Es dauerte einen Moment, bis ich meine Sprache wiedergefunden hatte. »Wie heißen Sie?«

»Judy Smith. Möchtet ihr die Kapelle nun besichtigen?«

»Sehr gerne, danke Judy!«

Sie führte uns quer über die Straße. Derek eilte mit ihr voraus, Melyn und ich folgten nebeneinander, Melyn mit eingefallenen Schultern und gesenktem Kopf. Ihr war klar, dass wir alles verloren hatten. Ich nahm ihre Hand.

»Es tut mir so leid, Liebes. Ich dachte wirklich, Gwydyon würde uns helfen.«

»Das weiß ich doch. Es ist nicht deine Schuld.« Unvermittelt sah sie mich an. »Nun wird er gejagt. König Helig ap Glanawg wird es nicht auf sich sitzen lassen, dass ihm das Buch gestohlen wurde. Du hast gehört: Das gesamte Königreich ist in Aufruhr!«

»Er hat Myrddin«, sagte ich. »Er wird Gwydyon ordentlich Kontra geben. Dein Volk bekommt das Buch schon zurück.« Meine Stimme wurde ganz rau. »Nur für uns ist es verloren.«

Nun war es Melyn, die meine Finger drückte. »Und du hast Daliwr verloren. Für mich war er bloß ein niederträchtiges Ceffyl Dŵr, aber für dich ein Freund.«

Ich brachte ein schwaches Lächeln zustande. »Danke. Das bedeutet mir viel.« Einen Moment lang starrte ich vor mich hin. Die ganze Zeit hatte ich darüber nachgegrübelt, vorher schon, und noch immer rätselte ich, was ich tun sollte. Nun aber schien mir, als existierte nur noch dieser Weg. Ich dachte an meine Großmutter, an Derek, an die Uni und die Freunde, die ich gefunden hatte. »Also, da es keine andere Lösung gibt ...« Meine Stimme brach, und ich musste mich räuspern. »Wenn es keine andere Lösung gibt, werde ich dich natürlich heiraten.«

Melyn antwortete nicht, sie drückte nur ein weiteres Mal meine Hand.

Die Kapelle aus grauem Naturstein besaß Anklänge an gotische Architektur mit Spitzbogenfenstern und steilen Giebeln. Judy schloss die Tür auf.

»Seht euch in Ruhe um. Bitte gebt mir Bescheid, wenn ihr geht, dann kann ich wieder zusperren.« Sie schmunzelte. »Letztes Mal haben sich zwei Schafe in die Kirche verirrt. Ich habe gewiss nichts gegen Schafe, es war ja gewissermaßen ein symbolisches Bild, aber deren Dreck durfte ich dann wegräumen.« Sie verabschiedete sich und ließ uns allein.

Die Besonderheit des Ortes nahm uns für den Moment alle gefangen. Staunend sahen wir uns um.

»Glaubst du, wir sind hier sicher?«, stieß Derek plötzlich hervor.

Überrascht sah ich ihn an. Sein Gesicht wirkte starr.

Melyn schien sofort zu begreifen, worauf er hinauswollte. »Dies ist der sicherste Ort auf der Insel, denke ich.«

»Was ist los?«, zischte ich an Derek gewandt.

Die Anspannung fiel sichtbar von ihm ab und er grinste mich an. »Ich hoffe nur, der Zauberer kann das Buch gebrauchen – dort, wo er jetzt ist.«

Meine Brauen senkten sich so tief, dass sie in mein Blickfeld rutschten. »Was meinst du damit?«

»Na ja, falls er mehr über das Kloster oder die Wildvögel auf der Insel erfahren möchte oder so ...«

»Ich kapiere nichts!«, knurrte ich. War er verrückt geworden?

Er griff in den Rucksack und zog einen Stapel Blätter hervor, die ich auf den ersten Blick als eine Sammlung extrem alter und auffallend heller Pergamente identifizierte. Melyn schnappte hörbar nach Luft.

»Was zum …?«, setzte ich an, fing mich aber noch rechtzeitig.

Derek grinste. »Nicht in einem Gotteshaus!«

Ungläubig starrte ich ihn an. »Was ist das?« Ich wagte kaum, es für wahr zu halten.

Er schien meine Gedanken ablesen zu können. Grinsend nickte er. »Doch, genau das ist es!«

Als er mir die Pergamente überreichte, weiteten sich auch die Augen von Melyn. Auf dem obersten Blatt stand es: *Llyfr Euraidd o Cantre'r Gwaelod.*

Mein Mund klappte ein paar Mal auf und wieder zu, bevor ich imstande war, meine Gedanken in Worte zu fassen.

»Wie ist das möglich?«

Verlegen grinste Derek. »Das kann ich dir auch nicht wirklich erklären. Als du mir das Buch gegeben hast und dieser Zauberer plötzlich auftauchte, habe ich mich erst mal damit versteckt. Ich weiß nicht warum, aber ich fand Gwydyon nicht vertrauenswürdig.«

»Tatsächlich?« Ein leichtes Schamgefühl stieg in mir auf. »Er hatte mir seine Hilfe fest versprochen.«

Melyn legte mir ihre Hand auf den Arm, was guttat und mir das Gefühl gab, nicht total versagt zu haben.

»Ich glaube, du warst zu abgelenkt von dieser Baumkrieg-Geschichte und dem Höflichkeitsgeplänkel«, sagte Derek. »Ich habe ihn beobachtet, etwas an ihm gefiel mir nicht. Außerdem schien Daliwr dich auch warnen zu wollen, und deinen Geisterfreund empfand ich als verlässlicher als diesen Magier. Jedenfalls wollte ich das Buch im Rucksack verstecken.«

»Und wie konntest du es dann öffnen? Was hast du ihm stattdessen gegeben? Es sah genau aus wie das Llyfr Euraidd!«

»Wie ich es öffnen konnte, weiß ich nicht. Es fiel einfach auseinander. Vielleicht bin ich versehentlich an der Schleife hängen geblieben? Jedenfalls hast du dann um das Buch gebeten. Als ich in den Rucksack gegriffen habe, wo der Inhalt des Llyfr Euraidd reingefallen war, erwischte ich zuerst den Reiseführer. Warum nicht, habe ich gedacht und ihn einfach mal zwischen die Buchdeckel gelegt.«

Ungläubig lachte ich auf. »Du hast was?«

»Die Deckel haben sich wie von selbst um den Reiseführer gelegt, das Band war plötzlich wieder verschlossen, und auf den ersten Blick sah es wirklich aus wie das Original. Tatsächlich war ich extrem nervös, weil ich davon überzeugt war, der Zauberer müsste meinen Schwindel sofort bemerken.«

Schmunzelnd schüttelte ich den Kopf. »Ich fasse es nicht. Und Gwydyon ist darauf reingefallen.« Ich wandte mich an Melyn. »Wieso hat er wohl nicht sofort durchschaut, dass es nicht das Llyfr Euraidd ist, was er in den Händen hält?«

»Er hat nur die Magie gespürt und deshalb gedacht, er hätte es, schätze ich. Es sah ja wirklich so aus.« Melyn musterte Derek nachdenklich. »Du hast Glück gehabt, dass du nicht aufgeflogen bist. Er hätte sicher nicht gezögert, dich zu töten.«

Das Blut wich sichtbar aus seinen Wangen. »Ja ... ja, dass es nicht ungefährlich ist, was ich tue, dachte ich mir schon.«

»Deshalb wolltest du an den sicheren Ort!«, stieß ich hervor. »Damit Gwydyon uns nicht findet, wenn er merkt, dass er betrogen wurde!«

»Ich wollte vor allem einen Platz haben, an dem wir ungestört im Buch lesen können. Wenn wir alles über die Geschichte von Melyns Ahnin wissen, kann er es ja von mir aus haben.«

»Gib es ihm nicht!«, stieß Melyn hervor, und ich legte beruhigend meine Finger auf ihren Arm.

»Mach dir keine Sorgen. Gwydyon wird es nicht in seine Hände bekommen, dafür sorge ich schon.« Ob es mir gelang, meine Zweifel durch die möglichst feste Stimme unhörbar zu machen, wusste ich nicht. Mit einem schmerzhaften Ziehen in meiner Brust wurde mir bewusst, dass auch Daliwr das Buch niemals bekommen würde. Und es gab auch keinen Anlass mehr zu überlegen, wie ich ihn aus der Knechtschaft Caer Wyddnos befreien konnte.

»Lasst uns anfangen!«, schlug Derek vor und wies auf das Llyfr Euraidd.

25

Vorsichtig tasteten meine Finger über die glatte Oberfläche des Deckblatts, dann blätterte ich um. Eine reich bebilderte Doppelseite lag vor mir. Die Abbildungen ordnete ich dem Mittelalter zu, die Schrift lieferte einen weiteren Hinweis auf das frühe Entstehungsdatum. Das erste Wort, das mir ins Auge stach, war ein Name.

»›Ysgrifenodd Einion Frenin y llyfr hwn.‹« Ich sah Melyn an. »Es geht um Einion!« Für einen Moment verschwamm die Schrift vor mir, und obwohl sich weder Buchstaben noch Worte geändert hatten, konnte ich es plötzlich lesen. »König Einion schrieb dieses Buch.« Irritiert blinzelte ich, dann lachte ich auf. »Ich kann verstehen, was da steht!«

»Welche Sprache ist das?«, fragte Derek. »Walisisch?«

Er konnte es nicht entziffern? Nachdenklich verzog ich den Mund. »Angesichts des Alters könnte es auch Alt-Kymrisch sein. Keine Ahnung.« Erneut musste ich lachen. »Wieso verstehe ich das plötzlich?«

Melyn blickte mich ernst an. »Das Buch ist pure Magie. Nur mächtige Zauberer können es lesen.«

Mächtige Zauberer? Das war ich definitiv nicht, es musste eine andere Ursache haben. Das Unterbewusstsein war imstande, Sprachen zu lernen. Gab es nicht immer wieder mal Fälle von Menschen, die plötzlich eine Fremdsprache beherrschten? Wie oft hatte ich Walisisch schon in der Kindheit gehört, auch wenn meine Mutter es nie mit mir gesprochen hatte? Nia redete heute noch Walisisch mit Ladina, wenn sie – selten genug – miteinander telefonierten.

Ich blätterte um und flog über die Zeilen.

»Was steht da?«, fragte Derek.

»Lies bitte vor!«, sagte Melyn.

»›König Einion schrieb dieses Buch als Vermächtnis für die unteren Hundert.‹« Ich korrigierte mich: »Moment, gemeint ist Cantre'r Gwaelod. Er hat das Buch deinem Land gewidmet.« Ich warf Melyn einen Blick zu. »›Dem Buch liegen mächtige Sprüche zugrunde, nur ein wahrer König, ein mächtiger Zauberer und die Erben Einions werden darin lesen und schreiben können. Das Buch kennt seinen Verfasser und wird ihn immer wiedererkennen.‹« Ein wenig ratlos kratzte ich mir den Kopf. »Da folgen jetzt viele Namen, Weißzahn und so, ich glaube, das ist für uns nicht wichtig.«

Auf den nächsten Blättern folgten wunderbare Illustrationen, dem Stil nach schätzte ich diese auf Ende des frühen Mittelalters. Sie mussten um die tausend Jahre alt sein. Ein unschätzbarer Wert! Auf der linken Seite war das Bild in dunklen Farben gehalten, am unteren Rand duckten sich verschreckt aussehende kleine Dämonen, und oben, mittig am Himmel ein helles Licht. Ein Stern? Ein Komet? Rechts erkannte ich einen stilisierten Löwen, der als Sonne am Firmament prangte, wohl Llew, nahm ich an, darunter Wasser und Land, ein paar sehr kleine Menschen, normale und welche von Melyns Volk, Wale oder Delfine, die sich im Meer tummelten. Infolge fehlender Infrastruktur kamen die mittelalterlichen Künstler nicht weit herum, dementsprechend sahen Darstellungen von Tieren oft recht kurios aus. Bei diesem Maler vermutete ich, dass er entweder noch nie einen Delfin gesehen hatte – schwer vorzustellen auf einem Eiland, das förmlich von Delfinen umgeben war –, oder kein Meister gewesen war. Vielleicht Einion selbst? Dennoch waren die Illustrationen sorgfältig und detailliert gearbeitet.

»Das ist die Entstehungsgeschichte der Völker. ›Am Anfang war die Finsternis, beherrscht von den Fomoraig‹«, las ich vor. »Das sind wohl diese niedlichen Teufelchen hier.« Ich deutete nach links unten.

Melyn verzog das Gesicht. »Fomoraig sind hässliche und gewalttätige Wesen, der Inhalt von Albträumen!«

»›Die Urmutter Dôn warf den Lebensfunken in die Welt und befahl den Fomoraig, sich in die Nacht zurückzuziehen‹«, fuhr ich fort. »›Sie schenkte Llŷr das Wasser, doch bald genügte es nicht mehr, und sie erschuf Llew, der das Meer trocknete und das Land hervorbrachte. Die Götter maßen sich darin, das schönste Leben zu kreieren, und Llew machte den Menschen. Dôn wollte ihm die Vorherrschaft zuteilen, doch da übertrumpfte ihn Llŷr mit den Walen und Delfinen. Llew gab sich mit der Niederlage nicht ab, stahl Llŷr ein weiteres Stück Meer und rief die schönsten und edelsten Wesen ins Leben, die je das Licht der Welt erblickt hatten: die Sonnenkinder.«

»Euch«, sagte Derek an Melyn gewandt und deutete auf das hellblonde Menschlein im Bild. Die Grimasse, die er dabei zog, zeugte davon, dass er mit der Rangfolge Mensch – Delfin – Sonnenkind nicht unbedingt konform ging.

»Nanntet ihr euch einst die Sonnenkinder? Plant Haul?«, fragte ich.

Melyn wiegte unsicher den Kopf. »Das ist mir nicht bekannt.«

»Ich denke schon, dass dein Volk gemeint ist. Sieh nur, Cooper sagte, alle bei euch hätten dieses hellblonde Haar. Es erinnert wirklich an Sonnenlicht!«, sagte Derek. »Aber zurück zur Entstehungsgeschichte: Ich finde das unlogisch. Müsste nicht erst das Land entstehen und dann das Meer?«

Nachdenklich brummte ich. »Die Logik ist nicht das Kernthema diverser Schöpfungsgeschichten. Wenn es danach ginge, wäre unsere Welt in sechs Tagen entstanden und du ein sprechender Klumpen aus Lehm.« Ich ignorierte seinen missbilligenden Blick. »In dem Fall begreife ich so langsam die Zerstörungswut des Meeresgottes. Llew hat ihm all das Land geklaut. Die Schleusen müssen eine magische Funktion gehabt haben, um Llŷr fernzuhalten, richtig?«

Melyn stimmte mir zu. »Wenn ein Erbe eine Schleuse zerstört, wird Llŷr geweckt.«

Wir blätterten weiter. Es folgten einige kurze Geschichten über Bardsey Island, oder Ynys Enlli, wie die Insel auf Walisisch hieß, dann stießen wir auf eine Illustration, die ich sofort der Legende um Mererid zuordnete.

»Hey, Leute, jetzt wird es interessant: ›Die Sage von Mererid‹.«

Derek und Melyn lauschten aufmerksam, und ich las vor: »›Im Jahr der Feier zu Ehren Dôns, unter reichlichem Segen der Götter, gab es für die Sonnenkinder nichts zu tun, als die Aufgaben zu erledigen, welche die Götter ihnen zuteilwerden ließen. Eine Maid namens Mererid, vielversprechender Sprössling aus der Sippe Iagos, Abkömmlinge des Löwen, war mit der Wacht über die Schleusen betraut.‹« Ich stutzte. »Hier wird für Schleuse ein lateinisches Wort verwendet: ›exclusa‹. Ich weiß, dass das übersetzt Schleuse bedeutet, aber irgendwas klingelt noch bei mir. Ich komme aber nicht drauf!«

»Exclusa heißt auch Rinne. Abflussrinne und so«, sagte Derek.

Verblüfft starrte ich ihn an. »Du kannst Latein?«

»Hallo? Ich studiere Biologie!«

»Dafür braucht man ein Latinum?«

Derek grinste. »Nein. Aber hat sich bewährt. Merkst du ja jetzt!«

Exclusa hieß auch Rinne. *Abflussrinne.* Ich spürte, wie mir das Blut aus den Wangen wich, und in meinen Magen legte sich ein eisiges Gefühl. Ich starrte Melyn an. »Der Abfluss im Bad!«

Derek blinzelte verwirrt. »Alles in Ordnung mit dir?«

Ich sprang auf und stellte mich Melyn gegenüber. »Ich habe es getan! Du hattest recht! Vor einer guten Woche habe ich einen Abfluss im Bad ausgetauscht! Das Wasser ist nicht mehr richtig abgeflossen, die Handwerker haben bei der Renovierung vor einigen Monaten das alte Rohr drin gelassen. Bei Nia im Haus, verstehst du?«

Verunsichert wiegte Melyn den Kopf.

»Ich habe das alte Rohrstück ausgetauscht! War nicht so schwer, Tutorial auf YouTube, Material aus dem Baustoffhandel. Exclusa – Abflussrinne! Ich habe eine alte Abflussrinne zerstört, und auf Latein bedeutet Abflussrinne und Schleuse dasselbe! Ich bin der Erbe!« Entsetzt schlug ich mir die Hände an den Kopf. »ICH habe Llŷr gerufen!«

»Weil du den Abfluss repariert hast?« Derek musterte mich nachdenklich.

»Ich habe eine ›exclusa‹ zerstört, im Sinne dieses Buches eine Schleuse. Ich bin der Erbe! Außerdem steht vorne drin, dass nur die Zauberer und die Erben Einions das Buch lesen können.« Meine plötzlichen Walisisch-Kenntnisse rührten nicht vom Einfluss meiner Großmutter! »Es ist die Magie des Llyfr Euraidd! Bist du ein echter Erbe, kannst du es lesen, egal ob du die Sprache sprichst oder nicht!«

»Aber wieso konntest du das Buch nicht öffnen?«, fragte Melyn.

Ich ließ mich wieder auf die Kirchenbank sinken und nahm das Buch auf den Schoß. »Berechtigter Einwand.« Mein Herz klopfte bis in meinen Hals. Für einen Moment glaubte ich zu wissen, ich wäre der Erbe, doch nun setzten Zweifel ein. Ich atmete tief durch. »Ich schlage vor, wir lesen weiter. Gibt sicher noch ein paar Geheimnisse zu lüften.«

»Machst du mit der Geschichte von Mererid weiter?«, fragte Derek. »Das war doch deine Vorfahrin, mit der angeblich alles begann, oder Melyn?«

Melyn bestätigte es, und ich las weiter: »›Einion von Gottes Gnaden, hoch im Ansehen, erfolgreich in der Jagd, gewählt zum König, aus dem Geschlecht des Owain Weißzahn: Zum rechtmäßigen Besteigen des Throns musste er eine Gemahlin erwählen. Da war die Adwen Tochter des Rhyn, Dwyn Tochter des Brychan, Gwladys Tochter des Beli‹, puh, jede Menge Namen, ›und als er Severa Tochter des Maximus nannte‹, ah, jetzt wird es interessant: ›Als er Severa Tochter des Maximus nannte als sein Weib, flossen bei Mererid bittere Tränen. Severa gebar Einion sechs Kinder, die hießen‹ – und so weiter. Severa Tochter des Maximus? Das ist unstrittig ein lateinischer Name! Das Kind eines Römers! Das würde bedeuten, seine Frau kam aus dem Geschlecht der Menschen und nicht aus deinem Volk, Melyn.«

Bekräftigend nickte sie. »Wir haben gelernt, dass dieser Zweig von den Sychderau kommt. Aber wieso steht da, dass Mererid bitterliche Tränen weint? Sind damit die Fluten gemeint?«

Ich überflog die nächsten Zeilen. »Nein, die kommen später. Dort wird die Schleuse wieder erwähnt.«

»Wenn jemand bittere Tränen vergießt, weil ein anderer heiratet, dann doch, weil er oder sie in den anderen verliebt ist!«, meinte Derek.

»Du denkst, Einion und Mererid waren ein Liebespaar?«, fragte ich.

»Das interpretiere ich daraus. Wie geht die Geschichte weiter?«

Ich suchte die Stelle, wo ich aufgehört hatte. »Ah, hier: ›Mererid nahm Rache und ließ die Schleuse außer Acht. Daraufhin sandte Llŷr seine Fluten, um das Volk der Sonnenkinder zu ertränken. So leben sie in Knechtschaft der Ströme, abgeschnitten von der Welt, verdammt in alle Zeiten, von Llews Gnaden.« Ich blätterte um, doch eine neue Geschichte begann.

»Sie rächte sich?«, fragte Derek. »Klingt tatsächlich nach einer verschmähten Liebhaberin.«

Ich verzog den Mund. »Ich weiß nicht. Wenn sie nach Rache sann, hätte sie sich doch eher direkt an Einion gewendet, oder nicht? Wenn ich von einer Liebe enttäuscht wäre und auf Rache aus, würde ich die neue Liebschaft vergiften oder den Mann verletzen.«

Derek presste die Lippen zusammen. »Würdest du?«

Ich zog die Brauen hoch. »Was? Nein, das war hypothetisch gesprochen. Ich kann mir nur nicht vorstellen, dass ihre Rache so aussah, ihr ganzes Volk – einschließlich sich selbst – ins Verderben zu stürzen.«

»Das stimmt allerdings.«

Nachdenklich brummte ich. »Schreiber halten gern ihre eigene Deutung der Tatsachen fest. Zumal Einion selbst Betroffener war, oder nicht? Kennen wir aus zahlreichen historischen Zeugnissen. Wenn Mererid nun nie auf Rache aus war? Sondern nur wegen ihres gebrochenen Herzens sich nicht mehr um ihre Aufgabe kümmern konnte?« Mir ging das Bild aus der Vision durch den Kopf, als Mererid sich so verzweifelt wie vergeblich an den Schleusen zu schaffen gemacht hatte. »Ich wage jetzt mal eine These: Mererid und Einion waren ein Liebespaar, und Mererid hegte durchaus berechtigte Hoffnung, ihn zu heiraten. Doch Einion überlegte es sich anders. Wenn er ein König werden sollte, hat er sich womöglich eine Frau nach politischen Aspekten gesucht. Eine mit mehr Einfluss als Mererid.«

»Aber Mererid stammte aus dem Geschlecht des Löwen. Das war Lleu Llaw Gyffes«, hielt Melyn dagegen. »Ein Abkömmling der Götter.«

Überrascht sah ich sie an.

»Selbst wenn Mererid diesem Zeugnis nach auch von edlem Geblüt war«, sagte Derek, »du hast vermutlich trotzdem recht: Die Familie der anderen Frau könnte mehr Einfluss gehabt oder zumindest versprochen haben. Immerhin handelte es sich um die Römer, römische Christen zu jener Zeit. Und unseren Geschichtsbüchern nach haben die Christen über die alten Götter gesiegt.«

»Erzähl das mal Llŷr!«, brummte ich und schnaubte. Wieder dachte ich an das Bild von Mererid und der Schleuse, an ihre kostbare Robe. »Aber es passt nur, dass Mererid aus einer Königs- oder Götterlinie stammt. Das Wachen über die Anlage schien ein sehr wichtiges Amt gewesen zu sein. Ich meine – ausgerechnet einem Meeresgott wurde das Land genommen, und die Schleuse verhinderte irgendwie, dass er es sich wiederholt.« Ich dachte nach. »Die Schleuse hält Wasser zurück. Wenn sie kaputt geht, fließt das Wasser. Es fließt ... ins Meer? Llŷr wittert dieses Wasser? Das Wasser weckt ihn, oder?«

»So wurde es uns immer beigebracht.«

»Aber was hat das damit zu tun, dass du und ich ...« Vor Derek mochte ich es nicht aussprechen. »... zusammenfinden müssen, um Llŷr zu bezähmen? Findet er es wichtig, dass unsere Völker sich vereinen?« Ich hatte eher das Gefühl, dem Meeresgott waren wir doch vollkommen egal, er wollte sein Reich zurück, das war alles.

»Ich weiß es auch nicht.« Ihre Schultern sackten ein Stück tiefer.

»Eines zumindest wissen wir jetzt: Die Katastrophe fing nicht mit Mererids Versäumnis bei den Schleusen an, sondern mit einem gebrochenen Herzen«, sagte Derek.

Ich schlug die nächsten Seiten um. Einige Geschichten folgten, und dann, etwa in der Mitte des Buches, tauchte plötzlich ein Stammbaum auf. »Seht mal!« Ich deutete auf die Namen. »Einion Frenin. Severa ferch Maximus, ferch heißt Tochter. Ihre Kinder hier, ihre Enkel ...« Ich überflog die Liste. »Das ist gar nicht Einions Schrift, seht ihr?« Ich blätterte zurück, Derek und Melyn nickten zustimmend. Wir gingen wieder zur Ahnentafel vor.

»Cooper, hier!«, schrie Derek auf. »Selwyn!«

Ich erstarrte, mein Herz raste los. Selwyn? Der letzte Name der langen Folge. *Selwyn, Sohn des Meeres.*

»Selwyn Dy Llawn. Das ist er, oder?« Gebannt blickte Derek mich an.

»Dy Llawn. Alt-Kymrisch. Vom großen Meer. Sohn des Meers.« Mit offenem Mund starrte ich zurück. »Dylan. Dylan bedeutet Sohn des Meeres!« Mein Kopf ruckte zu Melyn. »Wellenfreund. Sohnessohn des Sohns des Meeres. Nach ihm solltest du suchen!«

Melyns Augen schwammen vor Tränen, doch sie lächelte dabei. »Und ich habe ihn gefunden!«

26

Ich war es.

Ich war der Erbe Einions!

Mein Großvater stand in diesem Buch, er war ein Nachfahre des Einion Frenin! Und sein kompletter Name hatte etwas mit dem Meer zu tun – kein Wunder, dass er fast nur auf See zu finden gewesen war!

Für einen Moment hatte es sich angefühlt, als hätte sich mein Bewusstsein vom Körper gelöst, zeitlos, wie eingefroren, doch allmählich sickerte es wieder in mich ein. Melyns König hatte korrekt recherchiert und sie mit den richtigen Worten an den richtigen Ort geschickt. Woher aber wusste er es?

Ich überflog die nächsten Seiten, verschiedene Geschehnisse in unterschiedlichen Handschriften waren notiert, allesamt schienen nach der Zeit Einions stattgefunden zu haben. Ich las mir eine der Geschichten genauer durch, dann noch eine.

»Die Magier haben über das Buch mit den Göttern kommuniziert.« Ich blätterte bis kurz vor das Ende. »Hier!« Mein Finger stach auf die Stelle im Buch ein. »Melyn, da wirst du genannt! Ich bin mir sicher, die Order hat Myrddin erhalten und hier notiert.« Ich schlug die letzte Seite auf. Ein Störenfried wiederholter Art wurde erwähnt. »Man nehme ihm die Stimme«, murmelte ich so heiser, als beträfe es mich selbst. Tränen sammelten sich unter meinen Lidern. »Daliwr.«

Derek legte den Arm um mich und strich tröstend über meine Schulter, und Melyn nahm meine Hand und drückte sie.

Die Kirchentür öffnete sich und ließ einen kalten Windstoß herein. Überrascht drehten wir die Köpfe. Es war Judy.

»Meinetwegen dürftet ihr so lange bleiben, wie ihr möchtet, aber Robert hat angerufen.«

Der Fährmann.

Sie trat zu uns, die Brauen leicht erhoben, die Wangen gerötet, als wäre sie gerannt. »Das Wetter sieht nicht gut aus, meint er. Jetzt oder nie.«

Ihr Blick fiel auf das Buch, und ihre Augen weiteten sich noch mehr. »Ist das ein magisches Werk?«

Woher wusste sie so etwas?

»Damit solltet ihr da draußen nicht leichtfertig herumstolzieren.« Sie nestelte am Verschluss ihrer Kette und drückte sie mir in die Hand. »Hier, nimm das!«

Verblüfft betrachtete ich das Schmuckstück. Es handelte sich um ein Kreuz. »Was? Wofür ...?«

Melyn schloss meine Finger um den Anhänger. »Gegen die Anderen! Gwydyon könnte den Schwindel längst bemerkt haben!«

Ich blickte zu Judy. Sie glaubte wirklich an den Sieg des Einen Gottes über die alten Götter. Der Anhänger sah wertvoll aus, ich tippte auf eine hochwertige Silberlegierung. »Ich weiß nicht, was ich sagen soll! Das kann ich nicht annehmen!«

Ich musste sie skeptischer angesehen haben, als beabsichtigt. Sie lehnte sich näher zu mir und sah mich eindringlich an.

»Es ist nicht die Religion. Religion besteht aus zu viel Tradition und Aberglauben. Es ist die Macht, die dahintersteckt.« Mein fragender Blick wurde mit einem Stirnrunzeln beantwortet. »Die göttliche Macht!«, wisperte sie.

Für eine Sekunde stellte ich mir Blitze vor, die in heiligem Zorn vom Himmel geschleudert wurden, doch beinahe im selben Augenblick wurde mir die Lächerlichkeit dieser Idee klar.

»Die … Liebe?«, stammelte ich verwirrt.

Lächelnd nickte sie. »Die älteste Macht der Welt. Die alles erschaffen hat. Die einzig wahre Magie.«

Ich starrte auf den Anhänger in meiner Hand und grübelte einen Moment, dann sah ich wieder auf. »Ich hatte nicht drüber nachgedacht, aber ich habe diese Macht schon einmal genutzt.«

Judys Brauen hoben sich. »Tatsächlich?«

»Ja. Ich habe ein Ceffyl Dŵr gefangen.«

Ihre Augen weiteten sich abermals, und ich war nicht sicher, ob Bewunderung, Unglauben oder Entsetzen darin lag. »Wie hast du das angestellt?«

»Mein Großvater hat sich viel mit der Anderwelt beschäftigt. Er hat mir Aufzeichnungen hinterlassen, unter anderem eine Anleitung, wie man ein Halfter herstellt, mit dem man ein Ceffyl Dŵr fangen kann. Statt aus einem Lederband habe ich es aus einer Paketschnur geknüpft. Am Genickstück sollte ich ein Kreuz einritzen, und weil das nicht ging, habe ich es aufgestickt.« Bei der Erinnerung daran musste ich verlegen lächeln. »Sah nicht schön aus, war aber erkennbar. Ich glaube, das Kreuz war es. Das hat den Wassergeist an mich gebunden.«

Judy spitzte die Lippen. »Was hast du mit dem Ceffyl Dŵr angestellt?«

Mein Grinsen verschwand schlagartig. »Ich habe es freigelassen.«

»Freigelassen?« Nachdenklich musterte sie mich, und ich grübelte, ob sie mich eher für tollkühn oder wahnsinnig befand. »Das war edel.«

Ich schluckte schwer. »Er ist tot.«

Ihre Brauen zogen sich zusammen. »War das das Ceffyl Dŵr am Strand?«

Ich nickte stumm.

Leise seufzte sie. »Er ist ein Geist. Geister sterben nicht.«

Der Kloß in meinem Hals wurde größer. »Doch. Sie vergehen. Er hat sich aufgelöst.« Schweigend starrte ich vor mich hin. »Er war mein Freund.«

»Es tut mir leid, dass du einen Freund verloren hast«, entgegnete sie. Die Art, wie sie mich ansah, erinnerte mich an Nia.

»Danke, Judy.«

Sie geleitete uns nach draußen. Ein scharfer Wind empfing uns, das Rauschen der Wellen klang nach dem Fauchen eines riesigen Monsters.

»Wickele sie um das Buch!« Sie deutete auf meine Hand mit der Kette, und ich folgte ihrem Ratschlag.

»Darf ich dich etwas fragen?«

»Klar!«

»Weshalb hilfst du uns? Woher wusstest du, dass Melyn …«

»Dass sie aus der Anderwelt stammt?« Judy lächelte geheimnisvoll. »Ich kann sie sehen.«

Ratlos blinzelte ich.

»Die Anderweltler. Die heimlichen Wesen. Ich sehe sie, als wären sie mit Farbe markiert.«

»Du *siehst* sie?« Ich musste mich zwingen, den Mund wieder zu schließen, und er klappte auf und zu, ehe ich weitersprechen konnte. »Wie?«

»Ich kann es dir nicht erklären. Es ist einfach so, dass ich es sofort weiß, wenn ich sie sehe.«

»Gibt … es viele von ihnen?«

Judy lächelte und antwortete nicht, stattdessen musterte sie den Himmel, an dem sich bleigraue Wolken in einer Geschwindigkeit ballten, als liefe eine Zeitrafferaufnahme.

»Beeilt euch!«

Wir eilten los. Im Laufen drehte ich mich noch einmal um. »Ich schicke dir die Kette zurück! Ich sende sie nach Plas Bach, dann kommt sie zu dir, oder?«

Lächelnd hob sie die Hand. »Es ist in Ordnung!«, rief sie und ließ offen, ob sie damit meinte, dass ich das Schmuckstück per Post senden oder einfach behalten sollte.

»Wäre ich nicht schon vor einer Stunde hergefahren, ich hätte nicht mehr anlegen können!«, brüllte Robert durch den Sturm. Er stand am Steuerrad, Derek neben ihm, beide aufrecht wie zwei Felsen, von der Gischt umsprüht. Wellen erhoben sich vor uns wie Berge, das Boot bäumte sich auf wie ein bockender Mustang. Melyn und ich saßen hinten und klammerten uns verzweifelt fest, ihr Gesicht sah so übel aus, wie ich mich fühlte. Ich starrte auf ihre Fußspitzen, um einen Punkt zu haben, auf den ich mich konzentrieren konnte, und kämpfte gegen den Brechreiz an, der immer wieder anklopfte.

Von der Anlegestelle Bardsey Islands aus waren es bis zur südwestlichen Landspitze Lleyns nur rund drei Meilen, doch die Überfahrt kam mir vor wie Tage. Schiffsunglücke wie die der mongolischen Invasion 1281 und der Titanic 1912 geisterten durch mein von Seekrankheit befallenes Hirn. Melyns Hautfarbe hatte etwas Grünliches angenommen, doch das konnte auch am von Sturmwolken getrübten Licht liegen.

Ich hatte mich bislang für seefest gehalten, mit Selwyn war ich manchem Sturm begegnet. Es blieb mir ein Rätsel, wie Derek und Robert sich aufrecht halten konnten. Sie trotzten Llŷr, als rangelten sie mit einem Welpen und nicht mit einer Naturgewalt.

Vor Gischt und kochenden Wellen sah ich die Anlegestelle der Lleyn-Halbinsel nicht, bis Derek plötzlich ins Wasser sprang. Eine Woge schlug über ihm zusammen, und einen Herzschlag lang glaubte ich, er wäre über Bord gegangen, und schrie erschrocken auf. Dann aber sah ich ihn sich aufrichten, er kämpfte sich ans Ufer und warf Robert ein Seil zu. Das Boot trieb zurück, der Fährmann steuerte dagegen und gab ein wenig Gas. Ich taumelte nach vorne, nahm ihm das Tau ab und knotete es auf seine Anweisung hin fest.

Das Boot wehrte sich, als wäre es zu Leben erwacht. Es bockte und schüttelte sich, bis Robert es endlich schaffte, das Gefährt in Position zu bringen, und Derek alles vertäute. Die beiden halfen uns an Land, doch bis wir festen Boden erreichten, waren wir alle komplett durchnässt.

An Land war es trocken und der Sturm blies heftig. Ein Schaf blökte und kam neugierig näher gehoppelt, zwei andere folgten ihm. Ohne meine Jacke fror ich, auch Melyn schlotterte erbarmungswürdig.

Derek berührte mich am Arm. »Lasst uns zum Auto gehen. Trocken werden wir ja doch nicht, und es wird spät genug, bis wir zu Hause sind.«

Er zog seine Jacke aus und wollte sie gerade Melyn über die Schultern legen, als ein Schrei ertönte, schrill, als hätten sich alle Kreissägen der Welt zu einem Flashmob des Missklangs vereinigt. Die Schafe flüchteten panisch und rannten bis auf eine Kuppe hoch. Überrascht drehten wir uns um.

Vom Meer her wogte etwas auf, was ich im ersten Moment für eine Sinnestäuschung hielt. Die Luft schwirrte, und ich glaubte, es läge an meiner Erschöpfung oder am abnehmenden Tageslicht. Dann jedoch setzte die Erkenntnis in einer Wucht ein, die mich zwei Schritte zurücktaumeln ließ.

»Das ist Llŷr!«, brüllte ich und starrte auf die Monsterwelle, die sich aufbäumte wie ein Wasser gewordener Dämon, bereit, das Land zu verschlingen.

»Zum Auto!«, schrie Derek und griff nach dem Rucksack.

Doch es war nicht Llŷr – es war schlimmer!

Die Krone der riesigen Woge brach sich haushoch, und es sah aus, als stürzte sie über uns zusammen. Ich konnte nicht abschätzen, wie hoch die Welle wirklich war, doch dass es sich um die gigantischste Wasseraufhäufung handelte, die ich je gesehen hatte, stand außer Frage.

Jemand packte mich am Handgelenk, ich vernahm Dereks Stimme in meinem Ohr. »Lauf!«

Er zog mich mit, die ersten Schritte stolperte ich halb rückwärts, den Blick auf die Monsterwelle gerichtet. In der schäumenden Gischt der Krone bildeten sich dunkle Flecken wie monströse Augen, die mich anstarrten. Plötzlich schossen Wasserschlangen hervor, die sich wie Arme ausstreckten und in meine Richtung griffen. Die Welle erwachte zum Leben, und sie hatte es auf mich persönlich abgesehen!

Dann aber merkte ich: Die Augen waren nicht Bestandteil des Wassers, genauso wenig wie die Arme, die in Wahrheit Beine waren, und beides gehörte zu einem Pferd. Einem riesigen, grauweißen Pferd. Das Donnern vom Aufprall des Wassers auf der Landzunge erschütterte mich bis ins Innerste, wie betäubt taumelte ich, meine Ohren pfiffen, die Trommelfelle schmerzten. Der Boden zitterte wie bei einem Erdbeben. Ein nasskalter Schwall ergoss sich über uns, das Wasser zog uns die Füße weg und warf uns auf die Knie. Hektisch rappelte ich mich auf und rang hustend um Luft. Derek neben mir stand bereits wieder und half Melyn auf die Beine.

»Los! Zum Auto!«, schrie er.

Wir hasteten los, knietief im Wasser, doch die Flut stieg höher, sodass bei mir ein Gefühl aufkam, nicht einen Schritt voranzukommen. Ein donnerndes Brüllen folgte, wütender als der Schrei zuvor.

»BLEIBT STEHEN!«

Melyn schrie spitz auf, ich fuhr entsetzt zusammen und wandte mich um.

Ich konnte mich nicht mehr bewegen. Ob es Magie war, die mich an Ort und Stelle hielt, oder ob der Schock meinen Körper lähmte – ich wusste es nicht. Derek zerrte an meinem Arm, aber meine Füße waren wie festgenagelt.

Es war Daliwr! Und auf ihm saß ein Reiter, zusammen wirkten beide überlebensgroß.

»Melyn!«, brüllte ich. »Es ist Brychan!«

Mit einem Satz landeten sie vor uns. Der Meeresgott hinter ihnen wütete noch immer, ich sah die Wellen sich auftürmen wie Dämonen aus Schaum, Wasser spülte über das Land, zog sich wieder zurück, flutete erneut.

Aus Daliwrs Antlitz quoll die Wut, alles an ihm, jede Faser an ihm, strahlte entsetzlichen Zorn aus, und hinter ihm brodelte das Wasser auf, als wartete es nur auf sein Kommando, um über mir zusammenzuschlagen und mich in ein anderes Universum zu schwemmen.

Ich verstand es nicht. Gar nichts. Nicht seinen Zorn, erst recht nicht, wie er überhaupt hier sein konnte.

»Daliwr ...«, stotterte ich.

Er reckte den Hals, sodass der Kopf noch höher über mich ragte. Etwas an ihm beängstigte mich, und es war nicht nur der finstere Blick. Wieso verursachte sein Anblick bei mir Angst? Er mochte mich doch, wir waren befreundet, ich hatte ihn zu Grabe getragen!

Nervös schluckte ich. »Ich dachte, du wärst tot!«

Daliwrs Augen glühten auf wie zwei Rubine, die man gegen die Sonne hielt. Oder gegen das Höllenfeuer. *Ich habe nie behauptet, tot zu sein!*

Ich wollte einen Schritt zurückweichen, doch noch immer waren meine Füße wie festgenagelt. »Aber ... du bist gestorben!«

Er trat vor, und mit jedem Zentimeter, den er sich näher schob, wirkte er noch größer.

Ich bin ein Wassergeist! Geister sterben nicht!

Seine innerliche Stimme hallte in meinem Kopf, als wolle er mich allein Kraft der Gedanken in Stücke reißen.

»Ich dachte, du wärst mein Freund!«

Und ich dachte, du gibst mir das Buch!

Entsetzt schüttelte ich den Kopf. »Aber das Buch ist ...«

»GENUG DER WORTE!«

Brychan! Weshalb saß er auf Daliwr? Der Wassergeist hatte doch immer behauptet, die Gwahardd hassten und unterdrückten ihn! Erpresste der Prinz ihn?

»Komm mit mir, Melyn!« Brychan streckte seine Hand nach ihr aus.

Melyn trat einen zögerlichen Schritt vor. »Brychan ... du siehst, wie Llŷr wütet!« Sie unterhielten sich auf Alt-Kymrisch, ich staunte, dass der Zauber des Llyfr Euraidd anhielt und ich alles verstehen konnte.

»Was will er?«, raunte Derek in mein Ohr. Mit einer Geste bat ich ihn, ruhig zu bleiben, damit ich hören konnte, was Brychan von uns wollte.

»Er wird ganz Wales vernichten«, fuhr Melyn fort. »Cooper und ich können den Fluch brechen, er ist der wahre Erbe Einions!«

Brychans Miene verfinsterte sich. »Indem ihr heiratet? Melyn, ohne dich will ich nicht leben, bitte komm mit mir in unser Versteck! Deine Mutter ist auch da, dort sind wir sicher vor Llŷr und allen anderen!«

»Aber die Menschen in Wales?« Melyn wies auf mich und Derek. »Sie sind meine Freunde! Cooper, Derek, Coopers Großmutter, sie alle würden sterben!«

»Freunde?« Seine Züge blieben hart. »So etwas gibt es nicht, das weißt du doch! Freunde werden zu Verrätern, wir haben nur uns!« Endlich wurde der Ausdruck seiner Augen weicher, und für einen Moment empfand ich Mitgefühl. »Bitte, Melyn! Ich brauche dich! Nur mit dir kann ich glücklich sein!«

Ich spürte Melyns Zerrissenheit mit jeder Faser. Sie liebte Brychan und wäre am liebsten in seine Arme gestürmt, doch zugleich dachte sie an mich, an Wales, an den Fluch, ich konnte es ihr an der Miene ablesen.

»Brychan ...« Tränen erstickten ihre Stimme, sie senkte den Kopf.

Etwas in Brychans Augen erstarb. Meine Kehle schnürte sich zu, am liebsten hätte ich aufgeschrien und Melyn gesagt, sie solle mit Brychan gehen, sie solle glücklich werden.

Sie drehte sich langsam um und bewegte sich auf Dereks Kleinwagen zu. Derek und ich warfen uns einen Blick zu und folgten ihr hastig.

»Melyn!«, hörte ich Brychan schreien, dann nur noch ein Rauschen, fauchend wie ein Monster, und es riss mir den Boden unter den Füßen weg. Schäumendes Wasser gurgelte über mich hinweg, drang in meine Nase und Mund, und ich strampelte und schlug um mich. Mein Kopf tauchte auf, doch die Welle packte mich und wirbelte mich herum, ich spürte einen Körper, Dereks Körper, der sich schützend über mich warf.

»COOPER!« Melyns Schrei schien sich ewig hinzuziehen, dann wurde es schlagartig still.

Leise stöhnend stützte Derek sich auf. Sein Duft, eine Mischung aus Rasierwasser und Meersalz, hüllte mich für einen Moment ein, ehe meine Sinne wieder aufklarten. Ich griff nach seiner Hand und ließ mir aufhelfen. Ein Sumpfmonster war nichts gegen mich, durchnässt und dreckig, wie ich war.

»Alles klar?«, fragte Derek.

Verwirrt blickte ich mich um. Daliwr und Brychan waren verschwunden, genau wie Melyn.

»Verdammt!«, stieß ich hervor.

Dereks Augen weiteten sich. »Das gibt es nicht! Wo sind sie hin?«

27

Wir liefen zum Strand hinab, mehr humpelnd als rennend. Noch immer blies der Sturm, der das Meer aufwühlte, aber von der Monsterwelle war nichts mehr zu sehen.

»Nicht die kleinste Spur.« Derek sprach aus, was ich dachte. Der Sand vor uns wies Rinnen auf, die das Wasser hinterlassen hatte, aber irgendetwas, das vom Verschwinden Melyns, Daliwrs und Brychans zeugte – Fehlanzeige.

Eine Weile lang suchten wir noch, jedoch ohne Erfolg. Schließlich trat Derek neben mich. Wir starrten aufs Meer hinaus.

»Mir kommt es so unwirklich vor. Ist das alles echt passiert? Was sollte das?«

Ich seufzte verhalten. »Ich dachte, er wäre tot.« Mühsam rang ich meine Emotionen nieder, die irgendwo zwischen Fassungslosigkeit, maßloser Enttäuschung und schwelendem Zorn lagen. »Ich dachte, er wäre mein Freund.«

»Und dieser Reiter?«

»Prinz Brychan.«

»Der Thronfolger? Er und Melyn sind doch ein Paar, nicht wahr? Hat er auch das Buch gesucht?«

Ratlos hob ich die Schultern. »Ich frage mich die ganze Zeit, wie Daliwr sich mit ihm verbünden konnte. Vielleicht hat er ihm eine Geschichte aufgetischt, dass ich allein das Buch gestohlen hätte und er Brychan zu mir bringen könnte, um es zurückzuholen. Aber Brychan hat nicht einmal danach gefragt. Ich werde daraus nicht schlau.«

»Was hat er mit Melyn vor, wenn er doch gar nicht mit ihr zusammen sein darf?«

Ich berichtete Derek vom Wortwechsel der beiden. »Ich fürchte nur, dass König Helig seine Möglichkeiten hat, die zwei aufspüren zu lassen. Lange werden sie in ihrem Versteck nicht sicher sein.« Grimmig verzog ich den Mund.

Derek griff nach meiner Hand, und die Berührung tat gut. »Komm! Lass uns nach Hause fahren, dort können wir besser nachdenken. Außerdem sollten wir ein paar Leute warnen.« Sachte zog er mich mit sich, und ich ließ ihn gewähren.

Wir waren durchnässt bis auf die Haut, im Kofferraum von Dereks Auto lag eine alte Decke, die wir behelfsmäßig über die vorderen Sitze ausbreiteten. Als wir im Fahrzeug saßen, hob der Sturm an, und gewaltige Brecher schlugen über die Klippen.

»Llŷr greift nach unserer Welt«, murmelte ich.

Derek nickte stumm und startete den Motor. Er drehte den Heizregler auf die wärmste Stufe, doch es dauerte, bis endlich warme Luft aus dem Gebläse kam. Wir froren, und das Erlebte ging mir nach, sodass ich schwieg, während Derek sich auf den Weg konzentrierte. Als wir die Halbinsel Lleyn entlang zurückfuhren, schüttelte der Wind immer wieder derart heftig am Kleinwagen, dass mir schien, Llŷr hätte sich Hilfe beim Herrn der Stürme gesucht. Ich hatte weiter im Buch lesen wollen, doch angesichts der Rüttelei konnte ich das vergessen.

Es dämmerte, und wir hatten noch nicht einmal den Stausee von Trawsfynydd passiert. Derek warf einen argwöhnischen Blick in den Himmel.

»Das ist doch nicht normal, diese Dunkelheit!«

»Ich schätze, momentan ist nichts mehr normal.« Ich fragte mich, wie sehr sich Nia bereits sorgte, und was sie erst sagen würde, wenn sie erfuhr, dass ich Melyn verloren hatte.

Während wir Waldstücke durchquerten, hagelte es Blätter und kleinere Äste. Auf den Höhen der Berge hieb der Sturm gegen das Fahrzeug, dass ich Sorge hatte, wir würden umkippen. Steine oder Teile von Bäumen schlugen gegen den Unterboden des Wagens, und plötzlich blinkte eine Warnanzeige im Armaturenbrett auf. Derek setzte den Warnblinker und fuhr an den Straßenrand.

»Was ist passiert?« Nervös sah ich ihn an.

»Keine Ahnung. Das Lämpchen hat noch nie geleuchtet. Ich habe keine Ahnung, was es bedeutet.«

»Oh«, machte ich. »Mist.«

Derek prüfte sein Smartphone. »Ich habe keinen Empfang. Du?«

»Mein Telefon befindet sich irgendwo in der Anderwelt, ich vermute, als magische Rauchwolke.«

Aus großen Augen sah er mich an. »War es in deiner Jacke?«

Ich nickte bekümmert. Genau wie das Portemonnaie mit meinem Ausweis und die Hausschlüssel.

Versuchshalber startete Derek den Motor. »Laufen tut er jedenfalls. Oh, sieh mal!« Er deutete auf die Anzeigen, nun blinkte ein anderes Lämpchen auf. »Irgendwas spielt hier verrückt.«

Mir kam eine Idee. »Es muss das Buch sein! Seine Magie ist so stark, dass es die Technik durcheinanderbringt!« Ich holte es aus dem Handschuhfach, nahm mir Judys Kette vom Hals und wickelte sie um das Llyfr Euraidd. Schlagartig wurde das Metall brennend heiß.

»Autsch!«

»Was ist passiert?« Derek schaltete die Innenraumbeleuchtung ein.

»Das Llyfr Euraidd ... die Magie.« Ich löste die Kette vom Buch. Das Silber kühlte sofort ab.

»Was?«

»Das Buch strahlt eine wahnsinnige Energie ab. Ich dachte, dass seine Magie die Instrumente vom Auto durcheinanderbringt, und habe deswegen Judys Kette darum gewickelt. Sie wurde total heiß.«

»Das Silber? Wieso? Vorhin aber nicht, oder?«

»Nein, auf Bardsey Island nicht.« Vielleicht die Nähe des alten Klosters. »Ich habe das Gefühl, die Stärke der Anderwelt beeinflusst die Magie des Buches.«

»Ja«, sagte Derek nur.

Im Snowdonia-Park existierten zahlreiche Mythen rund um die Anderwelt. Zeigte die verstärkte magische Energie des Buches die Verbindung dorthin an?

»Ich fahre jetzt einfach weiter, ganz langsam, einverstanden?«, schlug er vor.

Es blieb mir ein Rätsel, wie wir heil durch die Berge gelangten. Der Sturm tobte, die Anzeigen spielten weiterhin verrückt. Selbst die Tankanzeige behauptete, wir hätten kein Benzin mehr, dennoch rollte das Fahrzeug weiter. Über Land durch Wales fuhr es sich ohnehin nicht besonders schnell, doch mit dreißig Meilen pro Stunde dahinzukriechen, machte aus einem Ausflug eine Reise bis tief in die Nacht.

»Was machen wir, wenn wir zu Hause sind?«, fragte Derek.

»Ich habe keine Ahnung«, gestand ich.

»Vorschlag: Wir informieren die Bürgermeisterin und die Polizei.«

Irritiert sah ich ihn an. »Und erzählen denen was? ›Entschuldigung, aber ein wütender Meeresgott ist aus dem Winterschlaf erwacht und möchte nun Wales fluten. Bitte bringen Sie die Bürger in Sicherheit‹?« Ich schnaubte.

»Wir müssen sie vor der Flut warnen.«

»Kommt alle halbe Stunde im Radio: Unwetterwarnung, Sturmflut, komplette Cardigan Bay betroffen.«

Derek seufzte schwer.

»Tut mir leid«, sagte ich. »Ich überlege mir was, okay?«

Er schenkte mir ein kurzes Lächeln. »Du musst das nicht allein tun.«

Ich lächelte zurück. »Danke.«

Als wir schließlich unbeschadet, aber todmüde Aberystwyth erreichten, war Nia noch wach und empfing uns mit besorgter Miene.

»Wo ist Melyn?«, sagte sie in einem Ton, als wüsste sie bereits, dass sie verschwunden war. Nach einem kurzen Blick, mit dem sie wohl unseren desolaten Zustand feststellte, zog sie uns beide ins Haus und schickte uns unter die heiße Dusche.

Ich ließ Derek den Vortritt und suchte ihm ein paar trockene Sachen von mir heraus. Als ich geduscht hatte, bemerkte ich, dass ich kein T-Shirt ins Bad mitgenommen hatte. Ich ging in mein Zimmer, wo Derek sich bereits angezogen hatte.

»Was ist das für ein Tattoo?« Er deutete auf meinen entblößten Oberkörper.

»Das ist von meiner Mutter.« Es machte mich ein wenig verlegen, weil außer Nia – und inzwischen Melyn – niemand von meiner Tätowierung wusste.

»Deine Mutter sticht Tattoos?«

Ich musste lachen. »Nein, sie weiß überhaupt nichts davon! Meine Mutter hat schon als Kind alles gezeichnet, was sie interessant fand. Eines Tages habe ich bei Selwyn eine Skizze von ihr entdeckt, auf der dieses Muster zu sehen war, und ich bat ihn, sie mir zu schenken. Warte, ich habe sie noch immer!«

Das Papier, auf dem Ladina das Muster skizziert hatte, war vergilbt, die Ränder eingerissen, doch ich bewahrte es immer in einem leeren Notizbuch in meiner Schreibtischschublade auf. Ich holte es heraus und zeigte es Derek.

»Es ist wunderschön. Weißt du, was es bedeutet?«

»Selwyn hat es mir damals so erklärt, dass die untere Linie das Wasser symbolisiert. Das Knotenband darüber stellt die Ewigkeit dar, die Unvergänglichkeit der Schöpfung. Die Doppelspirale darüber repräsentiert die Verbindung von Gegensätzen und den Ausgleich von Kräften. Letztes Jahr habe ich es mir heimlich tätowieren lassen.« Blut stieg mir in die Wangen. »Ich wollte eine Verbindung zu meiner Mutter, in der sie ihre Wurzeln nicht leugnet.«

Einen Moment lang betrachtete er das Muster nachdenklich. »Ist dir klar, wie viel von Melyns Geschichte in deiner Tätowierung steckt? Das Wasser ist das Meer in seiner endlosen Ausdehnung. Als Ewigkeit könnte man den Bann verstehen, der seit Jahrhunderten über ihrer Familie liegt, oder auch die Lebenszeit der Götter. Die Vereinigung der Gegensätze ist das, was wir zu finden versuchen: die Aussöhnung der Geschlechter.«

Verblüfft blinzelte ich. »Du hast recht – man könnte darin ihre ganze Geschichte sehen.«

Wir gingen nach unten, Nia platzierte uns am Esstisch, wo sie Tee einschenkte und Rührei mit Toast hinstellte. Sie ließ sich ausführlich berichten, was geschehen war.

Mit von Sorgenfalten zerfurchter Stirn sah sie mich an. »Dieses Ceffyl Dŵr namens Daliwr hat also Melyn entführt?«

»Nein, ich denke, er stand unter dem Einfluss von Brychan oder hat sich mit ihm verbündet. Brychan hat Melyn mitgenommen«, entgegnete ich.

Nachdenklich nickte sie. Einen Moment lang schwiegen wir. Dereks und Nias Mienen sprachen davon, was ich empfand: Hoffnungslosigkeit. Ich fühlte mich hilflos, alten Kräften ausgeliefert, die in unserer modernen Welt eigentlich keinen Platz mehr hatten. Wie war es möglich, dass sich ein Wesen – ich mochte Llŷr nicht mehr »Gott« nennen, für mich war er nur ein rachsüchtiger Dämon aus der Anderwelt – über uns erhob und unser Land vernichten wollte?

Mein Land! Das Land meiner Großeltern! Eine unsägliche Wut stieg in mir auf.

Nia riss mich aus den Gedanken. »Darf ich das Buch sehen?«

»Natürlich!« Ich holte das Werk hervor. Trotz des Kampfes, trotz all des Wassers, war es vollkommen unbeschädigt. Ich hatte gedacht, dass nur der magische Einband die Blätter vor dem Verfall schützte, doch auch auf dem Pergament selbst schien ein Zauber zu liegen.

Ehrfürchtig strich Nia mit den Fingern über die Seiten. Ihre Augen flogen über die Zeilen, während sie darin blätterte. »Es ist wunderschön.« Ihre Stimme besaß kaum mehr Klang als ein Windhauch.

»Ich werde es vernichten.«

»Was?« Entsetzt sahen Derek und Nia mich an.

»Wieso das?«, fragte Derek.

Nachdenklich betrachtete ich das Llyfr Euraidd. »Gold steht für Reinheit und das Schöne. Aber genauso ist es ein Inbegriff für Habgier und Machthunger. Dieses Werk hat dazu gedient, andere Wesen zu unterdrücken und zu versklaven. Die Geschichte von Mererid steht da drin, als wäre diese Version die einzige Wahrheit. Daliwr mag mich betrogen haben, aber er ist ein Ceffyl Dŵr, vielleicht kann er gar nicht anders.« Grimmig verzog ich den Mund. »Ich hingegen bin sein Freund, und ich werde diesen alten Bann brechen, der ihn in die Knechtschaft des Königs brachte. Und ich werde Melyns Geschichte neu schreiben!«

Derek starrte mich aus großen Augen an. »Was hast du vor? Wie willst du es vernichten?«

»Es ist gegen alle möglichen Schäden geschützt. Wasser kann ihm ebenso wenig etwas anhaben wie die Zeit selbst. Sicher kann ich es auch nicht zerreißen, zerschneiden oder sonst wie zerstückeln. Aber ich bin mir sicher, dass die Magier der Gwahardd an eine Sache nicht gedacht haben, weil es die in ihrer Welt nicht gibt.«

»Die da wäre?«

»Feuer!«

Derek blinzelte verwirrt. »Feuer existiert unter Wasser. Magnesium brennt und verwendet dabei den Sauerstoff aus dem Wasser.«

Mein Mund zog sich in die Länge. »Naturwissenschaftler, ts!«

Gekränkt sah er mich an. »Was?«

»Ich denke nicht, dass den Gwahardd Magnesiumfackeln zur Verfügung stehen. Es ist einen Versuch wert. Ich weiß nicht, ob dieses Buch zerstört werden kann. Aber wenn es einen Weg gibt, werde ich ihn finden.«

Ich musste mir eingestehen, dass der Wunsch, das Llyfr Euriadd zu eliminieren, nicht ausschließlich meinem logischen Verstand entsprang. Ich fühlte mich hilflos, ohnmächtig und voller Zorn, und ich wollte irgendetwas tun. Vermutlich war es nur ein Ventil meiner Verzweiflung.

Granny stand auf und ging in die Küche. Ich glaubte, sie hole noch mehr Tee, doch stattdessen kehrte sie mit einem Feuerzeug und Zündhölzern zurück.

»Hier, ich habe dir etwas zum Feuermachen geholt.«

Ich spürte die gebannten Blicke von Derek und Nia, als ich das Deckblatt des Llyfr Euraidd mit den Fingerspitzen anhob, das Feuerzeug in der anderen Hand. Das Ratschen des Zündrädchens klang in der Stille unnatürlich laut. Die Flamme tänzelte unter der weißlichen Seite. Ein dunkler Fleck entstand und breitete sich erst langsam und dann schneller aus. Dünner Rauch kräuselte sich, plötzlich löste sich das Eck auf, ein violett glühender Rand wanderte über das Blatt und fraß es nach und nach auf.

Ich ließ die Seite los und legte das Feuerzeug auf den Tisch. Das Pergament verbrannte zu einem Häuflein Staub, darunter zeigte sich die nächste Seite im Buch. Vorsichtig wischte ich die noch warme Asche beiseite, dann klappte mir der Mund auf.

»Da ist noch ein Deckblatt!«

Nia und Derek starrten genauso erstaunt auf das Buch. Ich schlug die Seite um, auf der nächsten begann der Inhalt mit einer Illustration und alt-kymrischem Text. Erneut setzte ich das Feuerzeug an und verbrannte abermals das oberste Blatt. Mit der Handkante schob ich die Asche beiseite.

»Das gibt es nicht!«

Wieder war das Deckblatt aufgetaucht! Fassungslos blätterte ich um und entdeckte dieselbe illustrierte Seite wie zuvor. Ich probierte es an einer anderen Stelle, mit demselben Ergebnis: Jedes verbrannte Pergament erneuerte sich durch Zauberhand.

»Die Magie wirkt wohl doch gegen Feuer«, sagte Derek.

Zerknirscht stimmte ich ihm zu. Ich vergrub den Kopf in meinen Händen und starrte auf die Tischplatte. *Und nun?*

Derek gähnte verstohlen, stellte seine Tasse auf den Tisch und erhob sich. »Danke für den Tee. Wann soll ich morgen hier sein?«

Ich sah auf. »Morgen?«

Mit einem schiefen Lächeln sah er mich an. »Na ja, um Plan B auszuführen.«

»Plan B?«

Seine Brauen tanzten kurz nach oben. »Den wir uns erst noch überlegen müssen. Wir können Melyn doch nicht einfach so aufgeben, und ...« Er blickte zum Fenster, wo außer dunklen Wolken und einzelnen Lichtpunkten von Straßenlaternen nichts zu erkennen war. »Ich liebe mein Land, weißt du?«

Für einen Moment sprang mein Herz im Brustkasten herum, als suchte es einen Weg nach draußen. Grinsend starrte ich ihn an, bis mir bewusst wurde, dass es nicht besonders gut ankam, wenn ich jemanden grinsend anstarrte, auf den ich heimlich stand. Allerdings starrte Derek grinsend zurück, und meine Selbstsicherheit kehrte wieder. Vielleicht würde ich ihn zukünftig nicht mehr ganz so heimlich gut finden müssen.

Derek verabschiedete sich von Nia, ich begleitete ihn bis nach draußen. Vor der Tür blieb ich stehen. »Ich ... bin dir so dankbar für alles.«

Er sah mir so fest in die Augen, dass meine Knie zu flüssigem Wachs wurden. »Ich mache das gerne für dich.« Sein Blick hielt mich gefangen. »Cooper.«

Hitze stieg mir ins Gesicht auf. Warum gab es für alles im Leben eine Bedienungsanleitung, wieso konnte man lernen, welche Knöpfe und Hebel man bei einem Auto benutzen musste, um es in Gang zu setzen, aber niemand verriet einem, wie man jemandem andeuten konnte, dass man verliebt in ihn war?

»Das ... ist echt nett von dir.«

Ernsthaft? Hatte ich gerade wirklich gesagt, dass ich es *nett* von ihm fand? Warum hängte ich mir nicht gleich ein Schild um, auf dem *Vollidiot* stand?

»Ich meine ...«, stotterte ich los, doch Dereks Augen besaßen eine Intensität, dass mein Kopf plötzlich wie leergefegt war.

»Ich wollte es dir schon eine ganze Weile lang sagen.« Derek blinzelte nicht einmal, und ich hatte den Eindruck, als könnte er allein mit seinem Blick die Zeit anhalten.

»Sagen ...?«

Unvermittelt schlug er die Augen nieder und lächelte, ehe er mich wieder ansah. »Ich stehe auf dich. So, nun weißt du es.« Sein Grinsen wurde breiter, und er kratzte sich verlegen am Kopf. »Tut mir leid, dass ich es dir so vor die Füße werfe. Ich ...«

»Nein!«, unterbrach ich ihn und hob die Hände.

Sein Gesicht fiel in sich zusammen. »Nein?« Er blickte zu Boden. »Tut mir leid. Ich bin ein Depp. Bitte entschuldige, ich ging fest davon aus, dass du ...«

»Doch!« Himmel, wo waren all die Worte, wenn man sie brauchte? »Ich meine …« Lächelnd sah ich ihn an. »Ich stehe auch auf dich!«

Seine Brauen flogen nach oben. »Ehrlich? Dann könntest du dir vorstellen, mit mir zusammen zu sein?«

Erneut grinste ich wie ein debiler Idiot, doch diesmal störte es mich nicht. Ich nickte, und ehe ich etwas sagen konnte, spürte ich auf einmal Dereks Lippen auf meinen.

Es fühlte sich an, als wäre ich schlagartig in eine andere Dimension katapultiert worden. Die fremde Welt in Cantre'r Gwaelod zu entdecken war nichts gegen das, was nun mit mir passierte.

Es handelte sich nicht um meinen ersten Kuss, doch wenn man im Alter von sechzehn Jahren ungefragt von einem Mädchen geküsst worden war, das man auf einen Schulball begleiten musste, und wenn man, obwohl man seit Äonen wusste, dass man auf Jungs stand und nicht auf Mädchen, sich vor einem echten Outing gefürchtet hatte, dann durfte man diesen als den ersten richtigen Kuss zählen.

Seine weichen Lippen schmiegten sich an meine, und ich fragte mich, wer eigentlich die Schwerkraft außer Betrieb gesetzt hatte – ich musste mindestens eine Handbreit über dem Boden schweben. All die Jahre, in denen ich nie richtig verliebt gewesen war, weil ich mit mir und mit der Welt der Liebe gehadert hatte, lagen Begrifflichkeiten von Schmetterlingen im Bauch und dem siebten Himmel mir noch ferner als Beschreibungen von quantenmechanischen Zuständen. Nun plötzlich fühlte ich sie alle und spürte am eigenen Leib, dass es keine treffenderen Umschreibungen geben konnte. Genau das passierte hier: Mein Herz machte Freudensprünge wie ein übermütiges Rehkitz auf einer Blumenwiese, und meine Knie zitterten, als hätte sich der Treppenabsatz unter mir in eine Rüttelplatte verwandelt.

Und noch etwas stellte ich fest: Dass es keinerlei Bedienungsanleitung bedurfte. Wie von selbst erwiderten meine

Lippen den Kuss, wie von selbst legte sich meine Hand um seinen Hals und strich durch die kurzgetrimmten Haare im Nacken.

Als er sich von mir löste, wusste ich nicht, ob die restliche Nacht vergangen war oder nur ein paar Sekunden. Mein Geist schwirrte in irgendwelchen fernen Sphären und sah die Sternchen glitzern, die in Wahrheit von düsteren Wolken verhängt waren. Mein halbdebiles Grinsen war zurück, und ich begrüßte es wie einen alten Freund.

»Gute Nacht«, hauchte Derek.

Ein letztes Mal küssten wir uns, kurz nur, doch der Geschmack seiner Lippen blieb an meinen haften wie eine süße Erinnerung, die nichts mehr fortwischen konnte, weil sie sich tief in der Seele einbrannte.

28

Ich schwebte ins Haus zurück und glitt nach oben, als bestünde mein Körper nur noch aus Herzschlag und pastellfarbenen Emotionen. Erst als ich am Schreibtisch saß und das Llyfr Euraidd vor mir lag, ließ das Kribbeln im Bauch nach. Ich blätterte vor zur Seite von Mererids Geschichte.

Was hatte Melyn gesagt? Mererid stamme aus dem Geschlecht Lleu Llaw irgendwas ... Ich tippte die Worte nach Gutdünken in die Suchmaske bei Google ein.

Der Löwe! Sie hatte vom Geschlecht des Löwen gesprochen, natürlich! Der Löwe, das Sonnenzeichen, Lleu – Llew, das war ein und derselbe! Mererid stammte von Lleu Llaw Gyffes und damit vom Sonnengott selbst ab und somit war mir auch klar, wieso sie mit der Bewachung der – offensichtlich magischen – Schleuse betraut war!

Ich untersuchte das dazugehörige Bild im Buch. Am Rand war eine Figur zu sehen, verblasst und von den Farben des Hintergrunds übermalt oder von vorneherein nur durchscheinend angelegt. Ein Mann, tippte ich, seine Haare waren dunkel. Einion? In der Vision hatte er dunkle Haare gehabt. Meine Haare. Mehr als das, er hatte mein Gesicht besessen.

Ein unangenehmes Empfinden machte sich in mir breit, leicht kribbelnd wie bei schwach fließendem Strom und zugleich eisig. Mich selbst in dieser Illusion zu sehen, in einer Geschichte, die tausend Jahre alt sein musste, fühlte sich an

– jetzt noch viel mehr als während der Vision selbst – wie ein Raub meiner Identität. Als hätte mir jemand mein Äußeres gestohlen. Sah Einion wirklich so aus wie ich?

Mir schwirrte der Kopf. Ich suchte nach weiteren Hinweisen im Bild, doch ich entdeckte nichts. Gedankenverloren starrte ich aus dem Fenster. Der Himmel bot einen finsteren Anblick aus Schwarz und Violett, und ein Blitz durchzuckte das Panorama. Ich schaltete das Webradio an. Der Wetterbericht kündigte erneut die Sturmflut an und warnte davor, dass diese zerstörerischer sein würde als alles, was wir in den letzten Jahren erlebt hatten. Sie ließen einen Klimaexperten zu Wort kommen, der sich über den Klimawandel und die Verantwortungslosigkeit der Menschheit allgemein ausließ. War das auch ein Grund für den Zorn der Götter? Unser maßloser Umgang mit der Natur? Waren wir selbst schuld, dass Llŷr sich sein Land zurückholen wollte? Als Krone der Schöpfung hatten wir uns in den vergangenen tausend Jahren wahrlich nicht erwiesen, eher als Henkersbeil der Schöpfung.

Ich wechselte den Sender. Adele schmetterte ihre Ballade »Hello«, und ich sank in die weichen Klänge ihrer dunklen Stimme. Als im Refrain die Sängerin »von der anderen Seite« sang, musste ich an Cantre'r Gwaelod denken. Ein krachendes Donnergrollen beendete das Lied abrupt und mitten in der Strophe. Das Licht verlosch, nur der Bildschirm des Laptops vor mir glomm und tauchte alles in einen bläulichen Schimmer. Ich knipste die Schreibtischlampe an – nichts. Der Strom war weg.

»Cooper?« Nias Stimme drang dumpf von unten herauf. Von draußen folgte ein erneuter Donnerschlag, als wäre es die Antwort des erzürnten Meeresgottes.

»Ich komme, Granny!« Mein Smartphone war nicht greifbar, und ich wusste nicht, wo ich es abgelegt hatte. Langsam tastete ich mich durch das dunkle Haus. In der Kommode im Flur lag eine altmodische Taschenlampe, doch die Batterien waren zu schwach, mehr als ein rötliches Glimmen brachten sie nicht zustande.

»Auf dem Tisch liegen noch die Streichhölzer«, sagte ich an Nia gewandt und schob mich in die Küche.

»Ich habe Kerzen hier.«

»Bin gleich bei dir!«

Durch die Fenster der Stube war kaum etwas zu erkennen, ich ahnte nur, mit welcher Kraft Sturm und Meer tobten.

»Bestimmt geht der Strom gleich wieder.« Nias Stimme zitterte, mir kam es vor, als wollte sie sich selbst gut zureden.

»Ja.« Ich nahm ein Zündholz und strich es über die raue Seitenfläche des Schächtelchens. Nia hielt mir die Kerze entgegen, und ich entzündete den Docht. Wir verteilten drei brennende Kerzen in Küche und Stube, eine vierte trug ich nach oben.

Mein Handy lag auf dem Nachttisch, ich holte es und setzte mich zurück an den Schreibtisch. Ich nahm das Buch erneut zur Hand und schlug es am Anfang auf, den ich nur überflogen hatte. Eine kleine Vignette geriet in mein Blickfeld, sie war Bestandteil einer Efeuranke, hatte die Form eines Blatts oder Herzens, und eine winzige Inschrift war zu sehen. Mithilfe der Taschenlampenfunktion des Smartphones konnte ich sie entziffern.

Wenn zwei Menschen sich einen, endet der Götterkrieg, es weckt die Kräfte, die niemand besiegt.

Erst jetzt fiel mir auf, dass sich im Blatt darunter ebenfalls eine Inschrift befand, ich konnte sie gerade so erkennen.

Wenn zwei Menschen sich einen, so ist das Magie, welche schließt Schleusen, das Herz öffnet sie.

Ruckartig setzte ich mich aufrechter hin. Darin lag das Missverständnis! Llew und Myrddin und Helig, wer auch immer, glaubten, Melyn und ich müssten heiraten, weil dort stand, nur wenn zwei Menschen sich vereinten, könnten sie die Schleuse schließen und den Krieg der Götter, also von

Llew und Llŷr, beenden. Sich einen konnte aber alles Mögliche bedeuten: Freundschaft, Zusammenarbeit, an einem Strang ziehen.

Ich betrachtete die kleiner werdenden Blätter der Ranke genauer. Noch etwas schien dort notiert zu sein, dafür brauchte ich eine Lupe. Ich kramte in der mittleren Schreibtischschublade, die voll war von Selwyns Utensilien, und wurde fündig.

Ich behielt recht, auch im nächsten Blatt befand sich eine Inschrift, kaum lesbar, weil die Buchstaben ein wenig ineinanderflossen. Doch die Magie des Buches war stark, sie sorgte dafür, dass der Erbe Einions alles entziffern konnte.

Mag das Leben dich knechten, vergiss nie den neben dir, ob Verrat oder Enttäuschung, biete Entschuldigung dafür.

Nachdenklich starrte ich vor mich hin. Die drei kleinen Sätze waren eine Offenbarung. Der Erste besagte, dass wenn man zusammenhielt, man selbst die Götter besiegen konnte. Der Zweite erklärte die Magie der Schleuse: Ich vermutete, nur wenn zwei Menschen sie mit vereinten Kräften bedienten, funktionierte sie und hielt Llŷr zurück. Und der Dritte? Egal, wie das Leben einem zusetzte, man sollte nie vergessen, dass es Menschen waren, die einen umgaben. Menschen – mit menschlichen Schwächen. Sie belogen oder verrieten dich, hintergingen oder enttäuschten dich. Und was schlug Einion vor zu tun? *Biete Entschuldigung dafür.* Ich sollte mich entschuldigen? Oder war das anders gemeint?

So wie die Gwahardd sich verhielten, kannten sie Freundschaft und Freundlichkeit nicht oder hatten sie verlernt. Ich konnte es nachvollziehen, das Leben war hart da unten, sicher zermürbte es, wenn man das Gefühl hatte, von einem einzigen Sonnenstrahl abzuhängen. Nie zu wissen, wann Llŷr wach wurde und der magische Strahl verschwände. Aber ging es uns oben besser? Auch wir waren von so vielem abhängig, nur – waren wir deswegen hart zueinander?

Natürlich, manche schon. Doch in den meisten Menschen, die ich persönlich kannte, schlummerte eine mehr als soziale Ader. Sie halfen gern, wirklich gern. Zu helfen bereitete ihnen Freude. Selbst Rick! Wenn man freundlich war, öffneten sich Türen. Und Herzen.

Einion hatte eine Christin geheiratet. Nur aus politischen Gründen? Oder glaubte er an den barmherzigen Gott? Viele Menschen hielten Gott für ungerecht oder nicht-existent, ich allerdings fand einen großen Unterschied zwischen den alten Göttern, rachsüchtig, jähzornig und egoistisch, und den Schilderungen aus der Bibel, zumindest, wenn man an die Geschichten vom barmherzigen Samariter, an den verlorenen Sohn oder viele Erzählungen rund um Jesus dachte.

Hatte Einion den Sonnenkindern etwas ganz anderes mitteilen wollen? Keine Entschuldigung im Sinne von um Verzeihung zu bitten, sondern eine Ent-Schuld-igung. Dem anderen die Fehler nachsehen. Vergeben.

Weil er Schuld auf sich geladen hatte.

Es ging nicht um eine Heirat! Die Gwahardd hatten vergessen, was wahre Gemeinschaft ausmachte, was das Leben wirklich lebenswert machte: Freundschaft. Liebe, die selbstlos war, unabhängig von Körperlichkeiten, unabhängig von gesellschaftlicher Stellung, unabhängig von Gegenleistungen!

Einion hatte sich für den liebenden Gott entschieden, war das sein Vermächtnis für die Gwahardd? Und erhoffte er auch für sich selbst Vergebung? Weil er Mererid im Stich gelassen hatte?

Wenn es um Liebe ging – nicht um Heirat, sondern um bedingungslose Liebe, die in jeder Art von zwischenmenschlicher Beziehung und sogar darüber hinaus herrschen konnte –, dann hing möglicherweise alles damit zusammen. Was hatte Judy über die Liebe gesagt? *Die älteste Macht der Welt. Die alles erschaffen hat. Die einzig wahre Magie.*

Also konnte nur in einem Akt von bedingungsloser Liebe – wahrer Freundschaft – die magische Schleuse geschlossen werden? Weil diese Magie stärker war als die mächtigsten Naturgötter? Spielte diese bedingungslose Liebe auch eine Rolle bei der Magie des Buches? Ich dachte zurück an die Situation in der Bibliothek: Myrddin war nicht allein gewesen, als er das Llyfr Euraidd unter der Glasglocke hervorgeholt und es aufgeschlagen hatte. Allein hatte ich das Buch nicht öffnen können, erst als Derek es ergriffen hatte, hatte die Schleife sich von selbst gelöst.

Ein unglaublich warmes Gefühl breitete sich in meiner Brust aus, als ginge eine Sonne darin auf. War es das, was Derek und mich verband? Ich dachte zurück an das, was er für mich auf sich genommen hatte. Vollkommen selbstlos.

Und Daliwr? War es uns nur gelungen, das Llyfr Euraidd zu stehlen, weil wir in Wahrheit Freunde geworden waren? Hätte es des Halfters gar nie bedurft? Aber dann hätte ich ihm das Buch übergeben müssen und all das hier nie erfahren!

Es ging nicht um eine Heirat. Es ging um bedingungslose Liebe. Ein altes Missverständnis musste behoben und ein alter Fehler wiedergutgemacht werden.

Nun wusste ich, was zu tun war!

Ich sprang auf, rannte die Treppe hinunter und traf auf Nia, die gerade nach oben wollte.

»Es ist noch nicht zu spät!«, rief ich und lief hinaus in den Flur. Keuchend hastete Nia mir hinterher.

»Was hast du vor?«

»Ich muss raus!«

An der Garderobe stellte sie sich mir in den Weg. »Nein! Ich lasse dich nicht gehen! Das ist Selbstmord! Nicht bei diesem Wetter!«

»Granny, es geht um Melyn! Um alles! Die Sturmflut! Ich kann sie verhindern, und ich weiß endlich wie!«

Sie verschränkte die Arme. »Dann erklär mir, wie.«

Ein knisterndes Summen lenkte uns beide ab, und die Lichter um uns herum flammten auf.

»Siehst du? Der Strom ist wieder da!«, rief ich, schnappte eine Jacke und wollte zur Tür hinaus.

Nia kam mir zuvor, und zum ersten Mal im Leben sah sie wirklich böse aus. »Cooper Hillingham! Es ist stockdunkel da draußen. Ich weiß nicht, was genau du vorhast, aber du wirst es nicht bei dieser Dunkelheit tun! Warte bis morgen früh! Der Sturm wird sich legen.«

»Granny! Der Sturm wird sich nicht legen, und du weißt es! Uns steht eine Sturmflut bevor, die jede Menge Menschen das Leben kosten könnte.« *Vor allem uns*, dachte ich, sprach es aber nicht aus.

Mit verschränkten Armen schüttelte sie den Kopf. »Du gehst durch diese Tür nur über meine Leiche!«

Seufzend hob ich die Hände. »In Ordnung. Aber dann versprichst du mir, dass du morgen gleich in der Frühe dieses Haus mit mir verlässt.«

»Ich verlasse hier gar nichts! Wie kommst du darauf?«

»Granny! Der Meeresspiegel wird steigen! Ich habe es gesehen, die Häuser an der Promenade werden unter Wasser stehen, dein Haus wird unter Wasser stehen! Du musst dich in Sicherheit bringen!«

»Ach, aber du denkst, du kannst jetzt da rausspazieren und gegen die Sturmflut bestehen? Im Radio sagen sie halbstündlich die Pegelstände durch. Im Moment ist alles in Ordnung, niemand spricht davon, dass ganze Häuser überflutet werden.«

»Weil sie Llŷr nicht kennen!«

Nia versperrte noch immer die Tür. »Ich verlasse dieses Haus nicht, und du heute Nacht auch nicht. Das ist mein letztes Wort.«

Einen Moment lang starrte ich sie an, dann drehte ich um und stieg die Treppe hinauf. Oben im Flur zog ich die Bodenleiter aus und kletterte bis unter das Dach. Vor dem kleinen Giebelfenster machte ich es mir bequem und blickte in die Dunkelheit hinaus. Die Laternen der Promenade warfen ihr Licht auf den Ufersaum. Llŷr ließ seinem Zorn vollen Lauf. Die Wellen spritzen bis über die Hausdächer, im Schein der Straßenlampen leuchtete die Gischt auf wie ein Funkenregen von Granatenfeuer. Die Pier stand unter Wasser, die Bewohner dort mussten bereits um ihr Hab und Gut fürchten.

Ich zog mein Handy hervor und schaltete das Webradio ein. Eine Sturmflutwarnung für die gesamte walisische Küste wurde gesendet, äußerst ungewöhnlich, dass von Nord bis Süd alle Regionen gleichermaßen betroffen waren. Die Meteorologen befürchteten das Schlimmste, dabei ahnten sie nicht einmal, wie schrecklich es tatsächlich werden würde. Ich konnte nicht länger warten!

Kurz entschlossen kehrte ich ins Obergeschoss zurück. Aus meinem Zimmer holte ich das Llyfr Euraidd, umwickelte es mit Judys Kette und stopfte es mir unter das T-Shirt, das ich sorgfältig in meine Hose steckte. Ich zog eine Trainingsjacke über.

Das Badfenster lag über dem Anlehnschuppen im Hinterhof. Ich zögerte einen Moment, ob ich das Badezimmer abschließen sollte, tat es jedoch nicht, weil es das einzige Bad im Haus war, und ich wusste nicht, wann ich zurückkehren würde. Oder ob ich zurückkehren würde.

Ich zog den Reißverschluss meiner Jacke zu und schlug den Kragen hoch, dann öffnete ich das Fenster und kletterte auf den Sims. Das Regenfallrohr war von hier aus leicht zu erreichen, und es sah stabil aus. Die Nässe hatte es vermutlich glitschig gemacht, doch eine andere Chance sah ich nicht. Ich lehnte mich vor und griff nach dem Fallrohr. Ich packte es knapp über einer Rohrschelle, um zu verhindern, dass ich direkt nach unten durchrutschte. Die Hände fest an das Metall gelegt, schwang ich mich nach draußen. Sofort glitt ich einige Zoll hinab, und der schmale Metallring der

Schelle bohrte sich schmerzhaft in meine Handballen. Der Wind zerrte an meiner Kleidung, Wasser peitschte mir in Schwallen ins Gesicht.

Das Fenster! Ich hatte es offenstehen lassen. Mit den Füßen suchte ich Halt. Meine linken Zehen trafen auf einen Widerstand, vermutlich eine weitere Schelle. Ich löste meine schmerzende Hand und langte nach dem Fensterflügel. Mit den Fingerspitzen reichte ich nur bis an den unteren Rahmen, ich zog, konnte es aber bloß bis auf einen Spalt zuziehen. Länger konnte ich mich in der Position nicht halten, das musste reichen!

Wieder stach der Metallring in meine Handkante. Ich blickte nach unten, erkannte in der Dunkelheit jedoch nicht viel, zudem tropfte mir unablässig Wasser in die Augen. Den rechten Fuß stemmte ich gegen das Mauerwerk, dann löste ich eine Hand und griff unterhalb der oberen Rohrhalterung wieder zu. Nun bohrte sich der Metallring so qualvoll in meine andere Hand, dass ich diese schnell nachzog – mit dem Effekt, dass es abwärts ging. Das Fallrohr sauste zwischen meinen Fingern durch und hinterließ ein brennendes Gefühl auf der Haut. Nur mit Mühe verkniff ich mir einen Schrei, dann landete ich mit einem Schlag auf dem Schuppendach. Ein heißer Blitz fuhr durch meinen linken Knöchel, ich schnappte nach Luft, mein Herz trommelte in der Brust.

Vorsichtig bewegte ich den Fuß. Es tat weh, doch der Schmerz ließ rasch nach, und ich konnte auftreten. Einen Moment lang lauschte ich, ob Nia drinnen etwas mitbekommen hatte. Lediglich das Brüllen von Sturm und Meer war zu hören.

Das Dach des Schuppens glich einer Eisbahn. Die Nässe, altes Laub und Moos machten es glitschig wie Seife, und als ich das Regenrohr losließ, glitt ich langsam und unaufhörlich dem Abgrund entgegen. Erst als sich mein vorderer Fuß in der Dachrinne festhakte, stoppte mein Vorwärtsschlittern.

Mit den Armen rudernd kämpfte ich ums Gleichgewicht, schließlich fing ich mich.

Eine Absturzhöhe von etwas mehr als zwei Metern mochte lächerlich klingen, solange es taghell und einigermaßen trocken war. Wenn man nicht sah, wohin man fiel, kam es einem vor wie der Grand Canyon. Ich setzte mich an den vordersten Rand des Daches, ließ die Füße hinabhängen, und in dem Moment, als ich mich vorsichtig hinablassen wollte, geriet ich ins Rutschen und stürzte ins schwarze Nichts.

Der Fall endete abrupt und mit einem neuerlichen stechenden Schmerz im Knöchel; ich fiel auf die Knie, meine Hände landeten im Matsch. Auch diesmal kam ich ohne größere Verletzungen davon. Wieder lauschte ich einen Moment und spähte nach oben, ob irgendwo im Haus Lichter angingen, aber nichts dergleichen geschah.

Der Schuppen war nicht abgeschlossen. Selwyns Boot, das große, nicht das kleine Schlauchboot, stand dort seit Jahr und Tag unbenutzt. Niemand hatte es gefahren, seit mein Großvater tot war. Ich leuchtete mit der Taschenlampenfunktion des Handys das Boot an und schlug die Persenning zurück. Deutlich mehr Staub als vermutet hatte sich darunter gesammelt. Der Slipwagen sah nicht gut aus, den Reifen fehlte Luft, aber das ließ sich vermutlich beheben. Ich sah mir das Antriebsaggregat an, und Skepsis kam auf. Draußen tobte der Sturm laut genug, dass ich es wagen konnte, den Motor zu starten, ohne dass Nia sofort aufgeschreckt würde.

Meine Bedenken bestätigten sich. Nur stotternd lief die Maschine an, die Geräusche kamen mir so seltsam vor, dass ich sie rasch wieder abstellen wollte, doch da erstarb sie von alleine.

Einen Motor zu reparieren gehörte nicht gerade zu meinen Kernkompetenzen, beim Licht einer funzeligen Taschenlampe hatte ich erst recht keine Chance. Das kleine Schlauchboot war auch keine Option. Ich schloss den Schuppen, ohne mir die Mühe zu machen, die Persenning wieder über das Deck zu ziehen, dann klappte ich den Jackenkragen hoch und rannte los.

29

Das Wasser stand auf der Straße, meine Schuhe liefen voll und schmatzten bei jedem Schritt. Der Sturm blies mir entgegen, als wollten die alten Götter persönlich mich davon abhalten, mir Hilfe zu holen. Ich kämpfte mich durch das Unwetter, bis ich endlich vor der schweren Tür stand und auf die Klingel eindrückte, dass sich der Knopf tief ins Gemäuer versenkte. Sekunden krochen dahin, zitternd schlang ich die Arme um meinen Leib.

Die Sprechanlage knisterte. »Wer ist da?« Überraschenderweise klang Derek nicht verärgert.

»Ich bin's, Cooper!«

Der Türöffner summte, ich drückte die Tür auf und rannte die zwei Etagen hoch.

Derek wartete bereits in der Öffnung der Appartementtür, die Stirn gerunzelt, die Haare verwuschelt, eine Hornbrille auf der Nase. »Was ist passiert?«

»Ich …«, setzte ich an, doch Derek unterbrach mich.

»Komm erst mal rein!« Er zog mich ins Zimmer und gab mir einen Kuss auf die Wange. Auf seinem Bett saß seine Schwester.

»Hey, Rina!«

Sie grinste mich an. »Hey, Cooper! Was ist los? Du siehst aus, als hätte dich ein Bus überfahren!«

Ich sah an mir herunter. Meine Kleidung war schlammbespritzt und nass, die Haut an meinen Händen aufgeschürft. Derek musterte mich mit ernster Miene, und mein Blick suchte den seinen.

»Ich weiß jetzt, wie ich ihn aufhalten kann!« Ich deutete zum Fenster.

»Llŷr?«

»Ja! Ich brauche ein Boot.«

Für einen winzigen Moment verzog er das Gesicht. »Das geht nicht, du weißt es.«

»Ich habe versucht, Selwyns Boot zu starten, doch der Motor macht Probleme. Damit komme ich nicht raus!«

Rinas Blick flog zwischen uns hin und her. »Du willst jetzt rausfahren?« Ihre Augen weiteten sich ungläubig. »Im Dunkeln? Bei diesem Sturm? Bist du bescheuert?«

»Ich muss!«

»Das ist Selbstmord!«, entgegnete Derek.

Meine Schultern sanken ein Stück nach unten. »Aber morgen ist es zu spät!«

»Ich kann das Boot nicht nehmen. Du weißt, warum!«

Rina stand auf und stellte sich zu uns. »Wieso musst du rausfahren?«

Was sollte ich ihr antworten? Verstehen würde sie es ohnehin nicht. »Ich muss Llŷr stoppen.«

Ihre Brauen rutschten nach oben und ihr Blick flog zu Derek. »Ist das dieser Meeresgott?«

»Ja. Der Verantwortliche für dieses Wetter.«

Rina verzog keine Miene. Ich nahm an, er hatte ihr einiges erzählt. »Ashok darf das Boot fahren.«

Derek lachte auf, es klang beinahe höhnisch. »Den brauchen wir nicht zu fragen. Er weiß, dass ich gesperrt bin.«

Rinas Grinsen besaß etwas Diabolisches. »Und ich weiß, wo er den Schlüssel aufbewahrt.«

Dereks Brauen zogen sich zusammen. »Das kannst du nicht machen.«

»Können schon.«

»Rina, Cooper wird umkommen da draußen! Ich lasse ihn nicht gehen!«

Rina lachte grimmig auf. »Whoa! Wer hat denn erst kürzlich kein Risiko gescheut und sein eigenes Leben aufs Spiel gesetzt, um seinen Freund zu retten? Gelten für dich andere Maßstäbe?«

Derek schwieg betreten. Er schloss für einen winzigen Moment die Augen.

»Was ist mein Leben gegen das von vielen tausend Menschen?« Meine Stimme war leise, ich war mir nicht sicher, ob er mich hörte. Sein Blick blieb auf seine Schwester geheftet.

»Ashok wird dich umbringen!«

Rina musterte Derek einen Moment lang schweigend. »Am Schluss sterben wir alle.«

»Rina!«

Sie seufzte. »Du weißt, dass er mit Kathrin geschlafen hat?«

Empört riss er die Augen auf. »Wie bitte?«

»Er weiß nicht, dass ich es weiß.«

»Rede mit ihm!«

Rina schüttelte den Kopf. »Nein. Er kann tun, was er will. Wir waren nicht offiziell zusammen. Für mich ist es vorbei. Eines Tages wird er sowieso dieses Mädchen in Indien heiraten.« Sie verschränkte die Arme. »Was soll's. Ich habe geahnt, dass so was irgendwann passiert.« Wieder grinste sie. »Aber ein klein wenig ärgern könnte ich ihn trotzdem.«

Missbilligend brummte Derek. »Du wirst den Ärger kriegen, nicht er!«

Rina wandte sich mir zu und strich mir überraschend über die Wange. »Cooper ist es mir wert!« Sie zwinkerte mir zu und verließ den Raum. Ratlos sah ich ihr nach.

»Was macht sie jetzt?«

Leise seufzte Derek und schüttelte den Kopf. »Sie klaut ein Boot für dich.«

Er setzte sich auf sein Bett, das mit Kissen zu einem Sofa ausstaffiert war. »Du kannst nicht rausfahren, es ist viel zu dunkel!«

Ich nahm neben ihm Platz. »Ich kann nicht warten. Morgen ist es zu spät.«

»Wir werden uns in der Dunkelheit verirren.«

Überrascht sah ich ihn an. »Ich fahre alleine!«

Derek fixierte mich, ohne zu blinzeln. »Tust du nicht.«

»Ich werde dich nicht dieser Gefahr aussetzen!«

»Kommst du mit diesen Brechern klar? Bist du schon mal im Sturm gefahren? Alleine, ohne deinen Großvater?«

Ich schluckte schwer und deutete ein Kopfschütteln an.

»Wie sollen wir draußen etwas sehen?«, fuhr Derek fort. »Bei dem Wetter und der Gischt bringen Lampen überhaupt nichts!«

»Wir müssen nichts sehen! Ich muss nur Llŷr etwas sagen. Oder Melyn. Beiden.«

Er musterte mich nachdenklich. »Ehrlich, das ist purer Wahnsinn.«

Ich sprang auf. »Nein! Das, was Llŷr da draußen abzieht, das ist Wahnsinn!«

Derek zog mich sanft wieder auf die Bettkante. »Jetzt erzähl erst mal, was du vorhast.«

»Ich habe herausgefunden, was zu tun ist. Es geht um Liebe, aber nicht um Heirat.«

Nachdenklich musterte er mich. »Was meinst du damit?«

»Es braucht zwei, um die Schleuse zu schließen. Zwei in wahrer Freundschaft, bedingungslos, Melyn und ich müssen das zusammen tun.«

»Das soll alles sein? Wieso weiß der König das nicht? Er hat doch diesen mächtigen Zauberer, dachte ich.«

»Weil Melyns Volk die bedingungslose Liebe verlernt hat! Sie kennen keine Freundschaft, keine Vergebung, keine

Gnade. Wenn es um Liebe geht, denken die, alles klar, es muss geheiratet werden. Aber wenn Melyn und ich heiraten müssten, wäre auf keiner Seite Liebe dabei.«

»Und was heißt das genau? Was planst du zu tun?«

»Ich muss es Llŷr klarmachen, ich kann mich mit ihm …«

Die Tür flog auf, Rina kam herein, außer Atem und über das ganze Gesicht grinsend. »Habe ihn!« Demonstrativ hielt sie uns einen Schlüssel vor die Nase.

Derek sah mich an. »Das, was wir jetzt tun, ist nicht nur Selbstmord, es ist auch noch kriminell.«

»Es ist kein Selbstmord! Wir fahren nur ein kleines Stück raus, damit Llŷr mich wahrnimmt!« Gegen die Tatsache der illegalen Handlung fehlte mir das Argument.

»Es ist erst kriminell, wenn ihr erwischt werdet«, sprang Rina ein.

Derek zog die Brauen hoch. »Du hattest schon immer ein etwas laxes Rechtsempfinden.«

Sie schnaubte. »Letztlich bin ich diejenige, die den Schlüssel geklaut hat.« Sie drückte ihn Derek in die Hand. »Jetzt beeilt euch lieber. Ashok ist gar nicht zu Hause, und solange es dunkel ist, wird niemand im Institut merken, dass das Boot überhaupt fehlt.«

Derek und ich tauschten Blicke aus.

»Wieso nimmst du das auf dich?«, fragte ich Rina.

»Abenteuerlust. Und Ashok wird Ärger kriegen, weil er nicht auf seinen Schlüssel aufgepasst hat.« Sie grinste schief.

Ich nahm wahr, dass Derek mit den Augen rollte, doch ich musste Rinas Grinsen erwidern. »Vielen Dank. Du bist spitze!«

Wir zogen die Jacken über und machten uns auf den Weg zum Bootshaus. Der Sturm wütete schlimmer als zuvor, und die Straßen innerorts waren bereits knietief mit Wasser bedeckt.

»Wir werden das Boot brauchen, schon um durch die Stadt zu kommen!«, brüllte Derek gegen das Tosen des Meers an.

Grimmig lachte ich auf und stemmte mich gegen den Wind. Der Bootsschuppen lag vor uns, Derek schloss auf und ließ uns beide hinein, ehe er das Tor wieder verriegelte. Ohne viele Worte zu verlieren, machten wir das Boot fahrbereit. Für einen Moment dachte ich nicht an die Gefahr, die uns bevorstand, dachte nicht daran, was passieren würde, wenn man uns mit dem Boot erwischte, und schon gar nicht, wie es uns auf See erginge. Unsere Handgriffe ergänzten einander, als hätten wir bereits Jahre zusammengearbeitet, und ich genoss die schweigsame Zweisamkeit. Derek reichte mir eine Rettungsweste. Das Boot lag jetzt im Wasser, das Hafenbecken brach die größten Wellen, langsam näherten wir uns der Ausfahrtszone.

»Ich hoffe, du weißt, was du tust«, brummte Derek und steuerte aus dem Hafen heraus.

Wie eine Front feindlicher Krieger türmten sich die Wellen vor uns auf, das Boot zwischen ihnen erschien mir wie ein einzelnes Blütenblatt, das in eine strudelnde Strömung geraten war. Der Bug drehte sich und bockte wie ein wütender Bronco.

»Wohin jetzt?«, rief Derek, und ich wies hinaus auf die offene See.

»Wir suchen Melyn!«

»Melyn? Ich dachte, wir müssen nur ein Stück raus! Cooper, das ist Wahnsinn!« Derek sah mich nicht an, sondern konzentrierte sich auf die Brecher, die uns entgegenschlugen. Zeichnete sich da Enttäuschung in seiner Miene ab?

Das Boot wankte, ich klammerte mich an der Bordwand fest. » Llŷr wird es nicht verstehen, er kennt keine Freundschaft. Aber Melyn! Ich muss es ihr sagen!«

»Wie sollen wir sie finden? Wir haben keine Ahnung, wo sie ist!«

Eine Erklärung hatte ich nicht, stattdessen ein unglaublich intensives Empfinden, dass das Möwennest sich irgendwo über Caer Wyddno befinden musste – an einem Ort in meiner Welt, wo König Helig sie und Brychan nicht finden konnte. Was hätte ich dafür gegeben, jetzt Daliwr an meiner Seite zu haben! Doch der Wassergeist hatte sich von mir abgewandt, nicht nur das, er schien mich zu hassen.

»Halte dich weiter westlich!«, schrie ich Derek zu. Es war ein seltsames Gefühl, sich auf eine bloße Ahnung zu verlassen, noch dazu musste ich abschätzen, wie weit Daliwr damals mit mir geschwommen war. Das alles im Dunkeln, bei orkanartigen Böen und einem Seegang, der den Gipfeln des Snowdon nacheiferte. Warum machte sich das Llyfr Euraidd nicht bemerkbar? Hatte ich die Reaktion im Snowdonia-Park falsch eingeschätzt? Allen Zweifeln im Kopf erteilte ich Redeverbot und konzentrierte mich auf das Meer, das nachtschwarz vor uns lag und kochte.

Die Gischt, die uns eisig um die Ohren sprühte, der Sturm, der mit unserem Boot spielte, als wäre es ein loses Blatt, ließen meinen Körper klamm werden und die Finger taub vor Kälte. Meine Gedanken froren allmählich ein, und die Bedenken, die ich mir verboten hatte, formierten sich mehr und mehr. Derek warf mir einen verzweifelten Blick zu. Er kämpfte darum, gegenüber Meer und Wetter die Oberhand über das Boot zu behalten, und ich hoffte nur, dass er nicht spürte, wie die Unsicherheit in mir wuchs. Vorwürfe stritten in meinem Kopf – was tat ich da nur? Wie hatte ich auf die Idee kommen können, Derek hier rauszujagen? Wie konnte ich meinen zu wissen, was zu tun war? Gar nichts wusste ich!

Die Nacht wirkte noch schwärzer, der Sturm noch lauter, die Brecher noch höher. Ein heißer Stich fuhr in mein Herz – endlich! Ich zog das Buch unter meiner Jacke hervor, das Schmuckstück glomm, als schiene der Mond auf das spiegelnde Metall, doch der Himmel war komplett verhangen, dunkle Wolken hatten alles Licht ausgelöscht. Die Magie des Llyfr Euraidd korrespondierte auf irgendeine Art mit der von Caer Wyddno! So, wie das Buch leuchtete, mussten Unmengen an Energie aus ihm herausfließen!

»Halt! Halt an, hier sind wir richtig!«

Derek wandte sich mir zu, sah mich einen Augenblick lang fragend an, dann nickte er und steuerte das Boot gegen den Vortrieb. Ich war mir sicher, dass Caer Wyddno direkt unter uns lag, auf was sollte das Buch sonst reagieren, wenn nicht auf eine geballte Ansammlung göttlicher Magie?

Das Boot stampfte heftig in den Wellen, doch Derek manövrierte es in kleinen Bewegungen hin und her, sodass es in der Achse entgegen dem Seegang blieb.

Noch immer peitschte uns das Wasser ins Gesicht, aber in mir wuchs eine Aufregung, die mich für den Moment alles vergessen ließ. Ich stemmte mich gegen die Bordwand, richtete mich hoch auf und lehnte mich gegen den Sturm.

»Melyn? Hörst du mich? Ich habe eine Lösung gefunden! Wir können die Schleuse schließen!« Wie konnte ich den Meeresgott dazu bewegen, mir Gehör zu schenken? Er musste mit diesem Wahnsinn aufhören, damit ich mit Melyn reden konnte!

»Llŷr! Wenn du Macht über diese Wellen hast, dann bring sie zur Ruhe, hörst du?« Ich hielt das Kreuz hoch über mich. »Siehst du das? Mein Gott ist stärker als du, er hat dich gefunden!«

Ein riesiger Brecher rollte auf uns zu, und als das Wasser mich überspülte, fühlte es sich an, als würde ein Stück Meer explodieren. Ich krallte mich an der Bordwand fest, ein Schwall drang in meine Nase, Mund und Ohren, ich spürte Llŷrs Zorn mit voller Wucht. *Ihn mit dem anderen Gott zu konfrontieren, war wohl keine so gute Idee!*

Die Welle floss ab, ich richtete mich hustend auf.

»Cooper! Alles in Ordnung?« Ich erkannte Dereks Gesicht nur vage.

Ich spuckte Wasser aus. »Ja. Bei dir?«

Das Boot wankte wie ein Betrunkener auf einem wackeligen Steg, Derek steuerte gegen. »Wir müssen das Wasser wieder aus dem Boot kriegen. Hinter dir ist eine Lenzpumpe!«

Ich tastete nach der Pumpe und setze sie in Gang. Außerdem schnappte ich mir die Pütz, einen Eimer mit Seil, und schöpfte das Wasser aus dem Rumpf, so schnell ich konnte. Immer wieder taumelte ich unter den heftigen Bewegungen des Boots und musste mich an der Reling festklammern, um nicht von Bord geworfen zu werden.

»Lass die Pumpe den Rest erledigen!«, schrie Derek mir zu, und ich kletterte wieder zur Bordwand.

»Llŷr! Es ist Zeit für die Versöhnung der Menschen mit Mererids Volk! Die Gwahardd mit den …« Verzweifelt suchte ich nach dem Wort für das Landvolk. »… mit den Sychderau!«

Eine neue Welle rollte auf uns zu, doch kleiner als der Brecher zuvor. Sie schlug mir ins Gesicht, als wollte der Meeresgott mich ohrfeigen.

Hustend spie ich das Wasser aus, schüttelte mir die Haare aus den Augen und richtete meine Stimme wieder hinaus auf See. »Ich bin der Nachkomme des Einion! Hörst du, Llŷr? Ich bin einer der Söhne von Einion Frenin! Ich muss mit Melyn, Nachfahrin der Mererid reden! Lass mich mit ihr sprechen, bezähme deine Wut für nur einen Augenblick!«

Der Sturm drehte auf, als wäre alles zuvor nur ein heiteres Vorspiel gewesen. Hätte ich doch bei Tag fahren müssen? Damit Llew mich unterstützen konnte? Aber alles sah danach aus, als ob Llŷr sich in dieser Nacht sein Land zurückholen wollte!

Das Boot tänzelte auf der weiß schäumenden See, Derek kämpfte gegen die Brecher an und hatte kaum noch eine Chance, den Schiffsrumpf unter Kontrolle zu halten.

»Wir schaffen es nicht!«, brüllte er zu mir herüber. »Lass uns schauen, ob wir zurück an Land fahren können!«

»Ich will es noch einmal versuchen!«, schrie ich gegen den Sturm und klammerte mich an der Reling fest. »Melyn! Melyn, hörst du mich? Wir können den Fluch brechen! Ich weiß es jetzt!« Ich lehnte mich vor und lauschte, doch außer dem Brüllen des Meeres hörte ich nichts.

Eine Wand aus Wasser rollte auf uns zu und erinnerte mich qualvoll an den Wasserdämon auf der Halbinsel Lleyn. Bevor Derek reagieren konnte, überspülte die Monsterwelle uns, das Boot stellte sich auf wie ein steigender Mustang, dann überschlug es sich, meine Finger lösten sich wie von selbst von der Reling und ich fiel ins Meer.

Eisiges Wasser umschloss mich, ich strampelte mit Armen und Beinen, doch trotz der Schwimmweste zogen mich Llŷr und die ihm untertänigen Elemente unablässig in die Tiefe. Druck lag auf meinen Lungen, das Salzwasser brannte in meinen Augen, der Sauerstoff wurde knapp. Verzweifelt kämpfte ich gegen den Sog an. Was war mit Derek, trieb auch er hilflos im Meer? Wurde er ebenfalls in die Tiefe gezogen? Ich konnte nichts sehen, nur schwarzes Wasser um mich herum.

30

Cooper war verschwunden. Hektisch strampelnd drehte Derek sich im Wasser, brüllte nach ihm, keuchte und hustete, bis er wieder Luft bekam, drehte sich weiter. Nichts und niemand! Wo war das Boot? Er konnte nicht einmal erkennen, wo sich das Land befand. Bei den Temperaturen würde es nur wenige Minuten dauern, bis er vor Kälte starr wäre, wie ein eisiges Gift würde sie in seinen Körper eindringen und alles lähmen, seine Gliedmaßen, seine Sinne und zuletzt sein Herz.

Da, vor ihm, trieb etwas Weißes im Wasser. Nur schwach hob sich der Schemen von der schwarzen See ab, schon schob sich ein Wellenberg vor ihn, sodass er das Objekt aus dem Blick verlor. Das musste das Boot sein! Er schwamm, er zwang seine schmerzenden Arme und Beine, sich zu bewegen, gleichmäßig, ein langsamer, quälender Rhythmus. Dort war es wieder! Es bewegte sich auf ihn zu!

Etwas schlug ihn ins Gesicht, ein Schmerz wie ein Blitzeinschlag brannte auf, doch als hätte sich sein Verstand vom Körper getrennt, arbeitete dieser glasklar: Es war ein Seil, das ihn wie eine nasse Peitsche getroffen hatte! Eine Leine musste sich von der Bordwand gelöst haben und trieb nun vor dem Boot her. Hastig fuhr er mit den Armen durchs Wasser, sein Handgelenk streifte etwas Dünnes, Hartes – das Tau!

Keuchend packte er es und zog sich daran ans Boot heran. Sein Körper, taub vor Kälte, reagierte mechanisch. Woher er die Kraft aufbrachte, sich an Bord zu ziehen, blieb ihm ein Rätsel, doch er schaffte es und ließ sich aufs Deck fallen. Steuerlos schlingerte das Boot im Wasser, bockte, wirbelte umher.

Es war beschädigt, in der Finsternis konnte er nicht ausmachen, was alles betroffen war. Der Motor ließ sich nicht starten, das Ruder regte sich nicht oder war mit dem heftigen Seegang überfordert. Er tastete sich die Reling entlang. Der Scheinwerfer, er saß noch an der Stelle, wo er hingehörte! Er schaltete ihn ein – er funktionierte!

»Cooper! ... COOPER!« Derek brüllte, bis er heiser war. Er leuchtete über die Meeresoberfläche, doch von seinem Freund fehlte jede Spur.

Das Boot warf sich so steil auf, dass er den Halt verlor und für einen winzigen Moment glaubte, erneut von Bord zu stürzen. Reflexhaft klammerte er sich an der Reling fest, der Rumpf senkte sich und schoss ins Wellental hinab. Wasser prasselte ihm wie unzählige Fäuste ins Gesicht, dass ihm für einen Augenblick die Knie nachgaben. Wo war Cooper? Er würde hier sterben, beide würden sterben!

Er brauchte Hilfe, schnell! Er tastete sich zum Funkgerät vor, wählte Frequenz und Kanal und brüllte »Mayday! ... Mayday!« ins Mikrofon.

Keine Antwort. Funktionierte das Ding überhaupt? Derek unterdrückte seine Panik und setzte noch ein codiertes Notsignal ab. Was aber, falls das Funkgerät wirklich nicht ging? Wenn die Sendeeinheit beschädigt war?

Die Leuchtpistole, es musste eine an Bord geben, in einem der Fächer! Die Hände an die Reling geklammert rutschte Derek die Bordwand entlang, das Boot schoss zwischen den Wellen umher wie eine Kugel im Flipperautomaten. Wo war die Leuchtpistole?

Ruckartig riss Nia die Augen auf und schnappte nach Luft. Sie war im Sessel eingenickt, das Strickzeug noch auf ihrem Schoß. Was war das für ein Krach gewesen? Hatte sie geträumt?

Im Haus pfiff und sang es schaurig. Wassertropfen peitschten gegen die Fensterscheiben, die Vorhänge blähten sich. Aus der Küche kamen Tropfgeräusche. Sie erhob sich seufzend und ging nach nebenan. Verdrossen schnalzte sie mit der Zunge. Verdammtes Fenster, das undicht war, schon wieder stand eine Pfütze auf dem Sims! Von dort tropfte es auf den Küchenboden. Nia wischte auf und drückte den Flügel fester zu, obwohl sie wusste, dass es wenig brachte. Cooper hatte recht, sie musste endlich einen Glaser rufen!

Das Pfeifen des Winds im Haus ließ nicht nach. Hatte Cooper oben ein Fenster aufgelassen? Nia eilte die Treppe hinauf ins Obergeschoss. Alle Türen waren geschlossen, doch aus dem Bad drangen heulende Geräusche. War vom Zug die Tür zugeschlagen? War das der Krach gewesen, der sie erschreckt hatte? Hatte Cooper noch geduscht und vergessen, nach dem Lüften das Fenster zu schließen?

Sie klopfte. »Cooper? Bist du im Bad?«

Da keine Antwort kam, betätigte sie die Klinke. Im ersten Moment glaubte sie, er wäre noch drin und die Tür verschlossen, doch dann merkte sie, dass es nur der extreme Luftdruck war, der das Türblatt zuhielt. Mit dem ganzen Körper stemmte sie sich dagegen, mit einem Ruck gab es nach und Nia stolperte in den Raum.

Obwohl das Fenster nur einen Spalt aufstand, trieb der Sturm den Regen – oder war es am Ende die Gischt, die bis hierher wehte? – ins Badezimmer. Auf dem Fußboden hatte sich eine große Lache gebildet.

»Cooper!« Sie war noch nie wütend auf Cooper gewesen, aber sie hatte ihn auch nie so nachlässig erlebt. Das bei diesem Wetter! Wie lange stand das Fenster schon offen? Sie schob den Flügel ganz nach unten und verriegelte ihn. Aufwischen würde sie später, sie nahm nur ein Handtuch vom Haken und warf es über die Pfütze, zunächst würde sie ihrem Herrn Enkelsohn gewaltig den Marsch blasen. Was dachte er sich bloß?

Doch bereits auf dem Flur hielt sie inne, von eisigem Entsetzen gepackt. Sie wagte den Gedanken nicht zu Ende zu denken, sie wollte ihn nicht zulassen, *nein, nein*, er sollte fort! Mit einem zunehmenden Gefühl der Betäubung trat sie bis zur nächsten Tür vor und öffnete sie. Der Blick in Coopers Zimmer ließ ihr Inneres erstarren. *Das konnte nicht wahr sein!* Sie hastete zum Gästezimmer, wo Melyn geschlafen hatte. *Niemand!*

Sie zog die Leiter zum Dachboden auf.

»COOPER!«

Keine Antwort.

Im Flur des Obergeschosses schrie sie erneut.

Sie spürte kaum, wie ihre Beine sie die Treppe hinabtrugen, sie flog förmlich, ein Wunder, dass sie nicht stürzte!

»COOPER!«

Er war nicht hier!

Sie warf sich eine Jacke über, rannte nach draußen, wo der Wind ihr einen Schwall Wasser ins Gesicht sprühte. Hustend schnappte sie nach Luft.

»COOPER!«

Sie sah im Vorgarten nach, auf der Terrasse. Er war nicht hier, er war nicht hier!

Im Schuppen. Die Persenning war zurückgeklappt.

Wie in Trance eilte sie zurück ins Haus, griff nach dem Telefon und wählte. Atemlos lauschte sie dem Tuten, dann nahm endlich jemand ab.

»Rettungsleitstelle hier, was ist geschehen?«

Ein Hämmern, so laut, dass sie glaubte, das Türblatt gäbe nach, schreckte Rina auf, und sie setzte sich kerzengerade im Bett auf. Ihr Herz raste.

Derek!, schoss es ihr durch den Kopf. Auf zittrigen Knien eilte sie zur Tür und öffnete.

»Professor Wright?«

Der Anblick des Institutsleiters erschreckte sie noch mehr. Seine Kleidung triefte derart, dass sich um seine Stiefelsohlen herum eine Pfütze gebildet hatte, Strähnen hingen ihm in die Stirn, aus denen es unablässig tropfte, sein Gesicht war starr verkrampft und bleich wie die gekalkten Wände des Wohnheims.

»Wo ist Ihr Bruder, Miss da Silva?«

Das Zittern breitete sich über ihren ganzen Körper aus, alles Blut schien ins Nirgendwo zu stürzen und ein eisiges Gefühl legte sich um ihre Eingeweide. »Ich ... ich weiß nicht.« Wie von selbst hob sich ihr Zeigefinger und deutete in Richtung Fenster. »Da draußen.« Ein Schwindelgefühl stieg auf, so heftig, dass Magensäure in ihren Mund schoss, und in ihren Ohren rauschte es, als hätte sich die wütende See bis in ihren Körper geschoben.

Wright stand das Entsetzen ins Gesicht geschrieben. »Hat er das Boot?«

Rinas Lippen zitterten, doch ihr Inneres war wie zu Eis erstarrt, es war ihr unmöglich, auch nur ein Wort herauszubringen.

»Es wurde ein Notsignal von der Coronet empfangen. Ich wurde gerade eben angerufen.« Wright klang atemlos. »Ich bin vor zwei Stunden erst aus London zurückgekehrt.«

Sein Mantel war schief zugeknöpft, über den Stiefeln sah Rina einen Zipfel vom Hosenbein, das zu einem Pyjama gehören musste.

»Wir müssen zur Küstenwache! Kommen Sie!«

Wrights Griff an ihrem Arm löste sie aus der Starre, und sie ließ sich von ihm mitziehen. Er reichte ihr den Mantel, sie schlüpfte in die nächstbesten Schuhe. Tränen hinterließen brennende Spuren in ihrem Gesicht, und ihr Hals war so zugeschnürt, dass sie glaubte, sie würde ersticken.

Derek!

Etwas packte mich an den Beinen. Ich schrie auf, Salzwasser drang in meinen Mund, das letzte bisschen Luft entwich. Es musste ein Tier sein, ein Hai? Es riss mich mit und zog mich durchs Wasser, mein Kopf durchstieß die Wellen, hustend rang ich um Atem. Mit rudernden Armen suchte ich nach Halt, ich tauchte wieder unter. Das Tier schob mich zurück zur Wasseroberfläche, was mich davon überzeugte, doch keinen Hai unter mir zu haben. Ich versuchte mich umzublicken, aber im Dunkeln konnte ich nichts erkennen.

Mein Körper zitterte unkontrolliert, ich atmete so flach, dass ich selbst nicht mehr hätte sagen können, ob ich noch Luft holte oder nicht. Das Wesen brachte mich in ruhigeres Gewässer. Plötzlich umgab mich ein warmes Gefühl, als wären wir in der Karibik gelandet. Das Zittern ließ nach, meine Atmung wurde intensiver.

Wir befanden uns an einer felsigen Steilküste. Über den schwarzen Klippen hatte der Himmel eine fahlgraue Farbe angenommen. Wie viel Uhr war es – brach der Morgen bereits an? Wo war Derek? Und wieso war mir warm? War ich tot?

Mit einer Welle rollte ich an Land, überschlug mich und blieb benommen liegen. Keuchend und hustend spuckte ich das Wasser aus, dann stützte ich mich auf und sah mich um. Vor mir türmte sich eine grasbewachsene Kuppe auf, deren Fuß aus fein geschichtetem Schiefer bestand. Eine halbmondförmige Bucht schloss sich an. Der kiesige Untergrund war warm, als hätte er die Wärme der Sonne gespeichert. Der Himmel färbte sich rosa.

Plötzlich setzte mein Herz einen Schlag aus. Ich befand mich in der Cardigan Bay! Der Hügel war der Constitution Hill, hier war Aberystwyth und zugleich war es das nicht! Kein Haus, keine Straße, kein Mensch, nichts! War ich in einer anderen Zeit gelandet? In einem anderen Universum? In der Anderwelt? Ja, das musste es sein, ich befand mich in der Cardigan Bay der Anderwelt. Hier schien es, als gäbe es keine Zeit. Jegliche Zeichen von Zivilisation fehlten, es war warm und der Wind blies nur sanft. Das Rauschen der Brecher klang dumpf wie aus ganz weiter Ferne, als hielte ich mich in einer Blase auf, die mich vor alldem bewahrte.

Ich drehte mich um und erschrak erneut, dann schrie ich begeistert auf. »Daliwr!«

Der Gestaltwandler stand vor mir, die nebelgrauen Beine im stahlfarbenen Wasser. Aus großen Augen blickte er mich an. Ich richtete mich auf.

»Daliwr! Du ... du hast mich gerettet?«

Er ließ sich mit der Antwort Zeit. So lange, bis ich merkte, dass da keine kam. Besorgt musterte ich ihn. War er noch immer böse auf mich? Weshalb aber sollte er mich dann gerettet haben?

Sein Blick gab mir Rätsel auf. Seine Augen wirkten glanzlos, beinahe gebrochen. War es wirklich Daliwr, oder verwechselte ich da etwas? Doch, die hellgraue Äpfelung seines Fells, alles war so, wie ich es von ihm kannte. Behutsam trat ich einen Schritt vor. Weit in der Ferne sah ich, wie das Meer kochte, aber hier, am Strand der Anderwelt plätscherte das Wasser nur wie am Ufer eines ruhigen Waldsees.

»Was ist mit dir passiert? Hörst du mich? ... Verstehst du mich?«

Ein minimales Zucken der Ohren, mehr nicht, doch ich fasste es als ein Ja auf. Eine miese Vorahnung beschlich mich. Er war nicht wütend auf mich. Etwas anderes bedrückte ihn.

»Stehst du noch immer unter dem Einfluss der Gwahardd?«

Daliwr rührte sich nicht, aber sein Blick flackerte für einen winzigen Moment. Ich trat weiter vor, vorsichtig, bis mich nur noch eine Armeslänge von ihm trennte.

»Hey, alter Freund«, wisperte ich. Ganz langsam hob ich die Hand, und da er nach wie vor reglos dastand, fuhr ich ihm sachte mit den Fingerspitzen über das seidige Fell. »Dir geht es nicht gut, richtig?«

Sein Blick sagte alles, und ich spürte meine Tränen hochsteigen. Mit den Tränen kamen auch all die Gefühle wieder hoch, die Sorge um Melyn, die Furcht vor der Sturmflut, der Zorn auf Llŷr. Und am allerschlimmsten: Die Angst, Derek könnte im Wasser umgekommen sein!

Daliwr bot mir den steil aufgerichteten Hals wie ein guter Freund eine starke Schulter: Ich lehnte mich dagegen, mein Gesicht gegen seine fein behaarte Wange gelehnt, und ließ die Tränen laufen. Daliwrs Verrat war vergessen. Er hatte mich nie wirklich verraten, denn es lag nicht in seiner Natur, treu und ergeben zu sein. Er war ein Ceffyl Dŵr, und so hatte er sich auch immer verhalten.

»Ach, Daliwr, du hast mich gerettet! Ich danke dir!« Leise schniefend löste ich mich von ihm und suchte unter meinen verquollenen Zügen nach einem Lächeln. »Wieso hast du mich hierhergebracht?«

»Weil es unser Wunsch war, Sychder!«, erklang eine schnarrende Stimme hinter mir.

Erschrocken wirbelte ich herum und erstarrte augenblicklich. Vor mir stand ein Krieger in glänzender Rüstung, die Spitze seines Schwerts auf meine Kehle gerichtet.

31

»Hier, ich habe Ihnen einen Tee mitgebracht!« Wright streckte Rina einen Pappbecher hin, aus dem es heiß dampfte.

Dankbar nahm sie ihn entgegen. »Vielen Dank, der kommt genau richtig.« Auf den nackten Plastiksitzen im Wartebereich konnte man nur frösteln.

Entschuldigend hob Wright die Schultern. »Leider nur aus dem Automaten. Ich fürchte, er schmeckt nicht besonders.« Er nahm neben ihr Platz. »Schon was gehört?«

Sie schüttelte den Kopf. »Nein, von niemandem bekomme ich Auskunft. Immerhin weiß ich, dass er lebt und nicht in Lebensgefahr schwebt, so viel hat mir eine Schwesternschülerin verraten.«

Wright atmete hörbar auf und nahm einen Schluck Tee. Zischend zuckte er zurück, offenbar hatte er sich verbrannt. Ein Arzt eilte an ihnen vorbei, er würdigte sie nicht eines Blickes, und Rinas Vorhaben, sich dem nächsten Kittelträger entgegenzustürzen und ihn nach Derek auszuquetschen, wurde im Keim erstickt. Hektik lag über der Notaufnahme, beinahe minütlich rannten Sanitäter durch den Gang.

»Professor Wright, darf ich Sie etwas fragen?«

Lächelnd nickte er ihr zu.

Nervös knetete sie ihre Hände. »Das mit dem Boot – ist es sehr ... Das wird teuer, oder?«

Wright blies über den Rand des Bechers hinweg und nippte nochmals. »Wenn ich ganz ehrlich bin: Das ist im Augenblick nichts, was mich beschäftigt. Das Boot ist stark beschädigt, und es gleicht einem Wunder, dass Ihr Bruder verhältnismäßig heil aus dem Wasser gekommen ist. Diese Angelegenheit hat Zeit, bis …«

»Miss da Silva?« Eine Ärztin trat an sie heran. »Sie dürfen jetzt zu Ihrem Bruder. Ich bringe Sie zu ihm.«

Rina sprang auf und sah Wright an. »Möchten Sie nicht mitkommen?«

Der Professor erhob sich. »Denken Sie, dass es okay ist, wenn ich …?«

Fragend sah Rina zur Ärztin. Diese unterzog Wright einem streng prüfenden Blick.

»Gut, dann kommen Sie. Aber überfordern Sie den jungen Mann nicht, er ist traumatisiert.« Wie eine stumme Warnung blickte sie noch einmal Wright an, zwischen ihren Brauen hatte sich eine steile Falte gebildet. Sie wies ihnen den Weg, nur ein Stück den Gang hinunter, dann gelangten sie bereits zu seinem Zimmer.

Die Hand auf die Klinke gelegt, versperrte die Ärztin für einen Moment die Tür. »Er hat ein starkes Beruhigungsmittel bekommen. Wenn er schläfrig wirkt, gönnen Sie ihm bitte Ruhe!«

Verdutzt blinzelte Rina. »Wieso haben Sie ihm ein Beruhigungsmittel gegeben?«

Zum ersten Mal lächelte die Ärztin, es sah mitfühlend aus. »Das waren nicht wir, sondern die Sanitäter auf dem Rettungsschiff. Ihr Bruder muss sich aufgeführt haben wie ein Besessener. Er wollte nicht von seinem Boot, obwohl es nicht mehr seetüchtig war.« Ihre Finger lösten sich von der Klinke, und sie trat näher an Rina heran. »Sagen Sie, Miss da Silva, wissen Sie, ob noch jemand mit auf dem Boot war?«

Rina fühlte ihr Inneres zu Eis erstarren. »War Cooper nicht an Bord?«

»Cooper?«, fragten Wright und die Ärztin wie aus einem Mund.

Das Entsetzen in Rina breitete sich aus. »Cooper Hillingham. Dereks Freund.«

Wright rückte sich die Brille zurecht. »Sind die Einsatzkräfte noch unterwegs? Wird nach Mr Hillingham gesucht?«, fragte er die Ärztin.

Sie wirkte verunsichert. »Das weiß ich nicht, ich müsste meine Kollegen fragen. Bitte wenden Sie sich doch unten an den Empfang, die sollen Sie mit der Seenotrettung verbinden!«

Wright nickte Rina zu. »Ich kümmere mich darum! Bitte richten Sie Ihrem Bruder meine besten Genesungswünsche aus!« Er wandte sich ab und marschierte eilig den Flur wieder zurück.

Obwohl die Sonne bereits aufgegangen war, und trotz der grässlichen Rasterleuchten in der Gipsdecke wirkte das Krankenzimmer trüb und grau. Draußen tobte der Sturm. Hier in der Klinik sah man nichts vom Meer, doch Rina spürte seine unheilvolle Nähe, die mit der Sturmflut mehr einnahm, als der See zustand.

Derek blickte von seinem Bett aus auf und lächelte schwach, als er sie erkannte. Sie stürzte zu ihm und umarmte ihn heftig. Einen Moment sagten sie nichts – ihr war es nicht möglich, Worte blieben im Hals stecken und wollten als Tränen aus den Augen schießen, das aber wollte sie nicht, und so hielt sie nur Dereks Hand, sah ihn an und blinzelte gegen die Verzweiflung und gegen die Angst an.

»Scheiße«, sagte Derek schließlich leise.

Rina nickte bekümmert.

»Hast du was von Cooper gehört?«

Sie musste sich zwingen zu atmen, irgendwie blieb die Luft auf halbem Wege aus. »Nein. Ich habe eben erst erfahren, dass er nicht hier ist.« Nun liefen ihre Tränen doch.

Wieder schwiegen sie.

»War das die Stimme von Professor Wright? Vorhin?« Derek deutete zur Tür.

»Ja, er hätte dich gern gesehen. Er macht sich furchtbare Sorgen um dich. Er kümmert sich darum, dass die Küstenwache weiter nach Cooper sucht. Hat er eine Rettungsweste getragen?«

Nachdenklich nickte Derek. »Ich habe ihn gesucht. Er war einfach weg! Schöne Scheiße. Das alles. Alles ist schief gegangen.«

Rina schluckte mühsam. »Irgendwie war das abzusehen.«

Er seufzte. »Ja.« Sein Blick wanderte zum Fenster, wo die Bäume im Park unten sich im Sturm bogen. »Ich muss wissen, ob er noch lebt.« Seine Augen schimmerten feucht, verzweifelt blinzelte er dagegen an.

Stumm nickte sie.

»Wieso habe ich ihn gefahren? Ich bin an allem schuld.« Leise stöhnend ließ er sich in die Kissen zurückfallen.

»Ich habe das Boot organisiert, schon vergessen?« Sie starrte aus dem Fenster. »Er hatte eine Rettungsweste an, oder nicht? Sie werden ihn finden! Cooper ist nicht das erste Mal auf See!«

»Ich bin schuld, wenn er nicht mehr lebt.«

Rina sprang auf. »Natürlich lebt er!« Sie zwang sich zur Ruhe. Normalerweise redete er nicht so. Derek stand unter irgendwelchen Drogen, und so wie er aussah, brauchte er eine Mütze voll Schlaf und keine Diskussionen. »Ich gehe heim und packe dir eine Tasche. Hast du besondere Wünsche?«

Seine Lider waren bereits geschlossen. »So ’n paar Welsh Cakes von Nia Dylan wären cool.«

Ratlos zog Rina die Brauen hoch. Sie mussten ihm eine ordentliche Dröhnung verpasst haben! Leise verließ sie das Krankenzimmer.

Nervös schluckte ich. Die Hände des beleibten Mannes zitterten leicht, kaum sichtbar fürs bloße Auge, aber die Bewegungen übertrugen sich auf die Schwertspitze, und diese wackelte direkt vor meinem Kehlkopf.

Hinter dem Krieger sah ich Melyn, daneben Prinz Brychan. Neben ihnen standen zwei weitere Männer. Obwohl der Linke den anderen um eine Haupteslänge überragte, strahlte der Rechte eine Würde aus, die keinen Zweifel daran ließ, dass es sich bei ihm um einen König handelte. *König Helig ap Glanawg.* Der Linke musste Myrddin sein, ein hoher Spitzhut mit breiter Krempe verschattete sein Gesicht, doch ich erkannte ihn an seinem langen, grauen Mantel wieder. Mit versteinerten Mienen fixierten sie mich. Im Hintergrund hatten sich weitere Wachleute versammelt, und ich entdeckte Malvina, die Hände gefesselt. Wie es aussah, war sie das Druckmittel, um Melyn zu überzeugen, bei der Sache mitzuspielen.

Ich versuchte Blickkontakt zu Melyn zu knüpfen, doch ihre geröteten Augen waren auf den Horizont gerichtet. Hatte Brychan sich dem Vater gebeugt und von ihr abgewandt? War es freiwillig oder unter Zwang geschehen? Von keinem der Gesichter ließ sich etwas ablesen.

Melyns Schultern begannen zu beben, sie weinte. Prinz Brychan berührte sie am Oberarm, den Blick ganz weich, die Geste wirkte tröstlich.

Dem König entging nichts. »Brychan!«, knurrte er, und der Prinz zog mit einer unglücklichen Miene die Hand zurück.

»Weshalb bedrohen Sie mich?« Ich räusperte mich und bemühte mich, Selbstbewusstsein auszustrahlen.

»Schweig, Sychder!«, fauchte der dicke Wachmann, doch König Helig hob die Hand.

»Danke, Idris ap Adeon.« Er trat einen Schritt vor und sah mich an, allerdings sprach er nicht zu mir. »Myrddin?«

»Er ist es, mein König«, antwortete der Zauberer. Sein Mantel wogte sachte um ihn. Hätte es die Bewegungen nicht gegeben, so wäre der Saum des Stoffes komplett mit dem kiesigen Untergrund verschmolzen, er war vom selben Grau.

»Das ist gewiss, Myrddin?« Der Regent sah ihn noch immer nicht an, sein Blick wie auch der des Magiers blieb auf mich gerichtet.

»Er ist es, mein König«, wiederholte Myrddin, und seine Finger schlossen sich enger um den knorrigen Stab.

»Lass von ihm ab, Idris«, befahl Helig ap Glanawg, und der Kriegsherr folgte.

»Ich will wissen, weshalb Sie mich hier festhalten!« Ich reckte mein Kinn einen Deut höher, obgleich ich ahnte, dass dies keinen der Anwesenden sonderlich beeindrucken würde.

»Es steht dir nicht zu, so mit dem König zu sprechen!« Idris ap Adeon beherrschte sich sichtlich nur schwer, nicht erneut das Schwert zu heben und mich so am Reden zu hindern.

Ich mied seinen Blick und erwiderte den des Monarchen. Niemand von uns blinzelte.

»Gut«, sagte ich schließlich. »Dann rate ich einfach mal. Eine alte Geschichte hat die Götter erzürnt. Llŷr dreht durch und will Wales versenken, und das Schicksal zwingt Sie, dieses Problem zu lösen, sonst verlieren Sie den magischen Sonnenstrahl, richtig?«

Die Lider des Herrschers klappten einmal zu, es wirkte mechanisch. »Dieses Problem …«, knurrte er, und ich staunte, wie jemand so klar sprechen konnte, ohne die Zähne auseinander zu bewegen. »… ist ein Fluch. Der Gott des Meeres fordert zurück, was sein ist, und nur die magische Schleuse kann ihn bezähmen. Doch die Magie wurde zerstört, und diesen Fluch zu brechen, sollte in deinem eigenen Interesse stehen. Es ist dein Land, was untergehen wird.«

Mein Mund zuckte, aber ich verkniff mir die Grimasse und suchte nach einem Ausdruck, der sich mit dem des Königs messen konnte.

»Nicht nur meins.«

»Hüte deine Zunge, Narr, wenn du mit dem König sprichst!«, fauchte nun Myrddin, und aus seinem Zauberstab züngelten für einen kurzen Moment schwach violette Blitze.

Erneut hob König Helig die Hand, ohne den Zauberer auch nur anzusehen. »Ein Fluch muss gebrochen werden.« Er drehte sich um und deutete auf Melyn. »Bring sie her!«

Idris ap Adeon wandte sich um, packte Melyn so grob am Arm, dass Brychan Einhalt gebot, wurde jedoch von seinem Vater abermals mit einem scharfen Wort in die Schranken verwiesen. Der Kriegsherr schob die Ärmste vorwärts. Zwar wehrte sie sich nicht, doch sie stolperte nur zögerlich mit und warf Brychan ängstliche Blicke zu. Der Prinz sah nun starr auf mich, in seinen Augen entdeckte ich tiefe Verzweiflung.

Myrddin ließ das Ende seines Stabs auf die Erde niedersausen, was einen dumpfen Schlag verursachte. »Die Magie der Schleuse kann nur wiederhergestellt werden, wenn die Völker sich vereinen. Die Erben Einions und Mererids haben sich hier versammelt, um Vermählung zu feiern und so einen Fluch zu brechen, der vor tausend Jahren in die Welt kam – tausend Jahre, in denen Llŷr alle Kräfte sammelte, um den Rest der Welt an sich zu reißen. Der Bruch einer neuerlichen Schleuse hat ihn geweckt, nun ist es Zeit, ihn zu besänftigen. Tretet vor und reicht euch die Hände!«

Melyn wurde von Idris so unsanft vor mich geschoben, dass sie strauchelte und sich nur gerade so fangen konnte.

Ich hob einen Finger. »Moment, bitte ...«

Auch aus dem Blick des Zauberers schienen Blitze zu züngeln, so düster sah er mich an. »Schweig und warte, bis die Zeremonie vorüber ist!«

Ich trat einen Schritt nach hinten. »So läuft das aber nicht! Sie haben da etwas gründlich missverstanden, diese Heirat wird niemals Llŷrs Fluch brechen! Ich habe herausgefunden, dass ...« Ein dumpfer Schlag in meine Nieren brachte mich zum Schweigen. Zusammengekrümmt fiel ich auf die Knie und wartete mit verkrampfter Miene, dass ich wieder Luft bekam.

»Ich sagte doch, du hast hier kein Recht zu sprechen, Sychder«, knurrte Idris ap Adeon. Er musste hinter mir stehen, ich sah es nicht, weil ich meine Augen noch immer vor Schmerz zusammenkniff. »Lass Meister Myrddin zu Ende reden, dann darfst du etwas sagen. Nämlich ›Ich will‹!« Ein kurzes, meckerndes Lachen erklang.

Stöhnend rappelte ich mich auf. »Majestät ... Sie können Ihren Bullterrier auf mich hetzen, bis er mir die Milz zerfetzt oder den letzten Knochen bricht. Aber Sie können mich nicht zwingen, zu irgendetwas Ja zu sagen, was ich nicht möchte.« Mit leicht zusammengekniffenen Augen wartete ich auf den nächsten Hieb, der jedoch nicht folgte.

Der königliche Schläger hinter mir lachte auf. »Oh, du hast immer die Wahl. Doch wenn du nicht in die Ehe einwilligst, dann wählst du den nassen Tod. Für alle!«

Ich ignorierte ihn und richtete meinen Blick wieder auf den König. »Hören Sie bitte, ich ...« Unvermittelt traf mich ein Schlag ins Kreuz, ich flog der Länge nach hin und landete unsanft im Kies. Jemand – Idris ap Adeon, wie ich vermutete – stellte seinen Stiefel auf mein Genick.

»Bereite alles für die Zeremonie vor«, hörte ich den König sprechen. »Uns bleibt nicht viel Zeit!«

Es klopfte an der Tür, und Nia eilte vor in den Gang, weil sie hoffte, es wäre Ladina, die sie sofort informiert hatte, als Nia erfahren hatte, dass Cooper vermisst wurde. Ihre Tochter hatte ihr nicht ein Wort des Vorwurfs gemacht, stattdessen hatte sie versprochen, sich auf der Stelle ins Auto zu setzen.

Auf dem Eingangspodest stand eine junge Frau mit orangefarbenen Korkenzieherlocken. Verwirrt blinzelte Nia.

»Kann ich Ihnen helfen?«

Das Lächeln des Mädchens wirkte warmherzig und ehrlich. »Ich bin Rina, die Schwester von Derek da Silva.«

»Derek!«, schrie Nia auf und schlug sich die Hände ans Gesicht. »War er mit Cooper da draußen? Wird er auch vermisst?«

»Derek geht es gut, er wurde mit dem Boot gefunden. Er ist nur ein wenig unterkühlt. Er macht sich tierische Sorgen.« Das Mädchen – Rina – senkte den Blick. »Und Vorwürfe.«

Nias Augenbrauen wanderten in ihre Stirn. »Vorwürfe? Aber wieso das denn?«

»Er hat Cooper mit dem Boot rausgefahren.«

Die junge Frau wagte kaum, sie anzublicken. Nia legte ihr die Hand auf den Unterarm und rang sich ein Lächeln ab.

»Kommen Sie mit rein, Kindchen. Das Wetter bringt uns alle noch um.« Sie platzierte Rina am Küchentisch, zündete eine Kerze an, um die düstere Atmosphäre zu durchbrechen, und setzte Teewasser auf.

»Haben Sie schon etwas von Cooper gehört?«, fragte Rina.

Nia schüttelte den Kopf. »Sie suchen ihn noch. Momentan scheint es, als wäre er vom Erdboden verschluckt.« Als sie zwei Tassen auf dem Tisch abstellte, merkte sie, wie sehr ihre Finger zitterten. »Er muss gefunden werden. Ich kenne ihn, er kann ein Sturkopf sein, aber er ist kein Idiot. Bestimmt hatte er eine Rettungsweste an.«

»Derek sagt, er hätte eine getragen.«

»Gut.« Nia nahm Platz und starrte einen Moment ins Leere, bevor ihr auffiel, dass sie den Wasserkocher gar nicht eingeschaltet hatte. »Gut, er trug eine. So muss es sein. Sie finden ihn.«

Das Klingeln des Telefons zerriss ihre Gedanken, ihr Herz setzte einen Schlag aus, sie fasste sich an die Brust, bis sich ihr Puls spürbar wieder beruhigte. »Entschuldigen Sie mich!«, murmelte sie und eilte ins Wohnzimmer, wo das Mobilteil lag. Sie betätigte die Rufannahmetaste.

»Hallo?«

»Mrs Dylan? Hier ist John Parker von der Küstenwache. Wir haben etwas entdeckt.«

Ihr Herz ratterte los. »Cooper?«

»Tut mir leid, Ma'am. Ihren Enkel haben wir noch immer nicht gefunden. Aber etwas, das er augenscheinlich trug. Es handelt sich um eine Rettungsweste aus dem Institutsboot.«

32

»Lass ihn aufstehen. Tot bringt er uns gar nichts mehr.«

»Aber ich könnte seinem Verstand ein wenig nachhelfen, mein König.«

Ein kurzer Moment des Schweigens, und der Fuß auf meinem Genick lockerte sich. Ich stützte mich im Kies auf und spuckte kleinere Steinchen und Sandkörner aus. Meine Lippen schmeckten metallisch, die Unterlippe fühlte sich verdächtig geschwollen an. Ich verkniff mir ein weiteres Stöhnen und kämpfte mich hoch. Idris ap Adeon gönnte ich nicht die Genugtuung, mich gedemütigt zu haben. Bevor der König mir nicht zuhörte, war ich hier nicht fertig.

Demonstrativ streifte ich mir nassen Sand und Dreck von der Jacke und drückte die Knie durch. Das Atemholen tat mir weh, dennoch blähte ich die Lungen und straffte die Schultern. Mit einem kurzen Ruck meines Kopfes löste ich eine Verspannung im Nacken. Den Bullterrier beobachtete ich nur aus dem Augenwinkel, er stand ein Stück weit schräg hinter mir. Entschlossen trat ich vor, sodass den Monarchen und mich nur noch zwei Schritte trennten.

»Äh ... Majestät. Bitte hören Sie mich an! Melyn und mich zu vermählen bringt überhaupt nichts, weil ...« Diesmal hatte ich vernommen, wie Idris auf mich zugeschritten war, und ich duckte mich unter seinem Fausthieb hinweg. Den Versuch, eine gewisse Etikette zu wahren, gab ich nun endgültig auf, machte einen beherzten Satz auf den König zu und versteckte mich hinter seinem Rücken. Ein ziemlich gewagtes Manöver, da hinter dem Monarchen weitere Wachen standen, die nur auf ihren Einsatz warteten.

»Bürschlein!«, blaffte Idris und setzte mir nach, während ich wieder um den König rannte.

»Ich habe etwas, was Ihnen gehört …«, stieß ich keuchend hervor und wich einem Schlag des Kriegsherrn aus. Idris ap Adeon mochte die Statur eines Walrosses haben, besaß aber zugleich die Wendigkeit eines Katzenhais. Ich rannte zu Melyn, um sie herum und entkam nur knapp einem Wachmann, der sein Schwert zog.

»Ich will es Ihnen gerne zeigen, wenn Sie mir dafür Ihr Ohr …« Der Wachmann preschte auf mich zu, doch Brychan schob sich ihm wie zufällig in den Weg. Ich jagte um die kleine Versammlung herum, Idris hinter mir her, der Wächter eilte von der anderen Seite heran, und ich tauchte mit einer improvisierten Rolle unter Daliwrs Bauch hinweg.

Wenn man kein Schlangenmensch war, verhielt es sich mit improvisierten Rollen etwas problematisch. Ich schlitterte bis vor Myrddins Füße, der seinen Stab zielgenau in den Kragen meiner Jacke stieß. Wie ein exotischer Schmetterling lag ich auf den anderweltlichen Strand gepinnt, den Rücken am Boden, und ein Kreis aus Wachmännern bildete sich um mich. Meine Arme und Beine erstarrten, ich spürte ein Prickeln am Hals, das von dem knorrigen Stab ausging; es musste die Magie des mächtigen Zauberers sein.

»Majestät«, krächzte ich. »Ich möchte Ihnen etwas zurückgeben. Doch bitte hören Sie mich erst an!«

»Beginnt die Zeremonie!« Der König trat an mich heran, Melyn so fest am Arm gepackt, dass ihr gar nicht die Wahl blieb, aus freien Stücken mitzukommen. Prinz Brychan sah aus, als würde er seinem Vater am liebsten ins Gesicht springen, und Daliwr blieb in gemessenem Abstand stehen, die Ohren angespannt nach hinten geklappt.

Myrddin nahm seinen Stab weg, und Idris zerrte mich am Kragen nach oben auf die Füße.

»Hören Sie mal, Majestät!«, blaffte ich, und diesmal war es Myrddin, der seine Hand ausstreckte. Ich fühlte einen unsichtbaren Stoß, ein Kribbeln bis unter die Haarspitzen, und meine Zunge klebte unbeweglich an meinem Gaumen. Der Hund hatte mich verhext!

Mit einem Ruck versuchte ich, meinen Arm loszubekommen, doch Idris ap Adeons Griff glich einem Fangeisen.

»Unter dem Angesicht Llews, der Sonne selbst, und mit allen Göttern als Zeugen sind wir hier zusammengekommen, um die Anwesenden Melyn ferch Malvina wyres wych Mererid ferch Iago o Lleu Llaw Gyffes und Cooper ap Cariad Ceffyl wyr gwych Einion fab Owain Ddantgwyn zu vermählen.«

Während Myrddin in pastoraler Weise Arme und Stimme erhob, konzentrierte ich mich auf meine Zunge. Dick und mit einem pelzigen Gefühl lag sie reglos in meinem Mund, selbst die Lippen konnte ich nicht öffnen. Verzweifelt blickte ich um mich, erhaschte einen Blick auf Daliwr, dessen Ohren um ein paar Grad flacher am Kopf lagen. Ihm passte die ganze Veranstaltung genauso wenig wie mir, vermutete ich.

Der stämmige Leibwächter verstärkte seinen Griff und stieß mich in den Rücken, eindeutig ein Warnsignal.

»Willst du, Melyn ferch Malvina, den anwesenden Cooper ap Cariad Ceffyl heiraten, so antworte laut und deutlich mit ›Ich will‹!«

Myrddin nannte mich beständig »Sohn des Pferdefreunds«, hing das mit Daliwr zusammen? Ich schielte seitlich zu Melyn. Die weißgoldenen Haare verdeckten teilweise ihr Gesicht, doch ich meinte, Tränen glitzern zu sehen. Nun schniefte sie vernehmbar, und ihr Blick wanderte zu Brychan. Warum unternahm er nichts?

»Ich will«, hauchte sie schließlich. Ihre Schultern sanken nach unten, genau wie ihr Kinn, und neuerliches Schluchzen war zu hören. Brychan schluckte sichtbar, er musste sich ebenso schrecklich fühlen.

»Willst du, Cooper ap Cariad Ceffyl, die anwesende Melyn ferch Malvina heiraten, so antworte laut und deutlich mit ›Ich will‹!«

Du kannst mich mal!, dachte ich, doch wie von selbst löste sich meine Zunge, und mein Kiefer bewegte sich. Ich stellte mich mit aller Willenskraft dagegen, ich nahm die Hände dazu und versuchte, mir den Mund zuzuhalten.

»Ijjjjj…« Der innere Kampf meines Geistes gegen die Magie Myrddins zwang mich in die Knie. »…jjjjjj…«

Ich ließ mich in den Sand fallen, in mir brannte es, als durchflössen mich Tausende Stromstöße. Verzweifelt blickte ich zu Daliwr, und zu meiner immensen Erleichterung schien er nur darauf gewartet zu haben. Der Wassergeist machte einen Satz auf uns zu, schnaubend und um sich schlagend sprengte er den kleinen Kreis, Myrddin taumelte überrascht zurück, Idris bekam einen Schlag ab und landete rücklings im Sand.

Der Magier hob den Stab und schickte einen violett gleißenden Lichtstrahl zu Daliwr, der den kleinen Dämon zischend in eine Nebelwolke verwandelte, die in sich zusammenschnurrte wie ein Luftballon, dem auf einen Schlag die Luft ausging. Ein Häufchen grauweißer Schaum war alles, was vom Wassergeist übrig blieb, doch diesmal entsetzte mich der Anblick nicht. Daliwr konnte nicht wirklich sterben, ich setzte darauf, dass es sich auch nun so verhielt, und wer wusste schon, ob ihm dieser Zustand momentan nicht sogar besser gefiel? Das Leben, was die Gwahardd ihm zugestanden, war doch gar kein Leben mehr!

Der Augenblick der Ablenkung genügte mir. Ich spürte, wie Myrddins Magie von mir gewichen war. Obwohl sie noch immer unter meiner Haut kribbelte, nutzte ich den Moment, sprang auf die Füße und baute mich vor dem König auf.

»Und wenn … Sie noch hunderssszauberer holnnn …« Meine Zunge lag noch immer schwer in meinem Mund, und ich merkte, dass der Bann Myrddins wieder an Kraft gewann. »… wenn's nich' freiwillieschieht, bleibber Fluch! Lasssessie …«

»Genug jetzt!« Idris hatte mich abermals im Griff, er drehte mir einen Arm auf den Rücken und gab mir einen so abrupten Schlag auf den Hinterkopf, dass ich mir ungewollt auf die Zunge biss und wieder den metallischen Geschmack im Mund spürte.

König Helig hob seine Hand und sah mich lang an. Sehr lang. Erkannte ich da eine Spur Resignation auf seinem Antlitz? Schließlich gab er Myrddin ein Signal.

»Lass ihn sprechen!«, sagte er.

Das Kribbeln in meinem Mund verschwand schlagartig, und Idris ließ von mir ab, wenn auch nur zögerlich.

»Eine Heirat erfüllt nicht den Zweck, solange sie erzwungen werden muss!«, betonte ich nochmals. »Es geht um wahre Versöhnung!«

Ich wartete nicht auf eine weitere Aufforderung des Königs, genauso ignorierte ich den wütenden Blick des Magiers und trat zu Melyn vor. Dort ließ ich mich auf mein Knie fallen, streckte meine Hände aus, und sie nahm sie entgegen.

»Ich habe herausgefunden, dass es stimmt. Ich bin der Eine, ein Nachfolger Einions, und es ist unsere Aufgabe, die Völker zu vereinen.«

Melyn sog hörbar die Luft ein. »Wenn es unser Schicksal ist, dann soll es so sein.«

Ich ließ auch das andere Knie sinken, Melyns Finger fest in meinen Händen. »Melyn, du bist mir lieb und teuer, doch wir werden nicht heiraten, denn das wollen wir beide nicht.«

»Er wagt es …!«, polterte der Bullterrier, packte mich erneut unsanft und stieß mir ein Knie in den Nacken, bis ich vornübergebeugt vor Schmerz ächzte.

»Majestät«, keuchte ich gequält, »ich stehe vor Ihnen ohne Waffen, ohne Verbündete und ohne Magie. Ich tue niemandem was, wieso haben Sie Angst vor dem, was ich sagen könnte?«

Der König antwortete nicht.

»Sie glauben mir nicht und Sie vertrauen mir nicht«, stellte ich fest. Meine Stimme hörte sich dumpf an, weil ich mehr zu meiner Jacke sprach als zu den Anwesenden. »Ich möchte Ihnen beweisen, dass Sie mir trauen können. Ich habe etwas für Sie.«

Ich wartete einen Moment, doch nichts geschah.

»Wenn Ihr Kriegsherr mich nicht loslässt, kann ich es Ihnen nicht geben.«

Ich hörte nichts, da sich aber das schwere Gewicht des Kriegsherrn von mir löste, ging ich davon aus, dass der König ihn mit einem Wink dazu aufgefordert hatte. Leise stöhnend erhob ich mich und griff in meine Jacke. Idris nahm Aufstellung und richtete das Schwert auf mich.

»Ich sagte doch, ich bin unbewaffnet.« Ich holte das Llyfr Euraidd hervor.

Obwohl dem Buch der namensgebende Umschlag fehlte, war allen Anwesenden sofort klar, was ich in der Hand hielt: Ein Raunen ging durch die kleine Ansammlung, Myrddins Augen weiteten sich und sein Gesicht lief glutrot an. Bevor er irgendeinem Impuls nachging, der meine Pläne torpedierte, streckte ich das Buch rasch dem König entgegen.

»Dieses Werk habe ich aus Caer Wyddno mitgenommen. Mein Urahn hat es einst verfasst, ich betrachte es als mein Eigentum. Ich gebe es zurück mit der Bitte, mir für einen Moment zu vertrauen und mich ausprobieren zu lassen, ob meine Erkenntnis den Fluch über der Schleuse löst.«

Sprachlos nahm der König den Stapel Pergamente entgegen. Er reichte ihn Myrddin, der ihn sofort in ein Tuch einschlug, dann nickte er mir zu.

»Lass ihn, Idris. Sprich, Cooper!«

Der Kriegsherr ließ das Schwert sinken, sichtlich widerwillig, und ich trat zu Melyn. Erneut sank ich vor ihr auf die Knie und nahm sie bei den Händen.

»Mein Vorfahr hat großes Unglück über dich gebracht, über dich und dein ganzes Volk. Nicht Mererid hat die Schleusen vernachlässigt, sondern Einion hat ihr das Herz gebrochen. Er hat sie im Stich gelassen, allein konnte sie die Schleuse nicht mehr bedienen. Seinetwegen fielen sie und alle ihre Nachfahren in Ungnade. Aber nicht ihre Nachlässigkeit, sondern sein Verrat war es, der den Fluch heraufbeschworen hat. Bitte entschuldige, Melyn, verzeih, was mein Ahn dir und deinem Volk angetan hat. Kannst du mir vergeben?«

Verwirrt blinzelte sie. »Ich kann dir nicht vergeben, du hast mir doch gar nichts getan«, wisperte sie heiser.

»Bitte – du musst mir vergeben! In uns steckt die Erinnerung unserer Vorfahren, wenn du mir nicht verzeihst, was Einion deiner Urmutter an Leid zugefügt hat, dann geht diese Geschichte auf ewig weiter!«

»Ich verstehe«, hauchte sie. Ich versank im Blick ihrer aquamarinfarbenen Augen.

»Ich vergebe dir! Ich vergebe dir und deinem Urahn!« Sie zog mich hoch und wir umarmten uns innig.

»Das reicht jetzt!« Brychan zerrte mich weg von ihr und brachte sich zwischen uns.

Lächelnd seufzte ich. »Königliche Hoheit, ich erhebe keinen Anspruch auf Melyn. Ich liebe sie wie eine Schwester, und das ist alles.« Hitze stieg in meine Wangen, und mein Grinsen wurde eine Spur breiter. »Ich stehe nicht auf Mädchen, sondern auf Jungs.«

Abrupt ließ Brychan meinen Arm fallen, als hätte er sich verbrannt, und starrte mich aus großen Augen an. Melyn kicherte und legte sanft ihre Hand auf seine Schulter.

»Ist es wahr?«, fragte er, und für einen Moment hatte ich Schwierigkeiten mir vorzustellen, in seiner Welt gäbe es keine Homosexualität.

»Bist du Einions Nachkomme?«, fuhr er fort, und ich rollte über mich selbst die Augen, weil ich dem anderweltlichen Prinzen Kleingeistigkeit unterstellt hatte.

Ich nickte feierlich. »Ja, das bin ich.« Ich wandte mich an den König. »Wenn ich richtig liege, dann müsste die Schleuse jetzt wieder funktionieren. Melyn und ich sollten sie gemeinsam betätigen.«

Seine Brauen wanderten ein Stück nach oben. »Das war alles?«

Im ersten Moment war ich geneigt, verlegen mit den Schultern zu zucken, doch dann besann ich mich eines Besseren. Ich hob mein Kinn an, straffte den Rücken und blickte ihm fest in die Augen. »Genau das, was nötig war. Bitte lassen Sie es uns probieren.«

Der König nickte dem Zauberer zu, und dieser wandte sich in Richtung Festland. Am Fuß des Constitution Hills wuchs dichtes Buschwerk, wo in meiner Welt die Häuser der Seepromenade standen. Auf einen Wink seines Zauberstabs teilten sich die Sträucher, und eine Schleuse kam zum Vorschein, aus der Wasser in den Untergrund sprudelte. Das Rauschen kam mir viel lauter vor, als gemessen an dem Bächlein realistisch gewesen wäre. Ein ganzer wütender Ozean schien sich darin zu verbergen.

Ich nickte Melyn zu, gemeinsam traten wir an die Schleuse heran. An der Seite war das Rad mit Griffen befestigt, das zum Hochfahren des Schleusentors diente, wie ich es in der Vision gesehen hatte. Die Winde war durch eine Kette mit einem Zahnrad verbunden, doch ein Ende davon hing lose hinab, die einzelnen Glieder baumelten im sachten Wind. Irritiert runzelte ich die Stirn. Hatte ich mich getäuscht, war die Magie nicht wiederhergestellt?

Melyn warf mir einen unsicheren Blick zu.

»Wir müssen es versuchen.« Ich nickte ihr zu, in meinem Lächeln steckte mehr Zuversicht, als ich empfand.

Jeder von uns griff an einen der Hebel. Ich gab ein Kommando, dann drehten wir das Rad. Es quietschte und ratterte, zusammen mit dem gewaltigen Rauschen ein unerträglicher Lärm. Plötzlich rasselte es, und ich bemerkte, dass die Kette sich wie von selbst in das Zahnrad einfädelte. Bei der nächsten Umdrehung der Winde bildeten die Glieder wieder einen geschlossenen Kreis und übertrugen die Kraft auf das Zahnrad. Ein metallisches Ächzen war zu hören, am Handrad gab es einen spürbaren Widerstand, und Melyn und ich mussten all unsere Kraft hineinlegen, um weiterzudrehen. Durch das Wasser hindurch sah ich nun die obere Kante des Tors, Stückchen für Stückchen schob es sich höher. Das Rauschen ließ nach und schwächte sich schließlich zu einem leisen, beruhigenden Gluckern ab. Über uns wurde es heller, die schweren, grauen Wolken teilten sich, und ein Sonnenstrahl zeigte genau auf Helig ap Glanawg.

Prinz Brychan, Idris ap Adeon, der König und der Zauberer brachen in Jubel aus. Melyn und ich sahen uns an und fielen uns in die Arme. Endlich ließen die Wachen von Malvina ab, befreiten sie von den Fesseln, und sie lief zu uns, wo sie Melyn in die Arme schloss.

Der König trat auf mich zu. Aus seinem Gesicht strahlte eine kindliche Freude, die ich bei ihm nie vermutet hätte.

»Cooper ap Cariad Ceffyl, wir sind dir zu Dank verpflichtet. Du hast den Fluch gebrochen und das Gleichgewicht der göttlichen Kräfte wieder hergestellt. Wenn es etwas gibt, was wir für dich tun können, dann lass es mich wissen!« Auch er nannte mich »Pferdefreund«, aber plötzlich wurde mir bewusst, dass Myrddin hervorragend recherchiert hatte: Mein Vater hieß Philipp, was übersetzt ebenfalls »Freund des Pferdes« bedeutete.

»In der Tat hätte ich einen Wunsch.« Verlegen grinste ich. »Ich habe einen Wunsch und ich habe einen Tipp.«

»Einen Tipp?« Verblüfft sah er mich an.

Diesmal war ich derjenige, der die Hand hob. »Zuerst mein Wunsch.« Ich deutete auf den Haufen grauen Schaums am Rande des Strands. »Daliwr. Ich hätte ihn gern wieder, und ich bitte Sie, ihn von Caer Wyddno zu entbinden.«

Die Stirn des Königs legte sich in tiefe Falten. »Es ist viel, was du verlangst. Daliwr hat großen Schaden angerichtet.«

»Er ist ein Ceffyl Dŵr. Der Schabernack ist Bestandteil seines Wesens. Und jedes Wesen hat ein Recht auf Existenz! Ein Leben unter all Ihren Bannen und Flüchen ist kein Leben mehr!«

»Er ist böse!«

Verstohlen seufzte ich. Er war nicht böse! »Er ist ein Ceffyl Dŵr! Bitte, Majestät, ein Fisch darf doch schwimmen und ein Hai jagen und eine Welle darf schäumen und spritzen. Warum darf Daliwr nicht er selbst sein? Wenn es keine ›bösen‹ Wesen gibt, wie sollen wir erkennen, was gut und richtig ist? Wie soll ich das Licht sehen, wenn es keine Schatten mehr gäbe? Er ist mein Freund, und ich bitte Sie, geben Sie ihn frei!« Traurig sah ich auf den Schaumfleck. »Er ist doch nur noch eine Ansammlung von Luftbläschen.«

»Ein Freund? Freunde werden zu Verrätern!«, stieß Helig hervor.

»Aber Majestät – Freunde sind Freunde! Freunde machen Fehler, so wie wir selbst auch nicht frei von Fehlern sind. Einen Freund zu haben, wahre Freundschaft zu empfinden und einem Freund verzeihen zu können, schenkt uns im Leben mehr, als alle Macht und Reichtümer der Welt uns geben können. Melyn hat mir vergeben und konnte damit den Fluch lösen. Das war nur möglich, weil wir Freunde geworden sind. Auch Daliwr ist mein Freund. Bitte geben Sie ihn frei!«

Einen Moment lang musterte er mich nachdenklich. »Nun gut. So sei es!«

»Mein König ...!«, rief Myrddin, doch König Helig gebot ihm Einhalt.

»Mir scheint, ich habe heute etwas von dir gelernt. Wenn er dein Freund ist, so kann er nicht gänzlich böse sein. Er soll frei sein.« Er beugte sich ein Stück näher zu mir. »Vielleicht kannst du dafür sorgen, dass er sich ein wenig ... von uns fernhält«, flüsterte er und deutete mit dem Daumen nach hinten. »Myrddin ist nicht allzu gut auf ihn zu sprechen.«

Ich strahlte ihn an. »Versprochen.«

Die rechte Braue des Königs wanderte nach oben. »Und der Tipp?«

Verlegen grinste ich. »Nun ja, Prinz Brychan und Melyn, also ... sie stammt doch von Mererid ab und die wiederum von Lleu Llaw Gyffes, also, äh, von edlem Geblüt, richtig? Und da wir nun alle wissen, dass nicht Mererid die Schuldige war, trug auch Melyn nie Schuld, weshalb es unfair wäre, ihre Familie weiter im Stand der Ungnade zu belassen. Deshalb finde ich, dass Melyn und Prinz Brychan, ich meine ... Spräche etwas dagegen, wenn die beiden ...?«

Der König blickte über seine Schulter. Melyn stand im Arm ihrer Mutter, Brychan in deutlichem Abstand davon, doch die scheuen Blicke, die sie sich zuwarfen, sprachen eine eindeutige Sprache. Helig wandte sich wieder mir zu.

»Ich verstehe.« Ein Lächeln schob sich über sein Gesicht, und ich hatte den Eindruck, dass er ein gütiger Herrscher werden konnte. »Malvina aus der Sippe des Iago, du und deine Familie seiet des geringen Standes enthoben, mein Schatzmeister soll dich und deine Familie großzügig entschädigen, und ihr sollt den Titel Plant Llew erhalten, ›Kinder des Löwen‹.« Er wandte sich wieder mir zu. »Über alles Weitere werde ich nachdenken. Adieu, Cooper ap Cariad Ceffyl« Er drehte sich zu Myrddin um. »Meister Myrddin?«

Der Zauberer zog eine grimmige Grimasse, dann gab er sichtlich nach. Er richtete den Zauberstab auf den grauweißen Schaumhaufen, die Luft darum begann zu flimmern, und Nebel stieg auf.

Unvermittelt packte mich jemand von hinten, doch ich wusste, dass es diesmal nicht der Bullterrier des Königs war.

»Ich danke dir!«, wisperte Melyn in mein Ohr, und ich erwiderte ihre Umarmung.

»Alles Gute«, flüsterte ich zurück und kniff die Augen zusammen, damit nicht noch Tränen der Rührung flossen. »Ihr seid ein tolles Paar, und wenn du Königin wirst, will ich 'ne Einladung, ist das klar?«

»Verrückter, du!«, wisperte sie mir zu und küsste mich auf die Wange.

»Melyn, wir gehen«, rief Brychan. Er zögerte sichtlich und schien mit sich zu ringen. Ich sah es ihm nach, dass er sich nicht einmal bei mir bedankte. Freundlichkeit musste er wie auch sein Vater erst noch lernen. Ich war mir sicher, Melyn konnte ihm dabei helfen.

Plötzlich trat der Prinz auf mich zu und streckte mir die Hand entgegen. »Ich bin dir zu Dank verpflichtet.«

Ich lächelte. »Nein, Königliche Hoheit. Sie sind mir zu nichts verpflichtet. Wenn Melyn glücklich ist, ist mir das Dank genug.«

Einen Moment lang lag Unverständnis auf seinem Gesicht, doch auf einmal lächelte er ebenfalls. Er deutete eine knappe Verbeugung an und reichte Melyn seinen Arm. Sie winkte mir zu, dann hakte sie sich ein, und die beiden schritten von dannen, dem König und seinem Gefolge hinterher.

»Hab Dank, Cooper«, sagte Malvina.

Ich drehte mich zu ihr. »Ich habe mir solche Sorgen um dich gemacht! Was ist geschehen, hat man euch im Möwennest gefunden?«

»Als ich in unser Versteck kam, hatte Prinz Brychan schon alles für ein Leben mit Melyn vorbereitet. Ich war eine Weile dort, als er zurückkehrte mit weiteren Dingen für den täglichen Gebrauch. Er freute sich sehr, mich zu sehen, und sprach von einem glücklichen, bescheidenen Leben zu dritt. Doch er hatte einen heimlichen Verfolger mitgebracht: Der Wassergeist tauchte plötzlich auf und erklärte dem Prinzen, wo Melyn sich aufhielt. Er wollte ihn hinbringen, wenn der Prinz ihm beim Wiedererlangen des Llyfr Euraidd helfen würde. Die beiden brachen auf, nur was der Wassergeist wohl nicht bemerkt hatte: Auch Gwydyon war ihm gefolgt.«

»Er war ihm gefolgt? Bis zu eurem Versteck?«

Ihre Augenbrauen zogen sich zusammen. »Unvermittelt stand er da, ich erschrak furchtbar, niemand sonst wusste doch vom Möwennest! Er fragte mich aus und bedrohte mich, dann verschwand er. Ich habe erst viel später begriffen, dass er gar nicht im Besitz des heiligen Buches war, wie Daliwr glaubte. Jedenfalls meinte der Magier wohl, es wäre von Vorteil, sich mit dem König gutzustellen, und muss ihm von unserem Versteck erzählt haben.«

»Gwydyon hat euch verraten?« Ich dachte zurück an meine komplette Fehleinschätzung des Zauberers und schämte mich nachträglich noch einmal dafür.

»Nachdem er wieder gegangen war, hatte ich schreckliche Angst, wollte abhauen und mich verstecken, aber Melyn und Prinz Brychan wären doch den Leuten des Königs sofort in die Arme gelaufen. Ich wollte sie warnen, begegnete aber direkt den Wachmännern des Königs. So kam es, dass wir allesamt festgenommen wurden. Armer Prinz Brychan, sein Vater war schrecklich wütend, er hat ihn vor aller Augen geohrfeigt!«

Ich fand es entsetzlich, Brychan war ein erwachsener Mann, es war sicher nicht die einzige Demütigung, die er durch seinen Vater hatte erfahren müssen. Ich hoffte nur, dass König Helig sich meine Worte wirklich zu Herzen nahm.

Malvina strahlte mich an. »Nun ist alles anders. Der Fluch ist gebrochen, unsere Ehre ist wiederhergestellt, und ich bin keine Sklavin mehr. Das verdanken wir nur dir.«

Sie umarmte mich flüchtig, und bevor ich widersprechen konnte, verabschiedete auch sie sich und eilte den anderen hinterher.

Glücklich holte ich tief Luft und sah den Menschen nach, den Plant Haul, den Sonnenkindern, denen ein Sonnenstrahl den Weg ins Meer zurück zeigte. Der König und sein Gefolge waren längst in den Fluten verschwunden, Melyn und Brychan standen hüfttief im Wasser und warteten auf Malvina.

Jemand stupste mich an die Schulter.

»Bist ein rechter Narr. Warum hast du dir nicht gewünscht, dass sie dich nach Hause bringen sollen? Nun hast du mich befreit, aber hängst noch immer hier fest!« Frech grinste Daliwr mich an.

Ich packte ihn links und rechts um seine lange Nase und drückte ihm einen dicken Kuss zwischen die Nüstern. »Du hast deine Stimme zurück! ... Warum? Weil DU mich nach Hause bringst. Hast du unsere Abmachung vergessen? ›Und ganz am Ende, wenn alles erledigt ist, wirst du mich wieder zurück an Land bringen, unversehrt an Körper und Seele, hierher, an diesen Strand von Aberystwyth. Alsdann ist deine Aufgabe erfüllt und du bist entlassen.‹«

Schnaubend schüttelte Daliwr die Mähne. »Aber dafür verlangte ich doch das Buch?«

Mit der flachen Hand rubbelte ich ihm die Stirn. »Nein, mein Freund, in Wahrheit wolltest du es nicht. Du wolltest frei sein, und die Freiheit habe ich dir geschenkt!«

»Wollte ich nicht? Ts!«, brummte er und kniete sich mit den Vorderbeinen in den Kies. »Steig auf, mein Freund, lass uns nach Hause gehen, bevor ich es mir anders überlege!«

33

»Dann seid ihr beide jetzt ein Paar?«, fragte meine Mutter, während wir unterhalb der Promenade über den Strand schlenderten. Das Meer lag reglos da wie ein Spiegel. Die Sonne flimmerte in einem azurblauen Himmel. Llŷr waren seine Grenzen aufgezeigt worden, Llew schien zufrieden, und die Einwohner von Aberystwyth hatten begonnen, aufzuräumen und die Schäden zu reparieren. Nie war eine heftige Sturmflut wie diese so glimpflich verlaufen, sagten sie in den Nachrichten.

In meinen Wangen flammte Hitze auf, als ich an Derek dachte, und ich lächelte verlegen. »Ja, das sind wir.«

Ladina lächelte ebenfalls. »Das freut mich.«

Unsicher sah ich sie an. »Ehrlich?«

Sie lachte und legte mir den Arm um die Taille. »Ich bin eine Mutter. Ich möchte, dass mein Kind glücklich ist. Was auch immer dazugehört! Glaubst du vielleicht, ich liebe dich weniger, weil du einen Mann liebst?«

Ich erwiderte ihre Umarmung. Ich hatte sie noch nie so erlebt – so unbeschwert, so offen.

»Danke, dass du für das Boot aufkommst und alles. Derek hat schon geglaubt, sein Studium abbrechen und alles abarbeiten zu müssen, um die Schäden an der Coronet zahlen zu können. Dabei war ich doch derjenige, der ihn überredet hat.«

Sie schmunzelte. »Eigentlich kommt dein Dad dafür auf. Er hat schlechtes Gewissen, und er ist dankbar, dass er auf diese Weise ein bisschen Wiedergutmachung leisten kann. Außerdem sind wir einfach nur verdammt froh, dass du lebst.«

Sie wusste alles. Ich hatte ihr von Melyn erzählt, von Derek, von Cantre'r Gwaelod und vom kaputten Boot. Das mit dem Rettungseinsatz, den ich verursacht hatte, hatte sie vorher schon erfahren. Sie saß mit am Tisch, als ich Granny über alles in Kenntnis setzte, und sie hatte es sich – wenn auch mit großen Augen – schweigend angehört. Ob sie mir glaubte? Nun, sie war die Tochter von Selwyn. Sie hatte wohl weiß Gott genug verrückte Geschichten in ihrem Leben gehört.

»Was hältst du davon, wenn ich hierher nach Aberystwyth komme?«, riss sie mich aus meinen Gedanken.

Verdutzt sah ich sie an. »Hierher aufs Land? Lasst ihr euch scheiden?«, fragte ich nach einem Moment.

»Nein. Nein, ich habe einfach viel nachgedacht. Nicht erst jetzt, sondern schon seit du weg bist. Ich habe erkannt, dass dieses aufgesetzte Leben nichts mehr für mich ist. Ich kann mich nicht dauernd verstellen. Ich wollte immer jemand anders sein, nicht dieses Mädchen vom Lande mit dem verrückten Vater.« Unvermittelt blieb sie stehen und sah mich an. »Dabei habe ich ihn geliebt, weißt du das?« Tränen glitzerten in ihren Augen, aber sie lächelte. »Als kleines Mädchen habe ich seine verrückten Geschichten so sehr geliebt!« Leise lachend schüttelte sie den Kopf, und wir schlenderten weiter.

»Ich fände es toll, wenn du in der Nähe wärst. Wäre es für dich okay, wenn ich bei Granny bleibe? Oder wolltest du zu uns ziehen?«, fragte ich.

»Nein, arme Nia, sie würde durchdrehen!« Mum lachte. »Philipp kauft mir ein Cottage oder ein Landhaus. Irgendetwas mit genug Weideland, dass ich meine Pferde mitnehmen kann.«

»Und wo du malen kannst?«

Sie legte wieder ihren Arm um mich. »Und wo du und Derek mich besuchen könnt, wo wir verrückte Partys feiern werden und wo ich ganz in Ruhe entdecken kann, wer ich wirklich bin.« Verlegen grinste sie. »Es ist ein Versuch, weißt du?«

Ich gab ihr einen Kuss auf die Wange. »Ich freue mich. Und was ist mit Dad?«

Sie lächelte. »Vielleicht verliebt er sich wieder in die Frau, die er einst geheiratet hat. Wir haben uns ausgesprochen. Erst mal brauche ich ein bisschen Abstand, aber unser Plan ist, dass er an den Wochenenden dann zu mir kommt.«

Ich zögerte kurz. »Vertraust du ihm denn noch? Wenn er unter der Woche alleine in London bleibt …«

Sie sah mich an, und obwohl ihre Augen nicht so hell und klar waren wie die von Melyn, wusste ich plötzlich, an wen Melyns Blick mich stets erinnert hatte.

»Weißt du, dass du mein Vorbild bist?«

Ungläubig starrte ich sie an. »Ich?«

»Ja, du. Du hattest schon immer die Fähigkeit, Leute zusammenzubringen. Du siehst das Gute in den Menschen. Himmel, du hast zwei ganze Völker versöhnt!« Sie lächelte erneut. »Das Vertrauen muss ich nun neu lernen. Wenn Philipp und ich wieder zueinanderfinden wollen, gehört das dazu.«

Wir standen bei den Schieferfelsen.

»Hier hast du sie damals entdeckt?«

Ich nickte. Leichter Nebel umspielte die Felsen, und ich begann zu grinsen. Daliwr trat aus dem Dunst hervor, und ich lief ihm entgegen, bis ich ihm um den Hals fiel.

»Hey, Kumpel, alles klar?«

Seine Ohren zuckten schelmisch. »Wollte nur mal sehen, ob alles in Ordnung ist. Und soll dir Grüße ausrichten von einer zukünftigen Prinzessin.«

»Von Melyn? Danke!« Misstrauisch sah ich ihn an. »Du solltest dich doch fernhalten von Caer Wyddno, hast du das schon vergessen?«

»Mitnichten, Maestro. Melyn und ich haben einen Treffpunkt außerhalb, wo wir uns jede Woche zum Plaudern verabreden.«

Ich lachte bei der Vorstellung. »Im Möwennest, so so. Dann geht es ihr gut? Richte ihr schöne Grüße aus, mir geht es auch gut.«

Daliwr deutete eine Verneigung an. »Als Überbringer von Grüßen verdinge ich mich gern.«

Wie er so dastand, der Wind, der in seiner Mähne spielte, die Sonne, die sein Fell zum Glänzen brachte, wie glücklich und zufrieden er wirkte – ich hätte ihn einfach nur knutschen können.

»Daliwr, ich bedauere furchtbar, dass ich dir das Halfter aufgezogen habe. Ich wollte das nicht tun, aber ich sah keine andere Möglichkeit.«

Seine Ohren klappten zurück, für einen Moment hatte ich Angst, eine unangenehme Erinnerung geweckt zu haben. Prustend schnaubte er, und es klang, als wollte er den Blick in die Vergangenheit damit abschütteln.

»Manchmal muss man etwas Falsches tun, um das Richtige zu veranlassen. Ich bin nur ein kleiner Daliwr, hätten sie mir das Buch nicht umgehend abgenommen und mich für alle Zeiten eingekerkert?« Seine Ohren spielten ein wenig hin und her, sein Blick wirkte plötzlich sanft. »Lieber bin ich tausend Jahre dein Sklave, als auch nur einen Tag in Heligs Kerker zu sitzen!«

Diesmal konnte ich mich nicht zurückhalten und drückte ihm einen fetten Kuss auf die Nase. Wir verabschiedeten uns, Daliwr verschwand hinter den Felsen und ich kehrte zurück zu meiner Mutter.

»Was war das denn?«, fragte sie und versuchte einen letzten Blick auf ihn zu erhaschen.

»Das?« Ich grinste. »Das war ein guter Freund. Lass uns heim zu Nia gehen. Derek kommt in ein paar Minuten, Granny macht bestimmt einen Tee.«

Mum hakte mich unter, und wir steuerten die Treppe zur Pier hoch an. »Bei dem schönen Sommerwetter könnten wir vielleicht sogar draußen sitzen!«

Tatsächlich hatte Nia einen Tisch im Freien gedeckt. Obwohl die Temperaturen noch weit jenseits der dreißig Grad lagen, war der Wind so lau und die Sonne so angenehm, dass es sich anfühlte wie ein Nachmittag in Italien. Wir trugen T-Shirts, zum Kuchen gab es Vanilleeis statt Sahne. Derek saß neben mir, hielt meine Hand und unterhielt sich angeregt mit meiner Mutter. Von der Terrasse aus hatte man einen herrlichen Blick aufs Meer, das dalag wie ein flüssiges Juwel. Inmitten der Cardigan Bay spiegelte sich die Sonne im Wasser, die kleinen Wellen rippelten die Reflexion zu tausend Lichtpunkten auf, wie ein Sternenhaufen in der türkisblauen See. Ich stellte mir vor, dass genau an dieser Stelle Caer Wyddno lag, und dass die weißgoldenen Flecken in Wahrheit die Spiegelung der Plant Haul und ihres magischen Sonnenstrahls waren.

Nia schenkte mir Tee ein.

»Danke!«, sagte ich. »Leute, ich hatte da übrigens so eine Idee …«

Nia sah auf. »Was für eine Idee? Erzähl!«

»Ich möchte die Studienrichtung wechseln.«

Mum und Derek verstummten und wandten die Blicke zu mir.

Nia runzelte die Stirn. »Gefällt dir Geschichte nicht mehr?«

»Doch. Ich würde das eine oder andere Fach gerne weiter belegen. Aber es passt nicht mehr mit meinem Berufswunsch zusammen.«

Nun lächelte sie. »Was möchtest du denn werden?«

Verlegen räusperte ich mich. »Ich möchte das Meer schützen. Ich bin bereits Mitglied bei zwei Umweltorganisationen, und ich denke, dass ich mich da aktiv einbringen kann. Ich würde mich gerne der Klimaforschung widmen.« *Mein persönlicher kleiner Beitrag, damit der Meeresgott nicht wieder auf dumme Gedanken kommt.*

»Diese Idee finde ich ganz hervorragend!«, sagte Mum. »Wirst du in Aberystwyth bleiben?«

In den Augen von allen dreien bemerkte ich eine Spur Unsicherheit, und mein Herz füllte sich mit Wärme und Liebe. Nia genoss die Gesellschaft, Mum freute sich darauf, in meiner Nähe zu leben, und Derek – na, von Derek wollte ich doch gar nicht fort! Ich grinste. »Von hier bringt mich erst mal nichts mehr weg!«

Aussprachehilfen Walisisch

a *wie a in deutsch: aber*
c *wie k in deutsch: Kiste*
ch *wie ch in deutsch: doch*
dd *wie th (stimmhaft) in englisch: the*
e *wie e in deutsch: Eck, Eber*
eu *ähnlich ey in englisch: hey*
f *wie v in deutsch: Lava*
ff *wie f in deutsch: Fall*
h *immer stimmhaft*
i *wie i in deutsch: immer*
ll *Zischlaut, bei dem die Zungenspitze an die Schneidezähne gelegt wird*
oe *wie eu in deutsch: Eule*
r *immer rollend gesprochen*
si *wie sch in deutsch: Schal*
th *wie th (stimmlos) in englisch: cloth*
u *wie ie in deutsch: Knie, seltener wie ü*
w *wie u in deutsch: Uhu, seltener wie w in englisch: water*
wy *ähnlich ui in deutsch: hui*
y *meist kurzes e wie in deutsch: Hacke*
yw *ähnlich englisch: you*

Glossar/Übersetzungen

Aberystwyth = *walisisches Seebad in der Cardigan Bay, Hauptort der Grafschaft Ceridigion*
Arawn = *keltische Mythengestalt, Fürst in der Anderwelt*
Annwn = *Königreich in der walisischen Mythologie, Unterwelt*
Bara brith = *walisisches Früchtebrot, Spezialität*
Beth yw eich enw? = *Wie ist dein Name?*
Ble mae e? = *Wo ist er?*
Bore da = *Guten Morgen*
Caer Wyddno = *Hauptstadt von Cantre'r Gwaelod*
Cantre'r Gwaelod = *mythologisches Land, in der Cardigan Bay versunken*
Ceffyl Dŵr (Mehrzahl: Ceffylau Dŵr) = *»Wasserpferd«, ein Wassergeist der walisischen Mythologie, der in Gestalt eines Pferdes auftritt*
Cymru = *walisischer Eigenname für Wales*
Daliwr = *Fänger*
Daliwr, Daliwr, dewch yma = *Daliwr, Daliwr, komm herbei*
Daliwr, dewch â diwrnod da. = *Daliwr, lass den Tag gut sein.*
Dim poen ond tristwch = *Keine Schmerzen, sondern Traurigkeit*
Diolch = *Danke*
Dôn = *Göttin, walisische Stammesmutter (Mythologie)*
Dw i ddim yn deall ti. = *Ich verstehe dich nicht.*
Ei enw yw Cooper. = *Sein Name ist Cooper.*
Einion Frenin = *König Frenin, ein Heiliger, tätig im 5. und 6. Jahrhundert n. Chr. Der hier im Buch genannte Einion Frenin ist eine frei erfundene Gestalt und wurde in eine spätere Zeit versetzt.*
Fomoraig = *Wesen der Finsternis oder der Unterwelt*
Gwahardd = *Geächtete, hier: Name von Melyns Volk*

Gwragedd Annwn (Einzahl: Gwraig Annwn) = *»Frauen der Annwn«, Wasserfeen, Teil eines alten Ebengeschlechts der walisischen Mythologie*

Gwydyon = *walisische Sagenfigur, Magier*

Helig ap Glanawg = *walisische Sagenfigur, König von Cantre'r Gwaelod*

Help = *Hilfe*

Helpa fi os gwelwch yn dda = *Bitte hilf mir!*

Hwyl = *Tschüss (wörtlich: Spaß)*

Llew = *walisische Sagenfigur, Sonnengott*

Llyfr Euraidd = *das goldene Buch*

Llŷr = *walisischer Gott des Meeres*

Melyn dw i = *Ich bin Melyn*

Myrddin Emrys = *Zauberer der Anderwelt, auch als Merlin bekannt (Artus-Sage)*

Nain = *Großmutter*

Nid oes gennyf amser i fwyta = *Ich habe keine Zeit zu essen*

Pam ddim? = *Warum nicht?*

Plant Haul = *die Sonnenkinder*

Prynhawn da = *Guten Tag (nachmittags)*

Pwy yw hwnna? = *Wer ist das?*

Siarada ei iaith os gwelwch yn dda. = *Sprich seine Sprache, bitte.*

Siarada yn araf os gwelwch yn dda = *Bitte sprich langsam*

Sut wyt ti'n gwybod amdano fe? = *Woher weißt du von ihm?*

Sychderau (Einzahl: Sychder) = *Name der Gwahardd (Melyns Volk) für die landlebenden Menschen, bedeutet wörtlich: die Dürren (Trockenheit)*

Taid = *Großvater*

Ydych chi mewn poen? = *Hast du Schmerzen?*

Ynys Enlli = *walisischer Name von Bardsey Island*

Ysbaddaden = *Oberriese der walisischen Mythologie*

Ysgrifenodd Einion Frenin y llyfr hwn = *König Einion schrieb dieses Buch*

Fun & Facts

Die auf der Halbinsel Lleyn erwähnte Hofstelle Uwchmynydd bedeutet übersetzt: Höherer Berg oder Höherberg. Die Autorin lebt im Allgäu am Fuß eines Hügels namens Höhberg.

Der Berg auf Bardsey Island, Mynydd Enlli (Bardsey-Berg), ist 167 m hoch und gilt als sogenannter »Marilyn«. Als Marilyn werden Aussichtspunkte in Großbritannien bezeichnet, die eine Schartenhöhe (relative Höhe gegenüber der Umgebung) von mindestens 150 Metern aufweisen.

Alle walisischen Phrasen entsprechen einfacher Umgangssprache. Die Autorin hat sich bemüht, möglichst korrekt zu übersetzen, die geneigten Leser mögen ihr vergeben, sollten sich Fehler in den Sätzen versteckt haben.

Alle Figuren sind frei erfunden beziehungsweise der walisischen Mythologie entlehnt. Ähnlichkeiten mit existierenden Personen sind vollkommen unbeabsichtigt. Viele der erwähnten Orte in Wales und speziell in Aberystwyth existieren tatsächlich. Die Autorin empfiehlt einen Besuch der kleinen Küstenstadt und dort besonders im »The Glengower«.

Nias Rezept für Welsh Cakes (dicke Pfannkuchen), ca. 10 Stück

- *220 g Weizenmehl*
- *110 g Butter oder Margarine in kleinen Stückchen*

- *3 EL Rosinen*
- *1 großes Ei oder Ei-Ersatz, evtl. 1 EL Wasser*
- *65 g Puderzucker*
- *1 Prise Salz, 1 Prise Zimt*

Alles gut verkneten, ca. 1 cm dick ausrollen, mit einem Wasserglas rund ausstechen und in einer gut gefetteten, heißen Eisenpfanne von beiden Seiten ausbacken. Mit Puderzucker bestäuben oder mit Erdbeermarmelade und Clotted Cream servieren.

Danksagung

Zunächst möchte ich Nadi danken, dass sie genug Abenteuer im Herzen verspürte, meine wilde Heimat mit mir zu entdecken. Danke an Jasmin, die mich und Melyn nicht aufgeben wollte und mir Motivation schenkte, wo ich keine mehr sah. Ich danke Isa, dass sie mich und den Piper-Verlag zusammengebracht hat, und ich danke dem Piper-Verlag, dass Isa meine Lektorin wurde, ich kann kaum in Worte fassen, welch wundervolle Fügung das war! Weiter bedanke ich mich bei Jason Shepard vom Learn-Welsh-Podcast für seine Hilfe mit den walisischen Phrasen, diolch yn fawr!